# 세발자전거를 탄 어머니

# 세발자전거를 탄 어머니

인쇄 · 2014년 6월 9일 | 발행 · 2014년 6월 13일

지은이 · 김진원
펴낸이 · 한봉숙
펴낸곳 · 푸른사상
주간 · 맹문재 | 편집 · 서주연 | 교정 · 김소영

등록 · 1999년 7월 8일 제2-2876호
주소 · 서울시 중구 충무로 29(초동) 아시아미디어타워 502호
대표전화 · 02) 2268-8706(7) | 팩시밀리 · 02) 2268-8708
이메일 · prun21c@hanmail.net / prunsasang@naver.com
홈페이지 · http://www.prun21c.com

ⓒ 김진원, 2014

ISBN 979-11-308-0228-2  03810

값 15,500원

# 세발자전거를
# 탄 어머니

김진원 장편소설

푸른사상
PRUNSASANG

　　만남이란 무엇일까. 인연이란 무엇일까. 억겁 세월
을 돌아오는 중에 옷깃은 인연의 매개체이며 결혼 배우자는 인연의
절정일 것이다. 인간이 태어나서 살고 죽고 그런 과정에서 부모를
만나는 인연은 최초이자 가장 기초적인 연일 것이며 인간이 이 세
상을 살아감에 가장 소중한 인연임이 분명하다. 우리가 부모를 만
났다는 사실과 우리의 자식들이 나를 만났다는 인연의 끈들은 대대
로 이어지는 가족과 가문의 인연으로 이어진다. 한 생명이 태어나
그가 세상을 살아감에 수많은 사람들을 만나고 인연을 맺고 그로
인해 희로애락이 결정되기도 한다.

　우리는 어디서 왔을까. 지구 밖 어느 별에서 왔을까. 윤회와 부활
을 통해 태어났을 것이란 논제에 토를 달고 싶지 않다. 어느 사회,
어느 국가, 어느 민족으로 이 세상에 태어났다는 사실은 인연의 중

요한 부분이 아니다. 부모의 의사에 의해 사회든 국가든 바꿀 수 있기 때문이다. 하지만 대립과 갈등이 지속되는 사회적·국가적 모순과 위정자들이 만들어 놓은 국가적 이념 논쟁 속에서 생명의 윤리나 도덕은 벌레만도 못한 존엄성으로 추락하는 것을 수없이 보아왔다.

특히 세뇌를 통한 이념 교육이나 민족성을 강조한 우월주의는 인간들의 순수한 만남의 적이 될 수밖에 없다. 이로 인해 본의 아니게 지구를 떠난 수많은 영령들이 있다. 한쪽에선 그 영령들을 영웅시하며 추모하고 한쪽에선 적대시 하여 멸시하려 든다. 순수한 인간성을 창조하고 실현하는 데 가장 큰 적일 수 있다.

산다는 것이 뭐 그리 어려울까. 어머니가 원했던 것처럼 예쁘고 건강하게 커서 좋은 신랑 만나 결혼하고 아이 낳아 기르고 남편 뒷바라지하며 현모양처로 살아가면 그만인 것을. 그것은 나와 내 주변 사람들 그리고 세상을 살아오면서 스치게 되었던 사람들에게 행복한 모습으로 비춰질 아름다움이란 것을 모를 리 없다.

어머니와 사랑하는 조국의 틈바구니가 있다면 무엇일까? 그 사이에서 방황하는 절실함이 있다면 그것은 과연 누구를 위한 것일까? 효와 충성, 그 사이에서 이데올로기가 빛을 발한다면 무엇인들 편치 않을 것이다. 수십 년 전 일제강점기가 있고 이데올로기 속에 6·25란 전쟁이 이 나라를 불구덩이 속으로 빨려들게 했다. 그리고 조국의 분단이 찾아왔다. 수많은 사람들이 나와 다른 사상, 사고에 갇혀 효도와 충성 사이에서 방황했을 것이다.

아름다운 인연 어머니, 그리고 나를 키워준 내 나라 내 조국, 『세

발자전거를 탄 어머니」란 장편소설을 통해 일제 침략기와 6 · 25 그리고 분단의 아픈 상처들을 헤집어봤다. 한국, 일본 그리고 북한의 과거와 현실의 증오들을 어머니와 조국의 안녕이란 틀에 가둬놓고 애증의 그림자들을 쫓아 결과물을 도출하려 했다. 더 이상 한국, 일본, 북한의 불행한 일들이 우리 독자들 귀에 들리지 않기를 기원하면서 독자 여러분께 이 소설을 바친다.

2014년 봄이 한창인 날

저자 김 진 원

# 프롤로그

　　청와대 안주인을 숙모로 둔 미모의 신문사 기자 이유빈. 승봉도에 비밀스런 아지트가 있다는 정보를 따라 승봉도로 취재를 나간다. 그곳에서 발견한 남녀의 흉측한 시체. 그리고 폭발과 함께 사라진 건물. 그곳을 빠져나오는 정체불명의 사나이. 이유빈은 사건인물과 사내의 사진을 비밀리에 찍고 서울로 돌아온다. 일상으로 돌아와 봄날은 다 가고 여름이 시작될 무렵 그에게 떨어진 취재 건은 수백 명의 탈북자가 인천공항으로 들어온다는 것이었다. 공항에 나간 이유빈 기자는 대합실을 통하지 않고 화물청사 안으로 입국하는 이들을 몰래 숨어 들어가 촬영하고 기사를 쓴다. 사무실로 돌아온 이유빈은 오늘 사진과 기사를 편집실로 넘기려다 어디서 많이 본 듯한 사진 한 장에 눈을 멈췄다. 바로 몇 달 전 승봉도에서 봤던 정체불명의 사내가 오늘 탈북자 단체에 섞여 있는 것이다. 이유빈은 기자적 호기심이 발동해 국정원 선배로부터 그 사내의 집을 알아낸 뒤 찾아갔다. 그리고 연락을 달라며 서울로 돌아와 일본 대사의 아들인 청년과 맞선을 보게 된다.

상대는 바로 동경대 동기 동창이며 주한 일본 대사의 아들 하라였다. 둘은 급속히 가까워졌다. 혼전 성관계를 즐기며 결혼의 의지를 다졌다.

한편 의문의 사내 김경석을 취재한다는 기자의 호기심은 대단했다. 김경석과 몇 번의 만남을 가진 이유빈은 왜 그가 승봉도의 잔인한 살인사건 현장에 있었으며 왜 그 집을 폭파했는지 또 언제 한국을 떠나 탈북자로 변신해 다시 돌아오는지 궁금하지 않을 수 없었다. 그를 네 번 째 만나는 날 둘은 함께 술을 마시고 늦은 밤 김경석의 요청으로 모텔방까지 안내를 한다. 모텔방에서 김경석은 자신이 북에서 고도의 훈련을 받고 남파된 남파 공작원이라고 토설하고 이 비밀을 알고 있는 이유빈을 그냥 보내줄 수 없다며 강간을 한다. 그리고 그 장면을 모두 카메라에 담으며 발설하지 말 것을 강요한다. 그 순간 유빈은 약혼자 하라를 생각하며 매우 미안하다고 중얼거린다. 김경석은 쪽발이 하라와의 결혼은 안 된다며 결사반대한다.

시간이 흐른 뒤 이유빈과 하라는 결혼식을 올리고 신혼여행을 떠날 즘 김경석이 나타난다. 그는 이유빈에게 권총을 내보이며 불길한 앞날을 예견케 한다.

두 사람은 싱가폴로 신혼여행을 가서 매우 행복한 시간을 보낸다. 다음날 호텔 앞 수영장에서 수영을 즐기던 두 사람. 잠시 유빈이 자리를 뜬 사이, 하라는 물속에 시체로 떠올라 있었고 피 묻은 쪽지 하나가 발견된다.

"나 김경석입니다. 당신처럼 아름다운 조선 처녀가 왜 하필 쪽발이와 결혼을 했나요?

난 당신을 사랑하고 있어요. 하라는 내가 죽였습니다."

주한 일본 대사의 아들, 그리고 이유빈의 첫 남편 하라는 죽었다.

한국으로 돌아온 유빈은 허탈해 한다. 얼마 후 김경석의 머리카락과 하라의 혈흔이 묻은 종이를 들고 산부인과를 찾는다. 임신 사실을 확인하고 유전자 검사를 의뢰, 하라의 자식을 잉태했다는 말을 듣는다. 김경석은 고도로 훈련된 총기를 지닌 남파 공작원이다. 언제 나타나 유빈에게 해를 가할지 모를 위험한 인물이다. 유빈의 생활은 비밀에 가까울 만큼 제한적이었다. 어느 날 경석의 간절한 요청으로 창경궁에서 둘은 만났다. 김경석은 유빈에게 사랑한다며 결혼하자고 청하고 유빈의 뱃속 아이도 자신의 아이라며 떼를 쓴다. 유빈이 유전자 검사지를 보이며 아니라고 해도 거짓이라고 한다. 자신은 이데올로기가 낳은 시대의 부랑아라며 언제 유빈을 향해 권총의 총알이 날아갈지 모른다고 협박한다.

일본의 정치인들이 야스쿠니 신사 참배가 있고 위안부들의 고통을 모르는 일이라고 한다. 일제 강점기 시절의 아픈 상처들을 그들은 사죄하지 않는다. 독도를 일본 땅이라고 연일 정치인들의 입을 통해 나온다. 김경석은 그들의 만행에 보복해 서울에서 활보하는 일본인들을 살해하라는 명을 받았다고 했다. 며칠에 한 번 일본인이 서울 한복판에서 살해되었다는 뉴스가 나왔다.

하라의 죽음. 그리고 김경석의 실체를 대통령 부인 그러니까 숙모를 통해 알렸고 이를 이유빈의 어머니가 알아버린다. 유빈은 집을 나올 수밖에 없는 처지가 되어 친구 하은의 카페로 숨어든다. 김경석이 했던 말이 생각났다.

"민족의 중심 서울에서 활개 치며 돈과 성을 착취하는 일본 놈들을 쥐도 새도 모르게 없애라는 명을 받았습니다. 결국 민족적 사업이지만 그들의 대한 복수입니다. 아직도 반성 안 하는 일본 놈들. 놈들이 수십 년 전 저지른 만행에 대한 처절한 민족적 항거라 할 수 있습니다."

그때 일본 대사관 폭파가 있었고 정부 수사기관에서는 김경석을 붙잡았지만 김경석이 일본인 하라를 죽였다는 사실이 알려지면 일·북 전쟁이 날 것이라는 판단하에 김경석은 북한으로 추방된다.

유빈이 하은의 카페에서 숨어 지내던 어느 날. 어머니가 오셔서 미행을 당한다고 말하고 그날 늦은 밤 유빈은 일단의 사내들에게 납치를 당한다. 그가 도착한 곳은 김경석이 있는 잠수함의 실내였다. 그들은 잠수함을 타고 서해 무인도로 데려 간다. 그곳은 남파 공작원들의 아지트가 있는 곳이다. 김경석은 유빈의 뱃속에 있는 아이가 자신의 아이라며 우겨댄다. 경석은 유빈을 북으로 데려가 살자고 한다. 유빈은 경석이 일을 저지를 것 같은 예감에 서울로 가서 살자고 역 제안을 한다. 유빈은 경석과 함께 잠수함을 타고 서해안에 도착한다.

만삭의 유빈은 항상 김경석에게서 도망칠 마음의 준비를 하면서 김경석과 아파트에서 살림을 시작한다. 이를 알고 있는 일본 대사관에서 유빈을 데려가려고 온갖 행패를 부린다. 일본 대사와 마주친 김경석은 유빈 뱃속의 아이가 자신의 아이라며 일본 대사와 큰 언쟁을 하다 권총을 들이댄다. 유빈은 상황의 심각성을 알고 일본 대사에게 뱃속의 아이는 김경석의 아이라며 거짓을 말하고 상황을 종료시킨다. 다음날 유빈은 김경석을 따돌리고 청와대로 숨어든다. 그 와중에 일본 대사관 직원들과 김경석 일당이 청와대 정문 앞에서 총질을 하며 대치한다. 청와대는 발칵 뒤집힌다.

일본인의 핏줄을 지켜주려는 유빈과 이를 제지하려는 김경석. 결국 이유빈은 청와대에서 아이를 낳는다. 며칠 후 담당 주치의가 사고를 당해 대신 들어온 의사는 김경석의 사주를 받은 사람이었고 김경석 일당이 청와대 정문에서 총을 쏘아대며 분위기를 험하게 만들었다. 그 틈을 이용해 젊은 가짜의사 닥터 박은 아이를 데리고 청와대를 탈출 잠적한다. 군경에 비상령을 선포하고 김경석 일당을 추격한다. 이후 신변의 위험을 느낀 이유빈은 김경석을 피해 일본 대사관으로 피신한다. 그곳에서 김경석의 편지 한 통을 받는다. 아이는 설악산 공룡능선에 있고 이름은 독도이고 이 사실을 알리면 아이를 죽이겠다며 이유빈에게 아무도 몰래 면회를 와 달라는 것이다. 이유빈은 아이의 할머니인 대사 부인 아유미와 함께 설악산 공룡능선으로 달려간다.

나이 탓에 힘겨운 아유미 부인은 설악산 정상 부근에서 실신한다. 긴급 119헬기가 투입되고 아유미는 헬기에 실려 내려간다. 유빈이 혼자 서성일 때 한 남자가 접근한다. 유빈은 그를 따라 공룡능선쪽으로 발길을 옮겼다. 얼마 후 사내의 거처가 눈에 보였다. 수직으로 된 석벽에 계단을 만들어 요새화시킨 동굴이었다. 유빈은 동굴 안으로 들어갔다. 그곳에는 수녀 그라시아와 스님 이원이 아이를 안고 있었다. 사내는 이원과 그라시아를 유빈에게 소개하고 자신은 성형수술로 얼굴을 고친 김경석이라고 고백한다.

김경석과 유빈 그리고 그라시아와 이원 스님은 아기 독도를 제 자식인양 보살피며 키워가고 있었다. 먹을거리와 비상약품을 구입하려고 이틀씩 걸려 아랫동네에 다녀와야 하는 김경석의 노력이 있었다. 그 와중에 이원 스님과 그라시아 사이에 사랑이 무르익고 김경석도 이유빈을 사랑으로 대하면서 두 쌍의 연인들이 독도와 함께 살게 되는 현실이 되고 말았다.

김경석은 북에서도 자신을 버렸을 거라며 지난날을 후회하고 있었다. 북조선과 남조선의 자유와 경제적 누릴 권리 등을 비교하며 자수하고 반성하며 유빈과 동굴을 나와 행복하게 살고 싶다고 했다. 그라시아와 이원 스님도 이제 동굴을 나와 사랑을 맘껏 누리며 부부의 연으로 살고 싶다고 했다.

독도가 감기열이 심해 몇 시간을 걸어 병원에 다녀온 날 밤. 이들을 미행한 정보원들에 의해 거처가 발각되고 한밤중 유빈과 김경석 그리고 독도는 동굴을 빠져나와 도망치기 시작한다. 어둠과 바위와 숲을 이룬 산들에 고전을 하다 이유빈과 아이 독도는 체포되고 김경석은 군경의 총에 맞아 사살된다.

아비도 모른 채 아비를 죽인 원수의 품에서 갓난아기 시절을 겪어야 했던 독도. 일본 대사 기무라의 친손자임을 증명해 보이고 그들에게 하나뿐인 혈육을 남겨준다는 자부심에 지난날을 후회하지 않았다. 하지만 법은 법이었다. 이유빈과 이원 스님 그리고 그라시아 수녀는 범법자와 동거하고 그 사실을 관계기관에 고지하지 않은 죄로 구속되었다. 숙모가 대통령 부인이란 빽이 동원되었는지 모를 일이지만 상고심에서 집행유예로 풀려난 이유빈. 시아버지인 일본 대사 기무라와 위안부, 독도 섬, 야스쿠니 신사 참배 등에 관해 심한 말다툼을 한다. 일본을 규탄하는 시위가 매일같이 서울 시내 복판에서 일어난다. 이유빈은 독도를 데리고 일본 대사관으로 들어가려다 시위 군중들에게 휩싸인다. 유빈은 일본 대사가 나와서 사죄해야 그들의 유일한 혈육 독도를 넘겨줄 것이라 협박한다. 이윽고 일본 대사 기무라가 나와 군중들에게 독도 섬 문제, 위안부 문제, 야스쿠니 신사 참배 문제에 사과하고 앞으로 반성하며 살겠다고 한다. 이유빈은 김경석의 아이를 임신한 사실을 알게 되고 일본 대사관에 들어가 독도를 기무라 · 아유미 부부에게 넘겨준다. 얼마 후 독도가 한국을 떠나 일본으로 가는 날 김경석의 사내아이를 낳는 이유빈. 그녀의 곡예와 같았던 삶은 김경석의 혈육과 함께 또 다른 비극으로 이어진다.

# 어머니의 비밀

**28년 후, 하네다 공항.** 여객 대기실에서 바라본 활주로 하늘은 검은 구름떼가 오락가락했다. 은빛 찬란한 카펫을 사이에 두고 길게 늘어선 면세점에 사람들이 득실거린다. 검거나 흰 외국인들의 피부가 유난히 눈에 뜬다. 다케시마는 활주로에 늘어선 비행기들을 바라보며 휴게실 의자에 앉았다. 어젯밤 늦게까지 할머니 아유미와 옥신각신 의견 대립을 했던 게 영 마음에 걸렸다. 20여 년을 살던 신주쿠 집을 출발해 이곳까지 오면서 내내 마음이 그랬다. 다케시마는 면세점을 나오는 늙은 흑인을 뜻 없이 바라보며 핸드폰 버튼을 꾹꾹 눌렀다.

"할머니! 다케시마입니다."

"결국 떠나는구나. 몹쓸 놈."

"죄송합니다. 멀지 않은 한국 땅입니다. 조만간 할머니 뵈러 돌아오겠습니다. 내내 건강하세요."

아유미 할머니는 몹시 언짢은 목소리로 말을 흐리더니 먼저 전화를 끊었다.

비행기 이륙시간이 가까웠다. 그는 한국행 비행기를 타기 위해 걷는 수백 명의 사람들 속에 섞여 있었다. 가끔씩 고개를 좌우로 흔들며 무엇인가에 골똘했다. 두세 발 앞서 걷고 있는 젊은 여인의 엉덩이가 유난히 실룩거렸다. 허벅지까지 올라온 붉은 치마가 엉덩이에 걸친 듯 매달려 있었다.

비행기 안은 한국말과 일본말이 뒤섞여 몹시 소란스러웠다. 다케시마는 47-A라고 표시된 티켓을 손에 들고 안으로 들어갔다. 그가 좌석을 확인하고 창쪽으로 들어가려는데 한 중년 남성과 젊은 여인이 실랑이를 벌이고 있다. 조금 전 여객 대기실에서 봤던 붉고 짧은 치마를 입은 여인이다. 중년 사내가 비좁은 비행기 좌석으로 들어가려다 여인의 몸과 접촉이 있었나 보다. 남자의 사과로 잠시 소란스럽던 시간이 지났다. 다케시마 역시 여인을 피해 창쪽 끝에 있는 47-A로 들어가기란 만만치 않아 보였다. 다케시마는 조심조심 그녀 앞을 지나며 목례를 하고 자리에 앉았다.

하네다 공항을 이륙하는 보잉 747기의 엔진 소리가 유난히 크게 들렸다. 비행기가 활주로를 박차고 솟아오르자 손바닥만한 작은 창으로 공항 근처 풍경들이 펼쳐졌다. 붉은색과 푸른색 지붕을 머리에 인 집들이 옹기종기 모여 있었으며 도시의 회색빛 연무가 종종 시야를 가렸다. 잠시 후 바다가 보이는 듯 짙푸른 색이 눈에 들어오더니 방향을 급선회하며 비행기는 하늘로 솟구쳤다. 희뿌연 해무 층을 힘차게 제쳐낸 비행기는 검고 두터운 구름 사이를 뚫고 드넓은 바다 위를 날기 시작했다.

옆자리에 앉은 여인의 혈홍색 짧은 치마가 자꾸 눈에 거슬렸다. 젊은 사내가 옆에 앉아 보고 있다는 것을 눈치챘는지 멀겋게 드러난 허벅지를 기내용 담요로 가리며 힐끗 다케시마를 본 뒤 책을 꺼내 들었다.

안전벨트 표시등이 꺼진 것을 확인한 다케시마가 의자를 뒤로 젖히고 등을 뉘이며 눈을 감았다.

몇 년이 흘렀나. 기억이 가물거린다. 열 살이 되던 해였을 것이다. 생전 처음 본 중년의 여인이 불쑥 신주쿠 집으로 들어왔었다. 할머니는 그녀가 한국 사람이며 다케시마의 어머니라고 식구들에게 소개했다. 그때 한국 어머니가 선물로 손에 쥐어준 장난감 빨간 세발자전거를 다케시마는 지금껏 간직하고 있다. 그는 작은 가방을 뒤져 장난감 세발자전거를 꺼냈다. 손으로 바퀴를 돌리자 싱싱 잘도 돌아간다. 옆자리 여인이 그를 보면서 빙긋 웃는다.

"아주 예쁘네요. 자전거."

다케시마는 쑥스러운 듯 자전거를 상자에 담아 가방 속 깊이 넣었다. 그리고 다시 창쪽으로 눈을 돌렸다. 그 어머니가 아유미 할머니와 정겹게 앉아 이야기를 나눴던 기억이 회억처럼 스쳐갔다. 하룻밤을 묵으며 다케시마를 보듬어 안고 볼에 입을 수없이 맞추던 여인. 때론 눈물을 주체하지 못해 흐느적거리며 콧물을 쏟아내던 여인. 그렇게 밤을 하얗게 보낸 다음 날, 기약 없이 대문을 나서 길을 떠난 여인. 그 아침엔 예전에 볼 수 없던 큰비가 내렸던 기억이다. 당시 그는 한국말을 몰라 어머니가 무슨 이야기를 했는지 알아들을 수 없었다. 다음 날부터 다케시마는 할아버지 마스다를 졸라 한국말을 배우기 시작했다.

할아버지는 그냥 호기심에 배우려는 손자가 예뻐서 한국말을 가르쳐 주었다. 하지만 어린 다케시마가 어머니를 그리워하는 마음은 한시도 그의 머릿속에서 떠나본 적이 없다. 언젠가는 꼭 그녀를 만나야 한다는 속마음 깊은 자신과의 약속을 그는 오늘까지 버리지 않았다. 언젠가는 이 날이 올 것이란 희망을 버리지 않았기에 한국어와 말을 배우는 시간은 곧 어머니에 대한 그리움의 모두가 되었다.

그 기억 속에서 잠시 헤쳐 나올 즘 다케시마는 긴 한숨을 열 수 없는 비행기 창으로 쏟아냈다. 때론 그녀가 보고 싶고 때론 미워하며 애증과 절망과 그리움으로 흘려보낸 시간들 속에 다케시마는 스물여덟의 나이를 먹었다. 일 년 전 돌아가신 마스다 할아버지와 오늘 아침까지 한국 행을 만류하던 아유미 할머니도 정체에 대해 똑바로 말해 주지 않았던 중년의 한국 여인. 늙어가는 여인의 나이는 속일 수 없었지만 상당한 미모에 일본어를 아주 잘했던 한국 아줌마라는 기억뿐이다. 그 어머니를 마지막으로 본 지 벌써 십칠 년이 지났건만 청년 다케시마는 그 얼굴을 지울 수는 없었다. 험하게 쏟아 붓던 비 사이로 안개가 자욱해진 이른 아침, 마지막 집을 나서며 소년 다케시마를 꼭 안아주던 그 따스한 손길과 우수에 젖은 깊은 눈빛이, 가물가물 낡은 필름처럼 머릿속을 헤집으며 돌아갔다.

눈을 떴다. 뭉실뭉실 거대한 구름들이 비행기 아래에 펼쳐져 있다. 뛰어내려도 포근히 받아줄 태세다. 그곳에 어머니가 환하게 웃는 얼굴로 그를 바라보며 앉아 있다. 유소년 다케시마가 세발자전거를 타고 구름 위 어머니 옆을 뱅글뱅글 돌아다닌다.

"엄마."

흐느끼듯 신음소리를 내뱉던 다케시마가 비행기 안의 시선을 피해 고개를 숙였다. 그때 옆자리에 앉은 여인이 호기심 가득한 눈으로 다케시마를 바라보고 있었다. 그녀와 눈이 마주쳤다. 그녀는 빙긋한 웃음을 그의 눈에 남기고 다시 책장을 넘겼다.

어디서 많이 본 눈매다. 누구를 닮았을까. 다케시마는 곰곰이 머릿속을 헤집었다. 머릿속을 돌아 나온 생각 끝에 늙은 한국 어머니의 눈매와 닮아 쉽게 겹이 짐을 느낄 수 있었다.

"어머니와 이 여인?" 그는 참 많이 닮았다는 생각을 하며 다시 눈을 감았다. 잠시 몽상 속을 헤매이다 정신을 차렸을 즘, 여승무원이 음료를 권한다. 콜라 한 잔을 받아든 그는 창 커튼을 내리고 정면에 매달려 있는 화면으로 비행기 운항 경로지도를 유심히 보았다. 동경 출발, 대마도 상공을 지나 제주도란 영문 글씨가 눈에 들어온다. 김포공항 도착 예정시간이 한 시간 남았다고 쓰여 있다.

한국은 미지의 세계다. 미지의 세계에 살고 있다는 어머니. 어렸을 적 친구들은 어머니와 아버지 그리고 형제들과 오순도순 살아가는 모습이었다. 하지만 늘 다케시마의 가슴을 허전하게 했던 부모에 대한 동경. 그가 태어나기 전 아버지 하라가 병으로 죽었다는 말을 믿어야 하나 말아야 하나. 수없이 고뇌하며 답을 찾으려 해도 할아버지 할머니는 늘 같은 말만 되풀이했다.

"네 아버지는 너 태어나기 전에 병으로 죽었어."

그로 인해 심하게 찾아왔던 우울증은 다케시마를 수없이 울리기도 했었다. 서울에서 태어났다는 말꼬리가 흐린 답을 할머니에게서 몇 번 듣기는 했지만 명확하지 않다. 집안 대대로 정치를 했던 유명 가문이었기에, 그가 모르는 무엇이 있었기에 다케시마 태생에 관한 비밀을 쉬쉬하며 감추었을지 모를 일이다.

서울 하늘 아래, 아니 한국 땅 어디서 무엇을 하며 살아가고 있을지 모를 여인 어머니. 전화번호도 주소도 없고 만날 기약도 없는 어머니를 볼 수 있다는 작지만 벅찬 희망 하나 가슴에 품었을 뿐이다.

며칠 전 집 전화벨 소리가 집안을 세차게 울린 후 내 귀에 속삭이듯 들렸던 정겨운 목소리가 귀에 쟁쟁하다.

"다케시마 상. 난 주한 일본 대사 기무라입니다. 어머니를 찾아주려고 하는데 한국으로 한 번 들어오세요."

그랬다. 어머니. 나의 어머니를 찾아주겠다고 한 사람이 바로 한국 주재 일본 대사 기무라였다. 그가 곰곰이 지난날을 회억하는 사이 김포공항 도착 안내방송이 나오고 곧 비행기는 요란한 마찰음을 내며 활주로에서 속도를 줄이고 있었다.

다케시마는 입국 수속을 마치고 출입구를 향해 공항 청사를 걸었다. 운명처럼 붉은 치마를 입은 여인이 앞서 걸어갔다. 마지막 수화물 체크가 끝나고 청사를 벗어나려 할 즈음이었다. 양복을 입은 사내 둘이 앞서가던 여인 앞을 가로막는다. 특수 경찰복을 입은 경찰 넷이 이들을 둘러싸고 있다. 그들은 손잡이가 없는 총을 옆구리에 차고 있었다. 그들이 여인에게 무엇인가 말을 건네더니 이내 여인의 양팔을 낚아채 건물 끝 어디론가 데려간다. 여인의 악다구니 치는 소리가 청사 안을 뒤흔든다.

"일본 대사를 불러주세요."

"……"

"난 아니란 말예요. 사람을 잘못 봤다고요. 이 손 놔. 놓으란 말이 야."

예상대로 그녀는 한국말을 하고 있었다. 사내들 팔에 반쯤 매달려 끌려가는 여인의 뒷모습이 엉거주춤 안쓰럽게 보였다. 치마가 찰싹 달라붙은 엉덩이가 씰룩거렸지만 제 멋을 잃었다. 어느 즘에 여인은 고개를 돌려 뒤를 돌아보고 누군가를 찾는 듯했다.

다케시마는 고개를 갸우뚱거리며 그들을 바라보다 이내 청사를 빠져나왔다. 거리는 낯설지 않은 풍경들이다. 시설물들과 한국 사람들의 표정들은 언젠가 본 듯 익숙했다. 그는 걷던 발걸음을 멈추고 또다시 기억 속을 헤집었다. 무엇인가 생각이 날 듯 날 듯 머리가 어지러웠다. 서울에서 태어나 서너 살 어린 나이에 이 공항을 통해 일본으로 갔으리라는 짐작이다. 그는 로밍되어 있는 핸드폰을 켜고 일본 대사관 직원의 전화번호를 눌렀다. 잠시 후 검은색 자가용이 다케시마 앞에 멈춰 서고 운전수가 다가와 꾸벅 인사를 한다.

"다케시마 상. 어서 오세요. 주한 일본 대사관에서 나왔습니다."

"고맙습니다."

다케시마가 뒷좌석에 타자 운전수는 그의 여행용 가방을 트렁크에 싣고 쏜살같이 공항 청사 주차장을 벗어나 시내로 내달렸다.

대한민국 서울. 다케시마가 그토록 그리워하던 도시다. 그가 태어났고 또한 어머니가 살고 있을 도시이기에 늘 정겹게 상상하던 도시다. 동경과 비교해 크게 뒤질 것 없는 즐비한 고층건물과 거리마다 북적대는 사람들의 표정이 흡사하다. 어느덧 다케시마를 태운 차가 일본 대사관 정문에 잠시 멈추는가 싶더니 이내 곧바로 안으로 들어간다.

"다 왔습니다. 다케시마 상."

기사가 차에서 내려 뒷문을 열었다.

"대사님이 이곳으로 저를 데려오라고 하시던가요?"

"네. 그렇습니다."

다케시마가 고개를 갸우뚱 저으며 차에서 내리자 사내가 그를 인도해 건물 안으로 들어갔다. 이 층의 복도 옆으로 여러 개의 방들이 있었으며 사내는 맨 끝 방으로 다케시마를 데리고 갔다.

"이 방이 기무라 대사님 방입니다."

사내는 방을 노크한 뒤 그를 안으로 들어가라며 눈짓을 했다.

"어서 와요. 다케시마 군."

머리가 희끗한 주한 일본 대사가 그를 반갑게 맞았다.

"초대해 주셔서 감사합니다. 대사님."

"그래. 이리 앉아. 한국은 가깝고도 먼 나라지요. 피곤할 것이야."

다케시마가 소파에 앉자 여비서가 차 두 잔을 탁자에 내려놓고 방을 나갔다.

"그래. 아유미 할머니는 건강히 잘 계신가?"

"네. 대사님."

"다케시마 군. 더 어른스러워졌어. 작년에 마스다 할아버지 장례 때 문상 갔다가 잠시 봤지. 자네는 나를 몰라봤을 것이고."

"고맙습니다."

다케시마는 기무라 대사와 어머니 그리고 할아버지 마스다의 관계에 어떤 타래가 있는지 몹시 궁금했다. 그저 집안 대대로 내려오면서 할아버지 대까지 큰 정치를 하셨다는 이야기는 흔히 들어왔었다. 보잘것없는 신주쿠 젊은이를 왜 주한 일본 대사가 이렇게 맞이해 주는지 그리고 어머니를 찾게 해주겠다는 의도가 무엇인지 알 길이 없었다. 두 사람은 신변 잡담을 잠시 나누며 차를 홀짝였다.

"대사님. 대사님을 뵈면 여쭈어보고 싶은 말이 있었습니다."

"그래. 말해 보게나."

"제가 대사님 초청을 받고 한국으로 오려고 할머니께 말씀을 드렸습니다. 그런데 할머니께서는 제가 한국에 가서 어머니를 만나는 것을 극구 만류하셨습니다. 그리고 딱히 이유를 말씀 안 하셨습니다. 혹 대사님은 그 이유를 아시는지요?"

"허허. 그런 일이 있었구나. 글쎄다. 왜 아유미 할머니가 한국 행을 반대하셨을까? 으흠."

기무라 대사는 한 손으로 턱을 괴며 뭔가 골똘해 하는 듯 입을 닫았다. 드넓은 방 창쪽으로 힘없는 저녁 햇살이 들어와 앉아 곧 어둠이 질 것이라 속달거리는 듯했다.

"내가 자네를 초대한 이유부터 말을 해야겠구나. 그래야 다케시마 군의 궁금증이 조금은 풀리겠는 걸."

"네, 대사님. 고맙습니다."

"내가 정치를 시작해서 시 의원이 되고 주정부 의원이 되고 동경시장이 될 때까지 다케시마의 할아버지 마스다 어른의 역할은 엄청나게 컸단다. 정치철학은 물론 정치가로서의 도리와 덕을 배웠다네. 그래서 너의 할아버지는 내 정치적 스승이셨고 나를 정치적으로 키워주신 어버이같은 분이셨지. 그분의 유일한 피붙이 손자가 있다는 사실을 난 그분이 돌아가시고 난 다음에 알게 되었다네. 진작 알았으면 다케시마를 출세의 길로 이끌어줘야 할 내 책임이 있었을 텐데. 이렇게 평범한 대학 졸업생으로 남겨두지 않았을 것이야."

"말씀은 고맙습니다. 대사님."

"왜 할아버지 할머니가 자네를 숨겼었는지. 내가 주한 일본 대사로 와서 그 사실을 알게 되었다는 것이 자네에게 미안할 따름이야. 자네 집안이 정치적 대 가문이었고 그에 먹칠을 할까 봐 마스다 어른과 아유미 할머니가 그토록 자네를 숨기고 싶었던 그 이유. 이제 나와 함께 풀어가야 할 일이야. 그래서 자네를 초청했네. 마스다 어른이 평생 말 못하고 지냈던 어쩌면 고통스럽기까지 했을 자네의 출생의 비밀을 속 시원하게 풀어주자는 게 내 뜻이고 그것이 자네 할아버지에 대한 은공일 것이란 판단을 이제사 했네."

대사는 커피 잔에 손을 대려다 말고 창밖으로 고개를 돌려 긴 한숨을 내쉬었다.

잠시 침묵이 흘렀다. 길지 않은 시간이지만 다케시마에게는 몇 시간처럼 느껴졌다. 그때 고요한 침묵을 깨는 요란한 전화벨 소리가 방 안을 가득 메웠다. 기무라 대사는 자리에서 일어나 몇 걸음 걸으며 전화기를 손에 잡았다.

"응. 나야."

조금 전 찻잔을 가지고 다녀갔던 여비서의 목소리가 수화기를 비집고 새 나왔다.

"뭐야? 그래 무슨 일이라고 하던가? 비서실장 들라고 해."

무엇인가 급한 일이 생긴 것처럼 미우라 대사는 당황했다. 전화를 끊자 곧바로 사내 하나가 결제 서류 파일을 들고 급히 방으로 들어왔다.

"다케시마 군. 잠시만 앉아 있게나. 실장은 이리로 가까이 와 보고하게."

비서실장은 미우라 대사 책상으로 바짝 다가가 입을 열었다.

"대사님. 오늘 우리 일본국 국민 하나가 한국으로 들어오려다 공항에서 한국 경찰에 체포되었다고 합니다."

"왜 체포했다는 거야? 무슨 죄라고 하던가?"

"여권 위조라고 보고받았습니다."

"여권 위조? 일본국 국민이 왜 여권을 위조해? 다시 알아봐."

"네. 대사님."

실장이 방을 나갔다. 다케시마는 오늘 오후 함께 비행기를 타고 왔던 젊은 여인을 생각했다. 그녀가 공항에서 특수 경찰들에게 질질 끌려가던 뒷모습이 눈에 선하다.

"미안하네. 다케시마 군."

대사는 굳은 얼굴로 소파에 앉으며 고개를 갸웃거렸다.

"어디까지 말했나? 이런."

"네, 출생의 비밀을 풀어주신다고 하셨습니다."

"그래. 그래서 내가 자네를 한국으로 불렀고 아유미 할머니는 그게 두려웠던 것일 게야."

"무슨 말씀이신지요? 대사님."

다케시마는 더욱 초롱초롱해진 눈매를 굴리며 대사의 일거수일투족을 놓치지 않으려 했다.

"후. 이봐. 젊은이. 젊은이의 이름이 왜 다케시마인지 한 번쯤 생각해 봤는가?"

그는 뒷머리를 쇠망치로 맞은 듯 잠시 멍해졌다.

"다케시마란 한국말로 독도라는 뜻이야. 독도. 자네는 독도가 무엇인지를 잘 알고 있을 터."

"네. 대사님."

"일본국과 한국이 영토 분쟁을 겪고 있는 동해의 작은 섬 독도란 말일세. 자네의 할아버지 마스다 어른과 할머니가 워낙 밝혀지기를 원치 않았던 사실이라 나도 확실히 알 수 없지만 자네의 이름과 분명 상관관계가 있음을 예견할 수 있을 것일세."

"그럼?"

"그래. 이제야 이름을 다케시마라고 지은 큰 뜻의 흐름이 보일 듯 말 듯 그려지네."

다케시마는 어둠이 들기 시작한 창밖으로 몇 걸음 걸어가며 자신의 이름을 되뇌었다.

"다케시마. 다케시마. 독도, 독도……."

그리고 한국 여인 어머니. 그리고 할아버지와 할머니가 숨기고자 했던 숨은 이야기. 태어나기 전에 죽었다는 아버지 하라…….

대사 방에 다시 전화벨이 울리고 비서실장이란 사내가 들어왔다.

"대사님. 한국 경찰에서 연락이 있었습니다."

"그래 어떤 연유로 일본국 여자를 잡아들였다고 하던가?"

"그 여자는 원래 국적이 북조선이라 합니다. 북조선을 탈북한 뒤 몰래 일본에 잠입했다가 일본국 국민으로 여권을 위조해 한국에 들어오려다 잡혔다고 합니다."

"그럼 본국에다 확인해 보았는가?"

"네, 대사님. 본국에서도 그 사실을 확인했습니다."

"별것 아닌 사건이네. 알았네. 본국과 긴밀히 소통하고 한국 출입국 관리들에게도 단 하나의 허점도 없이 뒷정리 잘 하게. 실장은 나가 보게."

실장이란 사내가 방을 나갔다. 창밖을 멍하니 바라보며 서 있는 다케시마를 대사가 불렀다.

"이보게. 젊은이. 오늘은 내가 선 약속이 있어서 그만 방을 나가야겠네. 자네는 우리 대사관 숙소에서 쉬며 다음에 내가 보자고 할 때까지 기다리게나."

대사는 비서관을 불러 다케시마를 숙소로 안내하도록 조치하고 방을 나갔다.

그는 대사관 숙소에서 며칠을 지냈다. 연락을 주겠다던 대사의 부름은 없었다. 그곳에 있는 동안 다케시마의 안부를 아침저녁으로 챙겨주던 비서실장 요시다가 출근 시간에 맞춰 그의 숙소로 들어왔다.

"밤새 잘 잤는가? 다케시마 상."

"네. 실장님. 덕분에요."

"많이 답답할 것일세. 그래서 오늘은 자네가 가고 싶은 서울 어느 곳이라도 동행하라며 대사님의 배려가 있었다네. 가고 싶은 곳이 어디인가? 말해 보게나. 내가 하루 종일 자네를 안내할 것이네."

"감사합니다. 실장님. 사실 답답한 마음 그지없었습니다. 정말 대사님 허락이라시면 꼭 한 군데……."

"어디를?"

"실장님. 지난번 위조된 여권으로 한국에 들어오려다 잡힌 그 여인이 궁금했습니다. 그 여인을 만날 수 없을까요?"

"그게 무슨 뜻인가? 자네하고는 아무 상관없는 여자일세."

"그냥요. 그냥 만나보고 싶다는 생각이 몇 번 들었습니다."

"그래. 그것이야 어렵지 않아. 알았네. 그 여자 면회하고 시내 들어가 맛있는 식사나 함께하고 돌아오세나."

실장이 숙소를 나가고 그는 분주한 외출 준비로 바빠졌다. 얼마 후 다케시마에게 일 층으로 내려오라는 전화가 왔고 이내 다케시마는 그의 차에 올라 대사관을 빠져나왔다.

"젊은이."

"네. 실장님."

"자네는 왜 그 여자가 궁금하던가? 조금의 인연이라도 있었던가?"

"아닙니다. 제가 한국에 들어올 때 제 옆자리에 앉았던 여인이었습니다."

"그런 작은 인연 가지고 면회를 하고 싶다는 생각에 쉽게 동의할 수가 없는데. 아닌가?"

"글쎄요. 실장님. 몇 번 내 영혼을 스치는 듯한. 언제 어디서 아니면 앞으로, 뭐 그런 예감이 잠시 내 생각 속에 머뭇거리기에 제의를 했던 것입니다."

"참 요상한 젊은이구만. 젊은 남녀의 인연이라? 뭐 그런 것이라면 대충 이해는 가네. 하하."

어느덧 차는 복잡한 출근길 도심을 헤집으며 경찰청 정문을 통해 안으로 들어갔다. 5층에 마련된 특수 수사과 방에 들어간 일행은 망연자실, 헛걸음이었다. 이미 여자의 신병이 국정원으로 넘어갔다는 대답만 있을 뿐이다.

다케시마와 함께 주차장으로 내려온 실장은 어디론가 전화를 했다. 얼마 후 그의 핸드폰이 울리며 전화를 받은 실장의 얼굴에 미소가 가득했다.

"다케시마. 우리는 국정원으로 가는 거야. 그곳에 있다고 하네. 면회 허락도 받았고."

"잘 됐군요. 실장님. 감사합니다."

"자, 가자고. 어서 타."

두 사람을 태운 검은색 외교관 차량은 쏜살같이 경찰청을 빠져나갔다. 시내를 빠져나온 일행은 잠시 고속도로를 달리다 다시 시내로 들어왔다. 그리고 다시 한적한 시골길을 돌아 좁은 산길로 접어들었다. 일본 대사관에서 미리 연락을 취한 터라 정문을 통해 안으로 들어가는 과정은 시간이 걸리지 않았다. 국가정보원 민원실에 도착한 실장과 다케시마는 그 여자의 면회를 주문한 뒤 대기실에 얼마간 앉아 있었다. 커피 한 잔의 여유가 끝나갈 무렵 담당 직원이 그들에게 다가왔다.

"많이 기다리셨죠? 일본 대사관에서 오셨다고 하기에 최선을 다해 일을 빨리 진행하려 했습니다만 좀 어렵게 됐습니다. 이를 어쩌지요?"

"그게 무슨 말씀이신가요?"

"네. 그 여자 피의자는 이곳에 없습니다. '방금 전 제가 알 수 없는 윗선에서 어디론가 데리고 갔다는 말 밖에 전해 드릴 것이 없습니다."

"그럼 그 여자에게 또 다른 범죄 혐의가 있었다는 말인가요?"

"더 이상 말씀드릴 것이 없습니다. 죄송합니다. 돌아가 주십시오."

두 사람은 더 이상 기대할 수 없었다. 윗선이라 함은 무엇인가? 정치적 아니면 국가적 사고가 개입되었다는 말로밖에 해석할 수 없었다. 허탈한 생각을 지우려 실장이 담배를 물었다. 그의 담배 연기가 국정원 뜰에 가득 퍼지며 하늘로 흩어졌다. 그때였다.

"여보세요. 잠시만요."

국정원 직원 하나가 급히 달려와 그들이 출발하려던 차 앞을 가로막았다.

"잠깐만요. 지금 국정원 차장님이 일본 대사관분들을 만나고자 합니다. 괜찮으시다면 저를 따라오시지요."

두 사람은 당황스럽게 돌아가는 시간을 접하며 직원을 따라 본관으로 들어갔다.

엘리베이터를 타고 올라간 복도의 끝자락. 차장실이란 방 간판이 눈에 들어왔다.

"어서 오세요. 일본국 대사 비서실장님."

머리가 희끗한 중년의 신사가 그들을 반갑게 맞이했다.

"저는 한국 국가정보원 차장입니다. 정보 보안상 이름을 밝힐 수 없음을 양해바랍니다."

"네. 일본 대사관 대사 비서실장 요시다입니다. 반갑습니다."

여비서의 발자국 소리가 살며시 들리는가 싶더니 찻잔이 탁자에 놓였다.

"자, 드세요. 차는 역시 한국 녹차가 최고입니다. 몸에도 좋고요."

세 사람은 탁자를 마주하고 앉아 찻잔을 들었다.

"미리 연락을 못해 드려 죄송합니다. 귀국의 여권 위조 사건을 다루면서 일일이 말씀드리지 못한 점 먼저 사과를 드립니다. 대사님께는 보고가 있었을 것입니다만 이번 사건은 국가적 문제가 서로 얽혀 있어 세세한 발표는 안 하도록 지침이 있었습니다. 양해바랍니다. 실장님. 다만 언제든지 귀 대사관에서 궁금해 하는 사항이 있으면 정보 차원에서 알려드리겠습니다."

"네, 그런 문제가. 그래서 윗선이란 말이 있었군요. 잘 알겠습니다. 더 이상 묻지 않겠습니다. 차장님."

"그래주셔야 될 듯싶네요. 감사합니다. 그 여인이 공항에서 체포됐을 때 그녀 핸드백에서 주소 하나가 나왔습니다. 추궁 끝에 여인의 인척이 부산에 살고 있다는 자백을 받아냈습니다. 필요하시다면 나중에 주소지는 알려드릴 수 있습니다."

귀를 쫑긋 세우고 이를 듣고 있던 다케시마의 눈이 휘둥그레졌다. 그는 지체 없이 입을 열었다.

"그럼 그 주소지를 언제쯤 저희가 알 수 있나요?"

"지금은 조사 중이라 알려드릴 수가 없습니다. 또한 그녀가 인척 누구인지 끝까지 말을 하지 않고 있습니다. 곧 밝혀지겠지만요. 그리고 그 여자가 탈북자란 사실이 입증됐고 대한민국으로 귀화를 원하고 있으니 그때에 가능하지 않을까 생각됩니다. 모든 조사가 완료된 뒤 말씀입니다."

"그렇군요. 알겠습니다. 차장님."

"일본국의 많은 양해를 바란다고 대사님께 전해 주세요. 실장님."

어머니의 비밀 *33*

다케시마는 무엇이 어떻게 돌아가는지 영 알 수가 없었다. 둘은 방을 나와 대사관으로 돌아왔다.

대사관 숙소 생활은 지루하게 이어졌다. 새벽에 눈을 뜨면 가벼운 운동으로 해맞이를 했고 아침 식사 후에는 이곳저곳을 기웃거리다 오후를 맞이하곤 했다. 며칠이 더 흘렀지만 기무라 대사의 면담 소식은 들려오지 않았다. 가끔 비서실장 요시다의 방문이 있었고 그와 이야기를 나누는 것이 대화의 전부이기도 했다.

여권 위조로 체포된 미모의 탈북 여자의 소식도 더 이상 들리지 않았다. 무엇인지 모르지만 점점 더 낯설지 않게 느껴지는 그 여인의 얼굴. 그리고 다케시마가 영적으로 느끼는 호감은 그의 뇌리에 점점 깊게 각인되고 있었다. 다케시마는 잠시 그의 한국 행 목적을 잊은 듯했다. 어머니를 찾고 싶었고 보고 싶었던 신주쿠의 다케시마는 엉뚱한 호기심과 관심으로 대사관에서의 시간을 허비하고 있었다.

바람이 몹시 불어 대사관의 아름다운 풍경들이 엉망으로 흐트러지던 오후였다. 그토록 기다리던 기무라 대사가 여비서를 시켜 방으로 들어오라는 전갈을 보내왔다. 다케시마는 머리카락을 정리한 뒤 곧바로 대사관 본관 그의 방으로 들어갔다.

"어서 오게. 다케시마 군."

"그간 평안하셨습니까? 대사님."

"그래. 이곳 생활이 많이 지루했지? 내가 좀 바쁜 나날을 보내다 보니 자네를 잠시 잊었었네. 그동안 자네 어머니의 행방을 여러 경로를 통해 수소문하며 정보를 수집했다네. 이제 비로소 다케시마가 어머니의 얼굴을 볼 수 있을 것이야."

"감사합니다. 어머니는 어디서 어떻게 살고 계신지요? 대사님."

"이 사람 급하긴. 자세한 것은 이 주소로 찾아가 뵙고 직접 들게나. 자, 이것 받게."

기무라 대사는 다케시마에게 주소가 적힌 쪽지 하나를 건네며 빙긋이 웃었다.

"감사합니다. 대사님."

"그래. 어머니 성함은 이유빈이야. 어서 가서 어머니 만나 뵙고 하루쯤 있다가 다시 돌아와야 하네. 그리고 자네 직장이 없다고 했던가?"

"네, 대사님. 아직."

"그럼 이왕에 내가 도와줄 것, 한국에서 일하는 것은 어떠한가? 내가 일자리를 만들어보지."

"정말 고맙습니다. 저도 이곳에서 지내며 그런 생각을 했었습니다. 감사합니다. 대사님."

"그렇게 고마워할 것 없네. 자네 선친들께 내가 받은 은혜를 생각하면 아무것도 아니야. 그러니 어서 어머니 찾아뵙고 다시 돌아와 일할 준비나 해 보게."

"네."

다케시마는 손에 쥔 쪽지를 힐끔 보면서 대사 방을 나와 숙소로 돌아왔다.

"이유빈. 이유빈."

그토록 듣고 싶었던 어머니 이름이라고 했다. 다케시마는 이유빈이라는 이름을 수없이 되뇌며 잠자리에 들었다.

밤잠을 설친 피곤한 몸이 휘적거렸다. 아직 고요한 잠속에 빠진 듯 대사관은 조용했다. 다케시마는 대사관 문을 나섰다. 남산 기슭에서 동이 터오더니 어둡고 침침했던 서울 거리가 환하게 빛날 즘이었다. 이른 아침, 많은 차량들이 도로를 질주했다.

"택시."

다케시마는 택시를 세워 주소가 적힌 종이를 보이며 갈 수 있느냐고 했다.

"네. 어서 오세요. 그런데 여긴 한 시간 정도 가야만 하는 먼 곳입니다."

"괜찮습니다. 어서 가주세요."

택시는 복잡한 다운타운을 빠져나가 한강을 건넜다. 출근길 차량들이 너무 많아 쉽게 달릴 수 없었다. 택시 기사가 말한 한 시간의 시간이 흘렀을 무렵 택시는 산기슭을 오르기 시작했다. 숲이 우거져 하늘이 보일 듯 말 듯 아스라이 언덕을 넘었다. 인적은 물론 길을 지나는 차를 발견하기 쉽지 않은 어스름한 곳이다. 택시 브레이크 소리가 들리는가 싶더니 이내 차는 관악산 중턱 부근에 멈췄다.

"이 집입니다. 손님."

다케시마가 차창으로 밖을 보았다. 드높은 담벼락이 대문을 휘감은 저택. 그 위로 살며시 흔적을 내 보이고 있는 것은 지붕뿐이었다.

"고맙습니다. 기사님."

다케시마가 차에서 내려 대문 앞으로 걸어갔다. 문패도 없는 유령 같은 집이었다. 잠시 멈춰 있던 그가 초인종을 눌렀다. 얼마간 대답이 없었다. 다시 그의 손가락이 초인종을 누르려는 순간 대문 옆 작은 스피커에서 사람 소리가 들렸다.

"누구세요?"

"네. 사람을 찾고자 왔습니다."

"누구를요?"

"이곳에 살고 있다는 중년의 부인을 만나고자 합니다."

"무슨 이야깁니까? 이곳은 공공의 장소입니다. 민가가 아니라고요."

"무슨 말씀이지요? 저는 일본 대사관에서 나온 다케시마라는 사람입니다. 문 좀 열어주실 수 없는지요?"

"일본 대사관요? 무슨 일인지 정확히 알아야 합니다."

"일본 대사 기무라님의 편지를 갖고 있습니다. 들어가 보여드리지요."

"좋아요. 그럼 윗옷을 벗어 안을 보여주세요. 그리고 허리띠를 앞뒤 좌우로 볼 수 있도록 몸을 돌려주세요."

안에서 다케시마의 일거수일투족을 보고 있는 듯 했다. 그는 안에서 시키는 대로 윗옷을 벗고 몸을 좌우로 돌려 흉기가 없음을 증명해 보였다. 얼마 후 대문의 잠금장치가 풀어지는 쇳소리가 들렸고 이내 대문이 위로 올라가며 집안의 뜰이 보이기 시작했다. 다케시마가 대문에 들어서는 순간 한 손에 권총을 잡은 사내가 앞을 가로막았다.

"죄송합니다. 이곳에 출입하는 자는 누구를 막론하고 몸수색을 하게 되어 있습니다. 잠시만."

사내는 다케시마 몸 구석구석을 손으로 만지고 훑어내리며 수색을 했다.

"자, 안으로 드세요."

그는 다케시마를 지하실로 데리고 갔다. 곰팡이 냄새가 코를 자극했다. 졸고 있는 듯 희미한 형광등 몇 개가 복도를 비추고 있었으며 사내는 이내 다케시마를 방으로 밀어넣었다. 잠시 후 밖에서 문 잠그는 소리가 들리더니 사내의 발자국 소리는 멀어져 갔다. 작은 창문 하나 없었고 군대용 얇은 담요 하나와 색이 누렇게 변한 베개 하나가 있을 뿐이다.

"이보시오. 지금 뭐하는 짓이요. 난 일본 대사관에서 왔단 말이요. 일본 대사관."

허공에 대고 외치는 외마디였다. 대답 없는 메아리는 작은 방 안에서 좌충우돌 맴돌 뿐이었다.

얼마의 시간이 흘렀다. 쥐새끼 소리 하나 없던 지하실에 사람 소리가 들렸다. 다케시마는 문쪽으로 가까이 다가가 귀를 쫑긋 세웠다. 그때였다. 방 안 천장 스피커에서 사람 목소리가 들렸다.

"다케시마 씨. 뭣이 그리 궁금합니까? 지금 직원이 내려갔으니 따라 올라오세요."

그들은 방 안 CCTV로 다케시마를 보고 있었다. 잠시 후 방문이 열리고 말끔하게 생긴 젊은 사내의 얼굴이 보였다.

"다케시마 씨. 따라 올라오세요."

다케시마는 그를 따라 지하실 복도를 걸었다. 그들이 막 위층으로 오르는 계단을 지나갈 무렵, 계단을 내려오는 한 명의 여자가 보였다. 두 명의 사내들이 그녀 양팔을 부여잡고 다케시마 옆을 스쳐 내려갔다.

"어, 저 여자는."

다케시마는 비명에 가까운 소리를 입 밖으로 내려다 힘겹게 삼키고 말았다. 그 여자였다. 공항에서 여권 위조로 체포된 바로 그 여자였다. 다케시마가 뒤를 돌아볼 즘 여자는 지하실 방으로 들어가고 있었다.

다케시마를 안내한 사내는 거실을 나갔다. 그리고 곧바로 또 다른 남자가 들어와 다케시마 앞에 탁자를 마주하고 앉았다.

"어서 오세요. 그리고 죄송합니다. 이곳이 워낙 위중한 정보국 산하 일터인지라 조금 무례한 일이 있었음을 사과드립니다. 다케시마 씨."

"괜찮습니다. 매우 중요한 일을 하시는 듯 싶어서 이해를 했습니다."

"저는 이 집 주인 김평화라는 사람입니다. 내가 보고 받기를 누구를 찾아오셨다고 들었습니다만. 그래 어떤 연유인지 설명을 부탁드려도 될까요? 다케시마 씨."

"네. 감사합니다. 김평화 님. 주한 일본 대사관 기무라 대사님이 주신 쪽지입니다. 여기에 있는 이유빈이란 중년의 여인을 찾고자 합니다만."

"어디 이리 봅시다. 이유빈. 이유빈……."

김평화의 눈동자가 점점 커지더니 이내 깜짝 놀란 듯 다케시마를 뚫어지게 쳐다보았다.

"이유빈이란 여자와 다케시마 씨는 어떤 관계인가요?"

"자세히는 모르지만 저의 아버지는 일본 분이셨습니다. 그리고 저는 서울에서 태어났고 이유빈이란 여자는 저를 낳아 주신 어머니라고 들었습니다. 오래된 이야깁니다만."

"그래요? 동명이인. 뭐 그럴 수도 있겠군요."

김평화는 혼자 중얼중얼 말을 삼키며 의아해 하는 눈치였다.

"무슨 말씀인지?"

"아, 아닙니다. 그냥요."

"지금 이유빈이란 여자분 이곳에 없습니까?"

"당연히 없지요."

"그럼 언제쯤 그분을 뵐 수 있습니까? 일본 대사관에서는 이곳에 살고 있다고 했습니다."

"보시다시피 이곳은 일을 하는 일터입니다. 그런데 무슨 이유로 일본 대사관에서 이곳에 이유빈이 살고 있다는 정보를 주었는지 그게 더 궁금합니다. 그리고 다케시마 씨가 한국에서 태어났다고 했던가요? 죄송합니다만 지금 나이가?"

"스물여덟입니다."

"아버지는 일본 분. 어머니는 한국 분? 한국에는 언제까지 살았습니까?"

"저는 기억이 없습니다. 아마 서너 살쯤 한국을 떠났을 것이라 사료됩니다. 그리고 할아버지 할머니도 정확한 말씀을 안 해 주셨습니다."

"그래요? 그럼 저도 궁금한 일이 하나 더 생겼습니다. 저는 직업상 궁금하면 못 견디는 성격입니다. 그나저나 조금은 연결이 될 듯싶은 여인을 제가 알고 있으니 오늘은 돌아가 주세요. 제가 연락이 닿는 대로 일본 대사관으로 연락을 드리지요. 그리 멀지 않은 시간이 될 것입니다. 다케시마 씨."

"네 감사합니다. 김평화 씨. 그럼 좋은 결과 기다리며 돌아가겠습니다."

김평화는 직원을 시켜 다케시마를 일본 대사관까지 데려다 주라며 그를 배웅했다.

　날이 어두워 관악산 자락이 가물거렸다. 직원들이 김평화에게 퇴근하겠다는 보고를 하고 종종 뒷문을 통해 밖으로 나갔다. 지하실을 지키고 있는 초병 두 명과 이곳 책임자인 김평화 팀장만 비밀의 공간을 지키고 있을 뿐이다. 김평화는 거실에 앉아 연신 담배 연기를 뿜어냈다. 그리고 무엇인가 작심한 듯 입술을 깨물더니 전화기를 집어 들었다. 얼마간 긴 전화벨 소리가 어디론가 날아갔다.

　"여보세요."

　"그래. 어미다. 잘 지내고 있지?"

　"네, 어머니. 요즘 건강은 어떠세요?"

　"괜찮다. 낮에는 광안리 바다에 다녀왔고 저녁엔 친구들 만나 해운대에서 저녁 먹고 왔어. 이젠 혼자 돌아다닐 만하단다."

　"네. 건강하셔야 합니다."

　"오냐."

　"어머니?"

　"그래."

　"한 가지 여쭙고 싶은 게 있어서요."

　"무엇을?"

　"혹시 일본 사람 다케시마를 아시나요? 다케시마라고 제 또래 젊은 사람이던데요."

　"누구? 다케시마?"

　"네. 어머니와 이름이 같은 이유빈이란 중년의 한국 여자를 찾는다고 해서.”

“…….”

어머니는 한동안 말이 없었다. 가느다란 한숨 소리가 잠시 들리는가 싶더니 이내 땅이 꺼져라 내뱉는 한숨 소리가 김평화 귀에 들려왔다.

“모른다. 그런 사람. 내가 어찌 일본 사람을 알겠느냐. 모른다고.”

“혹시나 해서요.”

“나 피곤하다. 전화 끊자.”

어머니는 일방적으로 전화를 끊어버렸다. 한동안 수화기를 잡고 있던 김평화는 냉장고 문을 열고 물을 벌컥벌컥 들이켠 뒤 계단을 통해 지하실로 내려갔다.

# 사랑과 자유

　　　　　**관악산 산중** 깊숙이 숨어 있는 국정원 부속실 지
하. 여권 위조로 체포된 미모의 탈북 여성은 강도 높은 조사를 받으며
나날이 지쳐갔다. 화장발 없는 초췌한 얼굴엔 미소가 사라졌고 부드
러울 줄 알았던 여직원의 취조도 강도를 헤아릴 수 없을 만큼 강력했
다. 큰소리는 예사였으며 때론 욕에 가까운 목소리로 질타를 해 댔다.

"다시 말해 봐요. 이름은?"

"김유경입니다."

"태어난 곳은?

"평안남도 평양시 대동구역입니다."

"어머니 성함은?"

"어머니 이름은 우리 자매가 너무 어린 나이에 돌아가셨기에 알지
못합니다."

"아버지 성함은?

"김경철입니다."

"아버지는 살아계시겠지?"

"네."

"형제자매는?"

"동생 김유빈 하나 있습니다."

"김유경 씨 나이는?"

"스물셋입니다."

"공항에서 부산에 산다는 인척의 주소가 발견되었습니다. 주소 주인의 이름은? 그리고 어떤 사이지요?"

"아직은 밝힐 단계가 아닙니다. 혹 그분께 저로 인해 좋지 않은 일이라도 생길까 봐 그렇습니다."

"그 주소지는 누구에게 입수한 것입니까?"

"탈북을 결심했을 때 북쪽에 계신 아버지가 적어준 것입니다."

"탈북한 이유가 뭐지요?"

"……."

하루가 멀다 하고 수사관들과 수없이 묻고 답한 내용이었다. 탈북 여인 김유경은 세세하고 자연스럽게 이유를 말했다. 그리고 그녀는 한국으로의 귀화를 주장하며 선처를 바라고 있었다.

여자 수사관이 자리를 비우자 이번에는 국정원 부속실 팀장인 김평화가 김유경을 취조하려고 들어왔다.

"자, 편하게 이야기합시다. 김유경 씨. 김유경 씨가 불법 여권을 가지고 대한민국으로 몰래 잠입하려고 한 이유가 뭐지요?"

"중국으로 탈북을 하였으나 워낙 탈북자 감시가 심해 브로커를 통해 일본 행 여권을 먼저 만들었습니다. 그것이 통하여 일본 입국이 성사됐고, 일본 내 국제 브로커를 통해 다시 한국 행 비행기 티켓을 손에 쥘 수 있게 되었습니다. 자유가 말살되었고 먹을 것이 부족해 수많은 북쪽 동포들이 죽어갑니다. 희망은 오로지 탈북해서 동포들이 잘 살고 있는 남조선 땅으로 입국하는 것입니다. 저도 그 희망 하나 가지고 수없이 많은 고통과 좌절을 극복하고 들어오게 되었습니다."

"취조문에서 봤습니다만 선처해 주면 귀화해서 대한민국 국민으로 살겠다고 했는데 지금도 그 마음 변하지 않았습니까?"

"네."

"알았습니다. 며칠만 더 기다리면 좋은 소식이 들릴 것입니다. 김유경 씨."

"고맙습니다. 팀장님."

"그리고 한 가지 더 물어볼 게 있어요. 동생 이름이 김유빈이라 했던가요?"

"네, 맞습니다. 스물하나 나이입니다."

"누가 이름을 지어주었습니까?"

"아버지가 지어주셨다고 들었습니다."

"아버지 이름이 김경철이라고 했던가요?"

"네, 맞습니다. 김경철."

김평화는 고개를 갸우뚱하며 뭔가 지난날을 회상하는 듯 살며시 눈을 감았다. 잠시 침묵의 시간이 흐른 뒤 김평화는 자리에서 일어나며 말을 이었다.

"앞으로 더 이상 취조는 없을 듯합니다. 그만 방으로 돌아가 쉬세요. 김유경 씨."

"네, 팀장님."

"아참. 오늘도 차 한 잔 같이 할겸 저녁시간에 부를 테니 올라오셔야 합니다."

"……."

김유경은 낯설지 않은 김평화의 말끝에 희미한 미소로 답하며 지하실을 향해 방을 나섰다. 김평화는 김유경을 지하실로 내려보내고 담배 한 가치를 꺼내 손가락 사이에 꼈다. 소나무가 가득 들어찬 정원이 보이는 창가로 천천히 발길을 옮기며 손바닥만큼 드러난 하늘을 봤다. 고개를 갸우뚱하는 그의 표정이 뭔가 냄새를 맡은 듯 빙긋한 미소를 지었다.

며칠이 흘렀다. 김평화는 한 손에 커피 잔을 들고 또 다른 손에 공문서 하나를 잡은 채 거실을 빙빙 돌며 무엇인가 고민에 빠져 있는 듯했다. 공문은 김유경을 국정원에서 풀어주고 탈북자 재생 프로그램이 있는 하나원으로 넘기라는 내용이었다. 그동안 김유경을 취조하면서 그녀의 내면과 아름다운 외모에 잠시나마 황홀해 하던 스물여섯 살 젊은 청년 김평화였다. 비너스를 닮은 얼굴형에 조각되어진 듯 아름다운 여자의 육체에 감히 혀를 내두른 적이 한두 번이 아니었다. 김유경이 이곳에 들어온 첫 날, 그의 몸수색을 담당했던 여직원조차 처음 보는 아름다운 여인이라며 질투 겸 칭찬을 놓치지 않았던 인물 김유경이었다. 스물셋 나이에 걸맞은 풋풋함과, 팽창되어진 볼륨에 김평화의 영육이 녹아들 태세였다. 취조가 없는 시간 그는 수시로 지하실로 내려가 김유경을 만났고 모두가 퇴근한 저녁이면 그를 불러 단 둘이 거실에 앉아 차를 나누곤 했던 일도 내일이면 그녀가 이곳을 떠나가기에 기대할 수 없는 시간이 되었다.

모든 직원들이 퇴근한 저녁이다. 거실에 우두커니 앉아 있던 김평화는 계단을 내려가 지하실로 향하고 있었다. 초병 한 명이 계단 입구에서 거수경례로 예를 차린다. 그를 지나치자 형광등 불빛이 희미한 허접스런 책상에 앉은 또 다른 초병 하나가 피곤하다는 듯 일어서며 경례를 한다.

"그래. 수고들 많다."

김평화는 김유경이 들어 있는 철문을 열고 안으로 들어갔다. 얼마 후 김평화는 유경을 데리고 방을 나와 계단을 올랐다.

"김유경 씨. 오늘은 거실 말고 방에서 차를 나눌까요?"

유경은 얼굴에 살짝 미소를 띠며 그를 따라 거실로 올랐다. 거실을 지나면 여러 개의 취조실 겸 침실이 있다. 거실과 취조실은 감시 카메라가 설치되어 있었다. 김평화는 유경을 데리고 카메라가 잡히지 않는 사각지대를 통해 침실로 들어갔다. 침실엔 감시 카메라가 없다.

"앉으세요. 김유경 씨."

유경은 침대 앞 소파에 몸을 내맡기 듯 털썩 주저앉았다. 그녀를 마주하고 김평화가 자리를 잡았다.

"김유경 씨."

"네."

"내일이면 이곳을 떠난다는 사실 알고 계신가요?"

김유경은 화들짝 놀라며 활짝 웃었다.

"이젠 자유의 몸이 되는 것인가요?"

"그렇습니다. 내일 이곳을 나가게 되면 여타 탈북자와 매한가지로 자유민주주의 국가 대한민국에서 적응하며 살아갈 교육과 훈련이 있을 것입니다. 그곳으로 이동합니다. 이후 국가에서 주는 몇 푼의 돈을 받고 혼자 어지러운 세상 헤쳐나가며 살아야 합니다."

"무섭군요. 부산에 제가 만나야 할 아는 분이 있습니다. 아버지가 한국에 들어가면 꼭 연락하라며 주신 주소입니다. 그분을 만나고 싶습니다."

"아참, 그랬었지요. 그것도 교육이 끝나야 가능할 것입니다. 적어도 육 개월 이상 걸리겠지요."

"팀장님."

"네. 김유경 씨."

"저는 이제 스물셋 밖에 안된 여린 여자입니다. 무지막지한 북한 땅에서 틀에 잡힌 주체사상 교육과 김일성, 김정일 우상화 교육만 고집하며 교육받은……. 이곳에서 어찌 적응하며 살아갈까요? 겁이 납니다."

김평화의 눈동자가 그녀의 얼굴에 고정되어 흐트러질 줄 몰랐다.

'아, 아름다운 여인이여.'

김평화의 입술이 씰룩하며 무엇인가 말을 뱉으려다 침을 꼴깍 삼켰다. 두 사람은 한동안 말을 하지 못했다. 김평화의 한숨과 유경의 눈매 돌리는 소리만 방 안 정적을 깰 뿐이다.

김평화는 잠시 거실로 나와 커피 두 잔을 들고 방으로 들어왔다.

"자, 드세요."

"……."

김평화는 유경이 잡은 커피 잔에 손을 살며시 댔다. 살짝 놀란 듯 유경이 몸을 뒤로 젖혔다.

김평화는 무엇인가 애절한 눈망울로 그녀를 뚫어지게 바라보았다.

"김유경 씨. 당신이 내일 이곳을 떠나면 난 당신을 만날 수 없습니다. 이곳 규칙은 취조를 했던 직원은 죽을 때까지 피취조인을 만날 수 없다는 것이 정보국의 엄격한 법입니다. 당신을 보내고 싶지 않습니다."

"무슨 뜻인가요?"

"김유경 씨를 취조했던 십여 일 동안 당신을 사랑하게 됐습니다."

김유경은 몹시 놀란 듯 자리에서 일어나 한 걸음 뒤로 물러섰다. 김평화는 김유경 앞으로 걸어와 그녀의 손을 꼭 잡았다.

"김유경 씨. 당신을 놓치고 싶지 않습니다. 이곳에서 헤어지면 당신은 영영 내 사랑하는 여인으로 남을 수 없습니다. 내가 시키는 대로 한 번 해 보세요. 그럼 난 당신을 영원히 사랑하는 남자로 살아갈 수 있습니다. 꼭 그런 날이 오기를 바랍니다. 사랑합니다."

김유경도 그가 내뱉는 말에 거부감이 없는 듯 차분히 그의 말을 듣고 있었다. 사랑이란 단어가 난감하긴 해도 그동안 이곳 취조과정에서 들은 여타 탈북자의 고된 삶을 그녀는 두려워했었기에 그녀는 귀를 쫑긋 세울 수밖에 없었다. 그녀에게 사랑이란 단어를 앞세워 그녀를 구원해 주겠다는 김평화의 믿음이 점차 그녀의 마음을 뒤흔들고 있었다. 김유경은 김평화가 잡은 손을 살며시 내려놓으며 한 걸음 뒤로 물러났다.

유경은 순간 일 년여 전 탈북의 순간을 기억했다. 두만강이 꽝꽝 얼었었다. 새벽 야음을 틈타 강을 건넜다. 강 넘어 중국 땅에 도착해 안도의 한숨을 쉴 때였다. 북에서 넘어와 숨어 있던 탈북자 체포팀을 만났다. 꼼짝없이 북으로 송환되어 죽음과 바꿔도 손해볼 것이 없는 고생길이 보였다. 그날 밤, 체포팀장이라고 소개한 젊은 사내에게 협상이 들어왔다. 너무도 아름다운 유경을 북으로 보낼 수 없다고. 그래서 그날 하룻밤 팀장과 잠자리를 해 달라고. 그러면 새벽녘 중국 땅으로 도망치게 해 주겠다고 했었다. 결론은 뻔했다. 유경은 피투성이 밤을 보냈고 그녀의 순결은 그 사내가 가져갔다. 그 새벽녘 그의 방을 나와 북쪽으로 달음박질쳤던 기억이 생생하게 떠올랐다. 그 순간 평화가 가까이 다가와 서 있었다.

평화의 입술이 그녀의 코끝을 자극했다. 유경은 사내의 입술을 혀로 받으며 그를 안았다. 뜨거운 입김이 방 안에 가득 퍼져갔다. 유경은 평화가 움직이는 대로 몸을 맡겼다. 서로 엉킨 두 사람의 옷들이 방바닥에 널브러졌고, 불화산처럼 타오른 둘의 몸은 침대에서 길고 짧은 호흡을 주고받으며 한동안 몸부림쳤다. 십여 분 후, 옷가지를 주섬주섬 챙겨 입은 두 사람은 긴 입맞춤을 끝으로 소파에 앉았다.

"처녀가 아니었나요? 유경 씨."

"……."

유경은 답을 하지 않고 현실을 말했다.

"팀장님. 제가 무엇을 어떻게 해야 하나요?"

"제가 이 집 팀장입니다. 제 말만 듣고 실행에 옮기세요."

김평화는 의지력과 강인한 눈매를 김유경에게 보내며 말을 이었다.

"내일 새벽 동 트기 전, 정확히 새벽 다섯 시. 우리 초병 한 명이 외곽 순찰을 나갑니다. 그러면 한 명만 지하실에 있을 것입니다. 그때 내가 유경 씨 방을 방문했다가 문밖 열쇠를 채우지 않고 나머지 초병 한 놈을 데리고 거실로 올라올 테니 방을 나오십시오. 곧바로 외곽 순찰을 나간 초병의 뒤를 따라 뒷문을 빠져나갑니다. 그리고 시내로 잠입했다가 내 전화번호를 줄 테니 오후 세 시 정각에 내게 전화를 주십시오. 나도 그때쯤이며 시내에 있을 겁니다."

"무섭습니다. 그래도 문제가 없는지요? 저도 팀장님과의 인연을 매우 소중히 그리고 중엄하게 받아들이고 싶습니다. 자유민주주의와 자유경제체제에서 과연 내가 살 수 있을까 수없이 고민을 했습니다. 그동안 친오라버니처럼 대해 주신 팀장님. 아니 사랑하는 사람으로의 인연이 될 팀장님. 고맙습니다. 그리고 팀장님만이 낯선 남조선에서 저의 기둥이 될 듯싶어 안심이 됩니다. 그리하도록 하겠습니다."

"유경 씨는 혼자 자유민주주의가 팽배한 이 세상에서 살 수 없습니다. 그 여린 마음과 연약한 몸을 가진 여인으로서 말입니다."

김평화는 유경의 어깨에 두 손을 살며시 올리더니 이내 꽉 끌어안고 긴 입맞춤을 했다. 얼마 후 김평화는 유경을 거실로 내보내고 침대에 쓰러져 잠이 들었다. 방을 나온 유경은 거실을 지나며 탁자에 있던 과도 하나를 집어 속옷 안으로 숨기고 지하실 계단을 따라 안으로 돌아갔다.

다음날 새벽 다섯 시. 김평화는 설피 잠든 머릿속을 정리한 뒤 지하실로 내려갔다. 초병 하나가 책상에 엎드려 졸고 있었다. 그를 피해 유경의 방으로 살며시 들어간 김평화는 무엇인가 귓속말을 김유경에게 남기고 방을 나왔다.

"어이, 초병."

"네. 팀장님."

초병은 엎드려 졸고 있던 책상을 두 손으로 힘겹게 밀쳐내며 일어났다.

"라면 먹을래? 올라와. 너희 나이는 이 시간쯤 되면 몹시 배고픈 거다 알아. 임마."

"감사합니다."

초병은 김평화를 따라 거실로 올라왔다. 김평화가 라면을 끓이려고 물을 따르는 순간 김유경의 발자국 소리가 살며시 들렸다. 김평화는 조금 당황한 듯 그릇에 물이 넘치도록 내버려두며 그녀의 발자국 소리가 지나가기만을 기다렸다.

"팀장님. 물이……."

"으으응, 내가 잠이 덜 깨었나 보다."

두 사람은 라면을 먹으며 별 말이 없었다. 김평화의 생각은 오로지하나, 이 집을 나가는 김유경의 발자국 소리였다.

뒷문을 살금살금 걸어나가던 유경이 순찰을 마치고 들어오는 초병과 마주쳤다. 유경은 잽싸게 소나무 뒤로 몸을 숨기며 초병이 지나가기를 기다렸다. 불과 일 미터 앞. 초병은 유경의 냄새를 맡았는지 유경이 숨은 작은 소나무 속으로 손전등을 밝혔다. 유경을 발견한 초병은 총부리를 들이대며 소리를 내질렀다.

"누구야? 손 들고 나와."

유경은 순순히 손을 들고 나와 초병 앞에 섰다. 그리고 초병이 그녀의 몸을 훑으며 조사를 하는 순간, 유경은 오직 탈출이라는 하나의 목적밖에 생각나지 않았다. 순간이었다. 유경은 초병의 목에 과도를 들이밀어 찔렀다. 초병의 목젖 옆에서 피가 솟구치더니 이내 유경의 얼굴로 튀었다. 초병은 목소리 한 번 내뱉지 못하고 땅으로 나뒹굴며 버둥거렸다. 유경은 과도를 숲 속으로 내던져 버리고 어둠이 지천인 솔숲을 따라 빠른 걸음으로 내달렸다. 때론 잡가지에 다리가 걸리고 아름드리 나무에 머리를 찍었다. 잡은 나무에서 거스름이 돋아 손아귀를 찔러댔다. 길도 없는 산비탈을 헤집은 지 한 시간여. 동이 트고 있었다. 멀리 청계산 자락이 붉게 물들여지는가 싶더니 붉은 해가 엷은 구름을 뚫고 솟아올랐다. 멀지 않은 곳에 좁은 산길이 보였다. 유경은 가장 빠른 시간 안에 이곳을 탈출해야 한다는 일념 하나만 머리에 가득했다. 좁은 계곡 사이에 물소리가 들렸다. 유경은 손에 물을 묻혀 얼굴의 핏자국을 닦아냈다. 그리고 택시를 잡으려고 좁은 산길로 내려왔다. 그때였다. 차 앞에 경광등을 매단 승용차 두 대가 빛을 번쩍이며 쏜살같이 길을 따라 올라갔다. 유경은 북한을 탈출할 때 그리고 중국에서 공안에 쫓겨 다닐 적 기억이 언뜻언뜻 떠올랐다. 수없이 위험한 순간을 넘기고 처녀의 몸까지 망가트려가며 찾아온 남조선이었다. 과연 무엇을 위해 초병을 살해했는지 그녀 스스로 얼굴을 좌우로 흔들었다. 순간 삶 자체가 아찔했다.

"후, 이것은 아닌데."

그녀는 몸을 숨긴 풀숲에서 자신을 바라보다 끝내 쓰러지는 초병 얼굴이 떠올라 눈물을 닦아내야 했다.

얼마를 더 왔을까. 군용 트럭 세 대가 완전 무장한 군인들을 가득 태우고 관악산 정보원 분소로 급히 올라갔다. 눈앞에 시내 건물이 보였다. 손님을 찾아 길가를 천천히 다니는 택시가 눈에 들어왔다. 햇살이 거리를 환하게 비췄다. 정보국 건물을 탈출한 지 두 시간쯤 되어 보인다. 정보국으로 올라가는 좁은 길이 끝나갈 무렵 그녀는 제법 큰 길로 들어섰다. 그녀는 택시를 잡으려고 도로 가까이 내려섰다. 그때 자동차 브레이크 소리가 급하게 김유경의 귓속을 때리더니 검은색 차 한 대가 그녀 옆에 멈췄다.

"어서 타세요. 김유경 씨."

유경은 뒤를 돌아봤다. 그녀는 차 안에 탄 한 남자를 쉽게 알아볼 수 있었다. 유경은 빠른 몸놀림으로 차 문을 열고 그 남자 옆으로 올라탔다. 차는 지체 없이 시내를 질주했다. 유경의 콩닥거리는 심장소리가 그녀의 숨소리와 겹이 져 남자에게 들렸다.

"누구신가 했습니다."

"저를 알아보시겠습니까?"

"네. 그런데 어떻게 이 시간에 여기를?"

"새벽 뉴스 보고 달려왔습니다. 긴급 뉴스요. 제 예상이 딱 맞아 떨어졌습니다."

"벌써 뉴스에 나오던가요? 김유경이가 관악산 정보국 분소를 탈출했다고?"

"김유경이란 이름은 얼마 전 일본 대사관에서 알아냈고요. 그냥 일본 여권을 위조해서 체포된 미모의 탈북 여성이 조사받던 모처에서 초병을 찌르고 탈출해 관계당국에 비상이 걸렸다고 나오던데요."

"일본 대사관 티브이에요? 허긴 일본 여권을 위조한 여자니까요. 그 여자가 저라는 것을 어찌 알았습니까?"

"미모의 탈북자는 김유경 씨 밖에 더 있던가요?"

"……."

"왜 탈출을 했나요?"

"후후후후후."

잠시 말문을 닫고 있던 김유경이 남산 터널을 지나며 입을 열었다.

"댁의 이름은요?

"아, 늦었습니다. 저는 다케시마라고 합니다. 한국말로는 독도라고 하던가요? 맞을 겁니다."

"다케시마? 독도. 독도?"

"네, 독도."

"독도 씨. 어디로 갈 건가요?"

"한국 정보당국과 경찰에 비상이 걸렸으니 김유경 씨가 갈 곳은 아무데도 없습니다. 딱 한 군데."

"어디인데요?"

"일본 대사관으로 갑니다. 그곳만큼 안전한 곳은 없지요."

"고맙습니다. 그리로 데려다 주세요. 독도 씨. 그런데 왜 저한테 이런 호의를 베풀어주시는가요?"

"대사관 가서 차츰 말씀드리겠습니다. 저기요. 저. 빨리 엎드리세요. 저기 경찰의 검문이 있습니다."

전방 몇십 미터 앞, 터널이 끝나는 지점에 이르자 경찰들이 길을 가로막고 검문 중이었다. 김유경은 차 조수석 바닥으로 몸을 낮추며 웅크렸다. 독도의 차가 그들 앞에 멈췄다. 경찰들은 일본 대사관 번호판을 훑어본 뒤 일행의 차를 통과시켰다.

"대사관 번호판을 알아본 모양입니다. 일어나세요."

일행은 시내를 관통해 일본 대사관 정문에 다다랐다. 정문을 지키던 경비가 일행의 차를 가로막았다.

"유경 씨. 바닥에 납작 엎드리세요. 빨리."

유경이 조수석 바닥에 급히 엎드렸다. 독도가 차창을 열어 얼굴을 확인해 준 뒤, 차는 안으로 들어갈 수 있었다.

침잠된 어둠을 벗겨낸 햇살이 대사관 건물을 휘감고 있었다. 두 사람은 그의 숙소로 고양이 발걸음을 하며 숨어들었다.

"방이 차지요?"

"아닙니다. 아늑하고 포근해 보입니다."

"이리 앉으세요. 유경 씨."

독도는 침대에 엉덩이를 걸치며 유경에게 소파에 앉을 것을 권했다. 유경이 창가에 등을 기대며 앉았다.

"유경 씨. 유경 씨는 왜 그곳 정보원을 탈출했나요?"

"또 취조하는 것입니까? 독도 씨. 사실은요, 국가정보원에서 취조를 마쳤고 곧 탈북자 신세로 훈방된다는 말을 들었습니다. 그곳에 가면 육 개월 교육을 받아야 하고 이후 경찰의 감시를 받으며 세상을 혼자 꾸리며 살아야 한다고 들었습니다. 무서웠습니다."

"겨우 그것 가지고요? 그럼 살인을 하고 그곳을 탈출하면 뾰족한 방법이라도 있나요? 어리석은 짓입니다. 다시 들어가세요. 선처를 바란다고 반성하면서요."

"저는 이제 살인범입니다. 그보다 더 중요한 것은 부산에 저를 만나 매우 반가워하실 분이 계세요. 그분을 만나라고 북에 계신 아버지가 단단히 일러주셨습니다. 그러면 혼자가 아닌 김유경이 경찰 감시도 받지 않고 자유를 만끽하며 살 수 있잖아요. 단지 주소를 한국 경찰에 빼앗겼지만 다행히 외웠습니다. 저는 곧 이곳을 빠져나가 부산으로 갈 예정입니다. 독도 씨, 도와주세요."

김유경은 김평화의 배려를 잊은 듯했다. 그의 제의를 이용해 감시와 취조 그리고 혼자이기를 거부할 요량이었다. 또한 북에 있는 아버지 김경석의 부탁이 무엇이었는지는 김유경만이 알고 있을 뿐이다. 이에 김평화 그리고 독도는 암흑 속을 걸으며 김유경을 대한다는 사실조차 알지 못했고 더더욱 그녀의 속마음을 헤아릴 수 없었다. 그러기에 그녀는 독도를 만난 후 전혀 다른 이야기를 하고 있었다.

한심하다는 듯 그녀를 바라보던 독도는 혀를 차며 입을 열었다.

"그럼 부산의 그분은 유경 씨와 어떤 관계인지요? 북한에서 온 젊은 여자가 부산 사람을 만나겠다는 것인지. 더구나 한국 정보당국에 살인범으로 쫓기는 신세가 됐는데 도저히 이해가 안 됩니다."

"그분의 이름은 밝힐 수가 없어요. 제 목이 달아나는 절대적 한이 있더라도. 북에 계신 아버지의 간곡한 부탁이셨습니다. 그리고 혹 그분께 누가 될까 봐 그 누구도 알려드리지 못합니다."

"그럼 제가 어떻게 김유경 씨를 도와 드릴 수 있나요?"

"저를 안전하게 부산까지 데려다 주세요. 전 여자이고 남조선 땅을 처음 밟았기에 지리와 교통편을 아는 게 전혀 없습니다."

"알겠습니다. 한 번 연구해 보죠."

"고맙습니다. 한국 행 비행기에서 내 옆자리에 앉았던 독도 씨였습니다. 독도 씨는 일본 대사관 직원인가요?"

"아닙니다. 저도 긴요한 사연이 있어서 이곳에 오게 되었습니다. 곧 이곳을 떠날 사람입니다."

"긴요한 사연이라 함은?"

"어머니를 찾아왔어요. 저를 낳아주신 어머니."

"어머니요? 그럼 독도 씨는 한국 사람인가요?"

"아닙니다. 아버지는 일본 분, 어머니는 한국 분. 좀 복잡합니다. 제 나이 열 살 즈음에 보고 한 번도 못 본 어머니. 사실 어제 아침에 어머니가 살아계시다는 주소를 찾아간 곳이 그곳 정보원이었지요. 다행히 어머니 성함을 알고 있다는 그곳 김평화 팀장의 말을 듣고 돌아오게 되어 매우 기쁘답니다. 우연히 그곳에서 김유경 씨를 만나기는 했지만"

"어머니 성함은요?"

김유경은 머리를 조아리듯 소파에서 등을 떼며 호기심 가득한 눈으로 독도를 바라봤다.

"대사님 말씀이 이유빈이라고 했습니다. 곧 김평화 팀장에게서 연락이 오겠지요. 많이 설레는 시간입니다."

"누구요? 이유빈?"

"네. 이유빈."

김유경은 화들짝 놀란 눈을 게슴츠레 달으며 독도의 입을 응시했다.

"왜 그렇게 놀라십니까? 혹 아는 사람이라도."

"아, 아닙니다. 후."

"그런데 독도 씨는 왜 저에게 이런 관심과 호의를 베풀고 계신가요?"

"아. 조금 전 차 안에서도 제게 물어봤지요? 이런. 중요한 것을 이 제사."

"네. 그것이."

"저는 한국 행 비행기에서 처음 김유경 씨를 봤습니다. 그런데 참으로 이해할 수 없는. 뭐라고 말할 수 없는 인연을 느꼈습니다. 마치 무엇에 홀린 듯 말입니다. 저는 아버지 얼굴도 모르는 유복자였습니다. 그리고 어머니 얼굴을 잊은 채 어린 시절을 보내며 상상 속의 여인을 그리게 되었고 늘 그 여인이 어머니라고 생각했습니다. 그때 비행기 안에서 김유경 씨를 보는 순간 그 상상 속의 여인을 너무 닮아 저도 깜짝 놀랐지요. 마치 어머니를 만난 듯 말입니다. 한국에 가면 이 여인을 꼭 찾고 싶다는 간절한 마음. 그 마음 잊지 않고 있다가 우연히 새벽 뉴스를 보게 되면서 제가 행동할 때라는 것을 알았고, 그것이 다시 김유경 씨를 만난 계기입니다."

"맹랑한 발상이시군요. 허구입니다. 그렇지만 기분은 나쁘지 않네요. 독도 씨."

"난 내 어머니 이유빈을 찾을 때까지 당신 김유경 씨와의 인연을 소중히 간직하고 싶습니다."

"어쨌든 저를 도와주신 은혜 감사하고요 제가 부산으로 가 찾고자 하는 분을 꼭 만날 수 있게 도와주시기를 바랍니다."

"저도 그렇게 도와드리고 싶습니다. 행운을 빕니다. 유경 씨."

"이유빈. 이유빈……."

김유경은 입속을 맴도는 이유빈이란 이름을 되뇌며 창가로 걸어갔다.

"많이 피곤하지요?"

"어젯밤에 단 일 분도 눈을 붙여보지 못했습니다. 잠시 눈을 감아도 될까요?"

"네, 그러세요. 침대로 올라오세요. 제가 소파로 가겠습니다."

독도는 괜찮다는 유경의 손을 잡아 침대로 올리고 소파에 앉아 출근길로 분주한 대사관 직원들을 바라보고 있었다. 서너 개의 불 꺼진 가로등이 멀뚱거리며 서 있었고 들락거리는 차들로 경비 서는 사람들의 발길이 바쁘게 돌아갔다. 방 안은 정적을 깨는 그녀의 새근대며 코고는 소리가 들릴 뿐이다.

다음 날 아침, 직원들이 인사를 나누며 출근하는 일본 대사관 입구는 웃음과 분주함으로 활기찼다. 대사 기무라가 현관 문을 들어서며 운전기사를 불러 세웠다.

"숙소에 가서 다케시마 내 방으로 들어오라고 전하게."

"네. 대사님."

기사는 바쁜 걸음으로 본관 뒤쪽 숙소로 향했다. 그가 다케시마가 묵고 있는 방으로 들어가려다 말고 멈칫 놀라 한 걸음 뒤로 물러섰다. 살짝 열린 다케시마의 방에서 여인의 목소리가 들렸다.

"독도 씨. 무서워요. 난 앞으로 어떡해요?"

"글쎄요. 저도 갑자기 만들어진 일이라 어찌 김유경 씨에게 도움을 줄까 고민 중입니다."

"……"

그때 방문 노크하는 소리가 들렸다. 독도는 급히 유경을 옷장 안으로 밀어넣고 문짝에 기대어 섰다.

"들어오세요."

"안녕하셨습니까? 다케시마 상."

"네. 어서 오세요."

"대사님이 급히 찾으십니다. 지금 대사님 방으로 들어오시랍니다."

"알았습니다. 잠시 세수 좀 하고 들리겠습니다. 먼저 가십시오."

"저, 그런데 이곳에 다케시마 상 말고 또……."

독도는 눈앞이 캄캄해지며 화들짝 놀랐다. 하지만 결코 이 사내에게 표정을 읽힐 수는 없었다.

"아, 아닙니다. 있기는 누가요. 어서 가세요. 금방 따라 갈게요. 네. 네."

기사는 잠시 고개를 갸우뚱하더니 잘못 들었다는 듯 무엇인가 중얼거리며 방을 나갔다. 독도는 가슴을 쓸어내리며 방바닥이 꺼져라 한숨을 내뱉고는 옷장을 열었다.

"나오세요. 김유경 씨."

"그 사람 갔어요?"

"네. 대사님 전용 운전기사입니다. 이젠 안심하셔도 됩니다."

"휴우우."

"대사님이 저를 급히 보자고 하십니다. 잠시 다녀올테니 이 방 문을 잠그고 계십시오. 그 누가 열라고 해도 열지 마세요."

"네, 독도 씨."

독도가 방을 나와 계단을 뛰어내리는 소리가 유경에게 들렸다. 유경은 독도가 찾고 있다는 어머니가 이유빈이란 사실에 머리가 혼란스러웠다. 동명이인. 그럴 수도 있었다. 대한민국에 들어와 그 누구에게도 부산 사는 분의 이름이 이유빈이란 사실을 밝힌 적이 없건만. 어쩌면 그가 찾는 어머니와 자신이 만나고 싶은 여인이 같은 인물일지 모를 일. 설레는 마음과 긴장감이 겹쳐져 잠시 등골의 오싹함이 뇌리를 타고 지나갔다.

"어서 들어와. 다케시마 군."

"네, 대사님. 그간 평안하셨습니까?"

"그래. 어제 어머니는 뵙고 왔는가?"

"아닙니다. 그곳엔 안 계셨습니다. 그곳 팀장이란 분이 어머니를 아는 사람이라며 연락을 주기로 했습니다."

"그랬구먼. 어머니를 찾고 만나는 일은 시간 문제일 것일세. 걱정하지 않아도 될 듯싶네. 이젠 다케시마의 취업이 급하네. 언제까지 이곳 대사관에서 지낼 수도 없는 노릇이고. 그래서 내가 직장을 구해 놨으니 오늘 그 회사에 가서 면접을 보면 곧바로 일할 수 있게 조치를 했네. 오후 늦게라도 이곳을 떠나게."

"감사합니다. 대사님."

"자. 이 전화번호를 가지고 가서 실수 없이 일할 준비를 하게."

독도는 기무라 대사가 쥐어준 전화번호를 들고 방을 나와 유경이 숨어 있는 숙소로 돌아왔다.

"잠시지만 숨이 멎을 것 같은 긴장감이 나를 못살게 했어요. 독도 씨."

"그랬군요. 대사님이 일자리를 마련해 주셨어요. 오늘 면접을 봐야 한답니다. 그리고 오후에 돌아와 짐을 싸야 할 듯합니다. 김유경 씨를 어쩌지요? 난감합니다."

"그러게요. 큰일이네요. 함께 저 정문을 당당히 나갈 수도 없고요."

"하늘이 두 쪽 나도 솟아날 구멍이 있겠죠? 이곳은 제가 문을 잠그고 나가면 찾아오는 사람이 없습니다. 서울 하늘 아래에서 제일 안전한 곳입니다. 제가 면접을 보고 돌아올 때까지 이곳에 계십시오."

유경은 고개를 끄덕이긴 했지만 못내 두려움을 떨치지 못했다.

독도는 옷차림을 멋들어지게 하고 대사관을 나와 시내 한복판에 있는 면접 장소로 갔다.


독도가 방을 나간 뒤 유경은 두려움에 기침 소리조차 자연스럽게 낼 수 없었다. 한 시간 정도 흘렀을 때였다. 창을 가린 두꺼운 커튼 사이로 작은 햇빛이 스며들었다. 그녀는 그 빛을 따라 동그란 눈을 고정한 채 후원을 응시했다. 새벽에 그녀를 데리고 왔던 승용차가 넓은 주차장 귀퉁이에 있었다. 한 아름쯤 되는 느티나무에서 커다란 잎이 바람을 타고 내려와 땅에 곤두박질쳤다. 밖에서 웅성거리는 소리가 들렸다. 잠시 후 사람들이 몰려와 승용차를 좌우로 살피더니 문을 열고 좌석을 세심히 보았다. 사진을 찍기도 하고 무엇인가 서류를 펼쳐 번호판을 대조하는 듯 보였다. 유경이 눈을 비비며 밖을 더 자세히 보려고 커튼을 조금 더 열었다. 그녀는 자신의 눈을 의심했다. 무엇인가를 조사하던 일행 중에 김평화가 보였다. 관악산 정보원 팀장 김평화가 분명했다. 커다란 덩치에 큰 눈을 가진 그의 모습이 커튼 사이로 분명하게 보였다. 어젯밤, 유경과 뜨거운 사랑을 나눈 인물. 김평화였다. 유경은 잠시 기절할 듯 숨이 멎었다. 유경의 심장 뛰는 소리가 방 안에 울리는 듯했다. 유경은 침대로 들어가 침대보를 뒤집어썼다. 너무도 무서워 혼자이고 싶지 않았다. 새벽녘 관악산 국정원을 탈출할 때 검문하던 경찰들이 김평화를 앞세워 곧 방으로 들이닥칠지 모를 일을 상상했다.

점심시간이 지나도 독도는 방으로 들어오지 않고 있었다. 그는 분명 점심시간 때 돌아온다고 했었다. 유경이 침대에서 나와 커튼 사이에 눈을 맞추고 밖을 보았다. 점심 식사를 마친 대사관 직원들이 삼삼오오 벤치에 앉아 담소를 나누고 있었다. 그들 사이로 독도의 모습이 보였다. 그가 정문을 통해 왔다면 건물 앞쪽에서 모습을 보여야 함인데 그는 건물 뒤쪽에서 어깨가 축 늘어진 힘없는 모습으로 걸어오고 있었다. 잠시 후 계단 오르는 소리가 들리고 방문을 두드리는 소리가 한 번 들리더니 이내 열쇠로 문을 따는 소리가 들렸다. 김유경은 혹 모를 불청객의 방문을 두려워하며 침대 밑으로 몸을 숨겼다.

"김유경 씨. 나 독도요."

독도는 먼저 옷장을 열어 그를 확인하려 했다. 그때 유경이 침대 밑에서 기어 나와 몸을 일으켰다.

"다녀왔어요?"

"네."

힘없는 목소리를 내뱉고 독도는 소파에 몸을 던지듯 주저앉았다.

"왜요? 취업 문제가 잘 안 풀렸어요?"

"아닙니다. 그것은."

"그럼요? 난 오전 내내 무서워서 숨도 제대로 못 쉬었습니다."

"그랬을 겁니다. 유경 씨. 제 말 잘 들으세요. 오늘 새벽 당신을 만나던 관악산 길에 감시 카메라가 있었습니다. 그 감시 카메라에 우리가 타고 왔던 차번호가 찍혔답니다. 유경 씨를 수배하고 있는 한국 경찰에서 일본 대사관에 조회를 의뢰했답니다. 운전수 얼굴이 나와 흡사하다며 대사관을 들어오다 보안과 직원에게 잡혀 추궁을 받고 왔습니다. 한국 경찰에서 정밀 판독 사진이 내일 나온다고 합니다."

"어머. 그래서요?"

"물론 강력하게 아니라고 했습니다만. 곧 다시 불러 조사를 더 한답니다. 그때 가서는 내가 못 버티고 이실직고를 할 시간이 올 것입니다."

"그럼 우린 어떡해요?"

"오늘 밤 이곳을 떠나야 되지 않나 생각을 합니다. 나야 싫은 소리 몇 번 들으면 되지만 김유경 씨는 한국 경찰에 넘겨져 곤란할 지경에 처해질 것입니다. 혹시 누가 들어와 이 방 수색을 할지 모를 일입니다. 지금부터 유경 씨는 침대 밑 깊숙한 곳으로 들어가 계십시오. 나머지는 내가 알아서 할 것입니다."

유경은 독도를 바라보며 깊은 한숨을 내갈겼다. 그때 독도의 방문을 노크하는 소리가 들렸다. 독도는 급히 유경의 바라보며 침대 밑으로 들어가라는 눈짓을 했다. 유경이 침대 밑으로 몸을 숨긴 시간 독도는 방문 쪽으로 걸어갔다.

"누구세요?"

대답이 들리기도 전에 방문이 벌컥 열렸다.

"미안합니다. 다케시마 상. 사건 지휘부에서 아무래도 감시 카메라에 찍힌 얼굴이 다케시마 상 같다며 방을 수색하고 오라는 지시가 있어서 무례하게 들어왔습니다."

"보십시오. 여긴 저 혼자고 오늘 새벽 전 여기서 잠들어 있었다고 하지 않았습니까?"

대사관 보안과 직원들은 독도의 말에 아랑곳하지 않고 방 안 이곳저곳을 뒤적거리며 유경을 찾고 있었다. 독도는 유경이 숨은 침대에 앉아 그들의 행위를 조심스럽게 바라봤다.

"다케시마 상. 내일 아침 아홉 시 보안과로 내려와 심문에 응해 주셔야 합니다. 그때 가서 진실을 다시 밝히도록 하지요. 그럼 이만."

보안과 직원들이 방을 나갔다. 독도는 얼어붙은 듯 침대에서 일어날 줄 몰랐다.

"유경 씨. 잠시만 그곳에 계십시오. 내 머릿속을 정리해야 할 듯합니다."

"……."

짧은 시간이었지만 독도의 고민은 깊이를 알 수 없었다. 얼마 후 독도는 오늘 면접을 본 회사로 전화를 걸었다. 그리고 출근 날짜를 일주일 연기해 달라고 했다. 그쪽에서 흔쾌히 승낙을 해 준 듯 독도의 숙연해졌던 얼굴이 조금 폈다. 그리고 다시 다소의 시간이 흐른 뒤 독도는 조용히 침대 밑 유경을 불렀다.

"유경 씨. 그대로 들으세요."

"네."

"오늘 밤 열두 시가 지나면 이곳을 떠납니다. 물론 저와 함께요."

"무슨 말씀이세요. 내일부터 일한다고 하지 않았습니까?"

"급한 일이 생겨 일주일 후에 출근한다고 양해를 받았습니다."

"어떡하실 건가요?"

"오늘 밤 이곳을 빠져나가 부산으로 갑니다. 그곳에서 유경 씨가 찾고 있다는 분을 만나게 해 드리고 다시 서울로 돌아와 출근 준비를 할 것입니다."

"그래도 되나요?"

"네. 걱정하지 마세요. 유경 씨. 배고프죠? 잠시만 기다리세요."

독도는 방을 나와 지하실에 있는 구내식당으로 내려갔다. 독도는 밥을 먹는 척 주변을 살피다가 슬금슬금 밥과 반찬을 주머니에 넣고 뒤통수가 뜨거워짐을 감지하며 숙소로 돌아왔다.

"점심 드세요."

독도는 이곳 저곳 주머니에서 밥과 반찬을 꺼내 침대 밑으로 밀어넣었다. 침대 밑 어둠 속의 유경은 음식이 무엇인지 알 수 없었다. 조금씩 입으로 넣어 씹어대는 그녀의 입 놀리는 소리가 아주 작게 들렸다.

오후 시간, 둘은 방에서 꼼짝하지 못했다. 혹 독도가 대사관 건물을 어슬렁대다간 그의 방에 놀러오겠다는 사람이 있을까 두려웠다. 저녁을 거른 두 사람은 밤이 깊어지기만을 고대했다. 그동안 독도는 대사관을 나올 채비를 했다. 일본에서 이곳으로 올 때 들고 왔던 커다란 여행용 가방이 방 한쪽에 있었고 말끔하게 몸단장을 마쳤다.

조용히 티브이를 시청하던 두 사람 손에 땀이 배기 시작했다. 매 시간 뉴스마다 미모의 탈북 여인이 국정원을 탈출하여 초병을 살해하고 서울 시내로 잠입했다는 이야기가 주요 뉴스로 나오고 있었다. 국정원과 경찰이 서울 시내를 샅샅이 뒤지며 만일의 사태에 대비한다고 했다. 잠시 눈을 감았다 떴다를 반복하며 시간을 보내던 두 사람은 조그만 움직임조차 경직되어 있었다. 길고도 긴 암흑의 시간은 어느덧 열두 시를 넘기고 있었다.

"자, 일어날까요? 유경 씨."

"후후후후. 네."

"지금부터 제 뒤만 따라오시면 됩니다. 그리고 어느 순간에 경비가 자리를 비울 것입니다. 그때를 놓치지 말고 정문을 빠져 나가 왼쪽으로 걸어가십시오. 제가 급히 유경 씨를 따라갈 것입니다. 잘할 수 있지요?"

"네."

유경은 탈북 그리고 중국에서의 도망자 생활을 통해 익숙해져 있었다는 듯 쉽게 대답을 했다.

"유경 씨. 파이팅."

독도는 유경과 하이파이브를 나누고 살금살금 방을 나왔다. 드문드문 서 있는 가로등을 피해 어둠 진 곳만 골라 경비실 근처 가까이 왔다. 독도는 유경을 경비실 뒤 후미진 곳으로 밀었다. 유경이 건물 뒤로 들어간 순간 그는 어깨에 메고 있던 가방 하나를 경비실 앞으로 내던졌다. 그는 곧바로 몸을 날려 그 앞으로 넘어졌다.

"아이고. 무릎. 아고, 아파."

그때 깜짝 놀란 경비가 경비실을 뛰쳐나와 독도 앞에 멈췄다.

"누구요?"

"아이고, 내 다리야. 안녕하세요. 대사님 초청으로 와 있던 다케시 마입니다."

"아, 그 청년. 그런데 이 시간 무슨 일이지요?"

"대사님 지시가 있었다고 했었는데 아직 지시를 못 받으셨나요? 오늘 열두 시 전에 대사관을 나가라는 대사님 말씀이 있어서요. 열두 시를 넘겼기에 그만 바쁘게 뛰어나가다. 아고 다리야 무릎아. 저 여기 열쇠 있어요. 어떻게 반납해야 하는지 몰라 아저씨께 드리고 가려고요."

"열쇠 반납은 현관에 있는 함에 넣으면 되는데. 다리 괜찮겠어요? 정 아프면 경비실에서 쉬고 있어요. 내가 반납하고 올게요."

"아닙니다. 이 열쇠 저 현관 열쇠 보관함에 넣어주실래요? 전 다리가 아파서."

"그러지요. 잠시만 있어요. 내가 다녀올 테니."

몸이 뚱뚱한 경비는 뒤뚱거리며 현관을 향해 걸었다. 그때였다. 유경이 경비실 뒤에서 나와 정문을 재빠르게 지나가고 있었다. 독도는 빙긋이 웃으며 그녀의 뒤태를 바라보고 있었다.

"아저씨, 고맙습니다. 제가 밤 열두 시 정문을 나갔다고 기록해 주세요. 이름은 다케시마입니다."

"에고. 자상한 청년이기도 하지. 그래 어서 가요. 밤이 많이 늦었네. 어서 어서 조심해 가요."

"네. 아고 다리야. 아고 내 무릎아."

독도는 매우 아픈 듯 다리를 절며 정문을 나와 유경이 걷고 있는 길을 따라 어둠 속으로 사라졌다.

# 혼란의 도가니

　　　　**관악산 8부 능선**에 위치한 국정원 분소에 가을을 재촉하는 비가 새벽부터 내리고 있었다. 미처 여물지 않은 다래 열매가 철조망이 쳐진 담벼락에 매달려 흠뻑 맞은 빗물을 아래로 뚝뚝 떨어내는 시간. 정문을 지키던 초병이 대문을 열었다. 말끔하게 양복을 차려입은 중년의 신사가 부하인 듯 건장한 사내 둘을 데리고 안으로 성큼성큼 들어섰다. 하늘이 무너져라 소리쳐 충성 구호를 외치는 초병의 목소리가 거실까지 들렸다. 김평화는 깜짝 놀라 거실 문을 열고 마당으로 뛰어나왔다.

　"어서 오세요. 국장님."

　국장은 대꾸 없이 현관 문을 통해 거실로 들어갔다. 무엇인가 매우 언짢은 표정을 짓는 그의 얼굴에서 심각함이 묻어나왔다. 그의 뒤를 졸졸 따라가는 김평화의 발걸음이 조심스러웠다.

　"김평화 팀장. 이리 앉게나."

"네, 국장님."

"나머지 직원들은 모두 나가 있고."

그를 마중 나왔던 서너 명의 직원들이 슬금슬금 거실을 빠져나갔다. 거실을 한 바퀴 둘러보던 국장은 데리고 왔던 두 명의 직원마저 자리를 피해 달라고 주문했다. 둘만이 된 거실엔 싸늘한 공기가 침묵에 휩싸여 소름이 돋을 지경이다. 여직원이 차를 내올 동안 두 사람은 말이 없었다.

"김평화 팀장."

"네, 국장님."

"지난번 김유경 살인 탈출사건 당신이 방조한 것이지?"

"아닙니다. 국장님. 절대로."

국장의 눈초리가 좁혀지더니 김평화를 뚫어지게 쳐다봤다. 그가 양복 윗옷을 벗어 소파 옆으로 던졌다. 옷자락 사이로 벨트에 매달린 권총 한 정이 훤하게 드러났다. 김평화는 잠시 권총을 응시하다 탁자에 놓인 찻잔을 잡고 홀짝였다.

"그럼 김유경이 탈출하는 데 방조를 안 했다면 협조라도 했단 말인가?"

국장의 목소리가 거실을 쩌렁쩌렁 울리며 밖으로 새나갔다.

"김유경이 탈출한 지 벌써 열흘이 지났는데 왜 아직 잡지를 못하는 거야? 지금도 너희들 한통속 아니야?"

"국장님. 오해가 있으십니다. 절대로 그런 것 아닙니다. 일본 대사관에 머물던 다케시마라는 사람과 함께 사라진 것을 알고 계시지 않습니까? 지금 일본 대사관에서도 그를 찾느라고 혈안이 되어 있습니다. 최선을 다해 잡아오도록 하겠습니다."

"이봐. 김평화. 지금 당신이 나를 놀려? 우리 조직을 가지고 논다 이거야? 야 이 새끼야. 내 입에서 사실을 말해야 붙겠어?"

"무슨 말씀인지요. 국장님."

"몰라서 물어? 한 번 더 기회를 줄 테니 네 입으로 속을 내 까발려 봐. 김평화."

국장은 몹시 화가 난 듯 목소리를 높이며 아미를 잔뜩 찌푸렸다.

"죄송합니다. 국장님. 국장님의 의중을 전혀 알 수가 없습니다."

김평화는 김유경이 이곳을 탈출하는 순간을 상상하며 그때 먹던 라면을 떠올렸다. 그리고 고개를 숙였다.

"그래. 김평화. 지금부터 내 말에 대답을 해. 음지에서 일해 양지를 밝히는 조직을 더 이상 희롱하지 마. 사내답게 솔직하게 답을 해 봐."

김평화는 그가 개입된 김유경의 탈출을 어디까지 묻을 수 있을 것인지 잠시 숙연해졌다. 언젠가는 탈로가 날 일이라면 국장의 말처럼 사내답게 죗값을 청해야 되는 것 아닌가 라는 생각에 잠시 머리가 어지러웠다. 하지만 자의든 타의든 목숨이 다해 죽을 때까지 그의 생각을 바꿀 수 없었다. 김유경에게 말한 사랑이란 단어에 대한 책임과 김유경을 데리고 동반 숨어든 다케시마라는 사내에 대한 복수에서도 그럴 수는 없었다. 언젠가는 그 자신 스스로 두 남녀를 잡아올 것이란 의지. 하지만 그 의지 뒤에는 본인이 연루되어 있다는 사실 때문에 고민했던 시간이 꽤나 많았다. 약간은 풀이 죽은 김평화가 작은 목소리로 입을 열었다.

"네. 국장님."

"너의 아버지 이름은?"

"김경석입니다."

"지금 어디 사는지 알지?"

"네? 아버지가? 저의 아버지는 제가 태어나기 전에 돌아가셨습니다."

"웃기지 마. 너의 아버지 김경석은 지금 북한에 살아 있어."

김평화는 놀란 듯 거실 천장을 바라보며 눈을 떼지 못했다.

"네 어머니 이름은?"

"이유빈입니다."

"부산에 사시지?"

"네. 그렇습니다."

"김유경의 아버지가 김경석이란 사실을 알고 있었나?"

김평화는 순간 움찔 놀라며 천정을 보던 머리를 숙여 국장을 바라봤다.

"그런 고급정보는 저희 같은 말단들이 알 수가 없습니다. 국장님도 잘 아실 텐데요. 국장님. 그것이 사실입니까?"

"야. 이 새끼야. 김유경이 취조에서 말했던 아버지 이름 김경철, 그 여자가 거짓말을 한 것이야. 김유경의 진짜 아버지 이름은 김경석이란 말이야. 그리고 그 여자가 찾고자 했던 부산 사는 사람은 너의 어머니 이유빈 여사란 것도 모른다면 더 곤란하지. 너의 아버지 김경석과 어머니 이유빈. 모두 김유경과 관련된 사람이라고. 이미 다 알고 있는 사실을 모른다고 하면 곤란해."

"아닙니다. 정말 모르고 있었습니다."

"그럼 북한에 산다는 김경석의 딸이 김유경이고 김유경이 갖고 있다가 압수된 주소에 너의 모친 이유빈이 살고 있는 아파트란 것도 모르고 있었단 말이야? 왜 관계를 부정하려고 하느냐 이거야?"

"그럼 김유경과 저는?"

"그래. 이 자식아. 너와 김유경이 이복 남매란 사실을 진정 이제사 알았단 말이야?"

"김유경이 그의 아버지가 김경철이라고 할 때 잠시 의심을 했었습니다만 혹시나 하는 정도로 이해를 했습니다."

"대한민국 국정원 수사관의 직관이 그것밖에 안 돼? 좋다. 그럼 김유경이 찾아가겠다고 하는 부산의 주소지가 너의 어머니 이유빈의 주소와 같다는 것을 모르고 있었는가?"

"조금 전 말씀드렸습니다만 말단에서 일하는 저희들은 알 길이 없습니다. 공항에서 압수된 그 주소지를 저희가 열람할 수 없지 않습니까?"

"허긴 그렇긴 하다만⋯⋯."

"국장님. 저의 아버지 김경석이 살아 있다는 말씀입니까? 제 나이 스물다섯 살을 사는 동안 어머니께서는 아버지가 한국에서 돌아가셨다는 말씀만 하셨습니다."

"맞아. 이십오 년 전 자료를 아무리 뒤져봐도 김 팀장의 아버지 김경석은 한국 군경에 총살당한 것으로 되어 있어. 그 뒤의 일은 기록으로만 가능한 것이기에 왜 김경석이 북쪽으로 넘어가 지금까지 살고 있는지 대한민국 최고의 정보를 다루는 국정원에서도 알지 못해. 차츰 더 조사를 해 봐야 할 것이야."

김평화는 고개를 숙이고 입을 다물었다. 거실엔 잠시 침묵이 흘렀다. 국장이 입에 담배를 물었다. 그가 내뿜는 연기 한 무리가 거실 천장을 향해 기어올랐다.

"김평화."

"네. 국장님."

"오늘 이 시간부터 자네를 관악산 팀장 직에서 해임한다. 그리고 김유경 체포 전담 팀장으로 발령한다. 직원 둘을 붙여줄 테니 가장 빠른 시간 안에 붙잡아 와야 해. 알았나?"

"네. 국장님."

"김유경 탈출 살인사건을 놓고 자네를 구속시키자는 논란이 본부에서 있었어. 하지만 김유경과의 연관성과 인물의 특성을 누구보다 자네가 잘 알기에 내가 직권으로 이렇게 결정한 것이니 한 치의 오차도 없이 잡아오란 말이야."

"네. 알겠습니다."

"특히 김유경이 찾고 있는 사람이 김 팀장 어머니임을 잊지 말아야 하네."

"네. 알겠습니다."

"밖에 황 팀장 들어오라고 해."

국장은 황 팀장이란 젊은이를 이곳 새로운 팀장이라고 소개한 후 김평화에게 업무를 인수인계하라고 지시한 뒤 재떨이에 꽁초가 된 담뱃불을 짓이겼다.

잠시의 시간이 흐른 후 그는 입을 굳게 다문 채 자리에서 일어나 벗어났던 양복을 걸치고 거실을 나갔다. 어느새 빗줄기는 멈췄고 맑은 가을 하늘 한가운데 열기 잃은 태양이 나뭇가지에 걸려 있었다. 일행이 대문 밖으로 사라지고 곧이어 차 시동소리가 들리더니 이내 산 아래로 멀어져 갔다.

김평화는 오후 내내 새로 온 황 팀장에게 업무를 인계했다. 몹시 혼란스런 머릿속을 들키지 않으려고 그에게 눈동자를 맞출 수 없었다. 산거미가 숲 속을 들락거릴 즘 김평화는 짐을 싼 가방 두 개를 들고 뒷문을 통해 주차장으로 들어갔다. 몇몇 직원들의 배웅을 뒤로한 채 그는 차를 몰아 산을 내려왔다.

시내로 접어들자 퇴근길 수많은 차들이 길을 가득 메웠다. 가다 서다를 반복한 얼마 후 그가 혼자 살고 있는 아파트 안 주차장으로 들어갔다. 두 개의 가방을 들고 메고 현관 문을 열고 엘리베이터를 탔다. 출근한 지 삼 일 만이었다. 문을 열고 거실로 들어섰다. 거실에 불이 환하게 켜 있었다. 엊그제 출근할 때 분명 집안 모든 불을 끄고 나갔었다. 잠시 며칠 전을 생각할 즘 거실 한쪽에 앉아 있던 여자의 목소리가 들렸다.

"평화 왔느냐?"

어머니였다. 평화는 깜짝 놀란 눈을 휘둥그레 뜨며 어머니를 보았다. 그녀 옆에 얼굴이 설은 사내 하나가 서 있었다.

"네. 어머니. 그런데 무슨 사연이지요? 연락도 없이 부산에서 올라오시다니요?"

김평화 또래의 젊은 사내가 머리를 조아리며 김평화에게 인사를 건넸다.

"이리 앉아라. 할 말이 있다."

김평화는 손에 든 가방을 내려놓으며 그들이 앉은 맞은편 소파에 앉았다.

"어머니."

"그래 수고했다. 지금부터 내 말을 잘 들어야 한다. 이 옆에 있는 젊은이는 너와 같은 국정원 직원이란다. 이 젊은이와 함께 부산에서 이곳까지 왔고."

"안녕하세요? 박천수라고 합니다."

"네. 김평화입니다."

두 사람은 악수를 건네며 얼굴을 익혔다.

"그럼 어머니. 이미 이 사건을……."

"그래. 대충 너도 짐작이 갈 것이다. 북에서 왔다는 여자애가 나를 찾는다고 이곳저곳에서 탈출했다는 구나. 그 아이를 잡을 때까지 이곳에 나를 가택 연금시킨다고 한다. 이 젊은이는 결국 내 감시자가 되는 거지."

"김 팀장님. 불쑥 찾아와 죄송합니다. 김유경과 함께 일본 대사관에서 탈출한 독도라는 남자도 경찰에서 수배 중입니다. 얼마 못 가 잡히겠지요. 일본 놈하고 북한 여자인데 지네들이 가야 어딜 갑니까? 좁은 한국 땅에 숨을 곳이 어디 있겠습니까? 당분간 어머니를 집에 모시며 외출을 금지하라는 상부의 명령을 받고 왔습니다. 양해 바랍니다."

"알았습니다. 박천수 씨. 잠시 어머니와 둘이 할 이야기가 있습니다. 자리 좀 비켜주시겠습니까?"

박천수가 아파트를 나간 뒤 김평화는 어머니 이유빈이 앉아 있는
소파 옆으로 다가갔다.

"어머니."

"그래."

"솔직히 말씀해 주세요. 그동안 어머니는 아버지가 돌아가셨다고
했습니다. 하지만 오늘 정확히 알게 되었습니다. 아버지 김경석은 돌
아가신 게 아니고 지금 북한에 살고 있답니다. 왜 저에게 거짓을 일러
주셨습니까?"

"무슨 말을 하느냐? 분명 너의 아버지는 이십오 년 전 설악산에서
군·경의 총을 맞고 죽었다고 했다. 그리고 화장을 해 재를 산에 뿌렸
다고 했다."

"어머니가 직접 보신 것인지요? 아니면 들은 것인지요?"

"물론 내가 직접 볼 수는 없었고. 당시 군·경의 고위층 인사들에게
들은 이야기다."

"뭔가 이상합니다. 남편의 죽음을 기정사실화하며 오랜 세월 기일
이 오면 아버지 추모 기도를 하시며 사신 어머니입니다. 그래서 아버
지의 죽음을 한 점 의혹 없이 인정할 만큼 정황은 분명한데 어떻게 북
한에 아버지 김경석이 살아 있다는 말인지 도무지 이해가 되지 않습
니다."

"네가 그것을 어찌 알았느냐? 국정원 정보이더냐?"

"이번 사건의 당사자인 김유경은 아버지 이름이 김경철이라고 자
백했습니다. 하지만 국정원 고급정보로는 김유경의 아버지가 김경
석이 확실하다고 합니다. 그리고 아버지 김경석이 어머니 부산 주소

를 몰래 적어주면서 남한으로 입국하면 어머니를 찾아가라고 했답니다. 어머니. 그럼 저와 김유경은 이복 남매인가요? 아니면 친 남매인가요?"

"뭐라고? 말도 안 되는 소리야. 너 진정 진실을 이야기하는 것이냐? 거짓말하지 마라. 너의 아버지 김경석은 이십오 년 전 죽었다. 분명히 죽었어. 너의 아버지가 설악산에서 군경에 쫓기던 중 난 그 근처에 있었다. 지금도 너의 아버지를 향해 쐈을 생생한 대여섯 발의 총소리가 이명처럼 들리는데. 아직도 생생한데 무슨 소릴 하는 거야."

"좋습니다. 어머니. 하지만 김유경이 그녀의 아버지 이름이 김경철이라고 했지만 거짓이었고 사실은 김경석으로 밝혀졌습니다. 주머니에서 나온 주소가 어머니 부산 주소와 같았습니다. 물론 김유경이 찾는 사람이 이유빈이라고는 발설하지 않았습니다만. 그리고 김유경의 동생 이름이 김유빈이라 했습니다. 어머니 이름 유빈과 김유경의 동생 이름 김유빈이 같은데 이것은 어떻게 해석해야 합니까?"

"후후후후."

어머니 이유빈은 머리가 지끈거린다면서 물을 찾았다. 김평화가 냉 온수기에서 찬 물을 한 컵 받아 그녀에게 건네고 다시 자리에 앉았다.

"어머니. 제가 김유경을 잡아오라는 체포조의 책임을 맡았습니다. 내일부터 그들을 쫓을 겁니다. 보다 자세한 것을 일러주셔야 제 일에 도움이 될 듯합니다. 도와주십시오."

"……."

어머니는 입을 다물었다. 그리고 연신 긴 한숨을 토해 내고 있었다.

"어머니. 한 가지만 더 여쭙겠습니다."

"말해라."

이유빈은 매우 언짢은 듯 퉁명스럽게 말문을 열었다.

"일본 대사관에서 김유빈과 함께 탈출한 남자가 있습니다. 그 사건에 대해 혹시 알거나 짐작 가는 것이 있는지요?"

"지금 네가 나를 심문하는 것이냐? 모른다. 몰라."

"그 남자의 이름이 다케시마라고 합니다. 그는 김유경이 탈출하기 전 제가 일하는 곳까지 와서 본인의 어머니 이름이 이유빈이라며 찾는다고 했습니다. 도와달라고 했습니다."

"뭐라고? 다케시마. 다케시마라는 놈이 나를 찾는다고? 지금 김유경과 함께 나를 찾겠다고 탈출한 놈이 다케시마라는 것이냐?"

"네. 다케시마."

이유빈은 무엇인가 한참을 고뇌하며 동공을 천장에 고정한 채 있었다. 그리고 잠시 후 머리를 절절 흔들며 소파에서 일어났다. 그리고 중얼중얼 혼잣말을 했다.

"다케시마. 독도. 독도가……."

"어머니, 무어라 말씀하셨습니까? 독도요? 독도가 무엇입니까?"

이유빈은 머리카락을 쥐어짜며 거실 바닥에 주저앉았다. 한동안 머리채를 움켜잡고 있던 어머니가 엉엉 울기 시작했다. 마치 어린아이처럼 소리 내어 우는 그녀 옆에 김평화가 다가가 어깨를 감싸 안았다.

"어머니. 저는 어머니를 너무 사랑합니다. 어떤 사연인지 몰라도 저는 죽을 때까지 어머니 옆을 지켜드릴 것입니다. 어머니. 사랑합니다."

김평화는 얼굴에 눈물 콧물이 범벅된 어머니 이유빈을 거실에 놔둔 채 방으로 들어갔다.

다음 날 이른 아침. 김평화는 부산으로의 출장을 준비하고 있었다. 정갈한 양복을 입고 방을 나서기 전 습관처럼 그의 윗옷 안주머니를 손으로 만지작거렸다. 여느 때와 다름없이 권총 한 자루가 손에 잡혔다. 그와 한 팀을 이룬 직원 두 명이 식탁에서 식사를 마치고 차를 홀짝이는 시간이다.

"어머니. 다녀오겠습니다. 며칠 걸릴 지 모를 일입니다. 이봐요. 박천수 씨. 어머니 잘 돌보세요. 워낙 심신이 약한 분이라 정서적 안정에 소홀함이 있어서는 안 됩니다."

"네. 알겠습니다. 팀장님."

"그래. 아무 걱정하지 말고 잘 다녀와. 다음에 만나면 더 자세한 이야기를 해 주마."

김평화는 두 명의 직원을 데리고 집을 나섰다. 그들은 곧장 서울역으로 향했다.

KTX를 탄 그들이 부산에 도착한 것은 점심시간이 되기 전이었다.

"우리 조금 출출하지만 목적지에 가서 점심을 먹자고, 어때?"

"그러세요. 팀장님."

이들은 택시를 이용해 드넓은 바다 위로 광안대교가 그림처럼 지나는 광안리 해수욕장에 도착했다.

"무엇으로 먹을까?"

"그래도 바닷가에 왔으니 비린내 맛은 봐야 하는 것 아닌가요? 팀장님."

"그래. 좋아. 회는 좀 그렇고 우리 매운탕으로 하자고."

그들은 광안리 해변이 바다를 끼고 돌아간 모래사장 끝을 향해 걸었다. 마치 그곳은 이유빈이 살고 있던 해변 아파트와 그리 멀지 않은 곳이었다.

"이리 앉아봐. 저기 보이는 아파트 11층이 어머니가 살고 있는 아파트야. 만약 놈들이 찾아온다면 저곳을 들를 거야. 눈초리 늦추지 말고, 알았지?"

"네. 팀장님."

그들은 매운탕으로 식사를 한 뒤 식당을 나왔다. 해변을 걷고 있는 세 남자 모습이 영 건달 조폭 패거리를 닮았다.

"숙소는 어디로 잡을까요? 팀장님."

"그래. 바다가 너무 좋아 숙소 잡는 순서를 잊었었네. 저 아파트 11층이 잘 보이는 모텔로 잡자고. 그래야 망원경 활용도 좋을 테고. 어때?"

"좋습니다."

그들은 아파트에서 가장 가깝게 잠복할 수 있고 조망할 수 있는 모텔로 향했다. 김평화가 먼저 모텔 현관에 들어서 계산을 하며 입실 준비를 했고, 이내 그들은 짐 꾸러미를 들고 엘리베이터 앞에 멈췄다. 칠 층에 있던 엘리베이터가 한 층 한 층 내려왔다. 이내 승강기는 그들 앞에 멈췄다. 한 쌍의 남녀가 승강기에서 내리고 일행은 승강기에 올라 팔 층으로 향했다.

"야. 저네들은 벌써 일 끝내고 나오는 거야? 저 연놈들 급하긴 무지 급했던가 봐. 흐흐."

"글쎄 말이야. 아직 해가 중천인데."

그들은 묘한 웃음을 지으며 엘리베이터에서 내린 한 쌍의 남녀를 비아냥거리며 방으로 들어갔다.


승강기에서 내린 한 쌍의 남녀가 급한 걸음으로 모텔 뒷골목을 걷고 있었다. 여자는 종종 뒤를 돌아보며 쫓기듯 걸었고, 흰 피부가 창백하게 보였다. 뒤를 따르던 독도가 엉거주춤 뒤를 돌아보며 입을 열었다.

"천천히 가요. 배 많이 고파요?"

"아닙니다. 그것이 아니고."

"그럼 천천히 가요."

"잠깐만요."

여자가 남자의 옷깃을 잡고 급히 좁은 골목으로 밀어넣었다.

"독도 씨. 우리 엘리베이터에서 내릴 때 앞에 있던 사람들 봤어요?"

"무슨?"

"기억해 봐요. 김평화잖아요. 김평화 팀장."

독도의 눈이 휘둥그레지며 움찔움찔 그녀를 봤다.

"후. 맞아요. 김평화. 이제 생각해 보니 관악산 그 팀장 맞아요. 그 남자."

"국정원에서 작전이 시작된 것 같아요. 우릴 체포하라는. 어쩌죠?"

"큰일입니다. 김유경 씨. 어머니를 만나야 하는데. 저 아파트 11층 이라면서요. 여기까지 얼마나 힘들게 숨어서 왔는데 그냥 포기할 수는 없죠. 꼭 만나자고요."

"김평화 팀과 힘겹지만 재미있는 숨바꼭질이 시작되겠군요. 독도 씨."

"우선 이 동네를 벗어나요. 그런데 우리 모텔에 저들이 묵고 있으니 어떻게 짐을 챙겨 나오지요? 그게 더 걱정입니다."

그들은 김평화가 묵고 있는 모텔에서 동쪽으로 난 골목을 지나 반대쪽에 다시 방을 잡았다. 그리고 그날 밤 독도와 김유경은 김평화 일행이 묵고 있는 모텔 건너 골목에 숨어 있었다. 잠복이었다. 그들이 모텔을 빠져 나가기만 기다렸다. 어둠이 잔뜩 깃든 좁은 골목 전봇대 뒤로 몸을 숨긴 남녀의 형상이 노숙자를 닮아 있었다. 얼마의 시간이 숨 넘어갈 듯 지나갔다. 김평화 일행이 모텔 현관 밖으로 모습을 내보였다. 그들이 해수욕장 도로를 횡단해 건너 해변을 따라 걷기 시작했다. 독도는 비호처럼 모텔 현관으로 달려갔다. 그리고 독도와 유경이 묵고 있던 칠 층 방으로 들어가 짐 가방을 급히 챙겨 모텔을 벗어나 새로 잡은 모텔 방으로 돌아왔다.

"참으로 어렵습니다. 유경 씨."

"미안해요. 모두 저 때문에."

유경이 고개를 숙이며 다소곳이 손을 비벼댔다.

"이삼 일 방에서 나가면 안 될 듯합니다. 저 놈들은 국정원 직원입니다. 권총과 망원경을 포함해 온갖 무기를 몸에 지닌 채 우리를 쫓을 것입니다."

"맞아요. 독도 씨."

독도는 잔잔한 파도가 넘실대는 광안리 해변을 바라보다 유경을 불렀다.

"유경 씨. 이리 와보세요. 저기, 저기 좀."

유경이 창가로 다가와 독도 옆에 서서 가로등이 화려하게 모래사장을 밝힌 바닷가를 보았다.

"김평화 일당이네요. 저 아파트로 걸어가는데요. 세 명 맞지요?"

"맞아요. 그들입니다. 저들을 따돌릴 기회가 올 것입니다. 저들은 우리의 존재를 모르지만 우리는 저들을 훤히 꿰뚫고 동선을 파악할 수 있어요. 우리가 훨씬 유리합니다."

남녀는 그들이 해변에서 아파트 현관 쪽으로 사라질 때까지 눈을 떼지 못했다. 방 안 공기는 무겁게 가라앉아 있었다. 독도가 유경의 어깨에 살며시 손을 얹었다. 잠시 침묵의 시간이 흐른 뒤 유경이 먼저 입을 열었다.

"이곳 해변 경치가 너무 아름다워요."

"저도 일본의 아름다운 해변을 많이 보았지만 이곳보다 좋은 곳은 못 봤습니다. 조명과 대교와 밤 파도와 백사장 그리고 아름다운 여인들이 걸어가는 저 모습. 정말 환상적 분위기입니다. 우리도 쫓기는 처지가 아니라면 저 밤바다를 함께 걸어보고 싶네요."

"독도 씨. 서울 회사는 어떻게 되는 거지요?"

"지금쯤 일본 대사관에서 저를 추격하리라 믿습니다. 그날 새벽 관악산에 유경 씨를 만나러 갔을 적 감시 카메라에 찍힌 내 얼굴이 정밀 감식되어 확인되었을 것은 분명합니다. 이제 더 이상 회사며 대사관이며 저에게는 무용지물입니다."

"그럼 어떻게 해요? 괜한 여자 만나 독도 씨 삶이 구겨진 것 같아 너무 미안한 마음 간절합니다."

"괜한 여자라니요? 섭섭합니다. 예전에 말했다시피 유경 씨와 저의 인연은 분명 여기까지는 아닐 것입니다. 우리가 서울에서 부산까지 숨어들면서 며칠 밤을 함께했지만 난 결코 유경 씨를 여자로 생각하지 않았습니다. 그냥 딱히 무엇이라 설명할 수 없는 내 형제자매로 보였습니다. 지금도 그렇고요."

"독도 씨. 고맙습니다. 제가 너무 궁금한 게 있었어요. 한 가지만 물어볼게요."

독도는 창에서 눈을 떼며 그녀 어깨에 올려져 있던 손을 내려놓았다. 그리고 그녀의 얼굴을 바로 보며 귀를 쫑긋 세웠다.

"독도 씨가 찾는다는 여인의 이름이 이유빈이라면서요?"

"네. 이유빈이란 이름의 여인이 저의 어머니라고 일본 대사님이 말씀하셨습니다. 이 유 빈."

"이제사 저도 고백을 할게요. 저기 보이는 아파트 11층에 사시는 분이 이유빈입니다. 제가 한국에 와서 처음 발설하는 단어입니다."

독도는 커다란 눈을 더욱 크게 뜨며 그녀의 입술을 응시했다.

"이유빈? 무슨 말이지요?"

"북한에 계신 저의 아버지가 찾아보라며 적어준 주소의 주인공이 이유빈이라고 했습니다."

"어떤 관계라고 아버지가 말씀하시던가요?"

"그냥 찾아가면 반겨줄 것이라고 했습니다."

"동명이인이겠지요. 저의 아버지는 일본 분입니다. 그분들의 인연은? 후후후. 혹 모를 일이지만 희박합니다."

"그렇겠지요? 동명이인."

유경은 다시 창가로 다가갔다. 광안리 해변의 가로등들이 하나둘 꺼지며 바다는 어둠 속으로 빨려들고 있었다. 멀리 바다 한가운데를 가로지르는 광안대교의 불빛도 희미하게 숨을 죽인 시간. 독도는 침대에 누운 유경의 희미한 모습을 힐끔 보면서 방바닥에 등을 대고 눈을 감았다.

다음 날 창을 뚫고 스며든 새벽빛에 유경은 눈을 떴다. 유경이 눈을 비비며 방 안을 둘러봤다. 침대 아래에서 웅크리고 잠들었을 독도가 보이지 않았다. 그가 덮었던 이불만 두려움에 몸서리치며 구겨진 채 뭉개져 있었고 베개는 창가 벽에 기대어 홀로 외로워했다. 유경은 침대에서 내려와 창가로 다가갔다. 광안대교 아래 수평선이 선명했다. 그 위로 붉은 태양이 대교를 삼킬 듯 치솟아 올라오고 이내 바다는 혈홍색 핏빛으로 물들었다. 그녀는 눈을 좌우로 돌리며 해변과 찻길을 뒤적였다. 독도는 보이지 않았다. 점점 숨이 가빠오며 호흡이 거칠어졌다. 잠시 무서움에 등골이 시큰거릴 즘 방문이 열리고 독도가 모습을 보였다. 그는 어디서 구했는지 소매가 찢어지고 흙이 묻은 허름한 옷을 입고 있었다. 머리는 산발을 해 마치 구걸 나온 거지의 모습 그대로였다.

"아직 새벽인데 어디를요? 그리고 그 차림새가 뭐예요?"

"일어났군요. 저 아파트 현관까지 순찰을 다녀왔습니다."

독도는 그녀 앞에 검은 봉투 하나를 내보였다.

"이건 뭐지요?"

"앞으로 유경 씨가 입고 다닐 옷입니다. 저 뒷골목 시장터에 가서 주워왔습니다. 어서 빨리 유경 씨를 저 아파트로 보내 그분을 만나

빌 수 있게 작전을 펴려면 이런 소품이 필요할 것입니다."

유경은 얼굴에 미소를 내 보이며 손으로 그녀의 입을 막았다.

"내가 다녀온 결과 놈들 중 한 명이 아파트 정문 주차장 차 안에 매복하고 있음을 확인했습니다. 우리 아침 먹고 한 번 시도해 봐야겠습니다."

해변을 붉게 물들였던 아침 햇살이 멀리 보이는 누리마루 건물 지붕에서 빛을 반사하며 바닷물로 내려 앉아 파멸해 가는 오후. 한 쌍의 남녀가 흰 마스크를 쓴 채 아파트 정문을 통해 걸어서 안으로 들어가고 있었다. 남자의 허름한 작업복 왼쪽 가슴과 여자가 손에 든 가방 전면에 '도시가스 안전공사'라는 글씨가 새겨져 있었다. 멍하니 밖을 응시하던 경비원이 사무실을 나와 그들을 가로 막았다.

"몇 호에 가십니까?"

"네. 안녕하세요? 도시가스 점검 나왔습니다."

"네. 벌써 점검할 때가 되었나요? 세월 한 번 빠르군요. 들어가세요."

경비는 그들이 엘리베이터를 타고 문이 닫힐 때까지 서성이다 사무실로 들어갔다. 엘리베이터는 11층에 멈췄다. 그들은 서로 눈짓을 하며 고개를 끄덕였다. 독도와 유경이었다. 독도가 몇 발작 걸어가더니 이내 문 옆에 있는 초인종을 눌렀다. 안에서 인기척 소리가 들리더니 곧 바로 현관 문이 열렸다.

"누구세요?"

전혀 예상치 못한 사람이 그들을 맞았다. 이제 중학생쯤으로 보이는 여자아이였다.

"가스 점검 나왔습니다."

"들어오세요."

그들이 현관 문 안 거실로 들어섰을 때 건장한 청년 하나가 소파에 앉아 신문을 읽고 있었다. 여자아이의 오빠로 보였다.

독도와 유경이 베란다 뒷문을 통해 가스 배관이 돌출되어 있고 보일러 기계가 설치되어 있는 곳으로 다가갔다. 그들은 가스를 점검하는 척하며 집안 동정을 살폈다. 잠시 후 유경이 고개를 갸우뚱했다. 그리고는 독도의 옷깃을 잡아 빨리 이곳에서 나가자는 시늉을 했다. 그들이 거실을 통해 현관 문쪽으로 발길을 옮기려는 순간. 신문을 보던 사내가 자리에서 일어났다. 유경은 커다란 심장의 박동소리가 들렸으며 이내 등골에서 식은땀이 솟구침과 동시에 오싹함으로 온 몸에 소름이 돋았다.

"수고 많으십니다. 가스가 새는 곳은 없지요?"

제대로 입도 떼지 않은 입술을 유경이 놀리며 기어들어가는 목소리로 답을 했다.

"네."

그들이 현관 문을 나설 즘 유경이 여자아이를 보며 말을 걸었다.

"어른들은 안 계시니?"

"엄마는 서울 가셨고 아빠는······."

"그래 알았다. 어른들 오시면 가스 점검 나왔었다고 해라."

"네. 안녕히 가세요."

현관 문이 닫히고 올라오던 엘리베이터가 11층에 멈췄다. 이들이 엘리베이터 안으로 발을 들여놓을 즘 중년의 여인 하나가 건장한 사내와 함께 엘리베이터에서 내려 그들이 나온 아파트 문쪽으로 걸어갔다. 엘리베이터 문이 닫힐 즘 그들은 아파트 초인종을 누르며 독도와 유경의 뒷모습을 바라보고 있었다. 유경이 닫히는 엘리베이터 문을 손으로 막았다. 문이 다시 열리는 그 시간 아파트 현관 문이 동시에 열렸다.

"엄마."

조금 전 보았던 중학생 여자아이가 중년의 여인에게 엄마라고 부르며 얼싸 안고 현관 안으로 들어갔다.

독도와 유경은 서로에게 강요된 침묵을 유지하며 아파트 경비실 앞을 지나 도망치듯 뒷골목으로 숨어들었다. 그들은 한동안 후미지고 좁은 골목을 걸었다. 숨쉬기가 답답해 마스크를 벗었다. 골목이 끝나자 버스가 다니는 넓은 대로가 나타났다. 그들은 횡단보도가 있는 곳으로 걸었다. 그때 횡단보도 건너에서 무엇인가 골똘해 하며 서 있는 김평화가 유경에 눈에 들어왔다. 유경은 독도에게 마스크를 쓰라는 시늉을 보내고 자신도 주머니에 있던 마스크를 꺼내 얼굴을 가렸다. 신호등이 푸른색으로 바뀌자 김평화가 핸드폰을 통화하며 걸어오고 있었다.

그들은 잠시 스쳤다. 하지만 김평화가 통화하는 내용을 잠시 엿들을 수 있었다.

"그래서요. 마스크를 썼다고? 가스안전공사 직원 복장이라고?……"

아파트를 향해 걸어가는 김평화의 발걸음이 빨라졌다. 독도와 유경은 그를 뒤로하고 다시 좁은 골목으로 접어들었다. 그들은 어느새 모텔 방문을 열고 안으로 들어가고 있었다.

마스크를 벗은 유경이 먼저 입을 열었다.

"후, 심장이 멎는 줄 알았어요."

"저도요. 하지만 우린 절반의 성공을 거뒀어요. 무슨 뜻인지 알아요? 유경 씨."

"그게?"

"잘 생각해 봐요. 그 아파트에 있던 여자는 이유빈의 딸이고요, 거실에 앉아 있던 사내는 정보원 직원입니다. 그리고 엘리베이터를 타고 내려 그 집으로 들어가던 여인이 당신과 내가 찾고 있던 이유빈. 그 옆에 있던 건장한 청년은 이유빈을 보호하려는 역시 국정원 직원입니다. 그리고 우린 김평화를 눈앞에서 보았습니다. 이젠 상황이 정리된 셈이니 절반의 성공이라고 할 수 있지요."

"그럼 그 여자 분이 이유빈? 후, 이를 어쩝니까? 그토록 만나고 싶었던 분을 눈앞에서 보내다니. 후후."

"그나저나 우리가 가스 점검원을 가장한 독도와 유경이라는 것을 알아차린 모양입니다. 더욱 극렬하게 우리를 찾아 눈이 붉도록 이 광안리를 뒤질 텐데요. 어쩌지요?"

"난 국정원 요원을 살인하고 탈출한 탈북자고 독도 씨는 나를 숨겨주고 함께 도망 다니는 일본인. 한국 국정원과 경찰에서 우리를 한 패로 볼 수 있습니다. 더 이상은 안 되겠어요. 차라리 자수하던가 아니면 일본으로 밀항이라도 해야 할 것인가, 이제 그 답을 얻어 행동할 때가 된 듯합니다. 일이 이렇게 되리라는 것은 상상도 못했습니다."

"유경 씨. 오늘 밤 어둠이 들면 이곳 광안리를 떠납시다. 일단 소나기는 피해 가라고 하지 않습니까? 그 다음에 자수하던 밀항을 하던 다시 생각해 보기로 하지요."

"좋아요. 그렇게 해요. 독도 씨."

찬란하던 아침 햇살이 서쪽 산에 걸터앉아 하루의 열정을 버거워하며 숨을 고르고 있는 시간. 어둠은 그들을 밀어내고 서서히 시내로 밀려오고 있었다. 독도와 유경은 짐을 싸 들고 메고 모텔을 벗어나 택시를 타고 어디론가 떠났다.

아파트 11층 거실에 싸늘한 기운이 감돌았다. 이유빈이 코를 훌쩍이며 앉아 있었고 그 옆에 딸아이가 숨을 몰아쉬며 고개를 숙인 채 멍한 눈동자를 벽에 고정한 채 있었다. 마주 앉은 김평화가 양주잔을 홀짝이며 울고 있는 어머니 이유빈의 콧물 소리를 듣고 있었다.

"이것아. 그만하라고 했잖아. 네가 내 아들이면 그애들도 내 딸이고 아들이야. 제발.

평화야. 제발 그들을 놔둬. 더 이상 쫓지 말고. 차라리 네가 국정원을 사직해. 그리고 내가, 아니 그들이 나를 만날 수 있게 도와줄 수는 없니? 흐흐흑흑……."

"어머니. 진정하세요. 저도 생각이 있습니다. 잠시만 시간을 주세요."

"당장 국정원을 사직해. 그리고……."

"어머니. 한 가지만 더 여쭐게요. 독도는 저의 이부 형이라고 해요. 그러면 유경이라는 여자는 제게 어찌 설명할 것인데요?"

"그래. 좀 더 자세히 말할게. 내 말이 끝나면 그들과 내가 만날 수 있도록 도와줘야 한다. 부탁이다. 내 아들 평화야."

"네. 어머니. 꼭 그렇게 하겠습니다."

"잘 들어라. 너도 짐작을 했다고 했었다. 다케시마는 한국말로 독도란 것 너도 알고 있을 게다. 그 아이 이름이 다케시마다. 너의 아버지 김경석을 만나기 전에 일본인이었던 독도의 아버지 하라를 만나 첫 결혼을 했다. 그와의 사이에 낳은 녀석이 독도란다. 독도 아버지 하라가 너의 아버지 김경석으로부터 죽임을 당한 뒤 독도를 낳았다. 그러니 그 아이는 유복자인 셈이다. 숱한 역경 속에 네 아버지 김경석이 독도를 납치해 설악산으로 숨었었지. 난 독도를 찾으려고 설악산에 단신 뛰어들었고 그곳에서 유일한 혈육 독도를 키우며 숨어 지내던 사람이 너의 아버지 김경석이었다. 독도의 철천지원수인 네 아버지를 설악산에서 만나 우연히 또 다른 사랑을 키웠단다. 26년 전, 그때 난 너를 임신했고 이것이 그때의 사건들이다. 그러니까 네가 태어나던 바로 몇 개월 전 일이다. 너의 아버지가 북에서 고도의 훈련을 받은 남파 공작원이었다는 것도 너는 알고 있었을 거다. 난 이번에 김유경이라는 아이가 나타나기 전까지 너의 아버지 김경석이 설악산에서 군·경의 총에 살해된 줄만 알고 있었다. 당시 남북의 정치 상황은 극도의 이데올로기 경쟁으로 인한 대립과 갈등만이 존재했었다. 그 와중에 너의 아버지 김경석이 군·경에 죽임을 당하지 않고 북으로 추방 됐을 것이란 상상. 도저히 할 수가 없었단다. 설악산 공룡능선 계곡에서 분명 대여섯 발의 총성이 있었고 나를 지키던 경찰이 너의 아버지가 총에 맞아 죽었다는 무전 보고를 받는 과정을 내 두 눈으로 똑똑히 봤다. 하지만 국가적 차원에서 너의 아버지를 총살한 것처럼 하고 북으로 추방했을 것이란 예상. 당시에는 남쪽에서도 북으로 간첩을 보내던 시절이란다. 아마 간첩을 남북이 서로 교환할 때 너의 아버지 김경석을 이용했을 것이란 짐작이 간다. 지금의 유경이란 아이를 보면서 추리할 수 있겠구나. 그 후 너의 아버지가 북으로 추방된 뒤 재혼을 한 모양이다. 그리고 너의 이복동생 김유경이 태어났고 그 동생 김유빈이 태어난 것으로 추정된다. 현실이 이러한데 내가 어찌 형제자매인 너희들의 쫓고 쫓기는 실상을 보고만 있어야 하느냐? 얼마나 답답했으면 국정원에서 서울 네 집에 가택 연금시킨 것을 도망 나오다시피 이곳 부산으로 왔겠느냐? 내 사랑하는 아들 평화야. 엄마 인생 너에게 마지막이자 처음인 부탁을 하마. 제발 그네들을 잡지 말고 놔둬라. 그리고 언젠가 나를 만날 수 있게 해 다오. 제발. 후후후 후."

"어머니. 독도의 아버지를 죽인 인물이 바로 저와 유경의 아버지인 김경석이네요. 그럼 지금 함께 있는 유경과 독도는 아버지들 원수의 자식들이고요."

김평화는 영화를 보는 듯 꿈을 꾸는 듯 혼란의 도가니에 빠져 자신의 생각을 정리할 수 없었다. 어머니를 따라 울고 있던 여자 동생이 소파를 박차고 일어나 코를 훌쩍거리며 방으로 들어갔다. 얼마의 침묵이 거실에 가득했다. 김평화가 자리에서 일어나며 입을 열었다.

"어머니. 그러면 독도라는 일본 사람은 나의 형이 되고 탈북자 김유경은 나의 동생이 되는 겁니다. 그리고 소파에 앉아 있던 저 여중생은 아버지가 또 다른 내 막내 동생입니다. 김경석이라는 아버지는 북한에 살고 있고요. 나를 낳아주신 어머니는 대한민국 부산에 살고 있습다다. 나는 그들을 쫓아가 잡아들이는 형사가 되어 있고요. 맞습니까? 어머니?"

이유빈은 한동안 아들 김평화의 물음에 답을 못했다. 그냥 긴 한숨만 소파에 뿌리며 머리를 숙인 채 앉아 있었다.

그때 방으로 들어간 딸아이의 통곡 소리가 들렸다.

"어엉엉. 엉엉……."

평화가 동생 방으로 들어가려고 몇 걸음 걸었다.

"놔둬라. 저 애라고 맘이 편하겠느냐? 어린 나이에 병으로 아버지 잃고 힘겹게 살아가고 있는 소녀란다. 복잡한 형제자매의 그림들도 모두 싫었겠지. 그냥 맘껏 울게 놔두라고."

김평화는 가던 걸음을 멈추고 소파가 부서져라 엉덩이를 소파에 내려놓았다.

이유빈이 자리에서 일어나 어둠이 가득 들어찬 창쪽으로 걸어가며 입을 열었다.

"평화야. 다 내 업보다. 시대가 만들어놓은 그리고 이데올로기가 만들어놓은 애증의 산물이다. 그 시대적 슬픈 애증을 여인인 내가 인생의 업보로 모두 짊어졌구나. 미안하다. 세상을 먼저 산 어른으로서 당대에 남북 문제와 대일 적개심을 해소하지 못하고 너희들에게 이런 모습으로 남아 살아 있다는 것이 너무도 부끄럽구나. 그리고 방금 전 네가 어미를 원망하며 말했던 가족관계. 모두가 사실이다. 내가 죽기 전에 반드시 너희들 그리고 너의 아버지 김경석과 함께 밥상을 마주 앉아 얼굴을 볼 수 있었으면. 그렇게만 된다면 이 삶에서 더 이상 바랄 게 없다. 후후후후."

평화는 다시 양주병의 마개를 열고 유리잔에 술을 따랐다. 그리고 양주잔을 입술에 대고 눈을 감았다. 어머니 이유빈이 이십육 년 전 겪었을 과거를 곰곰이 생각했다. 그리고 잔을 홀짝 기울여 목구멍 가득 양주를 부어버리자 콧등이 시큰해지며 눈물이 왈칵 쏟아졌다. 거실 형광등의 불빛이 부옇게 변했다. 두 뺨에 뜨겁게 흐르는 눈물이 술잔 속으로 뚝뚝 떨어졌다. 창가에 서 있던 이유빈이 다가와 평화의 눈물을 손으로 훔쳐냈다. 그리고 아들 평화의 젖은 얼굴을 가슴 가득 품으며 입을 열었다.

"사랑하는 아들 평화야. 사랑한다. 고맙다. 그리고 미안하다. 미안해."

어머니 품에 안긴 평화는 그녀의 뭉클거리는 젖가슴을 뺨으로 느끼며 더욱 세차게 흐느꼈다.

얼마 후 평화는 자신의 요란한 핸드폰 소리에 놀라 어머니 품에서 떨어져 나왔다.

"김평화입니다."

"네. 팀장님. 보고 드리겠습니다. 두 연놈이 묵었던 모텔을 찾아냈습니다."

"그래서?"

"모텔 주인의 이야기로는 어둠이 들면서 택시를 타고 어디론가 떠났다고 합니다. 그리고……."

"그만해. 그만하라고."

"네? 팀장님? 무슨 말씀인가요?"

"야 이 자식아. 그만하라고 했잖아. 그만하라고 제발 그만하라고.

어엉엉……."

평화는 핸드폰을 건너편 소파 위로 내던지고는 소파에 쓰러지며 소리 내어 울었다. 어머니 이유빈이 아들 평화의 손을 꼭 잡은 뒤 눈을 감고 한동안 앉아 있다가 평화의 얼굴을 가슴속 깊이 안고 함께 흐느꼈다.

# 도망자

**부산에도** 가을은 찾아왔다. 아름다운 동백섬에 단풍이 곱게 물들었으며 비췻빛 바닷물과 고운 단풍을 배경으로 많은 사람들이 사진을 찍고 있었다. 김평화 일행은 광안리와 해운대 근처를 중심으로 독도 일행을 찾아 나섰다. 세 명의 요원들은 바닷가 굽이진 길을 따라 예리한 눈알을 굴리며 서서히 동백섬 누리마루 쪽으로 걷고 있다. 오늘 아침 김평화 팀장의 요청으로 부산 전역에 비상령이 내려진 상태다. 도심부터 유명 여행지와 바닷가를 경찰들이 철저히 검문 검색하고 있었다. 독도와 김유경을 직접 본 수사관은 김평화가 유일하다. 마지막 검거 순간 독도와 유경의 인물 사실 확인은 김평화 팀장만이 가능하다. 그래서 김 팀장을 찾은 무전기 소리가 연신 그의 귀를 울려댄다.

김평화 일행이 광안대교가 뻔히 보이는 누리마루 쪽에서 오륙도 쪽을 응시하고 있었다. 망원경 안에 잡힌 그림엔 한 쌍의 남녀가 쪽배를 타고 오륙도 근처를 배회하는 듯 보였다. 거리가 너무 멀어 얼굴은 정확히 읽을 수 없었지만 예감이란 것이 발동했다. 김평화는 즉시 부산 시경에 무전을 날렸다.

"오륙도 근처에 쪽배 한 척이 배회하는 것이 보입니다. 즉각 수색 바랍니다."

김평화는 요원 한 명을 누리마루 근처에 남겨놓고 수사본부가 차려진 부산시경으로 가기 위해 동백섬을 뛰기 시작했다. 주차장까지는 300여 미터다. 많은 관광객들이 이들의 줄행랑을 의아해 하며 바라보고 있었다. 때론 길을 비켜주고 때론 박수를 치며 함성을 지르곤 했다. 모자를 깊게 눌러쓰고 수건으로 얼굴을 가린 그리고 장화를 신은 사람들이 길 아래 갯바위에서 소라를 잡다 말고 이들의 달리기를 유심히 보고 있었다. 정장을 차려 입은 젊은 사내들이 동백섬에서 질주한다는 것은 흔히 볼 수 없는 광경이다.

"독도 씨. 김평화 일행입니다. 어서 얼굴을 돌리세요."

유경이었다. 독도와 유경은 급히 고개를 숙이고 허리를 굽혀 갯바위 사이로 몸을 숨겼다. 김평화는 이를 전혀 눈치 채지 못하고 주차장에 서 있던 차의 시동을 급히 건 후 시내로 내달렸다.

김평화가 수사본부에 도착했다. 취조실에 한 쌍의 젊은 남녀가 잡혀왔다고 했다. 평화는 급한 발걸음을 옮기며 취조실로 들어갔다. 여러 명의 수사관들이 남녀를 둘러싸고 서 있었다.

"김 팀장님. 어서 확인해 보십시오. 이놈들이 아니라고 우겨대니 영난감합니다."

김평화가 수갑을 차고 앉아 고개를 숙이고 있는 남녀에게 다가가 얼굴을 들어올렸다.

"아닙니다. 우리가 찾던 범인이 아닙니다. 돌려보내주세요."

김평화는 안도하는 한숨 소리를 세차게 내뱉으며 그들이 투덜거리며 돌아가는 모습을 지켜봤다. 다른 수사요원들은 그의 한숨 소리를 허탈감의 표현으로 보았을 것이다.

소라 바구니를 등에 짊어진 독도와 이를 따르는 유경이 긴 장화를 신고 허름한 옷차림 그대로 광안리 이유빈이 사는 아파트 현관에 들어섰다. 경비가 나와 이들의 행선지를 물었다. 유경이 앞으로 나서 11층에 사는 친척에게 소라를 나눠주고 가려고 왔다고 했다. 경비는 몸에 흙이 많이 묻어 아파트가 더러워질 수 있으니 조심해 다녀오라며 이내 경비실로 들어갔다. 11층 엘리베이터 앞. 독도가 현관 벨을 눌렀다. 예전과 다름없이 중학생 딸이 문을 열었다. 독도는 순식간에 딸을 밀쳐내고 달려가 소파에 앉아 있는 요원 한 명을 덮쳤다. 요원이 허리춤에 찬 권총에 손을 대는 순간 독도의 주먹이 그의 얼굴을 강타하며 그를 쓰러트리고 유경이 미리 준비한 청 테이프를 그의 손과 입을 둘둘 말고 있었다. 이 광경을 지켜보고 있던 어머니 유빈이 딸아이의 핸드폰을 낚아채며 악다구니를 쳤다.

"신고하지 마. 하지 말라고."

딸은 순간 놀라며 핸드폰을 거실 바닥에 떨어트리고 방으로 들어갔다.

국정원 요원이 정신을 차리며 일어서려고 버둥거렸다.

"이리들 앉게나. 난 두 사람이 누구인지 알고 있다네."

독도와 유경이 오히려 당황한 듯 잠시 멈칫거리더니 이유빈 앞에 앉았다.

"시간이 없습니다. 어머니. 저는 다케시마 아니 독도입니다. 어머니가 너무 보고 싶어 찾고 싶었던 아들입니다."

"그래. 알고 있네. 잘 컸구나."

유경이 빠르게 말을 이어갔다.

"저는 이북에 계신 아버지 김경석이 보내서 온 그분의 딸 김유경이라고 합니다. 이렇게 뵐 수 있다니 무어라 행복함을 전할지 모르겠습니다."

이유빈은 고개를 두어 번 끄덕이더니 두 줄기 눈물을 뺨을 쏟아냈다.

"어머니. 한 번만 저를 안아주십시오. 저희들은 쫓기는 몸이라 시간이 없습니다."

유빈이 독도에게 다가가 그를 와락 안고 잠시 볼에 뺨을 비볐다.

"내 아들 독도야. 미안하다. 그리고 사랑한다. 어서 이곳을 떠나거라. 다시는 이곳에 나타나서는 안 된다. 내가 너희들을 부를 때까지. 내가 너희들을 다시 찾을 때까지."

"어머니. 어머니. 흐흑흑."

독도가 몸부림치며 다시 어머니 유빈의 목덜미를 얼싸안았다.

"어서 떠나라니까? 어서."

눈물이 콧물과 뒤섞인 격앙된 유빈의 목소리가 거실을 쩌렁 울렸다.

독도는 일어나 유경에게 눈짓을 했다. 그리고 둘은 어머니 이유빈에게 큰절로 인사를 올리고 곧바로 현관 문을 열어 밖으로 나갔다. 유빈이 1층 현관 문을 열고 큰길로 사라지는 두 사람을 베란다에서 바라보며 주체할 수 없는 눈물을 흘려야만 했다.

거실 바닥에 쓰러져 쿵쿵거리며 테이프를 풀고자 하는 요원에게 유빈이 다가왔다.

"내 말 들리는가?"

요원은 고개를 끄덕이며 다리를 버둥거렸다.

"잘 듣게. 당신들이 찾고 있는 두 사람이야. 하지만 내게는 피를 나눈 자식들이고. 어쩔 건가? 못 본 척 못 들은 척해 줄 수 있나? 자네는 근무 태만으로 처벌을 받을 것이고 난 범인 은폐죄로 처벌을 받을 것일세. 자네가 함구해 준다면 내 큰 사례를 하겠네."

요원은 고개를 끄덕였다. 유빈이 요원의 입과 손발에 묶인 청 테이프를 풀어냈다. 그리고 그녀가 잠시 안방으로 들어갔다 나오더니 통장 하나와 도장 하나를 그에게 건넨다.

"얼마 안 되네. 자네 장가 갈 즘 아파트 한 채 값은 될 것일세. 넣어 두게. 비밀번호는 통장 맨 뒷장에 적어놨네."

요원은 쑥스러운 듯 통장을 윗주머니에 넣고 물을 한 잔 달라더니 홀린 듯 풀어진 눈동자를 빙빙 돌렸다.

"내 아들 평화에게도 절대 말해서는 안 되네. 알겠는가?"

"걱정하지 마세요. 어머니."

물을 벌컥벌컥 마신 요원이 잠시 바람 좀 쐬고 오겠다며 아파트를 나섰다.

딸아이가 조용해진 거실로 나왔다. 이유빈은 어린 딸을 가슴에 꼭 안으며 연신 미안하다는 말을 되풀이했다.

"네가 좀 더 크면 이 엄마가 자세히 말해 줄게. 사랑하는 딸아. 미안해. 그리고 정말 사랑해."

얼마 후 현관 벨소리가 들렸다. 딸아이가 열어준 현관 문에서 평화와 조금 전 집을 나선 요원이 안으로 들어오고 있었다.

어깨가 축 늘어진 평화의 얼굴에 고뇌가 가득했다. 아무것도 모르고 있는 듯 평화는 샤워를 하겠다며 욕실로 들어갔다. 어머니 유빈이 요원의 눈을 보며 입술에 손을 대고 쉿 소리를 내자 요원은 고개를 끄덕이다 입가에 쓰디쓴 미소를 띠며 소파에 털썩 주저앉았다.

저녁 시간은 평화로웠다. 가끔씩 울려대는 평화의 무전기 소리만 시끄럽게 거실의 적막을 깰 뿐이다. 세 식구와 요원이 저녁 밥상을 물리고 TV 연속극에 몰두하고 있을 때였다. 평화의 핸드폰 소리가 드세게 울려댔다.

"네. 김평화입니다."

"팀장님. 급한 연락입니다."

"뭔데?"

"지금 서울 본부에서 연락이 왔습니다. 독도와 유경이 롯데자이언츠의 코리안 시리즈 야구장에 와 있다는 겁니다. 서울에서 야구중계를 보고 있던 정보요원이 확인했답니다. 어서 부산 구장으로 가서 경찰과 합동으로 검거하라는 지시입니다."

"알았다. 요원."

평화는 연속극 채널을 급히 야구 경기방송으로 돌렸다. 뚫어져라 화면을 보고 있던 요원이 급히 평화를 불렀다.

"저기, 저기 두 사람이 보입니다. 마치 연인처럼요. 팀장님."

평화는 아무 말 없이 상의를 걸치더니 급히 거실을 벗어나 엘리베이터를 탔다.

　그가 부산 야구장에 도착했을 때 이미 경찰 수백 명이 구장을 에워싸고 출입구를 봉쇄한 뒤였다.

　특수경찰 십여 명과 평화가 그들이 앉아 있던 외야석으로 조심스럽게 다가갔다. 경찰 무전기에서 수시로 경찰요원들에게 남녀의 위치를 알려주고 있다. 외야석 위에서 한 발 한 발 아래쪽으로 내려서는데 평화의 눈에 독도와 유경의 뒷모습이 어렴풋이 눈에 들어왔다. 그때 어느 선수가 타격한 볼이 외야를 넘어 홈런으로 이어졌다. 수만의 관중들이 일어서 구호를 외치고 부산갈매기라는 노래를 부르며 들썩였다. 독도와 유경의 모습이 보이는가 싶더니 이내 관중 속에 묻혀 볼 수가 없었다. 환호성이 끝나고 구장은 다시 안정을 찾았다. 평화와 경찰들은 그들이 앉아 있던 곳 가까이 왔다. 하지만 그들은 자리에 없었다. 평화가 주변을 두리번거리며 자신의 눈을 의심하는 듯 고개를 좌우로 흔들었다. 독도와 유경은 발을 동동거리고 고함치는 흥분한 관중들 사이에서 자리를 뜬 뒤였다. 허탈해 하는 특수경찰들의 투덜거림을 듣는 둥 마는 둥 평화는 그들을 데리고 구장 출입구로 다시 내려왔다. 야구장을 출입하는 모든 사람들을 검문하던 경찰들이 웅성거리기 시작했다. 평화는 그들이 에워싸고 있는 곳으로 급히 발걸음을 옮겼다. 독도와 유경이 십여 명의 경찰들에게 붙잡혀 옴짝달싹 못하고 서 있었다. 어머니 유빈의 얼굴이 떠올랐다. 그녀의 눈물콧물이 범벅된 모습이 뇌리를 스쳤다. 너희들은 형제라며 잡지 말라고 손을 빌며 애걸하던 어머니의 모습. 평화는 순간 쓰라린 통증이 가슴을 훑는 아픔을 감지했다. 심장이 두근거려 옆 요원에게 들킬지도 모를 일이다. 평화는 두 주먹을 불끈 쥐고 경찰들에게 돌진했다.

"저리 비켜"

평화가 경찰들을 헤치고 안으로 들어갔다.

"국정원 팀장 김평화입니다. 이들은 우리가 찾던 놈들이 아닙니다. 여기서 시간 보내지말고 더 긴밀히 탐색하고 또 더 많은 병력을 구장 안으로 보내 찾도록 하세요."

경찰들은 서로를 바라보며 믿기지 않는 듯 고개를 흔들었다. 또한 김평화의 얼굴을 의심스럽게 보면서 어깨를 강하게 밀착했던 인간 울타리를 풀었다. 독도와 유경이 평화와 눈이 마주쳤다. 그들은 흠칫 놀라며 두 손을 꼭 잡았다. 그리고 평화의 말이 끝나자마자 경찰들을 헤집고 무리를 이탈한 뒤 구장에서 멀어져 갔다. 경찰들이 구장 안으로 다시 몰려 들어가고 평화는 독도와 유경이 떠난 곳을 물끄러미 바라봤다.

멀리 도심 속 단풍이 노랗게 물든 가로수 아래에서 둘은 힘없는 발걸음을 옮기며 어디론가 걸어가는 모습이 보였다. 평화의 긴 한숨 소리가 관중들의 함성에 묻혀 들리지 않았다. 평화는 그림자처럼 따라다니는 국정원 요원을 데리고 야구장 옆 허름한 식당으로 들어갔다. 그때 핸드폰 소리가 요란하게 울린다. 평화는 식당을 나와 전화를 받았다. 울고 있는 여인의 목소리가 들렸다. 어머니였다. 나를 용서해 달라며 울부짖는 어머니의 처량한 목소리가 평화 귀에 날카로운 가시처럼 찌르며 파고들었다. 그애들이 잡혀 옥살이를 하게 되면 자신은 죽음의 길을 선택할 수밖에 없다며 평화를 압박했다. 평화는 식당 앞에 아무렇게나 놓인 바위에 엉덩이를 걸쳐 앉으며 어머니의 긴 울음소리를 들어야 했다. 얼마 후 내 아들 평화 사랑한다는 말을 끝으로 어머니 목소리는 더 이상 들리지 않았다.

식당으로 들어온 평화는 소주병 뚜껑을 거칠게 딴 뒤 유리컵에 술을 가득 따랐다. 앞에 앉은 요원이 이를 만류해 보지만 소용없었다. 컵 속에 술들이 평화 입을 통해 쓰라린 가슴을 헤집을 즈음 그의 볼에 두 줄기 눈물이 홍수를 이루며 쉼 없이 흘러내렸다. 잠시 후 무전기 소리가 요란하게 식당의 정적을 깼다. 몇몇 의심 남녀를 체포했으니 빨리 와서 확인하라고 했다. 평화와 요원이 국밥을 먹다 말고 야구장 출입문 쪽으로 걸어갔다. 당연했다. 경찰들이 붙잡은 서너 쌍의 남녀들은 모두 풀려났다. 경찰들은 검문 검색을 마치고 허탈하게 줄줄이 야구장을 떠났다. 평화와 요원 하나가 야구장 안으로 들어갔다. 관중들이 콩나물시루처럼 가득했던 야구장 의자들은 텅 비어 있었으며 적막감이 맴돌았다. 평화는 요원을 집으로 돌려보내고 혼자 있기를 원했다. 요원이 부산 야구장을 떠난 뒤 그는 독도와 유경이 앉아 있었을 것으로 추정되는 외야석 의자에 털썩 주저앉았다. 힘차게 야구장을 비추던 조명이 하나씩 꺼져갔다. 희미하게 사물의 윤곽만 보일 정도로 어둠이 내려앉은 구장. 수십 명의 청소부 아주머니들이 어디선가 몰려나와 쓰레기를 치우는 모습이 눈에 들어왔다. 하늘엔 별들이 초롱초롱하고 반쪽 밖에 남지 않은 달이 구름에 스치며 얼굴을 보였다가 숨기를 반복했다. 그 사이로 태어나 한 번도 보지 못한 아버지 김경석의 얼굴이 환영처럼 지나갔다. 김경석의 얼굴 윤곽이 동생 유경을 닮아 있었다. 아니 유경의 얼굴에서 아버지 김경석의 얼굴이 유추되어 또 한 번 선명하게 구름 사이로 나타났다가 슬그머니 달 뒤로 숨었다. 불과 몇 시간 전 핸드폰 속에서 쓰라리게 울부짖던 어머니 목소리가 귓바퀴에 걸려 다시 들려온다.

"사랑하는 내 아들 평화야. 네가 그애들을 잡아 옥에 가두면 난 못 살아. 난 살 수가 없다고. 제발 잡지 말고 도망가게 해. 아들아. 내 아들아."

아버지 얼굴도 모른 채 유복자로 태어난 평화를 이만큼 키워준 어머니 이유빈. 그리고 남편이 죽은 줄만 알고 30여 년 가까이 살아왔던 어머니. 그 어머니 늘그막에 장성한 일본인 첫 아들이 나타나고 세상에 태어나 가장 큰 사랑을 했었던 남편이 북한에 살고 있다는 엄연한 사실이 밝혀진 이상 남편의 딸 유경을 모른 척 할 수 없는 현실이 어머니 가슴속에 가득 자리하고 있었다. 평화의 머릿속이 복잡하게 얽히며 빙빙 돌았다.

"내가 죽기 전에 독도와 평화 그리고 북에 계신 너의 아버지 김경석, 그리고 그 두 딸과 함께 빙 둘러 앉아 밥 한 끼 먹는 것이 소원이다."

평화는 더 이상 눈물을 참을 수 없었다. 눈물이 두 뺨을 적시는 사이 그는 소리 높여 엉엉 울었다. 얼마를 울었을까? 야구장 청소하는 몇몇의 아주머니들이 평화를 빙 둘러싸고 서 있었다.

"그만 가세요. 오늘 롯데 야구단이 경기에서 졌다고 이렇게 우는 사람 처음이네. 별일이야."

아주머니들이 수군거리며 그를 비웃는 웃음소리가 들렸다. 평화는 자리에서 일어나 어둠이 널브러진 구장을 빠져나왔다.

며칠이 흘렀다. 본부에서 평화에게 책임을 추궁하는 메시지가 핸드폰을 통해 수시로 내려왔다. 잡는 거냐 아니면 안 잡는 것이냐를 화두로 평화는 궁지에 몰리는 시간이 점차 늘었다. 욕쟁이 국장의 입은 정말 거칠었다. 전화벨이 울리면 첫 단어부터 마지막 단어까지 육두문자가 난무했다. 혹여 어머니가 전화 속 그들의 목소리를 들을까 봐 이 방 저 방 옮겨다니며 통화를 하곤 했다. 어머니를 포함한 혈육과 조국의 안위 사이에서 평화의 망설임은 늘 어머니 편이었다. 그는 본인에게 언제 어떤 일이 험악하게 다가올망정 어머니의 눈물은 못 보겠다며 홀로 다짐을 하곤 했다. 그런 저런 혹독한 추궁 끝에도 늘 조금만 기다리라는 답을 그들에게 주며 전화는 끊어졌다.

저녁을 먹고 가까운 해변으로 산책을 나왔다. 그 시간에도 평화의 그림자가 된 요원이 뒤를 졸졸 따라다닌다. 모처럼 파도는 잔잔했고 그리 많지 않은 사람들이 해변을 거닐고 있었다. 뒤에서 요원이 평화를 조용히 부른다.

"팀장님."

평화는 걷던 걸음을 멈추고 점차 밝아지는 광안대교의 불빛을 응시했다.

"팀장님. 잠시 드릴 말이 있습니다."

평화 가까이 다가온 요원이 옆에 서서 광안대교의 아름다운 불빛에 눈을 고정했다.

"뭔데?"

"엊그제 작은 정보가 있었는데 별것 아닐 거라 생각에 보고를 드리지 않았습니다. 헌데 가만히 생각해 보니 그럴 수도 있겠다는 생각이 들어 이제 말씀을 드립니다."

요원은 아주 작은 목소리를 평화 귀 가까이 대며 속삭였다. 광안리에서 한 시간쯤 떨어진 양산 통도사에 수상한 연놈들이 며칠째 묵고 있다는 것이다.

"뭐라? 그런 정보를 이제 말하는 놈이 어디 있어?"

평화는 화를 버럭 내며 요원의 얼굴을 쏘아봤다.

"다른 것은 평범한데 말투가 어눌하고 정신이 빙빙 도는 정신분열증 환자가 치료차 왔을 것 같다는 단서가 붙은 정보라서요."

"누구한테 흘리진 않았겠지?"

"네, 저 혼자만 알고 있는……."

평화는 요원을 데리고 급히 아파트로 돌아와 차를 몰았다. 어둠이 제법 바다를 적시고 산을 품에 안은 시간, 차는 쏜살같이 해운대를 지나 양산으로 가는 경부고속도로 달리고 있었다. 한 시간여 달려왔을 즘 통도사 IC가 이들을 맞이했으며 그들은 곧바로 통도사 주차장에 차를 세웠다. 평화는 정문을 관리하고 있는 사람에게 다가가 템플스테이 요사채를 물었다. 그러나 어둠이 지면 출입을 할 수 없다는 대답이 돌아왔다. 평화는 윗옷 깊숙이 넣어두었던 정보원 카드를 그에게 내밀어 보이고 순식간에 어둠을 헤치며 절 안으로 뛰어들기 시작했다. 정문을 지키던 늙은 노인은 무엇에 홀린 듯 눈을 비비며 그들의 뒤태에 눈동자를 고정했다. 소나무 가로수가 하늘을 가린 깜깜한 진입로에 건장한 두 사내의 달음박질은 마치 먹잇감을 놓고 쫓고 쫓기는 짐승들을 연상케 했다. 앞서거니 뒤서거니 두 사내가 도착한 요사채엔 아직 불빛이 문밖으로 새 나오고 있었다. 요사채 정문에 또 다른 관리사가 자리했다. 법복을 곱게 차려입은 중년의 보살이 이들을 맞이했다. 보살은 평화의 요구대로 그곳에 머물고 있는 사람들의 신상 명세를 내보이며 구석진 방 한 곳으로 손가락 하나를 내보였다. 평화는 눈매가 날카로워지며 슬금슬금 보살이 지적한 방으로 걸음을 옮겼다. 방문 앞에 평화의 걸음이 멈췄다. 그리고 문 틈 사이로 안의 대화를 엿듣기 시작했다. 평화가 어깨를 움찔하며 한 걸음 물러났다. 안에서 들려나온 목소리는 독도와 유경의 것이다. 그리고 내일 이곳을 떠나 또 다시 도망의 길을 모색하는 내용이다. 독도는 보살이 있던 방으로 돌아왔다.

"요원. 내 차를 몰고 빨리 어머니를 모셔와라. 어서 급히."

요원은 무슨 뜻인지 알아차리지 못한 채 어리벙벙 차 키를 받아 들고 산 아래로 뛰어갔다.

세상에 태어나 이렇게 긴 시간은 처음이다. 수시로 시계를 바라보지만 시간은 흐르지 않고 계곡 물소리와 솔바람 소리만 귓가에 들린다. 보살이 차 한 잔을 건네며 말을 걸어오지만 아무것도 들리지 않는다. 오로지 눈앞에 어머니가 나타나기만, 마치 소원을 빌듯 초초하고 애달아 하는 하나의 마음뿐이다. 독도가 방문을 열고 나왔다. 화장실쪽으로 걸음을 옮겼다. 얼마 후 어둠 속에 다시 독도가 나타나 방으로 들어간다. 유경의 목소리가 들리는가 싶더니 이내 조용하다. 다시 시간을 보았다. 이제 겨우 광안리 집에 요원이 도착했을 시간이다. 요원이 급히 어머니를 차로 모시는 광경이 눈에 선하다. 어머니는 영문도 모른 채 사랑하는 아들이 부른다는 조심스런 마음을 가지고 광안리를 출발했으리라. 홀로 남겨진 중학생 이부 동생이 멀뚱하게 베란다에서 떠나는 차를 바라보고 있으리라. 보살이 정문으로 전화를 건다. 들어오는 검은색 차를 세우지 말고 곧바로 요사채 주차장까지 들여보내라고 한다. 평화의 입술 사이로 실바람이 계속 새나왔다.

유경이 방을 나와 평화가 있는 곳으로 다가온다. 평화는 입술에 손을 댄 채 쉿 소리를 내며 사무실 뒤로 숨어들었다. 유경이 보살에게 물을 달라고 한다. 보살이 냉장고에서 물 한 병을 유경에게 건네준 뒤, 유경은 어두운 얼굴을 감추고 싶다는 듯 고개를 푹 숙이고 방으로 들어갔다. 산중 사찰은 으스스할 정도로 어둠이 짙다. 한 발만 옆으로 옮기면 한 치 앞이 보이지 않을 만큼 단단한 어둠이 깔려 있다. 그 어둠을 뚫고 차 한 대가 주차장에서 불빛을 접는 것이 보였다. 평화의 눈에도 어둠이 스민다. 어머니의 울음을 다시 볼 시간이 된 것이다. 결코 보고 싶지 않은 사랑하는 어머니의 눈물이다.

잠시 후 어머니는 요원의 안내를 받으며 요사채로 들어왔다. 평화는 어머니의 손을 잡고 요사채 뒤 어스름한 곳으로 자리를 옮겼다.

"뭔 일이냐. 평화야?"

"어머니 잘 들으세요. 지금 이곳에 형 독도와 유경이 함께 있습니다. 그동안 하고 싶었던 궁금했던 이야기 밤새도록 할 수 있는 절호의 기회입니다. 부모 자식 하고픈 말 많을 것입니다. 아셨지요?"

평화는 눈시울이 붉거진 어머니 이유빈을 앞세워 독도와 유경이 있는 방문 앞에 섰다. 잠시 소쩍새의 슬픈 울음소리가 들리고 평화가 방문을 두드렸다. 안에서 대답이 없다. 혹 불길한 예감이 평화 머릿속에 스쳤다. 어머니가 깊은 한숨 소리를 참느라 침을 꼴깍 삼켰다. 평화가 방문을 살며시 열었다. 방 안으로 눈길을 보내던 어머니 유빈이 갑자기 큰소리로 입을 열었다.

"안 돼. 너희들은 안 돼."

방 안은 독도와 유경이 서서 깊은 입맞춤을 하며 사랑을 갈구하고 있었다. 마치 수 년 동안 헤어졌던 연인들의 갑작스럽게 만난 모습이 이러할 진데, 어머니 일행을 맞이할 그 무엇도 눈에 귀에 들어오지 않았을 것이다. 큰 소리에 놀란 두 사람이 눈을 동그랗게 뜨며 문밖을 바라봤다.

"안 돼 이것아. 너희들은 남매야. 사랑을 나눠서는 안 된다 말이야."

어머니는 사찰이 떠나갈 듯 더없는 목소리를 내며 방 안으로 성큼 들어갔다. 평화와 더불어 놀라기는 방 안에 있던 독도와 유경도 매한가지다.

요원이 방문을 닫고 슬그머니 자리를 피한 방 안에 네 사람이 자리해 앉았다. 얼굴이 홍당무가 된 독도와 유경이 고개를 푹 숙이고 있었으며 한스런 숨을 몰아쉬던 어머니가 말문을 닫고 이들을 바라봤다. 어색해진 분위기를 평화가 입을 열며 풀어가려 애쓰는 모습이다.

"독도 형, 그리고 유경아. 난 오늘 두 사람을 체포하려고 온 것이 아니다. 두 사람이 그토록 찾던 어머니를 만나게 해 오랜 세월 쌓여 있던 고귀한 그리움의 인연들을 풀어보려고 했을 뿐이다. 기회는 자주 오지 않는 법. 난 이미 우리 네 사람의 정말 질곡 같은 인연들을 어머니를 통해 익히 알고 있다. 어머니 말씀하세요."

"독도야. 그리고 유경아. 너희들 사랑의 행위가 어디까지냐? 먼저 그 말부터 물어야겠다."

"어머니. 조금 전 보신 그 이상은 아무 짓도 한 것이 없습니다. 그런데 제가 유경이와 사랑을 하면 안 되는 이유를 듣고 싶습니다."

어머니는 차분하고 천천히 그리고 논리적 초점을 잃지 않고 말을 이었다.

"그래. 믿겠다. 독도는 아버지가 일본 분으로 내 자식이다. 그리고 유경이는 아버지가 북한 분으로 내가 이복 엄마가 된다. 한 사람은 내가 배 아파 낳은 자식이고 한 사람은 평화와 배가 다른 남매들이다. 더 이상은 남녀로서 가까워서는 안 됨을 명심해야 할 것이다."

유경이 안도의 한숨을 내쉬며 입을 열었다.

"저기요. 왜 저의 아버지 김경석이 남한으로 들어가 이유빈이란 사람을 만나라고 했는지요?"

유경의 말이 끝나자마자 독도의 입술이 움찔거리며 말을 토했다.

"어머니. 왜 일본에 계신 할머니가 한국으로 들어가는 것을 그리 못마땅하게 말하셨는지요? 또 저는 누구이며 제 아버지는 왜 돌아가셨는지요?"

어머니 유빈의 눈자위가 붉어지더니 이내 눈물이 뺨을 타고 주룩 흘렀다.

"잘 들어라. 내 자식들아."

어머니는 얇은 입술을 곱게 또는 험상궂게 놀리며 상황을 설명했다. 때론 천정이 무너져라 큰 한숨을 내뱉기도 하고 가끔은 독도와 유경의 손을 잡으며 엉엉 울기도 했다. 일본에 계신 시어머니이자 독도의 할머니인 아유미의 안부를 묻기도 했으며 북한에 있는 남편 김경석의 건강도 궁금해 했다. 28년 전 김경석이 독도의 아버지 하라를 죽인 사건을 말할 즘 유경은 매우 놀라며 주변을 두리번거렸고 김경석이 납치해 간 독도를 찾으려 설악산 공룡능선을 오르고 그곳에서 김경석과의 사랑을 키워가며 평화를 임신한 사건을 말할 즘엔 사랑의 아픔으로 쩔쩔매는 마음을 어찌할 바를 몰라 눈을 감았다. 아버지 김경석이 태어나 처음 사랑했던 여인이 이유빈이란 말을 했다고 유경이 말할 때는 가슴을 부여잡고 얼굴을 방바닥에 묻기도 했다.

어머니는 강하다. 특히 사랑 앞에, 혈육 앞에서는 그 무엇도 견줄 수 없다. 고통이 그녀를 억압해 숨이 끊어질망정 사랑과 자식을 앞세우지 않는다. 그런 세월이 있었기에 오늘 어머니는 이들 앞에 당당히 앉아 살아온 삶을 탓하지 않았다. 독도가 한 걸음 앞으로 다가서더니 이내 이유빈을 안고 울기 시작했다. 평화가 따라 울고 유빈이 콧물을 훌쩍거린다. 눈물 홍수가 방을 지배하는 시간 어머니는 28년 전 그날을 회상하며 남한과 북한 그리고 일본의 정치적 구도를 원망하며 곱씹었다. 이데올로기와 일본의 한반도 강점 그리고 그들의 만행. 이어지는 북한 공작원들의 일본인 습격사건. 어쩌면 어머니 세대에서 만든 아니 풀지 못한 흔적들이다. 그러기에 오늘 자식들 앞에서 미안하다. 죄책감을 느끼며 이들을 부둥켜안고 있는 그녀의 눈물에 죄스러움이 솟구친다. 유경이 이유빈을 어머니라고 처음 불렀다.

"그래. 내 새끼. 너의 아버지가 많이 보고 싶단다. 그래도 너를 만나 조금이라도 위안이 되었다. 고맙구나. 유경아. 그리고 보니 네 이름 유경인 내 이름 유빈과 아버지 경석의 한 자씩을 따서 지은 모양이구나. 김경석이란 사람 아직도 나를 잊지 않고 있음이야."

"어머니."

유경이 유빈의 손을 잡고 볼에 입을 맞추며 비빈다. 평화가 동생 유경에게 다가가 두 여자를 한꺼번에 끌어 앉고 눈을 감는다.

잠시 후 진정된 방을 바라보던 평화가 입을 놀린다.

"독도 형님. 그리고 내 동생 유경아. 내가 왜 두 사람을 체포하지 않는 이유를 이젠 알겠지? 오늘밤이 지나면 나도 두 사람의 안위를 장담하지 못할 것, 부디 안전한 곳으로 가서 사건이 잠잠해지기를 기다려야 할 것이다. 앞으로 내 눈 앞에 나타나지 말아야 한다고. 난 그 어떤 상황이 와도 사랑하는 내 어머니 아니 우리들의 어머니를 힘들게 하지 않을 것이니, 어머니 눈에 눈물 나는 일 만들지 않기를 부탁해."

유경이 잠시 일행을 뒤로하고 돌아앉았다. 세 사람 모두 두리번거리며 유경의 손동작 하나 하나를 의심스럽게 쳐다봤다. 유경이 속옷 깊숙이 손을 넣고 무엇인가 꺼냈다. 그리고 돌아앉은 유경의 눈시울이 다시 붉어졌다.

"어머니. 이거요."

어머니는 유경이 건네준 작은 쪽지 하나를 받아들고 읽기 시작했다.

"난 죽지 않았소. 그리고 당신을 잊지 못하고 하루하루를 힘겹게 살고 있소. 먼저 내 딸 유경을 남쪽으로 내려보내니 보살펴주세요. 조만간 나도 그쪽으로 갈 계획입니다. 그곳에 내 핏줄 아들이 있다고 알고 있소. 잘 키워주시구려. 곧 만날 날 있을 것이요. 사랑하오. 북에서 김경석."

어머니는 손끝이 떨렸고 입술이 푸르도록 앙다물며 유경을 힘차게 안았다. 그리고 이내 유경을 가슴에 품은 채 쓰러지며 외마디 혀를 놀렸다.

"사랑하는 내 자식들."

평화가 급히 물을 따라 어머니의 입술을 적시고 한 모금 입으로 밀어넣었다. 나약한 여성 이유빈은 그렇게 평화와 독도의 품에서 정신을 차리고 또 입을 열었다.

"언제 볼 수 있으려나? 너의 아버지 김경석."

밤은 그렇게 깊어갔다. 새벽을 알리는 사찰의 범종 소리가 요란하게 산중을 울려댔다. 조용하던 산새 소리가 새벽을 시끄럽게 했고 스님들의 목탁 소리가 점점 크게 들리기 시작했다.

"이젠 헤어져야 할 시간이 온 듯하다. 독도야. 유경아. 이제 너희들은 어디로 갈 거야? 부디 안전해야 하는데 말이다."

"어머니, 아무래도 일본으로 돌아갈까 합니다. 그곳이 한국보다는 안전하니까요."

"그러려무나. 불쌍한 내 새끼들. 후후후."

"독도 형님. 그리고 유경아. 내 전화번호를 줄 테니 도움이 필요할 때 연락해."

유경이 받아든 전화번호를 옷 속 깊숙이 넣으며 씩 웃었다.

얼마간의 정적이 방 안을 휘감았다. 스님들의 목탁 소리가 잦아들다가 다시 커지기를 반복하는 새벽, 피붙이들의 기약 없는 이별은 방안을 또 다시 눈물바다로 만들었다. 기가 쇠해 육신을 허우적거리는 어머니가 안쓰러웠다. 평화는 어머니를 모시고 방을 나왔다. 그리고 독도와 유경의 배웅을 받고 통도사 계곡을 따라 차를 몰았다. 정문 가까이 왔다. 큰 길로 나가는 요처에 바리게이트가 쳐 있다. 요원과 어머니 그리고 평화가 탄 승용차를 경찰들이 세운다. 그곳엔 경찰 수백 명이 진을 치고 검문 중이다. 평화가 차에서 내려 경찰들에게 다가갔다.

"국정원 팀장 김평화입니다. 무슨 일이죠?"

경찰 총책임자인 듯 제법 무게가 풍기는 사람이 다가와 김평화의 국정원 카드를 확인하고 이내 경례를 힘차게 올린다.

"이곳 통도사에 국정원 탈출 범인들이 있다는 정보를 갖고 왔습니다."

"수고 많으시네요. 하지만 우리 일행이 어젯밤부터 샅샅이 뒤져봤지만 헛수고였습니다. 이곳 사찰 내에는 그런 용의자는 없습니다. 그만 철수하시죠?"

"그래도……"

"이것 봐요. 국정원 팀장인 내가 당신들보다 범인 정보는 더 정확합니다. 수고스러움을 덜어드리려 하지 않습니까?"

평화의 두 눈이 불빛 발광을 내며 이들을 호통하자 경찰 책임자는 기가 죽은 듯 고개를 끄덕이더니 이내 어디론가 무전기로 통화를 하기 시작했다. 한동안 그의 모습을 바라보던 요원과 평화는 조바심이 일어 기다릴 수가 없었다. 평화가 다가가서 무전기를 확 낚아챘다.

"수고 많으십니다. 전 국정원 정보팀장 김평화입니다. 정보를 입수해 어젯밤부터 통도사를 이 잡듯 뒤졌습니다만 거짓 정보임이 밝혀져 허탈하게 돌아가는 중입니다. 밤잠 못 자며 수색하고 있는 경찰들 괜한 수고로움입니다. 애들 힘들게 하지 마시고 그만 철수하도록 해도 될 것 같습니다."

"저는 부산 시경 정보국장입니다. 그 말씀 믿어도 되지요?"

평화는 몹시 화가 난 듯 험한 얼굴 표정을 지으며 권총을 품에서 꺼냈다. 그리고 깜깜한 밤하늘에 한 방을 쏘았다. 섬광이 번쩍 일더니 고요하던 산중을 메아리치던 총소리가 계곡으로 깊게 빨려 들어갔다. 그리고 거칠게 말을 이었다.

"야! 국가정보원 정보팀장이라고 했잖아. 이 새끼야. 알아서 해. 뒷일은 네가 책임지고."

평화는 무전기를 경찰에게 던지듯 건네고는 씩씩거렸다. 무전기를 받아 든 경찰이 시경 국장이란 사람과 계속 통화를 했다. 그리고 잠시 후 경찰 책임자 입에서 철수한다는 말이 나온 뒤 평화는 흠칫 가슴을 쓸어내리며 한숨을 내쉬었다.

"수고 많았네. 경찰."

경찰은 평화에게 충성을 외치며 경례를 한 뒤 통도사 계곡을 따라 인원들을 인솔해 사라졌다.

평화가 승용차로 돌아왔다. 안에 혼자 남아 있던 어머니가 코를 훌쩍인다. 요원이 운전을 하고 평화는 뒷자리에서 어머니를 꼭 안았다. 두 사람은 한 마디 말도 섞지 않고 부산 집으로 돌아왔다.

며칠이 흘렀다. 평화는 부산 경찰청과 국정원 부산 팀원들을 만나며 시간을 보냈다. 제법 차가운 비가 광안리 해변을 적시고, 바닷가 해변에 거니는 사람이 없다. 드넓은 해변을 홀로 걷던 평화가 문득 고개를 끄덕이더니 픽 웃는다. 부산 팀원들을 만나 말 동냥으로 얻어들은 새로운 정보가 그를 움직였다. 평화는 집으로 돌아와 차를 몰고 아파트를 빠져나갔다. 자갈치 시장 뒷골목. 매우 후미진 곳이다. 사진관이 평화 눈에 들어온다. 평화는 망설임 없이 안으로 들어갔다. 주인을 만나 국정원 요원임을 밝혔다. 그리고 입 조심하라고 입술 사이에 손가락을 대자 주인이 고개를 끄덕인다. 평화는 독도와 유경의 얼굴과 가장 흡사한 사진 두 장을 골라 컴퓨터에 연결시켰다. 그리고 수정 작업을 수십 번 한 뒤 독도와 유경의 사진과 거의 같은 사진을 완성시켰다. 주인은 작업이 끝나는 시점까지 이 작업이 왜 필요한지 또한 용도가 무엇인지 한 마디 묻지 않았다. 고개만 끄덕이며 감사 인사를 건넨 그는 사진을 증명사진으로 출력해 사진관을 나왔다. 평화는 작은 구멍가게에 들려 소주 한 병과 과자 봉지를 사 차에 싣고 다시 핸들을 잡았다. 시내를 가로 질러 한참을 달렸다. 범어사란 이정표가 보인다. 길이 끝나는 지점에 차를 세웠다. 산비탈이 곧 무너져 돌 더미들이 와르르 쏟아질 것 같은 위험천만한 곳이다. 드문드문 떨어져 있는 민가들 사이로 소나무 숲이 우거져 있다. 별장처럼 화려한 집이 있는가 하면 겨우 하늘만 가린 허름한 집이 있다. 평화가 좁은 소나무 숲길을 따라 비탈길을 올랐다. 주머니 속 사진 두 장을 손가락으로 비비자 거친 숨이 몰려온다. 뒷주머니에 찬 소주병과 흔들거리며 매달려 있는 과자봉지를 보자 웃음이 나온다. 숲길이 끝나고 다시 몇 발짝을 걷자 하늘로 치솟은 절벽이 앞을 가로막는다. 그 아래 마치 동굴 같은 커다란 구멍이 뚫려 있고 안에 사람 사는 흔적이 보였다. 평화는 토굴 앞에서 안의 동정을 살폈다. 안에 사람은 없다. 옷가지며 이불, 그리고 매우 낡아 당장 버려도 될 운동화 한 켤레가 보일 뿐이다. 평화가 담배 한 가치를 입에 물고 불을 붙이려 할 때 등 뒤에서 인기척 소리가 들린다. 뒤를 돌아봤다. 가냘픈 몸매에 꽁지머리를 한 늙은이가 비틀비틀 걸어오고 있다. 그는 평화에게 입도 뻥긋하지 않고 토굴 속으로 들어갔다.

"이보세요. 혹시 박 선생 아니신가요?"

늙은이는 평화를 개 닭 보듯 쳐다보고는 이내 더러운 이불 속으로 몸을 밀어넣는다.

"술 한 잔 하실래요. 저랑?"

노인이 화들짝 고개를 들고 평화를 보더니 이내 고개를 끄덕였다. 평화가 토굴 속으로 몸을 밀어넣었다. 사람 썩는 냄새가 이러했던가. 잠시 숨을 고른 뒤에 평화와 노인이 마주 앉았다.

평화가 소주병을 꺼내 앞에 놓고 과자 봉지를 풀어내자 노인은 아무 말도 없이 소주병 뚜껑을 따자마자 곧바로 병을 입으로 들이민다. 마치 목마른 사람이 물을 마시듯 맛있게 술을 목으로 넘긴 노인이 자세를 바로잡아 앉으며 입을 연다.

"뉘시오? 댁은."

"저. 작년에 감옥에서 나온 박 선생 맞습니까?"

"댁이 뉜지 모르는데 내가 어찌 댁의 말을 받아야 합니까? 이런 젠장."

"아, 저는 김평화라는 사람입니다."

"그럼 그렇게 해야지. 나이로 봐서도 내가 훨씬 윈데. 맞아요. 내가 그 박이요."

"부탁 하나가 있는데 도와주실 수 있는지요?"

노인은 다시 소주병을 입에 댄 뒤 과자 하나를 씹으며 의문스럽다는 눈동자를 보냈다. 잠시 후 평화가 국정원 요원임을 밝히자 노인은 깜짝 놀라 토굴 안으로 몇 발짝 물러서며 몸을 숨기고자 움츠러들었다. 평화가 크게 웃으며 노인을 안심시키자 다시 평화 앞으로 다가왔다. 평화가 사진 두 장을 꺼내 노인에게 보여주며 주민등록증을 만들어 달라고 했다. 처음 노인은 손사래를 치며 더 이상 죄를 짓지 않겠다고 했다. 박 노인은 부산에서 일본으로 가는 수많은 밀항자들에게 불법 증명서를 만들어주다가 적발되어 십여 년을 감옥에서 살다 나온 기술자였다. 나라에서 쓸 귀중한 증명서라는 말로 설득해 봤지만 소용없었다. 평화를 고발하겠다고 으름장을 놨다. 평화는 지갑을 꺼냈다. 그리고 오만 원 권 수십 장을 노인에게 건넸다. 마지막 남은 소주 몇 방울을 비운 노인이 돈과 사진 두 장을 받아들었다. 노인은 토굴을 나서며 평화에게 따라 오라고 했다. 노인을 태운 평화의 차가 미끄러지듯 범어사 길을 따라 시내로 내려갔다. 연산동 교차로 부근을 지나자 노인이 좌회전 우회전을 외쳤다. 제법 높은 건물 앞에 차를 세운 노인이 잠시 기다리라며 빌딩 지하로 통하는 계단을 내려갔다. 불과 삼십여 분 후 노인은 초췌함을 벗어던진 활짝 웃는 얼굴로 차에 올라탔다. 평화와 눈이 마주친 노인은 오케이 사인을 보내며 범어사 토굴로 가자고 했다. 입가에 웃음이 가득했다. 시내를 질주하는 차 라이트 빛 앞으로 요란스런 비가 내렸다. 차가운 비를 피해 사람들이 거리를 뛰어다닌다. 이윽고 어둠이 산중을 휘감은 범어사 앞길, 노인이 차를 세웠다. 그리고 평화에게 두 장의 주민증을 건네며 살펴보라고 했다. 평화는 실내등을 켜고 주민증을 유심히 보았다. 똑같다. 독도와 유경의 사진이 붙은 앙증맞은 주민증이다. 생년월일도 비슷하고 사진도 진짜와 구별이 안 된다. 단지 이름이 독도와 유경이 아닌 다른 이름이었다. 얼굴에 흡족한 표정이 가득한 평화를 힐끗 보던 노인이 이번에도 말없이 차에서 내려 토굴로 걸어갔다. 깊어진 가을밤 몇몇 낙엽들이 차창으로 내려와 앉았다. 뭔가 긴 생각을 하던 평화가 전화를 꺼내 어머니 유빈에게 전화를 했다.

"어머니. 독도 형과 유경이 연락은 없었나요?"

그랬으면 얼마나 좋을까 라며 반문하던 어머니는 힘없는 목소리를 내려놓으며 전화를 끊었다.

독도와 유경이 서울을 빠져나와 부산으로 스며든 후, 강력하게 계속되던 검문 검색이 무뎌졌다. 길 가는 사람들을 불심검문하거나 밤에 이동 바리게이트를 쳐놓고 차량을 검문하는 정도였다. 국정원 본원에서 범인을 잡으라며 평화를 다그치는 독촉도 조금 수그러들었다. 평화로운 시민들 생활 속에 숨은 자와 쫓는 자의 긴박함은 읽을 수 없었다. 그렇지만 밤낮 혈육의 안위를 걱정하며 가슴앓이 기도는 어머니 몫이다. 눈만 뜨면 베란다 아래 길 위로 눈동자가 멈추고 아들 평화의 전화벨 소리가 울리면 덜컹 가슴이 내려앉는다. 아직도 국정원 요원이 집을 지키고 있지만 그를 미워할 수도 좋아할 수도 없는 시간만이 늦은 가을 광안리 이유빈의 아파트 풍경이다.

통도사에서 피 말리는 혈육들의 이별이 있고 한 달여가 지났다. 두 혈육과 이별한 평화에게 밤이면 불면증이 나타나 그를 괴롭혔다. 밤을 꼬박 새기도 하고 가면상태로 아침을 맞이한 수많은 밤이 지나갔다. 혹 잠든 시간 핸드폰 벨이 울려 잠을 깨지나 않을까 그는 얼마 전부터 호출음을 무음으로 바꿔놓고 잠을 청했다. 지난 밤 술이 과해 잠이 든 평화, 그 새벽에 평화 핸드폰에서 불이 반짝인다. 술이 덜 깬 가면상태에서 핸드폰 불빛이 그의 눈에 아른거린다. 핸드폰 속 유경의 목소리가 들렸다.

"오라버니. 듣기만 하세요. 오늘 밤 10시 해운대 달맞이 고개 위 정자에서 봐요."

평화가 말을 하려고 입술이 움직이려는 순간 핸드폰은 정지음을 내며 조용해졌다. 평화는 용수철 튀듯 벌떡 일어나 앉아 한동안 멍하게 있었다.

밤이 깊어졌다. 시내는 점차 적막감을 드러내며 깊은 밤으로 숨죽여갔다. 광안대교 불빛만이 화려하게 바다를 비춘 시간, 평화는 어머니 유빈을 차 뒷좌석에 태우고 핸들을 잡았다. 아파트를 떠난 차는 작은 골목길을 헤집으며 해운대로 향했다. 공기가 싸늘하건만 해운대 백사장엔 꽤 많은 연인들이 밤바다를 즐기고 있었다. 잠시 후 언덕길을 오른 평화의 차가 기장으로 넘어가는 달맞이 고개 위 정상 주차장에 멈췄다. 평화는 어머니를 차에 놔두고 혼자 정자로 올라갔다. 그곳에 혈육은 없었다. 평화가 주변을 두리번거리며 서성일 즘 핸드폰이 울렸다. 어머니 핸드폰 번호가 떴다. 하지만 목소리는 유경이었다. 차에 있으니 돌아오라는 것이다. 평화가 급히 차로 돌아왔을 때 뒷좌석에는 독도와 유경 그리고 어머니가 앉아 있었다. 독도는 급히 차를 몰았다. 이곳으로 오는데 누군가 미행하는 것을 느꼈다며 유경이 호들갑을 떨었다. 차는 한동안 굽이진 길을 내려가서 기장의 한적한 바닷가에 멈췄다. 차에서 내린 네 사람은 파도가 촐싹이는 바닷가를 걷기시작했다. 어둠이 바다를 가득 메웠다. 잠이 든 바다를 멀리 등대불빛이 간간히 비출 뿐 적막감이 충만할 정도로 고요했다. 어머니 유빈의 손을 잡았던 독도가 일행의 걸음을 멈추게 했다.

"어머니, 더 이상 이곳 한국에서 도망 다닐 수 없다는 것을 이젠 절실히 느낍니다. 그래서 저희들 내일 일본으로 밀항할 생각입니다. 많이 기도해 주세요. 그것이 성공하면 어떤 수단을 강구해서라도 다시 어머니를 찾아 뵐 것입니다. 아니 일본으로 초대해 잠시라도 모시고 싶습니다."

"……."

어머니는 입을 다물었다.

"평화 아우야. 어머니 건강하게 잘 모시고 있어. 그동안 피를 나눈 형으로서 정말 고맙고 감사했다. 미안하기도 했고."

"형. 독도 형. 성공해요. 언젠가 다시 보겠지요."

이를 듣고만 있던 어머니가 모래사장에 엉덩이를 내려놓으며 입을 열었다.

"유경아. 독도야. 그래 내 새끼들아. 인연의 처음은 내가 만들었지만 그 끝은 너희들의 몫이다. 너희들이 건강하게 나를 다시 볼 수 있는 것도 너희들 몫이고 너희들의 운명이다. 늙은 어미가 우리들의 얽힌 인연의 업보에 더 이상 무엇을 할 수 있겠느냐? 부디 행복한 웃음으로 다시 볼 수 있기를 바란다. 특히 유경이 아버지 김경석과 함께 말이다."

차가운 겨울비가 모래사장을 적시더니 이내 소낙비로 변해 쏟아진다. 일행은 급히 차로 몸을 거두고 차 안은 다시 적막감만이 휘감고 있다. 점차 거세지던 빗줄기가 우박으로 변해 차를 두들긴다. 얼마 후 우박은 하얀 눈으로 변해 기장 해변을 순백의 화사함으로 바꿔놓았다. 성긴 가로등 아래 고운 눈이 깃을 펄럭이며 내려앉는다. 유경과 독도 그리고 평화가 차를 나와 백사장을 걷기 시작했다. 하얀 눈밭에 세 사람의 발자국이 선명히 찍히며 줄을 잇는다. 유경이 가운데 걸으며 좌우로 독도와 평화의 손을 잡고 걷고 있다. 차 안 어머니의 눈시울이 뜨겁다. 멀리 희미해져 가는 자식들의 뒷모습이 눈물에 어려 흐릿해 보인다.

# 인연과 운명 사이

　　**대나무가** 우거진 둔덕을 따라 모래들이 파도의
애무를 받으며 좁은 해변에 길게 늘어져 있다. 미역 줄기가 파도에 휩
쓸리어 잠시 일렁이다 모래사장에 앉는다. 여럿의 갈매기들이 물고기
인 줄 알고 쏜살같이 날아왔지만 저네들 음식이 아님을 알고 허탈하
게 돌아간다.

　집이라고는 손에 꼽을 만큼 작은 어촌이다. 동네 빈터, 기둥에 매달
려 있는 밧줄이 거미줄처럼 즐비하다. 그곳에 낯익은 물고기와 미역
들이 매달려 따뜻한 가을 햇살을 받으며 낮잠을 즐기고 있다.

　방 안에 있던 유경이 방문을 열었다. 흙과 돌을 섞어 만든 담벼락이
방문 앞에 떡하니 버티고 있다. 담 너머 바다쪽 길 옆에 홀로 서 있는
탱자나무에 탱자들이 주렁주렁 달려 있다. 아직은 떫을 텐데 까치들
이 녀석을 쪼아 먹으며 나래를 펄럭인다.

　바닷물이 출렁이는 곳 가까이 해송에 등을 기댄 독도가 보였다. 무

엇인가 골똘해 있는 그의 얼굴에서 심각함이 묻어났다.

작은 쪽방에서 천하절색 아름다움을 간직한 젊은 여인 유경과 함께 보낸 지난 밤. 화산이 폭발할 듯 치솟아 오르는 성적 욕구를 참아낸 용기는 어디서 왔는지. 사랑이란 단어가 우후죽순처럼 커가고 있는 그녀에 대한 욕망을 언제까지 견디고 참아야 하는지. 얼마 전 통도사 객사에서 들렸던 어머니의 강직한 목소리가 귀에 쟁쟁해 다시 혼돈에 빠진다.

"안 돼. 너희들은 안 돼."

독도는 머리를 좌우로 흔들고 두 손으로 쥐어짠다. 해송에 기댄 몸을 서너 번 뒤척이는 독도의 모습이 안쓰럽다. 이유빈. 독도는 이유빈이란 이름을 수없이 중얼거린다. 국정원 팀장 김평화의 어머니 이유빈, 그리고 벌써 여러 날 도망자로 밤낮을 함께한 김유경의 큰어머니 이유빈. 그리고 자신을 낳아주고 일본으로 보낸 나름 사연이 있었겠지만 매정한 어머니 이유빈. 독도는 잔잔히 들려오는 파도소리 사이로 이유빈을 정리해 보지만 도무지 알 수 없는 대답만 해풍에 실려 귓바퀴에서 맴을 돈다. 주한 일본 대사 기무라의 초청을 받고 일본 하네다 공항을 떠나 서울로 들어올 때 처음 보았던 유경. 첫눈에 묘한 인연을 느꼈던 김유경. 그리고 언제까지일지 모르지만 여자로서의 관심을 사랑으로 키워가고자 했던 순간순간들이었음인데, 그 욕심이 흐트러진 실타래처럼 꼬여버렸다. 유경이 혈육이라고 애써 설명하던 어머니, 어머니 유빈의 모습이 안타깝지만 서운함으로 다가오는 것은 왜인지 모르겠다. 독도는 먼 바다를 바라보며 유경의 얼굴을 떠올렸다. 환하게 웃는 그녀의 모습에서 어머니가 강조하는 혈육을 찾아보기 어려웠다. 어머니도 다르고 아버지도 다른 전혀 피 한 방울 섞이지 않는 동생이다. 평화는 이부 동생이 맞다. 하지만 유경은 아니다. 아니다. 독도는 고개를 절레절레 흔들며 담배 한 가치를 피워 물었다. 잔인함을 독처럼 품은 괴로움이 연기에 묻어 하늘로 퍼져갔다.

너무나 아름다운 여인 유경이 살인을 하고 탈출한 실체를 뻔히 알면서 체포하지 않은 김평화의 모습이 고맙고 대견하다는 생각에 혈육으로 가슴에 깊이 와 닿았다. 하지만 이미 사랑해 버린 여인을 바라보는 독도의 괴로움은 곧 유경의 여린 사랑이 아프게 부메랑이 되어 돌아올 것이다. 아니 벌써 진행형의 상처받은 사랑일지 모른다. 독도가 한 걸음 자리를 옮기며 중얼거린다.

"그래. 어머니가 동생이라며 사랑할 수 없다고 한 것은 착각이다. 착각."

독도는 바닷가 어부의 집으로 걸어갔다. 그리고 잠시 후 그는 유경이 홀로 있는 방쪽으로 걸어오고 있었다. 옷가지의 행색은 어부임이 틀림없다. 유경이 방문을 닫고 대문 쪽으로 그를 마중하러 나갔다. 독도는 낚시 도구를 손에 들고 있다.

"그게 뭐에요?"

독도는 쓰디쓴 웃음을 입에 머금고 방으로 들어갔다. 마음이 편해져 낚시 생각을 다 한다는 유경의 비웃음을 듣는 둥 마는 둥 자리에 앉았다.

"유경 씨. 하나 물어볼게요?"

"네."

"어머니가 말씀하신 우린 남매이니 사랑할 수 없다는 말 믿어요?"

유경은 생각을 정리하는 듯 눈을 지그시 감았다. 잠시 후 고개를 절레절레 흔들며 입술을 놀렸다. 급박하게 돌아가는 자식들의 안위 걱정에 어머니는 잠시 혼돈에 빠진 것이다. 도덕적으로 남매일지 몰라도 유전적으로 도저히 접근하기 어려운 남매, 그녀의 목소리에 강한 사랑의 의지가 묻어나왔다. 이미 사랑해 버린 독도에게 더 이상의 아픔을 준다는 것은 유경에겐 살인과도 같았다.

"아니오. 절대 우린 남매가 아닙니다."

북에 계신 아버지가 이유빈을 꼭 찾아가 뵈라고 한 이유, 유경은 그 이유를 아직도 찾지 못하고 있다. 그저 아버지의 첫사랑인 부인이기에? 아니 당신의 친자식인 평화 이부 오라버니의 존재가 그 이유가 될 수도 있을까?

독도가 다가와 유경의 손을 꼭 잡았다.

"당신과 내가 꿈꾸던 사랑이란 단어를 어찌 다 소화시켜야 될지 답답함이 방 안에 가득 찼네요."

유경이 와락 독도를 안았다. 그녀의 등을 토닥이는 독도의 눈에 눈물이 글썽였다. 유경이 한동안 멈춰 있던 독도의 입술에서 입을 떼자 독도가 그녀를 놓으며 흐릿하게 들어오는 창문의 빛을 바라봤다. 유경은 창문을 닫고 긴 한숨을 몰아쉰 뒤 등을 벽에 기댄 채 눈을 감는다. 독도는 혼잣말처럼 중얼거렸다.

"날이 어두워지면 배를 탈 것입니다."

유경이 눈동자를 크게 뜨며 뚫어지게 독도를 쳐다보았다.

"그래요. 밀항입니다. 일본으로 갑니다. 유경 씨."

마지막 선택은 만사 고민 끝이고 길 위에서 만난 낭떠러지다. 그들이 만들어놓은 죗값에 대한 피신이자 사랑의 시작이다. 어떤 운명이 그들을 맞이한다고 해도 후회는 없을 것이다. 며칠 밤을 새워가며 토론하고 고민해서 얻은 마지막 길, 그 길은 그래서 더욱 숭고하고 아름다워 두 사람을 하나로 만들며 동행해 줄 것이다. 조바심이 머리카락을 세울 것이고 헛것을 본 듯 허무와 싸움하겠지만 오롯이 이를 이겨낼 힘은 사랑밖에 없다. 두 사람은 그 사랑을 믿고 의지하고 마음을 추스르며 어둠 진 밤을 기다리고 있었다.

"일본에 도착하면 당신 닮은 멋진 아들을 낳고 싶어요."

유경이 다시 독도 가까이 다가와 깊은 사랑에 몰입하기라도 할 듯 몸을 밀착했다. 독도가 유경을 밀어냈다. 그리고 몸을 곧추세워 일어난 뒤 유경의 손을 잡았다. 유경의 입술에 가볍게 입을 댄 뒤 그녀의 어깨를 잡았다.

"이런 허접한 곳에서 당신을 안을 수 없어요. 내 사랑 유경 씨. 참으세요."

당황한 유경이 얼굴을 돌려 창문을 열고 두 손으로 얼굴을 감쌌다. 숫자를 헤아릴 수 없을 만큼 많은 까치들이 감나무에 앉아 식사를 즐기며 떠드는 소리가 요란하게 들렸다.

두 사람은 나란히 누워 잠시 잠을 청했다. 밤새 작은 통통배에 몸을 싣고 거친 파도와 싸워야 할 시간이 그들을 기다리고 있기에 휴식이 필요했다. 나란히 누운 두 사람의 생각은 똑같이 희망과 절망의 터널을 지나 일본 땅에서 환히 웃는 것이었다.

하늘이 어두워지는 듯 구름이 지나가고 해는 이내 기울었다. 구름 사이로 석양이 하늘 듬뿍 펼쳐졌다. 두 사람은 짐을 챙겨 방문을 나섰다. 거목의 해송이 즐비한 모래밭을 지나 작은 쪽배 하나가 홀로 바닷물에 몸을 걸쳐 버둥거리는 허름한 낚시가게 앞으로 걸어갔다.

"어서 와요. 지금 떠나게?"

"네. 아저씨."

"그래요. 오늘은 파도도 잠잠하니 위험하진 않겠네. 그래도 조심해야 돼. 자정까지는 돌아와야 해요."

"네. 아저씨."

독도는 임대한 배 값을 늙은 어부에게 지불하고 곧바로 유경을 재촉해 통통배에 올랐다.


멀리 해송 숲 사이에 승용차 한 대가 서 있다. 검은 안경을 쓴 사내가 차에 앉아 독도 일행을 유심히 바라보다 이내 담배 한 대를 물어 연기를 차창 밖으로 내뿜는다. 그는 평화였다. 옷깃에 손을 넣어 권총을 꺼내 만지작거린다. 총구에 입 바람을 훅 불고는 다시 옷 속으로 넣는다. 그는 차 문을 열고 밖으로 나오려다 다시 문을 닫고 운전석에 엉덩이를 내려놓는다. 그의 긴 한숨 소리가 파도 소리에 묻혀 허공으로 날아갔다.

"팀장님. 여기서 놓치면 저네들을 잡기 곤란합니다. 행동을 개시하죠?"

평화는 부하팀원의 입을 손으로 막으며 시선을 산쪽으로 돌렸다. 어둠의 깃이 솔숲을 포위해 들어오는 시간. 평화는 점점 멀어져 가는 독도 일행이 탄 낚시 배를 바라보며 차의 시동을 걸었다.

"팀장님. 이해할 수 없어요. 왜요? 우리의 목적 달성이 코앞인데 왜 저들을 체포하지 않는 것인지."

김평화는 대답 대신 두 주먹으로 핸들을 쥐어박았다.

"오늘 저녁엔 취하고 싶구나."

그는 바다와 솔밭을 뒤로하고 난폭하게 차를 몰며 멀어져갔다.

어부는 걱정스럽다는 듯 육지와 멀어져 가는 배를 바라보고 있었다. 독도와 유경은 어부에게 원치 않는 웃음을 보이며 손을 흔들었다. 배는 바다 한가운데를 향해 줄달음을 쳤다. 점점 파도가 높아지더니 곧 배는 흔들림이 심해졌다. 멀리 지나가는 상선과 바다를 지키는 해경 함선들이 파도에 묻혀 아스라이 보이다 사라지기를 반복했다. 뱃머리에 앉아 키를 잡고 있던 독도가 유경에게 웃음을 보냈다. 어둠 속 아무것도 보이지 않았지만 그들의 표정을 서로는 읽을 수 있었다. 바닷물은 검은색이었으며 하늘엔 구름이 가득했다. 배 뒤쪽에서 해경 함선으로 보이는 큰 배가 다가오는 듯했다. 독도는 순간 뱃머리에 달려있는 조명을 껐다. 그들은 속도를 줄이며 함선이 지나가기만을 기다렸다. 해경 함선은 이들의 배를 보지 못하고 그대로 지나갔다. 얼마를 달려왔을까. 어느새 암흑으로 변한 육지는 그 흔적조차 보이질 않았다. 그들이 떠나올 때 길잡이 노릇을 했던 등대조차 불빛을 감췄다. 동해인지 남해인지 방향을 알 수 없었다. 풍랑이 거세지기 시작했다. 일렁이는 파도의 높이가 뱃전을 삼킬 듯 넘실댔다. 독도와 유경은 차가워진 손을 비비기 시작했다. 둘의 대화는 바다 한가운데 소름끼칠 만큼 커다란 정적에 묻혀 작게 들렸다.

바람이 점점 드세졌다. 가느다란 빗방울이 머리를 적시는가 싶더니 이내 소나기로 변해 두 사람의 몸을 마구 후려쳤다. 검은 바다 한가운데를 질주하는 통통배 안으로 무서움이 밀려왔다. 유경이 온 몸을 사시나무 떨 듯 바들거리고 있었다. 비를 피할 곳이라곤 좁은 운전석 하나뿐이다. 유경이 운전석에 앉아 있는 독도에게 바짝 다가왔다.

"독도 씨. 너무 추워요. 무서워요."

독도는 배를 멈추고 흔들리는 대로 선상을 굴러다니던 여행용 가방을 풀었다. 그리고 두꺼운 외투를 하나 꺼내 유경에게 입혔다.

"괜찮을 겁니다. 오늘 밤 안으로 일본 땅 어디든지 도착하겠지요. 두 시간 정도 달려온 듯합니다. 조금만 참으세요. 유경 씨."

유경이 독도의 손을 살며시 잡으며 걱정스런 눈빛을 그에게 보냈다. 빗물이 스민 독도의 옷자락이 흐느적거린다. 찬 기운이 옷깃에 스며들어 소름이 돋았다. 남녀의 밤은 아름답지만 모든 운명을 하늘에 맡긴 바다 한가운데 이들의 밤은 지독한 멀리와 작은 희망이 있을 뿐이다. 독도는 입을 굳게 다문 채 유경의 손을 밀어내고 운전석으로 다가갔다.

독도는 꺼놓았던 배의 키를 움켜잡고 힘차게 시동을 걸었다. 배는 다시 움직이기 시작했다. 더욱 거세진 빗줄기와 배를 삼킬 듯 거칠게 다가오는 높은 파도에 두 사람의 심장은 두려움으로 요동치기 시작했다. 한 시간여를 더 험한 파도와 싸우며 배는 질주했다. 뱃전에 기대어 눈을 감고 있던 유경이 독도에게 다가왔다.

"저기요. 우리 그냥 돌아가요. 이러다 여기서 죽겠어요."

통통거리는 엔진 소리와 뱃전을 강하게 때리는 파도 파열음에 유경의 목소리는 잘 들리지 않았다. 유경이 목소리를 높여 독도를 불렀다.

"독도 씨. 돌아가요. 나 무서워 더 이상 못 견디겠어요. 독도 씨."

독도가 유경을 보았다. 입술은 파랗게 질려 있었고 머리와 얼굴 그리고 옷까지 빗물에 젖어 후들후들 떨고 있는 그녀가 보였다. 잠시 후 뱃전에 기대 음식물을 토해낸 유경이 두 손으로 얼굴을 감싸 쥐고 괴롭다는 듯 고개를 숙인 모습이 보였다.

독도는 유경의 투덜거림과 멀미를 도와줄 시간이 없음을 잘 안다. 그는 유경을 외면하며 입술을 지그시 깨물었다. 그리고 엔진의 출력을 더 높였다. 배는 더욱 큰 굉음을 내며 어둠 속 바다를 질주했다. 유경이 힘없는 소리로 무엇인가 중얼거리며 다시 배 바닥에 주저앉았다. 그녀는 잠시 잠이 들었다. 비바람에 떨었고 배 멀미에 시달린 육체가 그 한계를 드러내며 그녀를 기진맥진 잠 속으로 빠져들게 했다. 얼마가 지난 뒤였다. 굉음처럼 시끄럽던 배의 엔진 소리가 꺼지는가 싶더니 바닷물을 가르던 물 소리도 일시에 들리지 않았다. 갑자기 고요해진 소리들에 유경이 눈을 떴다. 운전석에 앉아 있는 독도가 유심히 계기판을 보고 있었다.

"왜요? 독도 씨."

"큰일입니다. 기름이 떨어졌어요."

"뭐라고요. 배 엔진 기름이?"

유경은 언제 배멀미를 했었냐는 듯 독도에게 급히 다가갔다. 계기판에 빨간색으로 표시되었던 지침이 영점에서 멈춰 있다. 유경이 주변을 둘러봤다. 하늘과 바닷물엔 시커먼 어둠만이 그들을 바라보고 있을 뿐 그 어느 하나 이들을 구원해 줄 무엇도 발견할 수 없었다. 불행 중 다행 비는 그쳤고 바람도 잔잔해졌다. 아스라이 멀리 상선인 듯 컨테이너를 잔뜩 실은 커다란 배가 지나가고 있었다.

"도와줘요. 도와주세요."

유경이 옷가지 하나를 머리 위로 흔들며 소리를 쳤다. 하지만 그녀의 목소리는 뱃전을 감돌 뿐 멀리 가지 못했다. 독도가 배 안 구석구석을 뒤지며 혹 비상용 기름이 있을까 찾아보았지만 허사였다. 독도는 허탈함에 무거운 엉덩이를 내려 털썩 주저앉았다. 유경이 그 옆으로 다가와 나란히 앉았다.

"새벽시간이 가깝게 다가와 있겠지요?"

파도는 고요하고 그토록 퍼붓던 비가 멈췄다. 두 사람은 누가 먼저랄 것도 없이 두 손을 모아 이마에 대고 기도를 시작했다. 그 어떤 신이라도 이들의 기도 소리를 들을 수 있기 바랄 뿐이다. 새벽의 어둠은 이 세상 그 어떤 암흑보다, 그 어떤 시간보다도 더욱 깜깜하다. 어둠이 짙어질수록 아침 해가 가까이 와 있음을 이들도 알고 있다. 그 누구의 도움도 청할 수 없는 시간과 공간의 기다림이란 것은 가혹하기만 하다. 두 사람의 생을 다 합쳐도 이런 시간은 처음일 것이다. 잠시 기도를 멈춘 둘은 다시 침묵 속으로 빨려 들어갔다.

얼마의 시간이 흘렀다. 하늘에 별들이 하나 둘 눈에 들어오기 시작했다. 먹구름이 별빛 사이를 헤집고 빠르게 도망을 간다. 그들은 빗물이 채 마르지 않은 바닥에 등을 대고 누웠다. 헤아릴 수 없는 별들의 군무가 그들 눈에 들어왔다. 마치 두 사람을 위로해 주는 듯 소곤거리고 있었다.

"유경 씨. 별이 참 아름다워요."

유난히 큰 별 두 개가 가깝게 있다. 그 사이로 유성 두 개가 긴 꼬리를 매단 채 어디론가 나란히 질주한다. 마치 국정원에 쫓긴 두 사람의 운명처럼 내달린다. 거친 풍랑을 뚫고 달려온 검은 바다. 그리고 그 바다 위 고장 난 배 갑판에 누워 아름다운 별을 볼 것이라곤 상상하지 못했다.

"저 도망가는 유성 좀 보세요. 슬퍼요."

"우린 어디로 가는가요? 그리고 우리의 미래는요? 당신은 누구고 난 누구지요? 갑자기 유경 씨 목소리를 통해 나를 보게 되네요."

유경이 눈물을 흘리는지 코를 훌쩍이며 말을 잇지 못했다. 독도가 유경의 손을 잡고 얼굴을 바라보았다. 얼마 후 그들은 누가 먼저일 것 없이 입술을 포갠 채 흔들리는 갑판에 누워 잠이 들었다.

얼마의 시간이 또 흘렀다. 예민한 유경이 먼저 눈을 떴다. 독도의 숨소리가 가까이 들렸다. 몸이 몹시 추웠다. 그녀는 입술이 덜덜거리고 온 몸이 수전증에 걸린 듯 후들거렸다. 그녀가 자리에서 일어나 주변을 살폈다. 어둠은 한 치의 흐트러짐 없이 바다를 움켜잡고 작아진 파도는 뱃머리를 가볍게 두들기며 출싹였다. 그때였다. 그녀의 눈에 들어온 희미한 무엇이 보였다. 동쪽으로 예상되는 수평선 위 검은 구름 사이로 희미한 불빛이 스며들고 있었다.

"독도 씨. 해가 떠요. 아침이 밝아오고 있다고요."

독도는 용수철이 튀어 오르듯 몸을 일으켜 그녀의 손끝을 향해 시선을 돌렸다.

유경의 허리를 힘껏 안으며 만세라도 부를 태세였다. 환하게 웃는 그의 얼굴에서 희망이 보였다. 초췌해진 두 사람의 눈망울에 빛이 돋았다. 흐트러진 머리카락에 윤기가 흘렀다. 뛰는 가슴속에 불길이 일어 온 몸이 후덥지근했다. 빛은 점차 이들의 윤곽을 바로 세워 한 쌍임을 축복했다.

두 사람은 팔짱을 낀 채 나란히 서서 불빛이 스미는 곳을 바라봤다. 구름 속으로 파고드는 희미한 불빛은 점점 뚜렷한 얼굴을 내보였다. 마치 불기둥이 솟아오르듯 수평선의 구름들을 용광로에 빠져들게 했다. 붉어진 바다를 기뻐할 시간도 잠시였다. 그들은 깊고 험한 바다 한가운데 쪽배 하나에 의지한 채 버려진 슬픈 연인들이었다. 유심히 지나가는 배를 관찰했지만 그 어느 배 한 척도 보이지 않았다. 그들에게 다시 두려움이 밀려왔다.

"독도 씨. 우리 이러다 저 바다 고기밥 되는 것 아니겠지요? 이젠 배가 고파요. 뜨거운 국물을 마시고 싶어요."

유경이 춥다며 독도의 허리를 안고 몸을 바짝 붙였다. 그 순간에도 독도의 시선은 주변을 살피는 데 게으르지 않았다.

독도는 응급 시 먹고자 준비한 라면이 떠올랐다. 작은 버너에 불을 붙이고 코펠에 물을 담아 버너에 올렸다. 제자리에 서서 흔들거리는 배가 이들의 몸을 가만 놔두지 않았다. 잠시 후 마주 앉아 라면을 먹는 초라한 한 쌍의 연인들 모습이 적나라하게 드러났다. 환한 햇살이 불쌍하다는 듯 비웃고 있었다.

얼마 후, 어둠을 걷어낸 햇살 사이로 작은 섬이 눈에 들어왔다. 독도의 두 주먹이 힘차게 하늘을 향했고 두 사람은 만세를 수없이 불렀다. 하지만 기름이 떨어진 배를 끌고 섬으로 갈 수 있단 말인가. 또 다른 고민이 이들을 엄습했다. 이백여 미터 떨어진 곳에 섬이 있다. 두 발을 딛고 몸뚱이를 쉴 수 있는 파라다이스 공원이 코앞에 있다.

독도는 무엇을 궁리하는 듯 머리를 긁적이며 배 안을 두리번거렸다. 잠시 후 그가 잡은 것은 낚시 도구였다. 독도는 낚싯대를 서로 묶어 노를 만들고 배 한쪽 구석에서 쓰레받기를 찾아내 그 끝에 매달았다.

노를 바닷물에 담그고 노 젓는 시늉을 했다. 배가 움직이고 있었다. 그런데 배가 원을 그리며 빙빙 돌기만 했다.

"노를 양쪽에서 저어야 배가 앞으로 나가지요. 비익조의 사랑 이야기 몰라요? 날개 하나를 가진 새는 날갯짓을 해도 앞으로 날지 못하고 빙빙 돈다면서요. 그래서 또 다른 날개를 가진 새와 몸을 하나로 만들었더니 날개가 둘이 되어 앞으로 날 수 있었다는. 그래서 행복하게 사랑을 느끼며 세상을 살아갔다는 전설적 이야기 말입니다."

"아하 그렇군요. 유경 씨. 이 배에서는 또 다른 노를 만들 수 없으니 내가 좌우로 뛰어다니며 노를 저으면 앞으로 갈 수 있겠네요."

독도는 왼쪽에서 노를 힘차게 몇 번 젓고 다시 오른쪽으로 뛰어가 노를 저었다. 느리기는 하지만 배는 점점 섬을 향해 앞으로 나아가고 있었다. 이를 지켜보고 있는 유경이 입을 막으며 웃음을 참아내고 있었다. 숨이 턱에 차오른 독도가 숨을 고르며 잠시 쉬었다. 이를 보고 있던 유경이 노를 잡고 독도의 모습을 따라하자 역시 배는 앞으로 나갔다. 독도와 유경이 서로 교대하며 노를 젓는 사이 배는 섬 가까이 다가왔다. 유경의 여린 손바닥에 물집이 생기고 피가 흥건히 잡혔다. 독도는 내의를 찢어 유경의 피 흘리는 손을 감싸 매주었다. 그리고 그때부터 혼자 좌우로 뛰어다니며 쉼 없이 노를 저었다. 한 번은 왼쪽 한 번은 오른쪽으로 위치를 바꿔가며 노 젓기를 수없이 반복했다. 얼마 후 통통배가 섬에 닿고 닻을 내릴 즘이다. 독도의 손도 핏줄이 터져 핏물이 뚝뚝 떨어졌다. 유경의 안쓰러운 시선이 멈췄다. 독도를 바라보던 유경의 코끝이 붉어지더니 이내 독도의 허리를 꼭 안았다. 잠시 배는 멈춰서고 흔들리는 갑판 위에 뜨거운 숨소리만 가득했다.

태양이 고개를 쑥 내밀어 바닷물이 붉게 물들었다. 잔잔한 파도 위로 햇살이 떨어져 춤을 추고 있었으며 어디서 나타났는지 갈매기 떼가 바다 위에서 춤사위를 더하며 두 사람의 안착을 축하해 주고 있었다. 독도가 닻을 바닷물에 던지고 유경에게 다가왔다. 그는 유경의 목덜미를 가슴 깊이 안으며 등을 토닥였다. 그리고 누가 먼저랄 것 없이 또 다시 입술을 포갰다. 유경의 눈물이 두 사람의 입술을 적시며 아래로 흘렀다. 달콤한 살결들이 혀를 통해 서로에게 전달되자 유경의 심장 뛰는 소리가 독도의 귀에 들려왔다. 두 사람은 입술을 포갠 채 떨어질 줄 몰랐다. 셀 수 없는 많은 갈매기들이 갑판에 앉아 이들의 깊은 입맞춤을 바라보며 앞날을 축복했다.

잠시 후 두 사람은 빙긋한 웃음을 서로의 눈동자에 남기고 짐을 챙겨 섬으로 첫 발을 옮겼다.


뿌연 잿빛 하늘 아래 서울 도심의 실체가 서서히 드러났다. 고속도로 휴게소에서 간단히 점심을 때운 평화는 차를 몰고 서울로 진입했다. 양재동 IC를 돌아 나온 평화는 곧바로 국정원에 도착했다. 두 겹, 세 겹 검문을 당한 뒤 그는 건물 안으로 들어갔다. 정보팀 국장의 방은 5층에 있었다. 평화가 방문을 노크한 후 안으로 들어서자 회의를 마친 몇몇 정보원들이 방을 막 나서려고 한다. 목례를 한 후 국장 앞에 섰다.

"국장님. 부르셨습니까?"

방에는 두 사람뿐이다. 살벌한 침묵이 국장의 목소리를 기다리고 있다.

"야, 이 새끼 김평화. 너 잘 왔어. 이리 앉아."

"……."

"내가 미리 너를 알아봤지만 이럴 줄 몰랐다. 이 자식. 너 감방 갈래? 아니면 내 총에 맞아 죽을래?"

"죄송합니다. 모든 책임을 지고 사직하겠습니다. 용서해 주십시오."

"넌 진작 그네들을 알고 있었어. 그리고 관악산 분소에서 살인하고 탈출한 그 여자도 네가 방조 또는 협조한 것이란 사실, 이젠 모든 것이 공공연한 비밀이야. 그리고 그 독도라는 일본 놈이 꼭두새벽에 어찌 알고 관악산 우리 분소 앞에까지 와서 김유경을 태워갈 수 있단 말인가? CCTV에 정확하게 연놈의 모습이 찍혀 있단 말이야. 그것도 네가 사전 연락하지 않으면 절대 있을 수 없는 작전이야. 어쩔 거야? 아무래도 감옥살이 좀하고 우리 조직에서 사직해야 될 것 같은데."

"죄송합니다만 절대 협조, 방조, 연락은 없었습니다. 국장님. 목숨 걸고 말씀드립니다. 그리고 바닷가에서 그들을 체포하지 않은 사실은 인정합니다. 저에게는 늙은 홀어머니가 계십니다. 불체포 문제의 발단은 역사 속에 숨겨진 사건이 있어 불가피했습니다."

"불가피? 역사 속에 숨겨진 이야기? 그것이 무엇인데? 괜한 변명은 김평화 감옥생활의 시간만 늘리게 될 것이야."

단호하게 추궁하던 국장이 어디론가 전화를 했다.

"두 명 데리고 내 방으로 와."

국장은 창가를 응시하며 물 한 모금을 홀짝였다. 잠시 후 양복을 말끔히 차려입은 사내 셋이 방으로 들어왔다.

"야. 이 새끼 김평화 유치장에 처넣어."

"네."

사내들은 김평화의 두 손을 모아 수갑을 채웠다. 그리고 아무 말 없이 방을 나서려 한다. 김평화는 예상했던 일임을 감지하고 담담한 표정으로 발걸음을 옮겼다. 그가 방을 나서기 전 국장을 바라보며 입을 열었다.

"국장님. 한 마디만 남기고 가겠습니다."

"뭔데? 말해 봐."

"저를 정식 재판에 넘기기 전에 저의 홀어머니를 꼭 면담해 주십시오."

국장의 답은 침묵이었다. 평화는 사내 셋에 이끌려 지하실 유치장에 갇혔다.

다음 날 지하실 유치장 작은 창으로 햇살이 들어왔다. 하늘이 파랗게 드러나 있었으며 일 층 정원에 있는 느티나무 잎사귀가 바람에 팔랑이고 있었다. 경비대 요원의 발자국 소리가 가까이 들리는가 싶더니 이내 평화의 감방 문이 덜커덩 열렸다.

"김평화. 나와."

경찰 정복을 입은 이들이 평화의 손에 수갑을 채우고 그를 끌다시피 데리고 지하실을 나왔다. 평화가 이끌려 간 곳은 5층 정보국장 방이었다.

"저 새끼 수갑을 풀어줘."

국장의 쩌렁쩌렁한 목소리가 다시 방 안을 뒤흔들었다. 평화가 좀 더 안으로 들어가 주위를 살피자 소파에 앉아 있는 어머니가 보였다.

"평화야. 에고. 내 아들 평화."

어머니는 금방 눈물을 보이시며 평화의 손을 잡았다. 그리고 아들의 얼굴을 어루만지다 끝내 눈물이 흥건한 뺨을 평화의 얼굴에 비벼댔다. 국장은 두 사람을 좌정하게 하고 평화를 데리고 왔던 경찰들을 방에서 나가라고 했다. 국장은 손수 물 한 잔과 휴지를 어머니에게 건네며 입을 열었다.

"어머니. 편히 앉으세요. 어머니를 면담하고자 함은 평화의 뜻입니다. 양해를 구합니다."

"네. 국장님."

"김평화. 어제 역사 속에 숨겨진 사건이 단초가 되었다고 했는데 너의 어머니 입을 통해 내가 듣고자 함이니 어서 말문을 풀어봐라."

"어머니. 죄송합니다. 이 못난 녀석 때문에 이런 곳까지 오시게 해서 정말 불효를 저질렀습니다. 딱히 제가 지은 죄의 성격이 현실과 효도 사이에서 갈등하며 망설인 이유입니다. 어머니께서 국장님께 저의 갈등부분을 말씀해 주셨으면 합니다."

"무슨 말인지 알겠다. 국장님. 이 아이를 용서해 주십시오. 죄는 제가 지은 것입니다."

"무슨 죄를 어머니가 지으셨다고 하시는지요?"

어머니 이유빈은 26년 전으로 돌아가 당시의 사건들부터 김경석이 죽임을 당하지 않고 북으로 추방되었을 것이란 추측까지, 그리고 현재 김평화, 김유경 그리고 독도의 관계를 소상히 말했다. 눈물이 범벅된 얼굴을 휴지로 닦아내며 때론 흐느적거리며 울고 때론 또박또박 상황을 설명하려고 애쓰는 초로의 부인 모습이 애처로웠다. 원 없이 울고 싶다던 어머니는 잠시 한숨을 길게 내뱉고 힘없는 입술을 조근 거리며 다시 입을 열었다.

"제가 평화보고 그 아이들을 잡지 말라고 했습니다. 이 아이들은 말했듯이 이복 형제와 이부 형제들입니다. 역사 속에 숨겨진 우리 세대의 이데올로기와 현실이 충돌하고 혈육들이 쫓고 쫓기는 현실이 너무 아팠습니다. 어미의 마음이 이러할진데 평화의 마음은 오죽했겠습니까? 국장님. 헤아려주십시오."

어머니 이유빈은 마지막 말을 남기고 실신한 듯 소파에 쓰러졌다. 국장이 급히 여비서를 부르고 어머니는 양호실로 모셔졌다. 국장이 아침 식사로 국밥 두 그릇을 주문했다. 그리고 평화와 국장이 식사를 마칠 시간 정신을 가다듬은 이유빈이 다시 방으로 들어왔다.

국장 역시 긴 한숨을 몰아쉬며 어머니를 맞이했다. 셋은 다시 소파에 앉았다.

"어머니 말씀을 듣고 나니 저도 가슴이 아파 이 사건을 어찌 처리해야 할지 머리가 복잡합니다. 사실 김평화는 최소 3년 이상의 징역형이 가능한 범죄를 저질렀습니다. 젊은 청년의 희망 가득한 앞길이 한순간 날아갑니다. 해서 제가 제안 하나 해야겠습니다. 북에 살고 있는 김경석이란 인물의 주소를 저희가 입수했습니다. 평화를 감옥에 보내지 않는 조건하에 북으로 보내 아버지 김경석을 이곳 서울로 모셔오고 싶은데 어머니 생각은요?"

"김경석이란 사람은 원래 북한과 남한을 제 집 드나들듯 드나든 사람입니다. 평화가 북으로 안전하게 들어가면 함께 서울로 들어오는 것은 문제가 안 될 듯합니다. 평화야, 그렇게 하자. 나도 언젠가 너에게 말했잖니? 너의 아버지와 유경이 그리고 그 동생이라는 유빈, 그리고 독도와 네가 함께 밥상머리에 앉아 식사하는 것이 내 인생의 마지막 소원이라고."

"……."

"김경석이란 인물이 이 사건의 열쇠가 됩니다. 그렇게 되면 평화의 죄는 없는 것으로 무마할 수 있습니다. 평화야. 어머니께서 동의하셨다. 네 마음만 결정하면 된다. 내가 삼 일의 시간을 주겠다. 이제 어머니를 보내드리자."

어머니는 국정원을 나와 부산으로 향했다. 그녀를 배웅한 평화는 다시 유치장으로 무거운 발걸음을 옮겼다.

삼 일의 시간이 흘렀다. 국장이 말미를 주겠다고 한 마지막 날 오후. 지하실 유치장 작은 창으로 보이는 하늘은 비가 오고 있었다. 바람 속에 묻힌 빗물이 철망이 쳐진 창문에 쉴 새 없이 부딪혀 파멸했다. 고뇌의 시간도 이제 몇 시간 남지 않았다. 유치장 쪽방 벽에서 눈을 떼지 않고 골몰하던 평화가 문밖 경찰을 불렀다.

"나 국장님 면담을 하고 싶으니 연락을 넣어주세요."

유치장을 지키던 경찰의 목소리가 들리는가 싶더니 이내 문이 열렸다. 수척해진 표정이 역력한 평화의 손목에 다시 수갑이 채워지고 유치장 철문 닫는 소리가 요란하게 들렸다. 평화는 유치장 경비들에 이끌려 5층 보안국장실로 들어갔다. 근엄하고 기가 세던 국장의 표정이 온화해져 있었다.

"이리 앉게."

평화는 긴 한숨을 몰아쉰 뒤 입을 열었다.

"국장님. 북으로 보내주십시오."

"잘 생각했다. 어머니와 너를 위해 힘들지만 한 번 도전해봄도 괜찮을 것 같아."

"최선을 다하겠습니다. 국장님. 떠나기 전에 어머니 얼굴 한 번 뵙고 가겠습니다. 허락해 주십시오."

"당연하지."

평화는 그날로 국정원 유치장에서 풀려났다. 그는 서울 집을 들러 짐을 챙기고 부산으로 차를 몰았다. 그토록 아름답던 산하가 부옇게 보였다. 허리가 굽을 정도로 어깨가 무겁다. 통통배를 타고 바다 어디론가 떠난 유경과 독도의 뒷모습이 눈에 아른거린다. 어디로 갔을까? 무사하기만 바랄 뿐이다. 독도는 형이라고 했다. 유경은 동생이라고 했다. 어머니의 추측이 사실이라면 밤배를 타고 떠나는 그들을 체포하지 않은 것이 정말 다행이다. 유경이 관악산 초병을 살해하지 않았으면 좋았을 것이란 생각에 마음이 너무 아프다. 도망자 그들을 바라보는 어머니의 마음을 헤아릴 수 있을 것 같다. 아비의 얼굴도 모른채 태어나 어머니 모성애 한 번 받아보지 못하고 일본 땅에서 자란 형독도, 아버지 김경석의 얼굴도 모른 채 태어나 한국에서 자란 자신을 돌아보며 형 독도에 대해 정이 듬뿍 생긴다. 형을 다시 만나면 꼭 안아주고 싶다. 형이라고 불러보고 싶다. 그날이 올까? 김유경. 이복 동생이다. 북에 가서 아버지 김경석을 만나면 유경이 이야기부터 꺼내야겠다. 관악산 분소에서 취조를 하며 한때 여인으로 보였던 지상 최고의 미모를 갖춘 동생이다. 사실관계를 확인한 이 시간 괜한 웃음이 평화의 입가에 서린다. 다시 그들을 만나보고 싶다는 생각 끝에 눈시울이 적셔졌다.

평화의 차가 부산 광안리 어머니 아파트 주차장에 멈췄다. 부슬부슬 비가 내린다. 평화는 차에서 우산을 꺼내지 않았다. 그냥 비를 맞고 현관으로 들어가 11층 벨을 눌렀다. 중학교에 다니는 또 다른 이부 여동생이 문을 열었다.

"오빠네. 어머니, 오빠 왔어요."

평화보고 오빠라 부르는 동생, 생기발랄하고 똑똑한 녀석이다. 그런데 독도와 유경이 나타나 사건화되면서 웃음이 사라졌다. 늘 방에서 혼자 컴퓨터를 하거나 음악을 듣는 폐쇄적 우울증이 시작된 듯 보였다. 이 아이의 아버지는 꽤 높은 고급 공무원이었다. 몇 해 전 급성 간암을 선고 받고 석 달 만에 세상을 떴다. 참으로 불쌍한 동생이다. 그때 영안실에서 한 없이 울던 초등학생의 모습이 눈에 선하다.

"연락도 없이 왔느냐?"

평화는 어머니 인사도 듣는 둥 마는 둥 소파에서 인사를 하는 국정원 요원과 눈을 마주치고 말없이 욕실로 들어갔다.

광안리 바닷가에 어둠이 잔뜩 들었다. 그 어둠을 헤치며 광안대교의 화려한 불빛이 서서히 불을 밝혔다. 화려한 조명 속 장엄한 대교의 모습이 드러났다. 그 사이를 질주하는 차들의 불빛이 유약해 보인다. 백사장에 청춘 남녀들의 모습은 여전하다. 한 무리는 노래를 부르고 한 무리는 바닷물에 발을 담그며 즐거운 비명을 지른다. 평화가 창밖을 보다 소파에 앉았다.

"이보게. 요원. 한 시간만 자리를 피해 주게. 내가 어머니와 긴히 할 말이 있네."

어머니를 보호하고 독도와 유경의 정보를 습득해 본부에 보고하는 것이 목적인 국정원 요원이 아파트를 나갔다. 어머니는 차를 준비해 거실 탁자에 올려놓으며 소파에 자리했다.

"어머니. 결심했습니다."

"잘했는지 잘못했는지는 모르겠다. 하지만 상황이 상황인 만큼 현재로선 최선의 선택을 한 것처럼 보인다. 고맙다. 내 아들 평화."

"……."

"그래 언제 떠나기로 했느냐?"

"내일 본부에 들어가 4주 동안 교육을 받을 것입니다. 그 다음에 출발할 것 같습니다."

"부디 무사히 아버지를 모시고 돌아오길 내 긴 시간 기도를 하마."

"어머니. 정확히 말씀해 주세요. 당시 아버지 김경석의 활동은 어떠했나요? 그리고 몇 번 북한을 다녀왔는지요?"

"너의 아버지는 북한에서 철저한 훈련을 통해 두려움이라곤 털끝만큼도 없는 특수 남파 공작원이었다. 남파된 뒤에도 늘 권총을 차고 다녔으며 청와대를 테러할 만큼 무서운 존재였지. 한국 내 있는 일본인을 살해하라는 명령을 받았던 것으로 기억된다. 지금도 큰 변화는 없지만 그때는 일본과 북한의 사이가 매우 경색되어 으르렁 거릴 시기였지. 당시 테러리스트 김경석으로 인한 일본인 습격 사건은 수없이 많았다. 그 와중에 너의 형인 독도의 아버지 즉 내 첫째 남편이 살해되기도 했단다. 아마 너희 국정원 고위 간부들은 이 기록을 모두 볼 수 있을 것이라 사료된다. 그리고 남한에서 아버지를 체포하면 이상하리만큼 북으로 추방하곤 했지. 우리가 생각하는 죄와 벌 수준은 아닌 것으로 안다. 정부 차원에서 첩보원 교환이라든가 모종의 거래를 통해 아버지를 북으로 보낸 것으로 알고 있다.”

“어머니. 북에 가서 아버지를 만나면 무슨 말부터 전해 드릴까요?”

“우선 내가 많이 보고 싶다고 전해라. 그리고 평화가 당신의 아들이라고 전하고. 유경이 이야기도 반드시 말했으면 좋겠구나. 나의 마지막 소원을 너는 알 게다. 내 소원을 들어주라고 해라. 그리고 대한민국 국정원에서 초청했다고 전해야 되지 않겠니?”

“알겠습니다. 혹 제가 실패하더라도 어머니는 건강하게 오래 사셔야 합니다. 제가 없는 동안 독도 형과 유경이 동생의 신변에 무슨 변고라도 나면 어머니께서 적극 도와주셔야 하고요.”

“제발 무사하길 신께 오늘도 빌고 어제도 빌었다. 다 내 운명인 것을 어쩌겠느냐. 그래도 내 사는 동안 내가 뿌린 자식들 피 튀기는 싸움은 말려야 하지 않느냐? 그래서 난 내 아들 평화가 너무도 대견하고 자랑스럽다. 이참에 북에 계신 아버지를 모시고 온다 하면 난 그날 죽어도 원한이 없을 듯하다.”

“북한은 이웃 동네가 아닙니다. 수많은 난관이 앞을 가로막을 것입니다. 하지만 꼭 아버지를 모셔오겠습니다. 아프지 마시고 건강하게 계십시오. 전 오늘 밤 다시 서울로 올라갑니다. 어머니, 큰절 받으세요.”

평화는 어머니 앞에 서서 큰절로 인사를 드렸다. 그리고 곧바로 아파트를 나서 서울로 차를 몰았다.

빗물이 세차게 차창으로 부딪혀 차 뒤로 나뒹굴었다. 북으로 가는 험난한 길을 마다하지 않은 것은 죄명을 희석시키기보다 어머니의 원한을 풀어드리고자 하는 마음이 더욱 간절했기 때문이다. 악몽 같았던 일제 강점기가 끝나자, 남과 북이 갈리고 곧바로 찾아온 이데올로기 시대. 그 한 많은 세월을 몸으로 부대끼며 살아오신 어머니. 일본인 첫 남편을 둘째 남편에게 살해당해 잃어야 했고 그 와중에 태어난 독도라는 형, 그리고 죽은 줄 알았던 아버지 김경석의 자식을 낳아 장성하게 키운 비련의 어머니, 그 어머니는 생을 버리고 싶어도 이 삶이 끝나는 날까지 버릴 수 없게 만든, 운명이란 자식들의 이름들이 눈앞에서 아른거려 죽지 못하고 살아온 날들이다. 평화는 자신을 둘러싼 질긴 인연들의 안녕을 위해 북으로 갈 수밖에 없다고 새삼 마음의 정리를 하며 서울 국정원 본부로 차를 몰았다.

# 부서진 세발자전거

독도와 유경이 섬의 곳곳을 헤매며 잠시 쉴 곳을 찾아 돌아다녔다. 다행인지 불행인지 섬은 사람이 살지 않는 무인도였다. 그리고 태양이 머리 위에 이글거린 시간, 그들은 백여 미터가 넘는 절벽 바위 틈에서 동굴을 발견했다. 오르내리기가 힘들고 위험하기 그지없다. 소나무를 잡고 돌출된 바위를 잡아야 가능한 곳이다. 두 사람은 긴장을 놓지 못한 채 살금살금 절벽을 내려와 동굴 입구에 도착했다. 동굴은 어두웠다. 오후에 햇살이 깊숙이 들어와 내부를 비추다 한 시간여 만에 사라진다. 해수면 위로 백여 미터 높게 솟구친 절벽 한가운데. 바다를 바라보는 전망은 풍성하였으며 천혜의 요새를 방불케 했다. 다행인 것은 동굴이 안으로 깊게 휘어져 있고 꺾여 있어 차가운 바닷바람이 곧바로 들어오지 못했다. 사람들이 살다 간 흔적이 보였다. 검게 썩은 과자봉지와 라면봉지 그리고 몇 덩이의 숯이 있었으며 버리고 간 옷가지들에서 몹시 불쾌한 냄새가 코를 찔렀다. 오전 내내 섬을 둘러봤지만 사람이 살고 있다는 흔적이라곤 전혀 찾을 수 없는 무인도, 이곳에서 두 사람의 시간은 오로지 먹을거리와 전쟁이다. 육지를 떠나올 때 준비한 쌀 한 봉지와 라면 몇 개 그리고 김치 한 덩이, 식수 서너 통과 코펠 버너가 전부다.

동굴에서 하루 이틀 시간이 흘렀다. 두 사람의 사랑은 진정성을 공유한 채 처음이란 고비를 아슬아슬 넘기는 시간의 연속이었다. 섹스라는 절제된 단어를 앞에 놓고 서로를 바라보는 시선은 곧 고통이었다.

먹을 거리가 점점 줄어든다. 이제 일주일 이상 버티기 힘들 듯하다. 오후가 되어 햇살이 따스해지자 두 사람은 동굴을 나와 바닷가 갯바위 쪽으로 갔다. 홍합, 굴 등 조개류가 바위마다 빼곡히 붙어 있었다. 유경이 조개류를 채취하는 동안 독도는 바위 틈 사이 조금씩 드러난 갯벌을 뒤졌다. 잠시 후 낙지 한 마리를 들고 환하게 웃으며 유경을 부른다. 유경이 홍합과 굴을 따던 손을 멈춰 독도를 보며 행복한 웃음으로 대답을 한다. 진정 행복한 얼굴 표정의 크기는 유경과 독도를 가름하기 힘들다. 둘은 비닐봉투 가득 해산물을 담아 동굴로 돌아왔다. 다시 어둠이 동굴을 지배했다. 어둠은 이내 밤으로 빨려들고 절벽 아래 바닷물이 벽을 때리면 천둥소리와도 같은 파열음이 되돌아 파멸해갔다. 대충 라면 한 봉지를 끓이고 해산물을 삶아 저녁을 먹었다. 이젠 다정스런 부부의 행색이 어색하지 않다. 하지만 아직 선을 넘지 않는 애절한 욕망의 절제가 언제까지 이어질 지 두 사람 모두 장담하기 힘들다고 스스로에게 고백하곤 한다.

어둠 속 동굴은 고요했다. 따뜻한 해산물로 끓인 국물과 라면이 채

워준 포만감에 둘은 이완된 긴장감으로 사랑놀이를 시작했다. 점점 뜨거워지는 애무의 힘은 몸 안 가득해진 용암이 되어 감당할 수 없는 숨소리로 서로를 원했다. 독도의 손끝이 유경의 가슴과 엉덩이를 드나들자 유경은 독도의 깊은 몸속을 휘저으며 둘은 점점 하나가 되어갔다. 처음이란 단어가 무색하리만큼 자연스런 남녀의 섞임은 길고 짧은 호흡을 주고받으며 행복해 했다. 동굴 속 교성의 울림은 짐승이 울부짖는 소리로 들렸으며 메아리가 된 유경의 목소리는 동굴 밖으로 뛰쳐나가기를 반복했다. 아름다운 사랑은 마지막 행복한 미소를 서로에게 보내고 입술을 포갠 채 사랑한다고 소곤거리며 잠이 든다. 그들은 이렇게 처음이란 단어를 깨 바다에 버리고 나른한 아침을 맞이했다.

다음 날 또 밤이 찾아왔다. 두 사람은 가벼운 애정 표현을 통해 자연스런 사랑놀이가 이어졌다. 미칠 듯 다가오는 독도의 성적 욕구가 행위로 이어지는 시간이면 유경의 깊은 숨소리와 교성 소리는 동굴 안에 메아리를 만들어 절정으로 치달은 뒤, 파도소리에 묻혀 사라질 때까지 둘은 행복해 한다. 이들에게 그 어떤 고민과 걱정은 잠시 지나가는 소낙비일 뿐 길고 험하게 다가오지 않는다. 언제부터인가 도망자 또는 앞날의 걱정은 동굴 밖 바다로 던져져 보이지 않고 바닷물 속에 숨어 나타나지 않는다. 이들은 마치 하늘에서 내려온 선녀와 총각 선인의 모습을 닮아 있었다. 그래도 가끔 남자로서 독도의 걱정스런 앞날의 상상은 유경의 행복한 웃음을 지우곤 했다.

다음 날 조금은 적응이 된 듯 두 팔을 위로 올려 기지개를 펴던 유경이 아침밥을 준비한다며 동굴 입구 쪽으로 나갔다. 밤새 요란하게 절벽을 두들겨대던 파도가 잠잠하다. 호통을 치듯 으르렁대던 파도 파열음도 마치 피아노 소리를 듣는 듯 아름답다. 독도가 식수가 나올 만한 곳을 찾는다며 동굴 옆 소나무를 잡고 위태롭게 산을 기어오른다. 한 무더기의 돌들이 독도 발을 떠나 천길 낭떠러지 바닷물에 처박힌다. 독도는 안도의 한숨을 깊게 쉬며 산 위로 올라 주변을 두리번거렸다. 두 개의 작은 봉우리가 산세의 전부이다. 그 봉우리 사이 움푹 파인 곳으로 독도의 시선이 멈췄다. 독도는 회심의 미소를 지으며 골짜기로 다가갔다. 축축해진 풀숲을 헤치고 안으로 들어가자 돌들이 옹기종기 모여 있는 곳에 작은 샘이 땅 위로 솟아오르고 있었다. 돌을 걷어내고 흙탕물이 가라앉자 맑은 물이 속살을 내밀며 밝게 웃었다. 마치 야호라도 외칠 듯 만연의 미소가 얼굴에 그득했다. 독도가 손으로 구덩이를 깊게 파 많은 물이 고이도록 한 뒤 산을 내려가 동굴로 향했다.

그때였다. 독도는 자신을 의심할 만한 상황을 목격하곤 눈을 비볐다. 일행이 살고 있는 동굴 맞은편 절벽 아래에 목선 한 척이 넘어질 듯 기우뚱 거리며 갯바위에 몸을 의지하고 있었다. 배 가판 위로 수십의 사람들이 쭈그리고 앉아 있었으며 언뜻 어른과 아이들이 섞여 있는 모습이 눈에 들어왔다. 독도는 급하게 동굴로 향했다. 미끄러지고 넘어지고 잡은 소나무가 휘어 휘청거리도록 달려 동굴로 들어왔다.

"유경 씨. 유경 씨."

밥 뜸을 들이는지 동굴 안에 구수한 냄새가 가득하다. 화들짝 놀란 독도를 의아하게 보던 유경이 독도의 손끝을 따라 눈동자의 초점을 맞춰갔다. 독도가 본 그대로였다. 어둠이 완전히 가시고 무인도가 환하게 밝아오자 배 위에 그들은 하나둘 배에서 내려 산을 따라 올라오기 시작했다. 입은 옷은 초라하기 그지없으며 모두가 검거나 회색 일색이었다. 모두 손에 보따리를 두세 개 들고 어깨에 멘 풍경이 6·25 전쟁 당시 피난민을 연상케 했다. 유경의 직감은 탈북자였다. 유경의 가슴이 뜨거워지면서 울컥울컥 떨리기 시작했다. 독도가 잡은 그녀의 손바닥 안에 따뜻한 땀방울이 고였다. 뜸들이던 밥이 타는지 구수한 냄새가 매캐한 냄새로 바뀌자 유경이 밥솥으로 뛰어갔다. 오늘 새벽까지만 해도 화기애애 사랑이 넘치던 동굴 안은 썰렁한 기운이 곳곳에 흐르고 싸늘한 찬바람마저 휘돌았다. 유경이 다시 독도 옆으로 다가와 밖을 유심히 바라보았다.

"탈북자입니다. 탈북자."

독도의 눈이 휘둥그레 커지며 유경과 산을 오르고 있는 일행들을 번갈아 보았다. 일행의 말미가 나무에 가려 더 이상 보이지 않았다. 두 사람은 간단히 식사를 하며 일행이 거처할 만한 곳을 상상했다. 그러나 섬은 너무도 작았다. 그리고 이 동굴 주변 말고 사람이 비바람을 피할 만한 곳은 없다. 이쪽으로 올 가능성을 점치고 있을 때였다. 그들 중 젊고 건장한 청년 둘이 동굴로 내려오는 발자국 소리가 들렸다. 분명 목소리는 북한 말씨였다. 유경이 탈북자임을 확신하고 동굴 앞으로 나갔다.

"안 돼요. 유경 씨. 우리 이 동굴 입구를 막아요. 저들이 들어오지 못하게."

유경은 독도를 쏘아보며 아미를 찌푸렸다.

"이봐요. 저들은 내 형제 부모들입니다. 탈북한다는 것이 얼마나 힘들고 위험한 일인데 이런 척박한 곳에서 저들을 모른 척할 수는 없지요. 저 위에 아저씨들. 이리 내려오세요. 이리요."

유경이 갑자기 동굴 위로 머리를 내밀어 사람이 있음을 알리고 반갑다며 소리를 질렀다. 오히려 놀란 것은 이곳으로 몰래 숨어들다 들킨 동굴 위 사람들이었다. 움찟 놀란 두 젊은이들은 얼굴만 살짝 보이는 여인의 목소리를 듣고 안심이 된 듯 천천히 조심스럽게 동굴 안으로 발을 들여놓았다.

"어서 오세요. 북에서 오셨죠?"

"네. 그런데 당신들은 누구세요? 왜 이런 곳에서……."

유경 자신이 북에서 온 여인이라고 이들을 안심시키고 독도는 일본인이라고 소개했다. 그때서야 젊은 사람 둘은 위로 올라가 나머지 일행을 모두 동굴로 오도록 안내했다.

삼십여 명이 동굴 안에 가득하다. 허름하기 이를 데 없는 옷차림과 몇 날 며칠을 씻지 못해 오물인지 더덕더덕 얼굴에 가득했다. 눈동자를 초롱초롱 굴리는 아이들의 모습에선 두려움이 가득 배어 있었으며 젊은 아낙 몇 명은 월경 뒤처리를 제대로 못해 치마 엉덩이 부문이 피로 물들어 있었다.

심한 배 멀미에 시달린 아이들과 아낙들이 곧바로 차가운 동굴 바닥에 누워버린다. 얼굴이 하얗게 질려버린 사람이 있었고 누렇게 떠서 누운 채로 심하게 구토를 하는 이도 있다. 일행 중 팀원을 통솔하던 사람이 앞으로 나서 독도와 유경에게 조용히 말을 한다.

"먹을 것이 있으면 우선 속 좀 달래야겠습니다. 모두 뱃속이 비어 있어 멀미가 더했습니다. 여기 쌀과 반찬은 조금 있습니다만."

독도가 쌀 한 봉지와 물통을 집어 들더니 사내 둘을 데리고 동굴을 나서 산 위로 올라갔다. 유경이 동굴 안에 있던 물을 코펠에 붓더니 이곳 저곳 돌아가며 토하고 있는 이들에게 물을 먹였다. 잠시 후 독도 일행이 들어오자 버너의 불이 붙여지고 죽 끓는 소리와 구수한 냄새가 동굴 안을 가득했다. 대충 물 반 쌀 반인 죽이 완성되자 가장 큰 코펠 용기에 죽을 퍼 어린아이들을 모이게 한 다음 둘러 앉아 죽을 먹었다. 그 사이 또 다른 코펠에선 라면이 끓고 있었다. 화장실을 찾는 이들이 점점 늘어갔다. 줄지어 동굴을 빠져나와 소나무와 뾰족한 바위를 잡고 산으로 오르는 모습이 위험하기 그지없다. 한바탕 인간의 기본적인 욕구를 채우고 비워내는 시간들 속에 점차 동굴 안은 안정을 찾아가는 듯 보였다.

어느덧 해는 중천에서 동굴을 비추고 있었다. 바다 먼 곳에 컨테이너선이 지나간다. 모두 모여 합창하며 소리를 지르면 들릴 듯 가까운 바다에 고깃배가 그물을 걷어 올린다. 이곳 동굴에 모인 모두에게 떡 그림자일 뿐이다. 모두 숨을 죽인다. 도망자의 여정은 험난한 고통과 불안감만이 감정을 지배한다. 아이들을 동굴 가장 깊숙한 곳으로 모여 쉬게 했다. 그리고 동굴 입구 쪽에 독도와 유경 그리고 젊은 사람들이 모여 앉아 서로를 위로했다. 왁자지껄 서로의 의견을 순서와 두서없이 개진하느라 시장 통을 방불케 했다. 독도가 일어나 조금 큰 소리로 입을 열었다. 순간 삼십여 명 일행들의 이목이 독도를 향해 집중했다.

"여러분. 고생하셨습니다. 이곳은 좁고 위험한 동굴입니다. 그리고 인원은 매우 많습니다. 해서 질서가 필요합니다. 첫째 먹을 것은 아이들부터입니다. 동굴 위로는 급한 절벽이기에 화장실은 꼭 어른을 동반해 산으로 가시고. 동굴을 절반으로 나눠 안쪽 반은 20세 이하가 주로 생활하고 입구 쪽 반은 20세 이상 그것도 위험한 입구 쪽은 나이 많이 드신 어른들 순서로 활동하시길 바랍니다. 또한 여러 사람이 한꺼번에 말을 하다 보니 동굴에 메아리가 쳐 왁자지껄 아무 소리도 들리지 않습니다. 가능한 작게 말하고 격한 언사는 자제해 주십시오. 혹 깊은 토론이 필요한 분들은 입구 근처에 앉아 해야 합니다. 그래야 메아리가 밖으로 흐르기에 다른 사람에게 불편함을 주지 않은 듯합니다. 이것만 지키시면 며칠은 마음 편히 쉴 수 있는 공간으로 충분합니다. 그렇게 몸과 마음을 추스른 다음 다시 목적지를 향해 움직일 수 있습니다. 여러분. 내 말에 따르겠다는 사람, 박수 한 번 쳐보세요."

동굴 안은 박수소리로 귀청이 떠나갈 듯하다. 그리고 환하게 웃는 이들이 곳곳에서 누런 이빨을 내보이며 앉아 있다.

"자, 그럼 지금 자기 자리로 움직여 질서를 찾아봅시다."

모두가 자리를 잡은 오후, 동굴 입구 쪽에 앉은 어른들이 자연스레 주고받으며 토론을 시작했다. 모두의 관심은 과연 이 많은 인원을 데리고 가장 빠른 시간 안에 안전하게 대한민국 땅을 밟는 일이다. 논리적 방법에서 티격태격도 하지만 결론은 사고 없이 목적지에 다다르는 것이다. 또한 여러 방법은 있지만 결론은 나지 않는 대화들이다. 하루 이틀 쉬다 보면 좋은 방법이 나오지 않을까 하는 추상적 사고들만 가득했다. 이를 서서 지켜보던 독도와 유경이 자리에 앉으며 말을 섞었다. 그들 중 팀장쯤 되어 보이는 사십대의 사내가 유경에게 다가와 앉으며 입을 열었다.

"내 이름은 김천석이요. 유경 씨라 했던가요?"

"네. 김유경입니다."

"어디서 많이 본 듯합니다. 혹 평양 대동구역에서 안 살았던가요?"

"네. 그렇습니다만."

"아버지 이름이 김경석이 아니던가요?"

유경은 깜짝 놀라 몸을 뒤로 젖혔다. 독도와 나머지 사람들의 눈빛이 환해지며 두 사람을 쏘아봤다.

"맞아요. 김유경. 내가 너의 작은아버지 김천석이다. 너 어릴 때 그러니까 인민학교 다닐 적 보고서 처음이라. 이런, 이런, 조카 녀석을 이런 동굴에서 만난다. 이것 운명치곤 너무 심한 것 아닌가?"

북한에서 통행이라는 것이 질 좋은 당원이나 쉬운 것이지 아버지처럼 나라 밖의 세상을 살아본 사람은 불순분자로 찍혀 엄두도 내지 못하는 세상이었다. 작은아버지를 십여 년간 못 본 것은 어쩌면 당연했다.

"그래요. 작은아버지. 기억이 조금은 남아 있어요. 아버지는 요즘 어떻게 지내세요? 제가 탈북하고 난 후 많이 힘들어 하실 텐데요. 유빈이는요?"

"형님이신 너의 아버지가 남파 공작원 공작 실패로 불순분자로 찍혔으니 나도 북한에서 쫓기는 몸이 되었지. 이곳 저곳 돌아다니며 입에 풀칠하기 바쁘다 보니 형님 소식을 전혀 알 수가 없었다. 잠깐만 기다려라."

김천석은 동굴 안쪽으로 들어가 사내아이 하나와 계집아이 그리고 부인을 데리고 나왔다.

"유경아. 너의 사촌들이고 작은어머니란다."

"그래요. 유경이가 맞네요. 이런 곳에서 만나다니. 지금 꿈꾸고 있는 듯합니다. 여보."

유경은 번갈아 가며 손을 잡아 반가움을 표시하고는 눈물을 주룩 흘렸다. 유경이 작은아버지 손을 잡고 동굴을 벗어나 산을 올랐다. 작은어머니와 두 동생들이 이들을 따라 올라왔다. 해가 뉘엿뉘엿 서쪽 바다를 향해 기어가고 있는 시간 이들은 커다란 소나무 아래 둘러앉았다. 그리고 그동안 살아온 이야기와 탈북의 미로 같은 시간들을 보듬으며 서로를 위안했다. 작은아버지의 흐느끼는 소리가 잔잔하게 솔숲으로 퍼져갔고 유경의 긴 한숨 소리가 동생들 귀에 쏙쏙 박혔다. 혈육의 인연으로 한 점 부끄러울 것이 없는 사이다. 하지만 불통 불행의 공간인 북한에서 평생 한두 번 봤을 부끄러운 혈육들이었다. 사촌지간의 동생들을 이십여 년이 지난 지금 처음 대면했다는 현실은 그것도 험하고 척박한 무인도에서, 가슴을 치고 통곡을 해도 누가 뭐랄 사람 하나 없을 노릇이다. 유경은 뜨거워진 가슴을 짓누르며 동생들을 하나씩 꼭 안아주었다.

"유경아. 이 동굴 섬은 도대체 어디쯤인 거냐?"

"모르겠습니다. 작은아버지. 저희들도 통통배를 타고 무엇에 휩쓸리듯 오다 보니 여기 와 있을 뿐입니다. 남한인지 북한인지 아니면 일본 땅인지"

"답답한 노릇이다. 저 많은 식구들을 데리고 남한 땅에 무사히 도착해야 할 텐데."

김천석은 깊고도 험한 숨을 내쉬며 먼 바다를 멍하니 바라보고 있었다.

"동굴은 금방 어두워집니다. 내려가서 저녁 끼니를 준비해야 할 시간입니다."

유경이 앞장을 섰다. 서로가 서로를 잡고 조심조심 내려와 동굴로 들어오니 벌써 음식을 준비하는 아낙들의 손길이 바쁘게 돌아갔다.

탈북자 모두가 피로에 지쳐 일찍 잠든 밤이다. 독도와 유경이 이들 몰래 동굴을 빠져 나왔다. 살그머니 산을 오른 두 사람은 작은 봉우리를 넘어 동굴의 반대쪽으로 발걸음을 옮겼다. 둥근 보름달이 하늘에 휘영청 떠 있다. 두 사람의 그림자가 발자국 옆에서 따라오고 있었다. 키 작은 나무숲에서 이름 모를 새 두 마리가 푸드덕 날아올라 유경의 눈앞에서 사라졌다. 몹시 놀란 유경이 독도의 허리를 잡고 품안으로 파고들었다. 그녀의 머리를 치켜세운 독도가 급히 유경의 입술을 찾아 나섰다. 잠시 후 멈춰버린 입술 사이로 뜨거운 체액을 주고받는 모습이 달그림자에 영상처럼 잡혔다. 인간의 본성 중 가장 즐겁고 행복하다는 사랑의 행위가 시작됐다. 뜨거워진 두 사람의 가슴을 식히려는 듯 바닷바람이 세차게 이들을 휘감고 지나갔다. 구름 몇 점이 보름달을 가리다 이내 밝게 빛을 내주는 시간이 반복되고, 옆가지를 곧추세워 하늘을 바라봤던 풀들이 제각각 누워 이들과 함께 뒹굴었다. 세찬 호흡 소리가 섬 전체를 녹일 듯 주변을 메아리쳤으며 아녀자의 작고 강한 교성은 끊임없이 작은 봉우리를 뒤흔들었다. 주변에서 잠을 청하던 새들이 놀라 이리저리 자리를 옮기며 푸드득 거린다. 유경은 사랑할 수 없다던 이유빈의 당찬 말이 떠올랐다.

"안 돼, 너희들은 안 돼."

잠시 고개를 저으며 독도의 몸에서 벗어나려 했다. 하지만 거센 사

내의 몸짓에 마음뿐임을 직감하고 다시 독도의 입술을 찾아 도리질을
하며 더욱 세게 그를 받아들였다. 얼마의 시간이 흘렀다. 환하게 웃던
보름달이 먹구름에 휩싸이기 시작했다. 바다 날씨는 하느님도 모른다
고 했던가. 순간 억수 같은 비가 쏟아지고 한 몸이 되었던 두 사람은
맨살에 빗물을 털어내며 자리에서 일어났다. 누가 먼저랄 것도 없이
서로를 바라보며 웃고 있었다. 옷매무새를 마친 연인들이 동굴로 돌
아왔다. 깜깜한 동굴 안에 코 고는 소리와 몸이 불편해 신음하는 소리
가 가득하다.

　다음 날 날이 밝았다. 아침 해가 동굴을 비추려고 어기적거리며 들
어왔다. 산을 올라 숲 속 어디엔가 아침 일을 보러 가는 사람들과 내
려오는 사람들로 동굴 입구는 바빴다. 한쪽에서 밥을 짓고 물을 끓이
고 사내 몇은 산을 넘어 물을 길어오는 수고로움이 피란민들을 연상
하게 만들었다. 삼십여 명이 넘는 인원들의 아침 식사는 누가 무엇을
먹었는지 먹지 못하고 몸이 아파 누웠는지 알 수 없는 시간들 속에 식
사 시간은 지나가고 다시 평온한 휴식이 동굴 안에 자리했다. 제법 목
소리를 내는 사내들 몇몇이 입구에 자리를 해 또 다시 토론을 준비한
다. 유경의 작은아버지 김천석이 좌장 자리에 앉았다. 대책 없이 이
대로 버틸 수 없다는 그의 말에 모두들 공감했다. 그런데 그중 한 사
내가 이의를 제기하고 나섰다. 북으로 돌아가자고 했다.

　"남쪽으로 들어가도 어차피 개 고생할 바에는 친인척이 있고 친구
들이 있는 북에서 대충 살다 죽자는 말입니다. 그냥 파도에 휩싸여 동
해바다를 떠돌다 왔다고 하면 되지 않나요?"

　김천석이 말도 안 된다며 화를 버럭 냈다.

"누가 당신보고 탈북하자고 했는가? 스스로 찾아와 같이 떠나자고 했는데 이제 와서 무슨 이야기냐고? 인간은 하루라도 인간답게 살다 죽어야지 되지 않는가? 각종 통제와 배고픔 그것도 모자라 모진 일과에 하루를 다 뺏기고 나면 초죽음이 되어 집에 돌아오는 아낙네들은 어찌 설명할 것인가 말이다. 이젠 누구라도 내 말을 듣지 않으며 가만 놔두지 않을 것이네."

"이봐요. 가만 놔두지 않으면 어쩔 건데요?"

사내가 자리를 박차고 일어서 김천석의 멱살을 잡아챘다.

"몸이 아파 저리 힘든 애들과 여자들을 기약 없는 남한으로 데려간다는 것은 무모함입니다. 난 돌아갈 테니 알아서 하시라요."

"여기가 어딘지 알고 하는 말인가? 이곳은 대충 예견하건데 남한 땅 남쪽 바다일 것으로 추정된다네. 여기서 어떻게 돌아간단 말인가?"

김천석이 잡힌 목덜미에서 손을 낚아 채 사내를 밀어냈다. 사내는 자신을 멸시한다며 김천석에게 달려와 주먹을 날렸다. 졸지에 얼굴을 강타당한 김천석이 사내를 잡고 뒹굴며 몸싸움을 하자 주변에 서성이던 사람들이 싸움을 말리며 갈라 세웠다. 화가 덜 풀린 김천석이 사내를 죽이겠다고 다시 덤벼들자 사람들은 사내를 동굴 안 깊숙한 곳으로 데리고 들어갔고 싸움은 정리가 됐다.

오후의 햇살이 동굴 깊숙한 곳까지 들어왔다. 햇살 있는 곳으로 사람들이 옹기종기 모여 빛을 쪼이고 있다. 유경은 입구에서 이들을 유심히 바라봤다. 몰골이 해골 같아 차마 볼 수 없는 아이들과 임산부로 추정되는 젊은 아낙의 모습이 눈에 들어왔다. 북한에서 태어나 20여

년을 살아본 유경의 가슴이 찢어지는 아픔으로 훑고 지나갔다. 모두가 내 형제요 내 피붙이들처럼 느껴짐을 어찌 나이 어린 유경이 감당할까. 유경은 천천히 이들에게 다가가 앞에 앉았다. 언니뻘 되는 임산부의 손을 잡았다.

"힘드시죠?"

임산부는 맞잡은 유경의 손을 꼭 쥐며 말없이 눈물만 흘렸다. 그의 남편인 듯 사내 하나가 다가왔다. 임산부 대신 입을 열었다.

"개새끼들. 지들만 배불리 쳐 먹고 배를 불려 텔레비전에 나오더만. 인민들은 속박과 배고픔에서 헤어나질 못하고 있는데. 어디 굶어 죽은 사람이 한둘이라야 말을 하지, 말을."

유경이 사내를 바로 보지 못했다. 먼저 북한을 탈출한 어른으로서 산모와 아이들에게 미안한 마음에 고개를 들지 못했다. 사내가 주변을 두리번거리더니 유경의 옷깃을 잡고 사람들이 없는 동굴 구석으로 데려갔다. 사내는 곧바로 자리에 앉으며 유경에게 앉으라는 시늉을 했다. 유경이 자리에 앉자 사내는 소곤거리며 입을 열었다.

"내가 창피해서 정말. 저 여자는 나와 결혼하자고 약속한 사이요. 그런데 부모와 동생들을 합쳐 식구가 여덟 명이나 되는데 일 년 전 남동생 하나가 굶어 죽었소. 그리고 아버지가 영양 결핍으로 병 들어 사경을 헤매자 당 간부의 꼬임에 넘어가 저렇게 됐답니다."

"무슨 꼬임예요?"

"식구들 밥 굶기지 않을 테니 밤마다 연애를 하자고 했답니다. 겨우 강냉이 한 되 주면서. 식구들 밥 굶는 날이 이틀이 멀다 하고 찾아오니 큰 딸로서 몸을 허락한 것이지요. 동물의 똥오줌이 가득한 농장 헛간에서 몇 달 동안 몸을 팔아 겨우 식구들 강냉이는 먹일 수 있었으나 놈의 애를 가지게 되어 저 모양으로 있기에 불쌍해 내가 데리고 배를 탄 것입니다."

"어떻게 그럴 수가 있나요? 아무리 배를 곯아도."

"지금 북에서는 그런 일이 비일비재합니다. 중등학교 계집애들도 어른 남자들이 먹을 것이나 돈을 준다면 학교 갔다가 집에 안 들어오는 경우가 허다합니다. 내가 살던 동네에서도 어린 계집들이 배가 불러 다니는 것을 쉽게 볼 수 있고요, 임질 같은 성병에 걸려 죽는 경우도 몇이 있었지요. 후."

"앞으로 저 여자 분을 어찌하실 생각이신지요?"

"뭐 어찌합니까? 내가 사랑했고 나와 결혼하자고 한 사이인데 남한에 정착하면 데리고 살아야지요. 그만합시다. 하도 가슴이 답답해 동병상련의 유경 씨이기에 말을 했습니다. 조금 속이 풀린 듯합니다."

사내는 벌떡 일어나더니 동굴 입구 쪽으로 성큼성큼 걸어갔다.

유경이 다시 아이들 쪽으로 왔다. 몇몇의 아이들이 흐릿해진 눈망울을 빙빙 돌리며 유경을 바라봤다. 유경이 한 아이의 손을 잡고 몇 살이냐고 물었다. 아이는 열다섯이라고 했다. 하지만 그 누가 봐도 아이의 나이는 열 살을 못 넘긴 어린아이처럼 여의고 쇠약했다.

"누나. 남조선에 가면 배부르게 먹을 수 있어요?"

유경은 또 말을 잊었다. 누가 이들을 이 지경까지 만들었나. 유경이 주머니에서 초코렛 하나를 꺼내 몇 조각으로 나눠 이들의 입에 넣었다. 아이들은 입술에 묻은 달콤함까지 혀를 꺼내 핥아 먹었다. 유경이 한 여자 아이의 손을 잡고 멍해 있을 즘 독도가 다가왔다.

"유경 씨. 조금 전 입구에서 회의를 했는데 이분들 내일 떠난다고 하네. 준비된 식량의 한계가 있어 더 이상 버틸 수가 없다네."

"어차피 떠날 분들입니다. 그런데 어둠이 지면 떠나야 할 듯합니다. 낮에는 검문 검색이 심해 위험합니다. 이곳이 어느 나라 섬인지도 모르고요."

"그렇겠지요. 그나저나 우리는 어찌한답니까?"

두 사람은 물을 길어오겠다며 물통을 들고 동굴을 나서 산 위로 올라갔다. 비가 올 듯 검은 구름이 몰려왔다. 햇살이 먹구름 사이로 길게 비추더니 이내 사라지고 바람이 거세졌다. 둘은 앞날을 위해 깊은 이야기를 나누며 샘가로 갔다. 언제 왔는지 탈북자 중 사내 둘이 물을 뜨고 있었다. 독도가 이들에게 다가가 말을 붙였다.

"저 아래 있는 배에 기름은 얼마나 있습니까?"

다행이었다. 이들은 며칠을 항해할 만큼 많은 기름을 가지고 있었다. 유경과 독도는 이들에게 기름을 얻기로 했다. 흔쾌히 기름을 내주겠다고 했다. 서로가 서로를 바라보는 동병상련의 아픔을 함께하는 훈훈함이었다. 일본으로의 밀항이란 두 사람의 목표는 새삼스럽게 약속으로 이어졌고 이들을 내일 밤 떠나보내고 모레 날씨를 봐가며 다시 일본을 향해 출발하기로 했다. 두 사람은 훨씬 가벼워진 설레는 마음을 안고 동굴로 돌아올 수 있었다.

난리법석의 저녁 시간이 지나고 또 다시 밤이 찾아왔다. 바람이 예사롭지가 않다. 동굴 입구 절벽 바위에 붙어 위태롭게 서 있던 소나무 한 그루가 세찬 바람을 맞고 절벽 아래로 날아가 버렸다. 탈북 어른들은 사람들을 동굴 깊숙한 곳으로 몰아 입구 가까이 나오지 못하게 했다. 어둠이 가득한 바닷물, 세찬 바람에 부서진 파도가 절벽 중간까지 치고 올라와 하얗게 부서져 내렸다. 마치 천둥이 치는 듯 으르렁 거리며 바위들을 집어 삼켰다. 모두가 잠든 깊은 밤, 김천석을 포함한 몇몇의 남자들이 동굴 입구에 서성이며 내일을 걱정했다. 점점 밤은 깊어지고 시간을 따라 바람과 세찬 비가 동반해 작은 무인도 섬을 강타했다. 태풍이 몰려온 듯하다. 김천석이 혼자 중얼거린다.

"이런 비바람은 난생 처음이야. 무섭다 무서워. 그나저나 저 아래 배가 부서지면 큰일인데."

김천석은 젊은 사내 셋을 데리고 비바람 몰아치는 동굴을 숨죽이며 빠져나왔다. 몸이 날아가 바닷물에 박힐 듯 바람은 거셌다. 간신히 의지하며 잡고 있는 소나무가 휘어져 함께 고꾸라지기를 여러 번, 몹시도 불안한 걸음을 옮기던 이들이 정박해있던 배로 가까이 다가갔다. 그리고 파도와 바람과 비를 몸으로 막으며 배로 올라가 밧줄을 내리고 굵은 소나무 허리에 몇 개의 밧줄을 묶었다. 한 점 불빛도 없는 칠흑의 어둠도 이들의 의지를 꺾을 수 없었다. 이들이 작업을 마치고 돌아설 때 어디선가 사람의 신음 소리가 바람소리에 실려 들렸다. 분명 김천석을 포함한 네 사람은 함께 있어 무사하다. 그러나 또 다른 사람들이 있다는 증거였다. 김천석과 일행은 주변을 두리번거리며 어둠속을 천천히 살폈다. 파도가 부서져 하얀 포말이 지나갔고 그 잠깐 사이로 작은 배 한 척이 바위 사이에 갇혀 무서운 파도의 공격을 받고 있는 모습이 눈에 띄었다.

"저기, 저기 좀 봐. 배가 있어 또 다른 배가."

그곳에서 서너 명이 내 지르는 아귀절명의 목소리가 또 들렸다. 일행은 어둠 속 갯바위 틈을 비집고 한 발 한 발 배가 있는 곳으로 발걸음을 옮겼다. 그들이 가까이 갔을 때 배는 반쯤 물에 잠겨 있었고 선상에 세 명의 남자들이 초죽음 상태로 누워 신음하고 있는 모습이 보였다. 김천석은 금방이라도 뒤집혀질듯 휘청거리고 있는 배로 올라갔다. 그물이 즐비하게 갑판에 널브러져 있었고 몇 마리 물고기들이 죽은 채 선상에서 뒹굴고 있었다. 고기 잡는 배였다.

"이보세요. 정신 차려요."

그들이 죽음을 넘나들며 내뱉는 목소리는 점점 작아졌고 일행이 알아들을 수 없는 일본말이었다. 김천석이 선상 위 어창을 열어 손을 넣어보았다. 많은 물고기들의 손에 잡혔다. 뜰채를 잡아 고기들의 일부를 건져 올려 선상을 뒹구는 바구니에 담았다. 일행 중 한 사람에게 고기 바구니를 주면서 따라오라고 말한 뒤, 김천석은 사경을 헤매고 있는 한 명을 등에 걸쳐 업고 배를 내려가기 시작했다. 나머지 사내들도 한 명씩 등에 걸쳐 업고 조심조심 배를 내려와 산을 올랐다. 어둠이 지천인 무인도에 억수같이 퍼붓는 비와 몸을 제대로 가눌 수 없는 바람은 최악의 조건이었다. 넘어지고 엎어지기를 수없이 반복한 이들이 동굴에 돌아왔을 때 유경과 독도도 잠이 들어 있었다.

어느덧 시간은 밤을 지켜내지 못했고, 새벽의 희미한 빛은 섬의 깜깜함과 비바람을 서서히 걷어내며 잠잠한 하늘로 변해 있었다. 일행이 동굴 입구에 일본 어부들을 내려놓았다. 죽은 듯 늘어져 한 마디 말도 못하는 어부와 얼굴에 피 범벅이 된 어부 그리고 다리가 부러졌는지 다리를 만지며 고통을 호소하고 있는 어부 셋이 동굴 입구에 널브러져 있다. 김천석은 독도와 유경을 깨웠다. 깜짝 놀란 유경이 다가와 이들의 입술에 물 컵을 대자 숨이 멎을 듯 급하게 목으로 삼켰다. 김천석이 가방을 뒤적거리더니 약봉지를 꺼냈다. 그리고 각기 다른 상처에 맞는 약을 건네 먹이고 옷가지 하나를 찢어 다리가 부러진 사내의 종아리를 묶어 움직이지 않게 했다. 그중 머리가 깨져 핏물이 얼굴 가득 흐른 사내가 제일 정신이 맑았다. 독도는 이들의 말투로 봐서 일본인이란 것을 쉽게 알 수 있었다. 독도가 일본말로 말을 건넸다. 이들은 일본 선원들로 고기잡이를 나왔다가 높은 파도에 배가 고장 났고 격한 풍랑에 손쓸 틈도 없이 떠다니다가 여기까지 밀려왔다고 했다. 네 명의 선원이 일본 땅을 떠나 고기잡이를 나왔지만 바다를 떠도는 중 선장 한 명이 높은 파도에 휩쓸려 바닷물 속으로 빨려 들어가 죽었다고 했다. 그들은 이곳이 어디냐고 물었지만 이 작은 섬이 어느 섬인지 어느 나라 땅인지 알고 있는 사람은 아무도 없었다. 그들은 꼬박 하루를 굶었다며 먹을 것을 달라고 했다. 김천석이 냄비에 북에서 가져온 강냉이 한 줌과 물을 넣고 끓이기 시작했다. 사람들이 잠에서 깨어 이상한 말을 하는 일본 선원들을 에워싸고 신기하다는 듯 서 있었다. 날이 밝아 동굴 안이 제법 환해졌다. 아낙들은 먹을 것을 끓이고 젊은 사내들은 물을 길러 산을 올랐다. 누구랄 것도 없이 화장실을 찾아 동굴을 빠져나와 산을 오르고 내리기를 반복했다. 그때였다. 동굴 깊숙한 곳에서 여인의 울음소리가 세차게 들렸다.

"아이고. 우리 아가. 아이고. 아이고."

독도와 유경이 급히 동굴 안 깊숙한 곳으로 들어갔다. 아이가 죽어 있었다. 그의 어머니가 차갑게 식어버린 아들의 시체를 품에 안고 한스럽게 울고 있었다. 어제 유경이 손을 만지며 안아주었던 얼굴에 피골이 상접한 사내 아이였다.

"또 굶어 죽었네. 이런 불쌍한."

유경이 긴 한숨을 내뱉으며 풀죽은 목소리를 내 흘리고 돌아서서 눈물을 글썽였다. 독도가 다가와 유경의 어깨를 어루만지며 손수건을 내밀었다.

"누나. 남조선에 가면 배부르게 먹을 수 있어요?"라고 했던 아이였다. 사내들이 아이의 죽음을 확인한 뒤 제법 두껍고 큰 외투를 누운 아이에게 덮어주었다. 어머니의 끊임없는 통곡은 동굴 안을 울음바다로 만들었고 사건을 인지한 일본 선원들도 불쌍하다는 표정을 지으며 눈시울을 글썽였다. 얼마 후 사람들은 아이 시체 앞에 촛불을 켜고 아끼고 아꼈던 쌀밥을 지어 한 그릇 놓고 그 옆에 일본 선원 배에서 가지고 온 큼지막한 생선 한 마리를 삶아 차려주었다. 배 골아 간 녀석 흰 밥과 고기라도 많이 먹으라는 안타까움이었으며 남겨진 사람들의 미안함이었다. 동굴 안 모든 이들이 시체 앞에서 절을 해 가는 사람에게 예의를 다하고, 돌아서서 눈물 흘리는 모습은 당연한 듯 이어졌다. 어른들은 장례절차에 대해 숙의를 했다. 오늘 밤 섬을 떠나기로 했던 것이지만 내일 아침 아이를 산에 묻고 밤에 떠나기로 합의를 했다. 그리고 죽은 아이를 애도하는 마음으로 아이를 산에 묻기 전에는 음식을 입에 넣지 않기로 했다. 독도와 유경 그리고 일본인들도 아이에 대한 미안함에 동의했다.

김천석이 두 자녀를 불렀다. 그리고 한 뭉치 휴지를 내주며 말했다.

"오늘 너희들은 이 휴지에 김정일 김정은 두 사람의 얼굴을 그리도록 해라."

자녀들은 고개를 끄덕이며 휴지를 들고 동굴 안으로 들어갔다. 잠시 후 아들이 십여 장의 얼굴 그림을 가지고 김천석에게 왔다.

"이보시오. 잠시 여기 좀 보시오."

사람들이 동굴 입구 쪽으로 몰려 나왔다. 김천석은 김정일, 김정은 두 사람의 얼굴이 그려진 종이를 내 보이며 입을 열었다.

"지금부터 여기 있는 모든 사람에게 이 그림을 한 장씩 줄 터이니 표현하고 싶은 대로 표현하며 이 종이를 버리시오. 그 누구도 말하지 않을 것이요. 먼저 내가 해 보겠소."

삼십여 명이 넘는 사람들이 김천석의 행동을 주시하며 이목을 집중시켰다. 김천석은 손에 잡은 김정일 부자가 그려진 종이 한 장 위로 수없이 침을 뱉었다. 사람들이 어리둥절 놀라며 주변을 두리번거렸다. 김천석은 침이 잔뜩 묻은 종이를 바닥에 내려놓고 발로 짓밟았다. 그리고 동굴 입구로 다가가 종이에 불을 붙이고 절벽 아래로 내던지며 큰소리로 입을 놀렸다.

"굶어 죽은 사람이여. 그 원통한 한을 내가 갚아주고 싶다. 편히 가거라."

사람들이 웅성거렸다. 평생 장군님과 대장님이라 부르며 살아왔고 주체사상이란 명목으로 공부했던 뇌가 이 상황을 이해할 수 없다는 듯 고개를 가로젓는 사람이 있었고, 울고 있는 사람도 있었다. 그중 한 사내가 앞으로 뛰쳐나오며 장군님 만세를 불렀다. 다른 사내 몇몇이 이 사내의 목을 죄며 미쳤다고 소리쳤다. 사내는 주먹세례를 받고 쓰러져 허우적거렸다.

죽은 아이의 어머니가 쓰러진 사내의 **뺨**을 세차게 때리고 살기어린 눈동자를 굴리며 앞으로 나왔다. 그리고 종이를 달라고 했다. 얼굴에 눈물이 홍수를 이룬 여인은 김정은이 그려진 종이를 잡자마자 이빨로 갈기갈기 찢어 입에 넣고 타액으로 흥건하게 만든 뒤 꺼냈다. 그리고 동굴 밖 절벽 아래 바다로 내던지며 입을 열었다.

"내 죽기 전에 김정일 부자 놈들의 몸뚱이를 이빨로 찢어 죽일 것이야. 내 자식 살려내 살려내란 말이야. 나쁜 새끼들아. 아아악. 아아악."

여인은 대성통곡을 하며 바다를 향해 괴성을 질러댔다. 김천석이 위험하다며 여인을 잡고 안으로 들어와 진정시켰다. 사람들은 하나씩 몸서리쳐질 정도의 분노를 표출하고, 종이 위에 그려진 두 사람을 학대하며 종이를 버리기 시작했다. 김천석의 딸아이가 마지막 종이 뭉치를 가지고 왔다. 처음에는 망설이던 사람들이 제법 줄을 서며 먼저 하겠다고 소리를 쳤다. 모든 종이들이 흉측한 형태로 변해 절벽 아래 바다로 추락하며 사라졌다.

오후가 들어 동굴 안은 자는 사람이 많았다. 어린아이들은 배고프다며 먹을 것을 달라고 어른들을 졸랐다. 죽은 아이의 시체 앞을 떠나지 않던 여인이 김천석을 불렀다. 그녀는 죽은 아이는 아이고 산 사람 입을 굶겨서는 안 된다며 음식을 준비해 먹을 것을 권유했다. 김천석이 유경과 독도를 불러 이를 상의했다. 그리고 젊은 사내들과 또 이야기를 나눴다. 모두는 죽은 아이의 어머니 의견을 따르기로 했다. 동굴 한쪽에선 강냉이를 끓이고 생선을 손질해 삶았다. 한 무리는 일본 배로 내려가 더 많은 생선을 가지고 올라왔다. 음식을 먹기 전 죽은 아이의 시체 앞에 먼저 음식을 놓아주는 배려를 했다. 허겁지겁 점심인지 저녁인지 모를 음식들이 하나둘 이들 입으로 들어가 자취를 감췄다.

음산한 하늘을 내보인 저녁 무렵, 서쪽 바다는 수평선 위로 해를 넘기고 이내 어둠이 동굴을 휘감았다. 하루를 쉬며 치료를 받은 일본인들의 상황이 매우 좋아졌다. 다리가 부러진 사내 말고는 모두 정상을 찾은 듯 보였다. 비록 깨진 머리에 찢어진 옷자락을 동여맸지만 정신이 맑게 돌아왔고, 혼수상태에 빠졌던 선원도 정신을 차리며 제법 독도와 이야기를 나눴다. 일본 배에서 가져온 손전등이 빛을 발하며 동굴 안을 희미하게 비췄다. 사람들은 불빛을 따라 옹기종기 모여 이야기를 나눴다. 아이 시체 앞에도 여인들이 삼삼오오 모여 있었고 동굴 입구 쪽에는 어른들과 일본 선원들이 둥그렇게 모여 있다. 독도가 통역을 하느라 이쪽저쪽 머리를 돌리며 쉼 없이 입을 놀렸다.

김천석이 머리가 깨진 선원을 바라보며 말을 이었다.

"그러나 저러나 너희들은 왜 독도를 너네 것이라고 우기냐?"

선원은 쉴 시간도 없이 대답을 했다. 역사적으로 봐도 독도는 당연히 일본 땅이라는 것이다. 일본 교과서에서 그렇게 배웠다는 것이다. 야스쿠니 참배와 위안부 문제가 입방아에 오르내렸다. 김천석과 일본 선원들은 목청을 높이며 격한 어조로 말을 주고받았다. 동굴 안이 들썩였다.

"일제 강점기에 너희들이 저지른 죄를 모른단 말이냐? 이 쪽발이 놈들아. 우리 할아버지 할머니들이 얼마나 큰 고통을 받고 36년을 살다 죽었는지 반성은 못할망정 보상도 없이 억지를 펴는 너희들은 정말 나쁜 놈들이야."

통역을 하던 독도가 고심하는 듯 고개를 갸우뚱하더니 한참을 망설인 끝에 입을 열어 통역을 했다. 일본인들은 열 받아 식식대며 목청을 높이는 탈북자들을 이해할 수 없다는 듯 고개를 좌우로 흔들었다. 조용히 앉아 이들의 입씨름을 듣던 유경이 자리를 뜨며 말을 이었다.

"그만들 하세요. 이러다 아이 주검 앞에서 싸움 나겠어요."

유경이 동굴 안쪽으로 들어간 뒤였다. 주검 앞에 앉아 있던 아이의 어머니가 다시 통곡을 하며 울기 시작했다. 주위에 있던 탈북 아녀자들도 따라서 훌쩍였고 주검이 뭔지 모르는 또 다른 아이들이 조잘거리다가 입을 다물었다. 동굴 안은 다시 엄숙해지고 슬픈 기운이 가득 맴돌았다. 한동안 울음소리가 그치지 않았다. 동굴 밖 낭떠러지 아래 파도소리가 슬픔 가득한 동굴 안으로 들어와 메아리치며 돌아다녔다. 얼마 후 억울함을 참아내던 여인의 울음소리가 그치고 시체 앞에 홀로 불을 밝히던 촛불이 비틀거리며 힘겨워하는 시간, 사람들은 모두 옷가지 하나씩을 차가운 돌 위에 깔고 누워 잠을 청했다. 하지만 동굴 입구에선 일본 선원들과 탈북자들 논쟁의 불꽃이 다시 일어 통역하는 독도의 입술이 정신없이 움직였다. 나이 육십을 바라보는 초로의 탈북자가 어눌한 말투로 논쟁에 끼어들었다. 이빨의 절반은 없었고 그나마 평생 한 번도 양치질을 못한 누런 이빨을 내보이며 앞으로 고개를 쑥 내밀었다.

"이봐요. 일본 선원들. 당신들의 할아버지 할머니들이 지은 죄를 지금이라도 반성하며 사죄하시오. 그리고 독도를 더 이상 탐내면 앞으로 곤욕을 치룰 것이요. 우리 북조선과 남조선 민족들이 가만두지 않을 것이요."

독도가 양분된 부류를 돌아가며 쳐다보고 통역을 했다.

"가만두지 않으면 어찌할 것인데요. 조선인들이 까불어 봐야 아직 우리 일본 제국을 이기지 못합니다. 굶어 죽는 사람이 천지인 북조선 사람들이 가장 먼저 피해를 입을 것이고 또한 정통성을 확보하지 못한 김정일 김정은 부자 세습제도에서 무엇을 하겠다는 말인지요? 일본은 강합니다. 말 함부로 하지 마세요."

"지금 뭐라 했나? 까불지 말라고? 이 새끼들 정말 안 되겠네."

탈북자 중 그래도 덩치가 있는 젊은 사내 하나가 벌떡 일어나며 앞으로 뛰어나왔다. 독도가 사내 앞을 가로막았다. 일행 뒤편에 있던 유경이 독도 옆으로 나와 이들의 일촉즉발 싸움을 가로막으며 제지했다. 그때 머리를 다친 일본 선원이 주머니에서 과일용 칼을 꺼내 들고 벌떡 일어났다. 탈북 남자들 대여섯이 자리를 박차고 일어나 일본 선원들을 에워쌌다. 독도와 유경의 힘으로 싸움을 말릴 수 없는 지경에 이르고 두 사람은 자리를 피해 뒤로 물러섰다. 독도가 무엇이라 선원들을 향해 일본말로 호통을 쳤다. 이에 놀란 일본 선원들이 한 발짝 물러나는 듯 보였다. 그때 탈북 사내들이 일본 선원들의 몸을 덮치며 주먹과 발길질을 가하기 시작했다. 칼을 들고 있던 일본 선원이 맨 앞에 나섰던 탈북 사내의 얼굴에 칼을 휘둘렀다. 얼굴에 피가 낭자한 탈북 남자가 고꾸라지며 넘어졌다. 이를 본 탈북 사내들은 더욱 거세게 일본인들을 폭행하며 제압해 들어갔다. 잠시 후 일본 선원들은 더 이상 반항하지 못하고 무릎을 꿇고 엎드렸다. 탈북 사내들의 행동이 주춤한 사이 얼굴에 피를 흘리며 쓰러졌던 사내가 자리에서 일어나 번개처럼 선원들을 덮쳤다. 그리고 그들 중 자신을 칼로 찌른 머리에 붕대를 한 선원의 멱살을 옥죄었다.

"이 개새끼 쪽발이 놈. 너 한 번 죽어봐라."

사내는 잔뜩 약이 올라 독을 품은 채 선원의 목덜미를 잡아 채 바닥에 내동댕이쳤다. 일본 선원은 힘없이 바닥에 나뒹굴더니 입구 쪽으로 한 바퀴 몸을 굴렸다. 그리고 곧바로 동굴 아래 절벽으로 떨어졌다. 선원은 이내 보이지 않았다. 얼굴에 핏물이 흥건한 탈북 사내가 입구 쪽에서 낭떠러지 절벽을 아래를 바라보며 씩씩거렸다. 이 광경을 지켜보던 유경이 고함을 치며 주저앉았다. 독도가 다가와 유경을 꼭 안았다. 모두의 시선이 절벽 아래로 향해 있은 동안 정신을 잃었다가 깨어난 선원이 바닥에서 무엇인가를 손에 잡으려고 앞으로 나섰다. 이를 지켜보던 김천석이 선원의 손목을 발로 강하게 짓밟았다. 그 선원의 손아귀에는 과일용 칼이 잡혀 있었다. 김천석이 다시 한 번 선원의 얼굴을 발로 강타하며 칼을 집어 들었다.

"안 되겠다. 이놈들이 앞으로 어찌 나올지 모를 일. 모두를 묶어라."

사내들은 밧줄을 찾아 이리저리 동굴을 뒤졌다. 그리고 잠시 후 일본 선원 두 사람은 밧줄로 몸이 꽁꽁 묶인 채 동굴 안쪽 아이의 시체 옆에 엎드려 있어야만 했다.

일본인들과 논쟁의 끝은 또 다른 한 인간의 죽음으로 끝이 났다. 웅성거리던 동굴 안 사람들은 아이의 어머니와 일본 선원들을 감시하는 젊은 사내 둘을 빼고 모두 잠이 들었다.

비가 부슬부슬 내리는 새벽. 동굴에 다시 빛이 스며들었다. 피곤과 절망에 지친 아이의 어머니가 아이 시체 앞에서 머리를 돌에 기댄 채 엎드려 있었다. 유경의 작은아버지 김천석이 자리에서 일어나며 모두를 깨웠다. 아낙들은 음식을 준비하고 젊은 사내들은 물을 길으러 동굴 밖 산을 기어올랐다. 제법 날씬한 젊은 사내가 어젯밤에 동굴 아래로 추락한 일본인을 찾아보겠다며 동굴 아래로 조심스럽게 내려갔다. 소나무와 바위틈을 손으로 잡으며 한 발 한 발 내려서던 사내가 다시 올라와 김천석 앞에 섰다.

"김 선생님. 일본인 시체가 바다에 둥둥 떠다닙니다. 백여 미터 바다 가운데 있는 것을 보았습니다."

김천석은 동굴 입구로 나와 시체를 눈으로 확인하려 했으나 멀리 있어 보이지 않았다.

먼저 죽은 아이 시체 앞에 쌀로 지은 밥 한 공기가 놓여졌다. 그리고 생선 한 마리가 옥수수 알갱이로 곱게 단장을 한 채 그 옆에 놓여졌다. 아이의 마지막 가는 길, 살아남은 사람들의 예의가 최선을 다한 그림들이다. 어머니가 큰절로 아이와 마지막을 고하고 이내 모든 사람들이 주검 앞에 절을 하며 이별을 고했다. 그리고 동굴 안 사람들은 모자람이 있는 음식이지만 나눠 먹으며 죽은 자와 영원한 이별을 준비했다.

김천석이 죽은 아이의 몸에 제법 깔끔한 옷을 입힌 뒤 밧줄로 몸을 묶었고 이내 아이의 어머니는 통곡을 하다 실신을 했다. 젊은 사람들 몇몇이 아이의 시체를 앞뒤로 들어 동굴 밖 산을 올랐다. 일본인들을 감시하는 젊은 사내 둘만 놔두고 모두가 아이의 주검을 따라 산을 올라갔다. 이슬비가 이들의 머리와 몸을 촉촉이 적시며 곱게도 내렸다. 그 많던 무인도의 바람도 잔잔해 마지막 가는 아이의 영혼을 위로하는 듯했다. 젊은 아낙에게 몸을 의지한 채 시체를 따라가는 어머니의 얼굴이 반쯤 죽은 듯 힘들어했다. 시체를 앞세운 삼십여 명의 일행이 샘가 근처 제법 평평한 곳에 발길을 멈추었다. 일찍 도착해 영면할 자리를 보고 구덩이를 미리 파놓은 젊은 사내들이 주위를 서성거렸다. 구덩이 앞에 아이의 시체를 반듯이 놓은 뒤 김천석이 맑은 샘물 한 대접을 떠서 아이 앞에 놓았다. 그리고 어머니의 마지막 인사를 받은 아이는 구덩이 속으로 들어갔고 주변 모든 이들이 손으로 흙을 떠서 아이를 덮어주었다. 어머니의 통곡 소리가 섬을 슬픔의 도가니로 만들었으며 영원한 이별을 고하는 모든 이들의 눈가에 눈물이 고였고 흘쩍거렸다. 유경도 독도의 손을 꼭 잡고 울먹였다.

"아이야. 다음 세상에는 먹을 것 마음대로 먹을 수 있는 부잣집과 자유로운 세상에 태어나라. 아이야."

독도가 유경의 어깨를 감싸 안으며 사람들이 묘지를 만들어가는 모습을 보고 있었다. 김천석이 두 사람 앞으로 다가왔다. 그리고 유경과 눈을 맞춘 뒤 입을 열었다.

"더 이상 배고픔으로 죽는 이가 없어야 합니다. 우리는 반드시 남한 땅에 들어가 세상다운 세상에서 살아갈 것입니다. 여러분 힘내세요."

아이의 어머니가 실신한 듯 눈을 감은 채 젊은 아낙들에게 부축을 받으며 동굴로 내려가고 있었다.

# 가깝고도 먼 나라

**바다 안개가** 밀려와 무인도는 한 치 앞을 볼 수 없을 만큼 회색으로 변해 있었다. 제법 거세진 바람이 해무를 이리저리 몰고 다니며 햇빛을 가렸다. 높아진 파도는 절벽을 때리며 별난 소리로 굉음을 쏟아낸다.

아이를 묻고 돌아온 동굴 안, 사람들은 침묵 속에 묻혀 조용히 쉬고 있다. 누구 하나 큰 소리로 떠드는 이 없었고 간간히 들려오는 아이들의 조잘거림만 파도소리에 잠기곤 했다. 나란히 누워 쉬고 있는 독도와 유경 옆으로 김천석이 다가와 앉았다.

"쉬고 있는데 미안하네. 저기 일본 사람들은 어찌 처리했으면 하나?"

유경과 독도가 벌떡 일어나 작은아버지 앞에 앉았다. 독도가 말을 이었다.

"제가 저 사람들에게 말을 해 보겠습니다. 잠시만 기다려 주세요."

독도는 일본 선원들이 밧줄에 묶여 있는 동굴 안쪽으로 들어갔다. 유경이 뒤를 따랐다. 누군가 일본인들에게 강냉이로 만든 주먹밥을 주었는지 입으로 밀어넣으며 두 사람을 바라봤다. 독도는 일본말로 앞으로 어떻게 할 것인지 물어봤다.

"이곳이 어딘지를 알아야 우리의 계획이 나올 것입니다. 동으로 갈 것인지 서로 갈 것인지. 그리고 탈북자들도 어느 방향으로 가야 남한으로 가는 길인지 알 수 있지 않나요? 여기 있는 독도 유경 두 사람도 같은 처지고요. 지금 우리 모두는 이곳이 방위상 아니 국가상 어느 나라 땅인지도 모릅니다. 우리 배에 가면 방위표를 볼 수 있는 나침반이 있습니다. 우리가 표류할 때 높은 파도에 배가 부서져 고장 나 볼 수가 없지만 고치면 가능합니다. 가장 급한 일입니다."

"당신들이 고칠 수 있습니까?"

"아니요. 그 나침반을 고칠 수 있는 사람은 선장인데 선장은 이미 파도에 휩쓸려 죽었습니다. 혹시 탈북자들 중에 선장 교육을 받은 사람이 있으면 가능합니다만."

독도는 알겠다는 말을 남기고 동굴 중앙으로 나왔다. 그리고 김천석에게 일본 선원들이 한 말을 전했다. 김천석은 고개를 끄덕이고 탈북자 모두를 모이게 했다. 그리고 목청을 높여 큰 소리로 설명했다. 다행이었다. 북한에서 군용 물자 수송선을 몰았던 선장 경력의 사내가 있었다. 그는 북한에서 사용하는 방위표를 볼 수 있는 나침반도 일본산이었다며 가능할 것이라 말했다. 독도는 일본 선원들에게 더 이상 폭력을 쓰지 않을 것을 다짐 받은 뒤 그들의 몸에서 밧줄을 풀어냈다. 그리고 선장 경력의 탈북자 한 명과 혹 모를 불상사에 대비해 또 다른 청년 세 명을 일본 선원들에게 붙여 일본 어선으로 갈 수 있게 했다. 독도와 김천석이 이들을 앞장서서 동굴을 빠져나와 산을 오르고 다시 배가 있는 갯바위로 내려갔다. 백여 미터 옆 갯바위에 걸쳐 몸을 뒤뚱거리고 있는 독도와 유경이 타고 온 통통배가 있었고, 바로 앞에는 일본 선원의 배와 탈북자들의 배가 이웃인 양 커다란 갯바위를 사이에 두고 나란히 있었다. 갯바위 근처 바닷물이 얕은 곳에 신발 한 켤레가 물 위를 뱅뱅 돌며 떠돌았다. 일본 선원이 한참 그곳을 응시하고는 이내 눈시울이 붉어졌다. 어젯밤 탈북자에 떠밀려 낭떠러지로 떨어진 동료 선원의 신발이었다. 일본 선원은 주변을 두리번거리며 동료의 시신을 찾기 시작했다. 하지만 동료는 그 어디에도 없었다.

오후의 해무는 강한 햇살에 밀려 어디론가 사라졌고 바람도 순해져서 파도가 잔잔해졌다. 일본 선원들이 먼저 배에 올랐다. 곧바로 탈북 선장 출신이 이들을 따라 올라갔다. 배는 군데군데 부서져 있었다. 파도가 갑판을 넘어와 바닷물이 고여 있었으며 어창 문이 열려 튀어나온 물고기들이 곳곳에 흩어져 널브러졌다. 어선 뒤쪽에 선장실이 있고 많은 기계들이 설치되어 있었다. 탈북 선장이 배에 시동을 걸었다. 하지만 기계들은 꼼짝도 하지 않았다. 나침반의 문제만은 아니었다. 탈북 선장이 독도에게 말을 했다.

"엔진 전체를 해체하고 다시 조립하는 과정이 필요할 듯합니다. 엔진에 물이 들어갔네요. 엔진을 살려야 나침반도 제 역할을 할 듯합니다."

이를 통역으로 들은 일본 선원들이 동의했다. 일본 선원들과 탈북 선장은 각종 공구를 가져와 엔진을 해체하는 작업에 착수했다. 때론 공구들이 모자라 북에서 내려온 배에 가서 조달하기도 했다. 어느덧 해가 서쪽 수평선을 기웃거리고 검붉게 타오른 노을이 바다 위를 가득 메워 화려하게 타오르고 있었다. 기중기로 엔진을 끌어올려 쉽게 작업을 할 수 있음에도 할 수 없는 악조건이었기에 이들의 손작업은 거칠고 투박스럽게 진행되었다. 오늘 밤 무인도를 떠나기로 했던 모든 계획은 나침반의 문제로 연기될 수밖에 없었다. 북에서 내려온 목선은 처음부터 나침반이 없었기에 무인도에 있는 모든 사람에게 도움이 되지 못했다.

어둠이 밀려오기 시작했다. 바람이 다시 거세게 불며 파고를 높였고 강하게 갯바위로 처박힌 파도는 이들의 작업을 방해했다. 배가 몹시 흔들려 더 이상 작업이 불가능했다. 어둠과 높은 파도에 밀린 사람들은 철수를 결정하고 내일을 기약할 수밖에 없다. 일본 선원들은 어창에 있던 물고기들을 모두 꺼내 청년들에게 가져갈 것을 부탁하고, 배에 있던 조리기구들과 이동용 버너, 코펠 세트 그리고 쌀을 포함한 먹을 것을 모두 들고 다시 언덕을 올랐다.

얼마 후 동굴 안은 죽 끓는 소리와 구수한 냄새가 가득했다. 일본 선원들이 서둘러 물고기를 굽고 끓이기 시작했다. 생선 굽는 연기가 동굴을 빠져나가는 모습이 마치 공장 굴뚝을 연상케 했다. 모처럼 푸짐한 냄새가 굶주린 이들의 입맛을 돋게 했으며 생선 굽는 주변에 아이들이 몰려와 모처럼 환한 웃음을 내보였다. 저녁 식사는 모처럼 화기애애하고 훈훈하게 진행되었지만, 오늘 아이와 영원히 이별을 한 아이의 어머니는 고개만 숙인 채 음식을 입에 넣으려 하지 않았다. 죽은 자는 운명이고 산 자는 살아야 한다며 주변 아낙들이 몇 입이라도 목구멍으로 넣으라며 재촉을 했지만 소용없었다. 한쪽은 슬픔이 가득한 밤을 맞이했고 한쪽은 맛난 밤을 준비했다.

모처럼 포만감에 안정을 찾은 이들이 모두 잠에 들었다. 일본인들과 독도 그리고 김천석과 청년 몇 명 그리고 유경만이 동굴 입구에 앉아 담소를 나누고 있었다. 일제 강점기 시절의 만행과 독도를 일본 땅이라고 우기는 현재의 일본인 그리고 야스쿠니 신사를 정객들이 참배하고 일제 강점기 때 못된 만행을 합리화시키는 교과서를 만들어 교육하는 일본인들의 모습에 격분한 탈북자들의 언행은 계속 되었다. 그러나 일본인들은 많이 위축되어 있었다. 제대로 항변하지 않았다. 그렇다고 탈북자들의 강력한 주장에 수긍하지 않았다. 그냥 시간을 보내면 될 일 아니냐는 듯 얼버무렸다. 숫자에서 밀린 선원들의 모습이 초라해 보였다. 밤은 깊어지고 파도소리는 점점 더 거세게 들렸다.

모두가 잠든 깊은 밤. 독도는 잠든 유경의 어깨를 흔들어 깨웠다. 살며시 유경의 손을 잡은 독도가 동굴을 빠져나와 산을 오르고 있었다. 제법 굵은 소나무 한 그루가 바다 쪽으로 긴 가지를 내밀며 서 있었다. 독도는 발걸음이 멈추자 곧바로 유경의 입술을 찾았다. 배고픈 사자가 먹이를 먹듯 급해진 두 사람의 호흡소리가 파도소리에 묻혀 산등선으로 넘어갔다. 파도소리는 이들의 사랑 안에 추임새일 뿐 더 이상 소음이 아니었다. 유경의 뜨거워진 몸은 더 많은 것을 원했다. 활활 타오르는 불기둥처럼 거세게 밀고 들어오는 독도의 몸짓에 유경이 화답하며 무인도의 밤은 또 다른 사랑으로 깊어갔다.

다음 날 새벽은 고요한 안개를 시작으로 찾아왔다. 마치 이슬이 내리듯 짙은 해무가 무인도를 가득 덮었다. 한 치 앞이 보이지 않았다.

일상적으로 일어나는 생리적 현상을 해결하는 동굴 사람들의 모습은 신기할 정도였다. 사람들은 동굴을 빠져나와 바위 틈을 오르고 제각각 숲을 찾아 돌아다니다 일상의 현상들을 해결하고 다시 동굴로 돌아왔다. 입에 넣을 음식을 준비하는 아낙들의 분주한 발걸음이 동굴 안에 가득했다. 아침 식사가 끝나고 엔진 해체 작업을 했던 이들이 다시 갯바위를 찾았다.

작업은 계속되었다. 점심시간이 되자 동굴에서 음식을 가져다 일꾼들의 허기를 채웠다. 늦은 오후, 힘없는 햇살이 수평선을 기웃거릴 즘이다. 요란한 기계음이 들리더니 이내 통통 소리를 이어가며 엔진이 힘차게 돌아갔다. 일을 하던 모든 이는 환호성을 질렀다. 일본 선원 한 사람과 선장 경력의 탈북 남성이 선장실에서 이런 저런 기계들을 작동시켰다. 잠시 후 탈북 선장이 깜짝 놀라 얼른 시동을 껐다. 그가 시동을 켜고 방위표를 점검하던 중 북한군이 사용하는 방위 주파수에 전파신호를 맞췄고 이내 북쪽 전파가 따라와 응대를 시작했다. 북쪽 함정에서 이 신호를 잡고 누구인지 확인하려 드는 순간이었다.

"큰일이네. 북한 함정에서 우리의 위치를 잡았을 텐데. 에라. 모르겠다. 이곳은 일본과 남한 중간에 있는 공유해상인데 그놈들이 여기까지 내려오겠냐?"

일본 선원은 탈북 선장의 말을 알아듣지 못했다. 그리고 잠시 후 탈북 선장이 아무 일 없다는 듯 내려와 김천석 앞으로 왔다.

"엔진이 돌아가니 방위표도 곧바로 작동했습니다. 이곳은 일본과 남조선 사이 공해상입니다. 이 무인도가 어느 국가 영토인지 정확히 알 수 없는 곳입니다."

"그렇구나. 그럼 우리들의 진로는 어떻게 되는 것인가?"

독도와 유경이 이들의 대화를 귀 기울여 듣고 있었다. 선상에 남아 있던 일본 선원이 다가왔다.

"이제 이곳 위치를 알았으니 우리는 곧바로 이곳을 떠나겠습니다."

아무도 대꾸하지 않았다. 선실에 있던 선원이 다시 선상으로 내려와 모두는 동그랗게 자리해 앉았다. 일본 선원들은 지금 당장 이곳을 떠나 본국으로 돌아가겠으니 남은 사람들은 알아서 하라며 냉정하게 이야기했다. 김천석이 이들의 말을 가로막았다.

"안 됩니다. 엊그제 우연한 몸싸움 끝에 당신들 선원 한 사람이 바다에 빠졌습니다. 당신들이 무전으로 이 행위를 본국에 알리면 우리는 더 큰 위협에 처해질 것입니다. 그래서 우리가 안전한 곳에 당도할 때까지 당신들을 맘대로 행동하게 할 수 없습니다. 안전한 그곳까지 우리와 동행합니다. 그렇지 않느냐? 유경아."

일본인들은 이 사실을 일본국 해경에 보고하지 않겠다고 했다. 어차피 선장도 이곳 오기 전에 이미 죽었으니 모두 사고로 해경에 보고할 것이라고 했다. 하지만 탈북자 누구도 이들의 말을 들으려 하지 않았다. 믿을 수 없다고 했다. 일본 선원들과 탈북자 사이에 고성이 오갔다. 다시 험악한 분위기가 선상에 넘실대자 김천석이 이들을 안정시키며 입을 열었다.

"이곳에 있는 배 중 유일하게 나침반이 있는 배가 일본 배입니다. 일본 어선을 선두로 우리 배와 독도 유경의 배를 묶어서 남한 영토가 확실한 곳까지 같이 갑니다. 그리고 그곳에서 당신들의 배를 풀어줄 테니 그리 협조해 주십시오."

독도의 통역이 끝나기가 무섭게 일본 선원들은 그리 할 수 없다고 강하게 말했다. 탈북자 사내들의 원성이 높아지고 그중 한 사내가 죽여 버리겠다며 일본 선원의 멱살을 잡고 흔들었다. 온갖 육두문자가 난무한 욕지거리가 선상을 뒤 덮었다. 탈북자들이 거세게 일본 선원들을 윽박지르자 그들은 이내 살려달라는 시늉을 하며 고개를 숙였다. 수적 열세로 인한 피해의식이 얼굴에 가득했다.

서쪽 수평선에 해가 고개를 파묻으며 밝은 노을을 바다 위에 수놓은 시간, 이들은 어둠을 피해 동굴로 돌아왔다. 저녁 준비가 끝나고 동굴 안 사람들은 음식을 입에 넣으며 내일의 시간들을 예견했다. 모두가 누워 있거나 앉아서 쉬고 있는 어둠이 가득한 동굴 안. 촛불 몇 개가 희미하게 동굴을 밝히는 시간이다. 그때 김천석의 날카로움이 번득였다. 김천석은 젊은 사내 서너 명을 불렀다. 그리고 잠시 후 사내들은 일본 선원들에게서 어선의 키를 빼앗고 그들을 밧줄로 묶기 시작했다. 몸서리치며 밧줄을 풀어내려는 이들에게 누군가 주먹을 날렸다. 독도가 다가왔다. 독도는 일본 선원들에게 상황을 설명했다.

"오늘 밤 당신들이 우리 몰래 배를 몰고 떠날 것을 우려해서입니다. 내일 아침이면 다시 풀어줄 것이니 안심하세요."

망연자실 밧줄에 묶인 일본인들이 힘없이 자리에 누웠다. 김천석과 독도 그리고 유경을 포함한 몇몇 사람들이 동굴 입구에 앉아 내일의 시간들을 논의했다. 파도소리는 잠잠했으며 바람도 잠이 든 듯 조용했다. 탈북자들은 내일 아침 날이 밝는 대로 일본 선원들의 어선을 앞잡이로 해서 이곳을 떠나기로 결정했다. 문제는 독도와 유경이었다. 그들이 원하던 일본으로의 밀항은 요지부동. 하지만 미래가 희박했다. 이곳이 일본과 남한 중간쯤에 있는 공유해상이라면 일본 땅까지는 너무도 험하고 기나긴 뱃길이었다. 하루를 다해도 도착 못할 머나먼 길임을 확인시켜준 나침반이 야속할 뿐이다. 탈북자들이 모두 제자리로 돌아가 잠이 든 시간, 더욱 짙어진 어둠 속 희미하게 독도와 유경 그리고 김천석만이 입구에 앉아 있었다. 독도와 유경이 깊은 한숨을 내쉬며 작은아버지 김천석과 논의를 계속했다. 답은 없었다. 위험을 무릅쓰고 일본으로의 항해를 계속할 것인지 아니며 탈북자들을 따라 남한으로 잠입하는 경우 외에 방법이 없다. 독도 머릿속에 어머니 이유빈이 휙 지나갔다. 핸드폰을 주며 마지막으로 보았던 김평화가 유경의 머릿속에서 침울해 하고 있다. 독도와 유경이 깊은 나락의 그림자들을 따라가며 힘겨워하는 시간이 흘렀다. 유경이 독도의 팔을 가슴으로 안으며 김천석을 바라봤다.

"작은아버지. 아무래도 저희는 일본으로 계속 가야 할 것 같습니다. 남한으로 들어가 봐야 또 쫓기는 신세일 뿐입니다. 그렇게 허락해 주세요."

김천석은 대답 대신 긴 한숨을 이들에게 보냈다. 얼마 후 세 사람은 독도와 유경의 일본 행을 결심하고 잠이 들었다.

바다는 젖을 먹고 잠든 아이처럼 조용했다. 파도소리마저 아름다운 음악소리처럼 감미롭게 들리는 새벽. 희미한 여명이 동굴 안으로 들어와 사람들의 모습이 확인될 즘. 밧줄에서 풀려난 일본 선원들과 탈북자들 그리고 독도와 유경이 동굴을 떠날 채비로 바쁘게 움직였다. 난리법석 널브러지고 흐트러졌던 짐을 정리하고 먹을 것과 물을 챙겨놓은 짐 보따리가 동굴 입구에 산더미처럼 쌓였다.

옅은 바다 안개가 스멀스멀 기어와 무인도를 감싸기 시작했다. 한 무리는 동굴을 지나 위로 치달아 올랐으며 한 무리는 계곡을 따라 언덕 능선을 기어올랐다. 김천석이 모두를 모아놓고 앞으로의 예정된 일정을 말하려던 순간이었다. 동굴 입구에서 망연자실 바다를 바라보던 유경이 소리를 질렀다.

"큰 배가 이리로 다가오고 있어요. 일본 국기를 매단 경비정 같아요."

동굴 안 모든 이들의 시선이 유경을 향해 있었고 김천석을 포함한 몇몇이 입구 쪽으로 튀어나왔다. 일본 선원들이 바다 쪽을 응시하더니 이내 동굴을 빠져나가 산으로 튀어 올랐다.

"저 놈들을 잡아. 잡아오란 말이야."

김천석의 불호령이 떨어지자 탈북자 몇 명이 급히 자리에서 일어났다.

마치 다람쥐가 바위를 타듯 날쌔게 언덕을 오른 선원들은 곧바로 어선이 정박해 있는 갯바위 쪽으로 급히 내려갔다. 탈북자 중 젊은 사람 서넛이 이들을 쫓았다. 위험천만한 비탈진 바위를 미끄러지듯 내달리고 겹겹이 자란 소나무들을 헤치며 추격했다. 일본 선원들이 자신들의 배에 오를 즘 탈북자들도 이들의 배에 올랐다. 선상에서 다섯 남자들의 격투가 시작됐다. 일본 선원들을 그냥 도망가게 해서는 안 된다는 결론을 어제 저녁 낸 터라 이들의 안간힘은 처절했다. 그 사이 일본 해양 경찰청 경비정이 섬을 향해 들어오고 있었다. 긴박했던 결투의 순간들은 탈북자들의 승리로 끝이 났다. 다시 밧줄에 묶인 일본 선원들이 탈북자 사내들에게 이끌려 동굴로 들어왔다. 탈북자 중 한 사내도 머리에 피를 흘리고 있었지만 피투성이 얼굴을 한 일본인들의 모습이 더 처량했다. 다행히 일본 경비정에서 눈치를 못 챈 듯하다. 동굴 안은 긴장감이 흘러 누구도 입을 열지 못했다. 입구에 김천석과 독도 유경만이 쪼그리고 앉아 일본 경비정의 동태를 예의주시하고 있었다. 숨도 제대로 쉬지 못할 만큼 긴장된 동굴 안에 있던 탈북 사내가 큰 소리로 입을 열었다.

"차라리 일본 놈들 다 죽이고 놈들 배를 우리가 몰고 남조선으로 갑시다."

일행 중 몇몇이 박수를 쳤다. 김천석이 중앙으로 들어가 이들을 진정시켰다. 두려움에 목을 움츠린 아이들이 동굴 깊숙한 곳에서 옹기종기 모여 눈동자만 빙빙 굴리고 있다. 아낙들도 서로 몸을 붙잡고 상황을 눈치로 잡아가고 있는 시간. 경비정은 점점 더 무인도를 향해 다가왔다. 독도가 일본 선원들에게 다가갔다.

"저들이 어떻게 이곳을 왔을까요?"

일본 선원들 중에 머리가 깨져 피를 많이 흘린 사람이 말을 받았다.

"내 바다 항해 경험으로 봐서 이곳에서 바다에 빠져 죽은 우리 동료 시체를 건져 올린 듯합니다. 어제 방위표를 보니 이곳에서 일본 쪽으로 빠른 해류가 흐르고 있는 것을 확인했습니다. 아마 우리 동료 시체가 해류를 타고 일본 해역으로 흘러갔고 경비정이 해류를 역 추적해 따라온 듯합니다."

"어떡해 그것을 알 수 있지요?"

"그냥 바다에 빠져 죽으면 시체에 손상이 없습니다. 하지만 이곳 동굴에서 떨어져 바다에 빠진 동료는 몸이 많이 상했을 것입니다. 그래서 단순한 익사사고가 아니고 사건이 난 사고로 판단할 수 있지요."

독도는 곧바로 김천석에게 이들의 말을 전했다.

희미한 태양이 수평선을 밀고 올라오고 있었다. 어둠이 희미한 섬에 햇살이 시나브로 들어왔다. 그때였다. 경비정에서 강한 서치라이트가 섬 일대를 휘저으며 무엇인가를 찾는 듯 했다. 그 빛은 동굴 입구까지 훑고 지나갔다. 그때마다 입구를 지키던 사람들은 몸을 낮춰 서치라이트를 피했다. 몇 번의 빛이 동굴을 지나간 뒤 수평선 위로 떠오른 해가 강렬한 빛을 발하며 섬을 밝혔다. 경비정은 섬으로부터 백여 미터 앞에 멈춰 있다. 김천석이 세심히 바다를 바라보고 있을 때였다. 경비정보다 더 먼 바다에 또 하나의 배가 섬을 향해 가까이 다가오는 보습이 보였다. 독도와 유경이 김천석 옆에 바짝 붙어 바다 상황을 예의주시했다. 얼마 후 육안으로 식별이 가능할 정도로 배는 가까이 왔다. 김천석이 화들짝 놀라며 입을 열었다.

"독도야. 유경아. 저것 봐라. 분명 남조선 태극기가 맞지? 남조선 경찰 배가 분명해."

또 하나의 배에 달려 펄럭이고 있는 태극기가 선명한 남한 경비정이다. 독도와 유경의 얼굴에 어두운 그림자가 드리웠다. 도망자의 모습을 잠시 잊고 지내던 지난 시간들이었다. 하지만 대한민국 국기를 보는 순간 이들의 표정이 얼어붙었다. 김천석이 두 사람의 얼굴을 보면서 걱정스럽게 말을 했다.

"너희들은 남조선의 도망자. 하지만 우리 탈북자들에겐 환한 미소가 춤을 추게 하는 희망의 불빛으로 보이는 것을 어찌 설명한단 말인가? 작은아버지와 조카딸 그리고 그를 사랑하는 독도이지만 이렇게 운명이 다를 수 있단 말인가? 한스럽다. 녀석들아. 이것이 누구의 책임인 줄 너희들은 아느냐? 모든 것이 우리 기성세대들이 만들어 놓은 이데올로기 때문이다. 그리고 북쪽의 짐승보다 못한 정권을 쥔 자들의 책임임을 우리는 모를 리 없다. 아프다. 가슴이 아파. 유경아. 앞으로 우리들의 앞날이 어떻게 진행될지 모를 일이지만 한반도에 살고 있는 모든 인민들과 현실적 역사 앞에 내가 어른으로서 면목이 없구나."

독도와 유경이 가볍게 포옹을 하며 서로를 위안하는 시간이 흘렀다. 두 사람 어깨 위로 김천석이 손을 얹으며 희망을 잃지 말라고 주문하든 소곤댔다.

일본 경비정에서 작은 보트가 바다로 내려졌다. 그리고 경찰 몇 명이 보트로 내려왔고 이내 섬으로 돌진하듯 보트를 몰았다. 섬을 수색할 모양이다. 보트는 세 척에 작은 배가 있는 갯바위로 들어오더니 이내 바위 앞에 닻을 내리고 경찰들은 배에서 내렸다. 이들은 세 척의 배를 목격하고 수색하기 시작했다. 그때 한국 경비정이 일본 경비정 옆에 바짝 붙어 배를 세웠다. 한국 해양 경찰들이 일본 경비정으로 올라가는 모습이 동굴 입구에서 보였다.

일본 고깃배를 샅샅이 뒤지던 일본 경찰들이 다시 탈북자들이 타고 온 목선으로 올라 배를 뒤졌다. 그리고 잠시 후 독도와 유경이 타고 온 낚시 배에 올라갔다. 동굴 입구에서 보면 바로 코앞에서 일어나는 일처럼 보인다.

한국 경비정에서도 작은 보트를 바다에 내리고 이내 보트에 몸을 실은 해양 경찰들이 엔진소리를 크게 내며 갯바위 쪽으로 들어왔다. 어디론가 무전을 치는 양국 경찰들의 모습이 다급해 보인다. 잠시 후 양국 경비정에서 여럿의 보트들이 경찰들을 싣고 갯바위 쪽으로 들어왔다. 동굴 입구에서 독도와 유경 그리고 김천석이 이들을 유심히 보고 있었다. 긴장감에 두 손을 맞잡은 손에서 땀이 흥건히 배나왔다.

김천석이 동굴 안을 향해 소리쳤다.

"지금부터 이 동굴 입구를 폐쇄할 것입니다. 모든 이들은 동굴 안에 있는 바위덩이들을 모두 입구로 나르세요. 어서."

그때 다급해진 독도와 유경이 김천석 앞으로 나왔다.

"작은아버지. 저 놈들이 동굴을 수색할 것은 불 보듯 뻔합니다. 우리는 쫓기는 몸이니 동굴을 빠져나가 이 섬 어디론가 숨어야 할 듯합니다."

"그렇구나. 어서 몸을 피해라."

유경과 독도가 동굴 입구를 나와 산을 오르고 동굴 안은 입구 봉쇄가 시작됐다. 돌이란 돌은 모두 모아 이중 삼중으로 입구를 봉쇄하고 그들은 어둠속 침묵으로 숨을 죽였다. 작은 틈새 하나를 만들어 김천석만이 동굴 밖 동정을 살피며 조심스럽게 드나들었다.

유경과 독도가 섬의 가장 높은 곳에 이르러 양국 경비정들의 움직임을 돌아봤다. 일본 그리고 남한 경찰들이 손에 총을 들고 섬을 기어오르기 시작했다. 족히 백여 명은 될 듯하다. 좌우를 살피는 수색작업은 직업군인들답게 치밀했다. 일렬종대로 걷다가 다시 옆으로 길게 늘어서기를 반복하며 의심나는 지점에서는 모두가 서서 세세한 수색을 했다.

두 사람은 그들이 기어오르는 섬의 반대쪽으로 내려가기 시작했다. 급한 낭떠러지에 서 있는 소나무를 잡고 몇 발자국 내려가니 더 이상

갈 수 없다. 십여 미터 발아래는 시퍼런 바닷물이 파도와 함께 갯바위들을 핥으며 넘실대고 뽀얀 포말은 뭉쳤다 흩어지기를 반복했다. 금방이라도 무너져 내릴 듯 아슬아슬하게 걸쳐 있는 바위들 틈에 몸을 숨겼다. 언덕 위에서 보아 사람이 있을 것이라곤 상상할 수 없는 아주 위험한 곳이다. 양국 경찰들의 발자국 소리가 들렸다. 독도와 유경은 서로의 몸을 더욱 밀착한 채 숨을 죽였다. 발각되고 안 되고는 운명이다. 두 사람은 눈을 감았다. 눈 감은 독도의 머릿속에 동생 평화의 모습이 얼씬거린다. 동생 김평화라면 이런 긴박한 상황을 안전하게 헤쳐 갈 수 있는데. 그동안 많이도 도와줬는데. 동생 어디 있나. 독도의 중얼거림에서 지금 얼마나 다급해진 상황인지 알 수 있다. 몇몇의 경찰들이 독도와 유경이 몸을 숨긴 바로 위까지 왔다가 돌아가는 발자국 소리가 어슴푸레 파도소리에 묻혀 들렸다. 독도가 잠시 숨을 고른 뒤 유경의 입술에 입을 맞추자 유경의 눈에서 눈물이 또르르 흘러 포개진 두 사람의 입술을 적셨다.

경찰들은 작은 섬 무인도를 헤집고 다니며 사람을 찾아 혈안이 됐다. 며칠을 굶은 사자의 무리들이 먹잇감을 찾아 초원을 어슬렁거리는 듯 했다. 그동안 물을 받으러 다니던 길에 사람 발자국 흔적이 역력하다. 그리고 배를 수리하면서 수풀을 밟고 다니던 길 아닌 길이 선명했다. 경찰들은 이 흔적들을 따라 점차 동굴 입구로 다가서고 있었다.

김천석이 동굴 입구 마지막 바위 틈새를 큰 돌덩이로 막으며 동굴 가장 깊숙한 곳으로 사람들을 몰아넣었다. 그때였다. 경찰들의 소리가 들리고 이내 겹겹이 쌓아 막아놓은 입구의 돌들이 하나둘 걷어내는 소리가 밖에서 들렸다. 일본말과 한국말이 뒤섞여 동굴 안으로 스며 들려왔다. 수백 개의 돌들이 하나씩 허물어지면서 동굴 안으로 엷은 햇살이 들어왔다. 김천석은 희망을 버리기로 마음을 먹었다. 먼저 뱃줄에 묶여 있는 일본 선원들을 풀어줬다. 그리고 동굴 입구로 걸어 나갔다.

"그만하시오. 경찰들. 이곳에 삼십 명이 넘은 사람들이 있어요."

놀란 것은 오히려 양국 경찰들이었다. 흠칫 놀란 경찰들이 한 발자국 물러서자 김천석이 두 손을 들고 그들에게 가까이 갔다. 경찰들은 총을 앞세워 동굴 안으로 몰려 들어왔다.

"자. 동굴 입구로 모두 나오세요. 흉기나 총기를 손에 쥐고 있으면 바로 발포합니다. 모두 빈손으로 나오세요."

그때였다. 일본 선원 둘이 입구로 뛰어나오며 일본 경찰들에게 다가갔다. 그리고 일본말로 무엇이라 말했다. 일본 경찰들은 얼굴이 상기된 표정을 지으며 긴장했다. 선원들을 경찰 뒤로 안전하게 데려다 놓고 한국 경찰들에게 말했다.

"이곳에서 살인 사건이 있었고 일본 선원 한 사람이 죽었답니다. 지금 그 시신을 우리 경비정에 보관하고 있는데 아마 그 시체였던 것 같습니다. 조사할 테니 협조해 주십시오. 한국 경찰들."

한국 경찰들은 얼마간 머뭇거리다 함께 조사하자고 했다. 김천석이 북한을 탈출할 때부터 이곳에 있기까지 탈북자들의 현실을 세세히 설명했다. 그리고 일본 경찰들이 한국 경찰의 통역 도움을 받아 살인을 저지른 탈북자를 가리는 수사를 했다. 시간은 그리 길지 않았다. 잠시 후 탈북자 중 한 젊은 사내가 범인으로 확인되었고 그는 수갑이 채워지고 밧줄로 몸을 묶인 채 일본 경찰의 손에 이끌려 동굴을 빠져나갔다. 곧 뒤로 한국 경찰의 보호를 받으며 탈북자들이 동굴을 빠져 나가 산을 올랐다. 나란히 무인도를 걷고 있는 사람들 손에는 살기 위해 가지고 다니던 먹을거리며 옷가지 보따리들이 들려 있었다. 모두가 빠져나간 동굴 안, 인간 냄새가 가득했다. 최소한의 기본적 삶을 유지하기 위해 아등바등 몸부림쳤던 흔적들이 고스란히 남았다. 그리고 그들의 체취는 떠나는 사람들의 뒷모습을 처량하게 보고 있는 듯했다. 인간으로 최소한의 자유와 먹을거리를 찾지 못하고 기본적 삶과 인권을 유린당한 탈북자들의 힘겨운 생과 죽음의 아귀다툼이 고스란히 남아 있는 동굴. 남한을 탈출해 밀항의 길에서 만난 이들을 같은 민족이라고 서로 안아주던 독도와 유경이 있던 곳이다. 일제 강점기의 만행을 사죄할 수 없다고 버티면서 독도섬을 아직도 자기네 땅이라고 우겨대던 일본 선원의 죽음이 있던 곳이다. 이데올로기가 토론 속에서 힘겹게 울부짖던 슬픈 현장이었으며 배를 곯아 해골처럼 보였던 우리의 어린이가 죽어갔던 곳이다.

"누나. 남조선에 가면 배부르게 먹을 수 있어요?"

유경이 먼 바다를 응시하며 죽은 아이의 모습을 떠올렸다. 다시 눈시울이 붉어졌다. 독도가 유경을 살며시 안으며 몸을 일으켰다. 독도가 유경의 손을 꼭 잡고 조심스럽게 절벽을 올랐다. 소나무 아래 몸을 낮춘 두 사람은 양국 경찰들이 탈북자와 일본 선원들을 데리고 갯바위로 내려가는 모습을 볼 수 있었다. 두 사람은 한 치 앞을 보지 못할만큼 긴장했다. 독도가 유경의 손을 맞잡으며 입을 열었다.

"다 떠나가네요. 우린 어떡하죠?"

유경이 난감한 표정을 지으며 얼굴을 찡그렸다. 두 사람은 한동안 말을 못했다. 필연적 상황임을 다 알기에 누구 먼저 방법을 제시하지 못했다. 탈북자와 일본선원들이 보트에 나눠 타고 경비정으로 옮겨지는 장면이 두 사람 눈에서 떠나지 않았다. 수시로 갯바위와 경비정을 오가는 보트 엔진 소리가 무인도를 시끄럽게 했다. 일본 선원을 죽인 탈북자인 듯 몸에 밧줄을 칭칭 감아 매고 손에 수갑이 채워진 사내가 일본 경찰의 감시를 받으며 마지막 보트에 올랐다. 한국 경비정 보트에는 누워 있는 여인이 보였다. 손을 배에 얹어 고통스런 표정으로 앉아 있다. 북에서 당 간부에게 강냉이 몇 줌에 몸을 팔던 중 임신이 되었다는 그 여인이었다. 그 옆에 남한으로 들어가면 그 아이를 낳고 함께 살 것이라던, 여인을 사랑한 젊은 청년이 안쓰럽게 여인을 부축하고 있다. 유경이 이들을 보면서 긴 한숨을 허공에 뿌렸다.

탈북자들을 실어 나르는 한국 경비정 보트가 마지막으로 갯바위에 정박했다. 그리고 탈북자들이 타고 온 목선과 독도 유경이 타고 온 낚시배를 보트에 매달고 있다. 독도가 유경의 손을 잡아챘다.

"유경 씨. 저기 보세요. 우리가 타고 온 배를 끌고 가려나 봅니다. 그럼 우린 여기서 죽어요. 갑시다. 죽어도 어머니와 평화 동생을 보고 죽어야 되지 않습니까? 어서 따라 오세요."

독도는 유경의 손목을 잡고 산을 뛰어 내려갔다. 한국 경비정 선상에서 이들의 모습을 유심히 보고 있는 김천석이 보였다. 그는 손을 흔들다가 이내 옷가지를 잡아 머리 위로 흔들고 있었다.

"작은아버지입니다. 저기 저 경비정 위에."

독도는 유경의 말을 듣는 둥 마는 둥 내리막 돌길을 달렸다. 한국 경비정의 보트가 두 배를 매달고 시동을 걸었다. 그리고 점차 갯바위 사이 바닷물을 빠져나갈 무렵이다.

"이보세요. 같이 가요."

독도와 유경은 마치 합창이라도 하듯 동시에 큰 소리로 외쳤다. 그들이 갯바위에 도착했을 즘 보트는 멈췄다.

"같이 가세요. 경찰 아저씨들."

보트가 천천히 후진을 하며 이들에게 다가왔다.

"우리가 경비정으로 옮긴 사람 숫자가 맞는데 그대들은 누구시오?"

"경비정에 가서 차츰 말씀드릴게요. 우리를 데려가 주세요."

경찰들이 갯바위로 내려와 두 사람을 보트에 태웠다. 마지막 보트에 이끌려 경비정으로 끌려가는 두 배의 모습이 처량하기 그지없었다. 보트에서 바라본 이름도 없는 아주 작은 무인도, 섬은 작았고 많은 이야기가 있었지만 이를 회상하는 독도와 유경의 머릿속은 하얗게 비었다. 그것은 지나간 일보다 불투명한 앞날에 대한 두려움 때문이다.

거대한 경비함정 두 척이 서서히 무인도를 벗어나 큰 바다로 향했다. 일본 경비정이 앞을 섰고 뒤를 따라 남한 경비함정이 넘실대는 파도를 넘어 항해를 하고 있었다. 엷은 구름 사이 수평선에 물든 석양이 아름다웠다. 독도와 유경이 손을 잡고 어두운 얼굴로 밖을 바라봤다. 얼마 후 경찰 둘이 이들에게 다가왔다. 그리고 두 사람을 데리고 이 층으로 올라갔다. 좁은 플라스틱 의자에 두 사람을 앉히고 경찰 두 명이 손에 메모지와 필기 도구를 갖고 마주 앉았다. 이들의 심문이 시작됐다. 독도와 유경은 모든 진실을 말했다. 일본 국적의 독도 그리고 탈북 여인의 모습부터 관악산 경비병을 살인한 사건과 일본 대사관 탈출과정 그리고 부산에서의 도주과정 중 김평화를 빼고 모두 이야기했다. 경찰들이 잠시 자리를 비웠다. 잠시 후 지체가 높은 경찰인 듯 간부 한 명을 더 데리고 왔다. 그 경찰은 도망자 독도와 유경의 중요한 사건을 재차 물었다. 이를 다 듣고 있던 경찰 간부는 다른 경찰 두 명에게 수갑을 내주며 채워서 수감시설에 넣으라고 했다. 독도와 유경의 손에 수갑이 채워지고 경찰들은 이들을 지하실로 데려가 감방에 수감했다.

한국 경비정 안은 모두 숨 숙인 듯 고요했다. 커다란 엔진 음만 어둠이 시작된 바다의 한복판에서 고함을 친다. 독도와 유경은 감방에 갇히고 탈북자들 모두는 말없이 배의 흔들거림에 몸을 맡기며 누웠거나 앉아 있다. 선상으로 올라온 김천석이 경비병들에게 말을 걸며 자신들의 앞날을 걱정했다.

먼 바다로 망원경을 고정한 채 한 치의 흐트러짐도 없이 경비업무를 수행하는 해경 병사들이 보였다. 어둠은 더욱 짙어져 맨 눈으로는 십여 미터 앞도 보이지 않았다. 한국 경비정 뒤 긴 밧줄에 매달려 끌려오는 두 척의 배가 파도에 휩싸일 듯 위험해 보인다. 한 시간여 달려온 듯하다. 앞서 달리던 일본 경비정이 멈추는 듯 속도를 급속히 줄이고 있었다. 한국 경비정의 경비병들이 이리저리 자리를 옮기며 분주히 돌아다닌다. 여기 저기 무전기를 손에 들고 어깨에 멘 경비병에게서 무전기 소리가 요란하게 들려왔다. 김천석은 예상치 못한 상황이 발생되었음을 감지했다. 그는 선상 경비병에게 다시 말을 걸었다.

"무슨 일입니까?"

"국적 불명의 함정이 우리 앞을 가로막고 있으니 철저한 감시를 하라는 지시입니다."

김천석은 고개를 갸우뚱 흔들며 병사의 시선을 따라 먼 바다를 응시했다. 일본 경비정이 멈췄다. 그리고 한국 경비정도 속도를 줄여 이내 바다 한가운데 멈췄다. 경비병들이 손에 총을 들고 경비함 선상으로 올라왔다. 포가 설치되어 있는 곳에 병사들이 들어가 하나둘 공격 태세를 갖추고 함정의 모든 불빛은 차단막으로 가려졌다. 그때였다. 일본 함정에서 수백 미터는 족히 되는 서치라이트가 어둠을 가르고 함정 정면에서 뿜어져 국적 불명의 함정을 비췄다. 김천석 옆, 망원경에서 눈을 떼지 않던 경비병이 무전기에 대고 보고를 했다.

"여기는 선상 독수리. 전방 200미터 북한 국적의 깃발이 보입니다. 이상."

"알았다. 이상."

김천석은 긴장하며 중얼거렸다.

"분명 남한과 일본 사이 공해상이라고 했는데. 놈들이 여기까지 내려왔단 말인가."

함정 곳곳에서 무전기 소리가 진동을 했고 일본 함정에서 무전기로 보내온 일본 언어들이 난무했다. 김천석은 알아들을 수가 없었다. 일본 함정과 한국 함정은 서로가 공조하며 상황을 대처하는 것처럼 보였다. 상황이 점점 심각해진다는 예감을 할 때였다. 탈북자 모두는 선실로 모이라는 통보가 있고 김천석은 궁금함을 뒤로한 채 선실로 내려갔다. 감옥에 갇혀 있던 독도와 유경이 수갑을 차고 선실 한복판에 서 있었다. 독도와 유경을 취조했던 경비원이 그들 옆에서 입을 열었다.

"이보쇼. 독도. 그리고 김유경. 지금 상황이 긴박하게 돌아가니 어떤 일이 벌어질지 몰라요. 이곳에서 탈북자들과 함께 자리를 지키고 있어요. 절대 선실 밖 어디든 이동하면 발포합니다. 알았습니까?"

잠시 술렁이던 선실은 이내 조용해졌다. 수없이 쏟아지던 무전기 소리도 들리지 않았고 밖의 상황도 전혀 예측할 수 없었다.

긴박한 상황이라던 경비정의 수상한 움직임은 더 이상 느껴지지 않았다. 선상에서 아니면 함장실에서 무슨 일이 벌어지는지 선실 안 사람들은 아무도 알 수 없었다. 세 척의 함정이 어둠이 가득한 바다 한가운데 정박해 서로 대치하고 있다는 이야기만 김천석의 입을 빌어 주위 사람들에게 전할 뿐이다. 그때마다 선실 안 사람들은 웅성거렸고 이들을 지키고 있던 경비원이 이를 저지하며 호통을 치곤했다.

독도와 유경이 수갑을 찬 손을 움직이며 휘둥그레 주변을 응시하고 있었다. 이들을 감시하는 경비병의 눈초리가 매섭게 돌아갔다. 그의 총구가 선실 좌우를 돌더니 독도와 유경이 앉아 있는 곳에서 잠시 멈추곤 했다. 핏기 없는 유경의 얼굴과 망연자실 힘없어 보이는 독도의 표정이 안쓰럽기까지 하다. 김천석이 다가와 조카 유경의 손을 꼭 잡아 눈을 맞춘 뒤 독도의 어깨를 가볍게 두드리고 자리를 떴다.

얼마의 시간이 또 흘렀다. 조용하던 선실에 요란한 폭음소리가 들렸다. 포탄이 비행하는 소리가 끝날 즘 또 한 발의 포탄이 터지는 듯 요란한 소리가 선실 사람들의 귀에 쟁쟁하게 울렸다. 멀리서 또는 가까이서 연달아 터지는 폭음 소리에 사람들은 선실 바닥으로 머리를 숙이며 귀를 막았다. 수백 발의 기관총 소리가 콩 볶듯이 들렸다. 김천석이 천천히 자리에서 일어나 이들을 경비하던 경비원에게 걸어갔다.

"무슨 일입니까? 여기 삼십여 명이 넘는 사람들이 있는데 좀 알 수 없을까요? 영 궁금하고 불안해서 못살겠습니다."

"여러분 잠시만 여기를 보세요. 지금 북한 함정이 이곳까지 내려와 우리 경비정과 일본 경비정 앞을 가로막고 있습니다. 저 사람들의 요구는 여기 있는 탈북자 여러분들을 내놓으라는 것입니다. 그리고 무인도 동굴에서 일본 선원을 죽인 탈북자 한 명이 지금 일본 경비정에 타고 있습니다. 그 또한 내놓으라고 합니다. 우리와 일본 경비정에서 이 사람들을 못 내준다고 하니 포격전도 불사하겠다며 먼저 공격을 해 왔습니다. 이에 우리와 일본 경비정에서 대응 사격을 하는 상황입니다. 여러분들은 우리를 믿고 차분하게 기다려 주십시오. 아무 일 없을 것입니다."

사람들이 다시 웅성거렸다. 그때 한국 경비정 선상으로 포탄 한 발이 터지는가 싶더니 강한 빗소리처럼 기관총알이 선실로 뚫고 내려와 박히고 튕겨져 나갔다. 일부 탈북자들은 비명을 지르며 서로를 안았고 일부는 얼굴을 바닥에 묻으며 눈을 감았다. 잠시 후 피투성이가 된 경비병이 동료의 등에 업혀 선실 옆 의무실로 들어갔다. 긴장되는 시간은 매우 천천히 흘렀다. 한 무리의 경비병들이 소화기를 들고 선상으로 올라가는 모습이 목격됐다.

"우리에게도 총을 주십시오. 우리도 놈들과 싸우고 싶습니다."

탈북자 중 누군가 소리를 쳤다. 뒤이어 또 다른 몇몇의 사람들이 총을 달라며 놈들을 박살내고 싶다고 했다. 다시 경비원의 제지를 받은 사람들은 포탄 터지는 소리와 기관총 소리에 묻혀 목소리를 낼 수가 없었다.

긴장되고 숨 막히던 시간이 꽤 많이 흘렀다. 포탄과 기관총을 동원

한 총격전으로 피가 낭자한 서너 명의 경비병들이 다시 의무실로 응급조치되었고 이내 바다는 조용해졌다. 김천석이 다시 일어났다.

"상황 좀 설명해 주십시오. 경비병 아저씨."

무전기를 어께에 메고 있던 선실 경비병이 가운데로 걸어와 섰다.

"여러분. 상황이 종료되었습니다. 우리 경비정과 일본 경비정이 함께 적의 함정을 공격한 끝에 북한 함정은 자취도 없이 바다에 침몰되었습니다. 그리고 일본 경비정에 화재가 발생해 지금 우리 경비정으로 전원 피신 이송되고 있은 중입니다. 우리 경비정은 선상에 포탄 자국이 생기고 작은 화재가 발생되었으나 경비정이 움직이는 데는 문제가 없습니다. 몇몇의 요원들이 다쳐 지금 치료를 받고 있습니다만 완벽한 작전 승리입니다. 여러분 궁금하시더라도 잠시만 더 기다려 주십시오."

사람들이 환호를 지르자 경비병의 호루라기 소리가 선실 안을 가득 메웠다.

"조용히 하세요. 여러분."

김천석이 경비병에게 말을 걸었다.

"어떡해 놈들이 우리가 이곳에 있을 거란 정보를 알게 되었을까요?"

"보고에 의하면 일본 어선의 방위 주파수가 놈들에게 흘러가 위치 추적을 당한 것으로 되어 있습니다. 여기 탈북자 누군가 북한 함정 방위 주파수를 알고 있는 사람이 있는 듯합니다. 나중에 다시 조사가 이루어지겠습니다."

탈북자 중 북한군 선장 경력이 있던 사내가 눈동자를 휘돌리더니 고개를 숙였다. 그는 일본 어선을 수리할 즘 주파수 조정을 실수한 기억이 났다. 다행인지 불행인지 이를 아는 사람은 이곳에 아무도 없었다.

일본 경비병들이 한국 경비정에 옮겨 타고 잠시 후 모두 선실로 내려왔다. 독도와 유경이 경비병의 손에 이끌려 다시 감방으로 돌아갔다. 힘없이 널브러진 하체로 흐느적거리며 걷는 이들의 뒷모습을 보던 작은아버지 김천석의 눈시울이 뜨거웠다. 김천석이 손을 내밀며 고함을 쳤다.

"유경아, 힘내. 유경아."

모두가 안정을 찾은 경비정. 어둠이 가득한 바다 한가운데에서 다시 엔진 소리를 세차게 내더니 이내 서서히 바닷물을 헤치며 움직이기 시작했다. 얼마 후 한국 경비병들이 물과 빵을 비롯한 먹을거리를 선실로 가지고 내려왔다. 탈북자들과 일본 경비병이 이곳을 지키는 경비병을 중심을 나뉘어 있었고 음식들은 이곳 모두에게 나눠졌다.

선실의 불이 꺼지고 모두는 잠자리에 들었다. 일부는 어둠 속에서 소곤거리며 오늘의 긴박했던 이야기를 나누고, 일부는 내일의 희망을 보며 미소에 젖어 있었지만 독도와 유경의 감방 안은 훌쩍거리는 소리만 깊은 정막 속에 숨을 쉬고 있는 듯했다. 깜깜한 하늘이 작은 창으로 들어왔다. 유난히도 많은 별들이 질서를 잡아 오묘하게 자리한 모습이 아름다웠다.

한동안 경비정은 고요했다. 가끔씩 순찰 도는 경비병 발자국 소리가 들릴 뿐이다.

그렇게 달려온 새벽, 동서남북을 가릴 수 없지만 가느다란 불빛이 창문을 두드린다. 모두가 잠든 시간이다. 북에서 몸을 팔아 강냉이를 구걸했던, 그때 공산당 간부의 아이를 임신했던 처녀가 몹시 괴로운 목소리로 끙끙거리며 몸을 뒤척였다. 그 옆을 지키던 애인이라던 젊은 사내가 그녀의 손을 잡고 불안에 떨며 주변을 두리번거리다. 잠이 들었던 김천석이 임신부의 소리를 듣고 벌떡 일어나 그곳으로 걸어갔다.

"왜 그러느냐?"

젊은 사내는 고개를 좌우로 돌리며 알 수 없다는 표정이다. 김천석이 산만큼 배가 부른 여인에게 다가갔다.

"많이 힘드니?"

"아이가 나올 것 같아요. 아저씨."

"잠시만 기다려라. 조금 참고."

김천석은 급한 걸음으로 선실 주변을 빙빙 돌며 자신들을 감시하는 경비병에게 다가갔다. 그리고 임신부의 사정을 이야기했다.

"어떻게 하죠? 이 경비함에는 산부인과 시설이 전혀 없습니다. 그래도 저기 보이는 의무실로 데려가 보세요."

김천석과 젊은 사내가 임신부를 부축해 의무실로 데려갔다. 어젯밤 전투에서 몸을 다친 병사들이 붕대를 칭칭 감고 누워있다. 다리를 감싸 맨 병사, 머리에 핏물이 배어나온 붕대를 감고 있는 병사 그리고 복부를 감싸 매고 있는 병사들의 모습이다. 의무실 병사가 급히 산모를 맞이했다. 산모를 병상에 눕히자 그녀는 더 큰 통증을 호소하며 몹시도 괴로워한다. 의무병은 고개를 저었다. 경험도 없고 산모를 받을 의료시설이 전무하다는 것이다. 옆자리 병상에서 고통을 호소하는 병사의 다급한 목소리와 산모가 통증을 참아내는 소리가 뒤범벅이 되어 의무실은 아수라장이다. 의무병이 다시 고개를 저으며 난감해 한다.

"그러면 탈북자들 중에 아이를 받아본 아주머니를 찾아 분만을 도와달라고 할 테니 이곳 장소나 빌려주시지요? 의무병."

"그렇게 하세요. 저기 구석에 있는 병상을 쓰시고 커튼으로 주변을 가리시면 됩니다."

김천석이 의무실을 빠져나와 아직 잠이 덜 깬 탈북자들에게 소리를 쳤다.

"죄송합니다. 급한 일이 생겨서. 여기 좀 보세요. 여러분."

탈북자 전원이 자리에서 일어나 김천석을 향해 눈을 고정했다. 김천석은 급한 상황을 설명했다. 잠시 후 분만을 도울 나이가 지긋한 아주머니 둘을 데리고 의무실로 돌아왔다. 다시 이곳저곳에서 고통을 호소하는 아우성 소리가 들렸다. 의무병이 다가와 탯줄을 자를 메스를 건네고 자리를 피했다. 김천석과 젊은 사내가 산모 병상 옆을 지키는 가운데 도우미 아주머니들이 병상 커튼을 치고 안으로 들어갔다. 잠시 후 군용 식수통에 더운 물이 들어갔다. 산모가 산통을 참아내는 소리가 의무실을 쩌렁쩌렁 울렸다. 옆 병상에 있던 젊은 부상 병사들이 키득키득 웃는다. 얼마의 시간이 흘렀다. 악을 쓰며 산통을 참아내던 산모의 목소리가 들리지 않았다. 그때였다. 산모 병상을 지키던 한 아주머니가 다급한 목소리를 내며 병상의 커튼을 열어젖혔다.

"어떡해요. 산모가 기절했어요."

김천석이 커튼 안으로 들어갔다. 식은땀이 얼굴에 범벅인 산모의 얼굴이 백지처럼 하얗다. 그리고 가느다란 숨을 유지한 채 죽은 듯 누워서 손끝 하나 움직이지 못했다. 의무병이 들어왔다. 고개를 절레절레 흔든다. 이 상황을 지켜보기만 할 뿐 누구하나 산모에게 손을 댈 사람이 없다.

"의무병, 방법이 없겠나?"

김천석은 다급한 목소리로 의무병을 채근했다. 잠시 후 의무병은 윗선에 보고를 해야겠다며 무전기를 꺼내 들고 어디론가 교신을 하기 시작했다. 야속하게도 시간은 다급히 흘러갔다. 한쪽 구석에 있던 부상병의 다급한 목소리가 들린다.

"의무병님. 더 이상 못 참겠습니다. 진통제를 놔 주세요."

의무병이 의료장비를 갖추고 다급히 달려갔다.

그때였다. 경비정의 최고 책임자인 함장이 일본 경비함 의무장교를 데리고 의무실로 찾아왔다. 그녀는 여성이었다. 일본 의무장교는 산모를 살폈다. 그리고 어깨에 둘러 맨 의무장비를 뒤적이더니 작은 주사기에 약물을 넣고 산모의 팔뚝에 주사를 했다. 모두가 숨죽이며 그녀의 손 가는 곳곳을 예의주시했다. 잠시 뒤였다. 산모의 혈색이 돌아오는 듯했다. 그리고 산모는 몸을 움직이며 산통을 내지르기 시작했다. 순간의 시간이 지나갔다. 산통을 참아내는 소리가 극에 달한 뒤 커튼 안은 고요해졌다. 이어 아이의 울음소리가 커튼 밖으로 새나왔다. 김천석과 젊은 애인은 두 손을 맞잡고 흐뭇한 웃음을 지으며 안도의 한숨을 내쉬었다.

함장과 일본 경비정의 여자 의무장교가 의무실을 나갔다. 도우미 아주머니들이 분주히 산모 병상을 들락거리다 김천석에게 다가왔다.

"아들입니다. 아들."

"일본은 가깝고도 먼 나라라더니. 엊그제 조선족과 일본족의 죽고 죽이는 일이 동굴에서 있었는데 오늘은 일본 의무장교가 우리 핏줄을 살려내다니. 이를 어떻게 설명해야 하는 거야?"

　김천석은 작은 창으로 들어온 아침의 햇살을 바라보다 쓰디쓴 웃음을 지으며 선실로 돌아왔다.

# 현해탄과 두만강

**해는 머리 위에서 일렁였다.** 어제 저녁 그리고 기나긴 밤. 경비함은 수많은 사연을 담은 채 어둠 속을 헤치고 파도를 넘어 먼 길을 달려왔다. 햇살이 곱게 부서진 부산 해양경찰청 앞바다는 아름다웠다. 거대한 경비함이 서서히 부두로 접근을 한다. 독도와 유경이 임시 감옥에서 초췌한 얼굴로 표정이 굳어 있다. 불안과 두려움이 겹이 진 모습으로 서로를 바라봤다. 두 사람의 얼굴에 긴장감이 흠씬 배어 있었다. 배가 육지와 점점 맞닿을 시간이 가까워오자 긴 한숨을 감방 안에 흘리며 서로의 손을 꼭 잡았다. 유경의 눈시울이 붉어졌다. 독도는 유경의 머리를 가슴으로 당겨 품에 안았다. 유경이 어깨를 들썩이며 흐느꼈다.

함정은 이내 거대한 시멘트 구조물에 밧줄을 걸고 몇몇의 병사들이 문을 열고 내리기 시작했다. 일본 경비함 병사들이 줄을 이뤄 함선을 빠져나갔다. 그리고 탈북자들의 행렬이 함정을 벗어나 육지로 발을 내딛는다. 여러 대의 대형 버스들이 곧바로 이들을 태운다.

수갑이 채워진 독도와 유경의 앞뒤로 두 명의 병사들이 따라붙으며 함정에서 뭍으로 걸어가고 있다. 고개를 숙였던 유경이 잠시 눈을 들어 먼 곳을 응시했다. 수많은 신문, 방송 취재진들과 관계자들이 경비함정에서 내리는 이들의 모습을 지켜보며 사진을 찍고 있다.

검은색으로 창을 가린 소형버스가 두 사람을 기다리고 있었다. 독도와 유경은 떠밀리다시피 버스에 올랐다. 소형버스 안에는 정복을 한 경찰들과 양복을 입은 사내들 몇 명이 두 사람을 에워싸고 자리해 앉았다. 두 사람은 앉은 자세로 버스 중앙에 위치한 파이프 기둥에 수갑을 찬 채 묶였다. 그리고 허리띠를 포함해 몸에 지닌 모든 것을 빼앗겼다. 좌석 맨 뒤에 혼자 앉은 김평화가 이들을 의미심장하게 바라봤다. 하지만 유경과 독도는 혈육인 평화가 이 차에 함께 타고 있다는 것을 알아채지 못했다. 잠시 후 한 사내가 다가와 두 사람의 얼굴에 검은 천을 씌워 앞을 볼 수 없게 했다.

소형버스가 움직였다. 몇 시간을 가야 하는지, 어디로 가는지 그 누구도 말해주지 않았다. 좌로 우로 몇 번을 휘돌던 버스가 이내 곧은 길을 달려가고 있었다. 유경은 고속도로임을 감지했다. 버스는 중간에 한 번 쉬었다. 사내들이 버스를 내리고 오르는 발자국 소리가 들렸다. 버스가 출발할 무렵 사내 하나가 두 사람에게 커피를 권했다. 독도와 유경은 눈을 가린 채 종이컵을 받아 들었다. 기둥에 묶인 손 때문에 입을 손으로 가져가야 커피를 입에 댈 수 있다. 휴식이 끝난 버스가 다시 움직이기 시작했다. 버스 안에서는 그 누구도 소리를 내어 이야기하지 않았다. 마치 비밀스런 정원에 갇힌 도둑들 같았다. 답답함을 견디기 힘들었던 유경이 감정을 참지 못하고 고요한 침묵 속 차 안에 말을 던졌다.

"어디로 가는 건가요? 얼마나 가야 하나요?"

돌아온 대답은 작은 목소리였다.

"조용히 가세요."

버스 안은 다시 침묵으로 빨려 들어갔다. 어림잡아 네다섯 시간은 지난 듯했다. 버스가 곧게 뻗은 도로에서 굽은 길로 접어든 듯 느껴졌다. 속도를 줄였다가 다시 속도를 높이던 버스는 이내 멈췄다. 두 사람은 이곳이 어디인지 도저히 감을 잡을 수 없었다. 버스는 다시 이동했다. 그리고 지하로 내려가는 듯 경사진 길을 따라 천천히 움직였다.

두 사람은 기둥에 묶인 손이 풀렸다. 그리고 사내 네 명이 각각 독도와 유경의 팔을 잡아 낀 채 버스에서 내려 이들을 데리고 어디론가 걸어갔다. 철문 소리가 꽹음을 내며 열리고 닫히는 소리가 들렸다. 독도의 눈을 가리고 있던 검은 천이 풀렸다. 독도는 눈이 부셔 한동안 앞을 볼 수 없었다. 잠시 후 희미한 형광등 불빛이 독도에 눈에 들어왔다. 혼자 누워야 할 정도의 작은 방 안에는 베게 하나와 담요 하나가 전부였다. 감방이었다. 하지만 독도는 자신이 그 방에 혼자 있음을 알고 허탈해 했다. 궁금한 유경의 처지를 물어볼 사람조차 옆에 없었다. 두 사람은 서로의 독방에서 보리가 많이 섞인 밥과 된장국 그리고 두 가지의 반찬을 곁들인 저녁 식사를 해야 했다.

밤은 몹시도 길었다. 한동안 사랑이란 감정을 앞세워 함께 지낸 유경이 궁금해 견딜 수가 없었다. 한국에서 태어나 아버지 얼굴도 모른 채 자라온 유복자 독도, 일본으로 들어갔던 기억조차 없다. 너무 어린 나이였었다. 할머니 아유미 손에 청년이 될 때까지 자란 독도였다. 감옥이란 것조차 생소했다. 할머니 입에서 입으로 전해 듣고 배운 서툰 한국말이었지만 그동안 유경과 도망자 신세로 떠돌면서 불편함은 없었다. 자유와 사랑밖에 몰랐던 그에게 감방은 견디기 힘든 곳이다. 가슴을 쥐어짜며 눈을 감았다. 유경의 소식이 너무 궁금해 소리라도 지르고 싶었다. 잠시 시간이 지났다. 감은 눈앞에 탈북자들이 아우성치던 모습이 떠올랐다. 낭떠러지로 떨어져 죽은 일본 선원의 모습이 눈에 선하다. 순간순간 나누던 유경과의 뜨거웠던 사랑 놀음의 흔적들이 아른거렸다. 독도는 답답함에 가슴이 터져버릴 것 같았다. 굳게 닫힌 철문을 두드렸다.

"이보시오. 누구 없소?"

대답이 없다. 독도는 더욱 세차게 철문을 주먹으로 두드렸다.

"답답해 죽겠습니다. 밖에 누구 없습니까?"

폐쇄된 지하 공간이 무너질 듯 시끄럽게 들렸다. 허리에 권총을 찬 경찰 한 명이 손바닥만 한 철창 사이로 얼굴을 보였다.

"왜 그러십니까? 이곳이 감옥이란 것을 모르시오?"

"난 일본 사람입니다. 답답해서 그럽니다."

경찰은 대꾸 없이 철창 밖에서 사라지고 있었다.

"잠시만요. 하나만 물어볼 게요. 나와 같이 온 여자 분은 지금 어디에 있습니까?"

"옆방이요."

경찰은 무뚝뚝하게 말을 내뱉고 이내 어디론가 가버렸다. 유경이 옆방에 있다는 말에 독도는 가슴을 쓸어내리며 안도했다.

독도와 유경은 깊은 시름으로 잠들지 못하는 밤을 보내며 누운 몸을 뒤척였다. 몸과 마음이 차가운 공기와 교접하니 뼛속까지 시렸다.

다음 날 날이 밝았는지 감방 복도에 수시로 사람들이 지나갔다. 아침식사가 들어왔고 두 사람은 각자의 방에서 식기를 모두 비워 허기졌던 배를 채운 뒤였다. 경찰 둘이 각각 유경과 독도의 팔짱을 끼고 이들을 어디론가 데리고 갔다. 앞에서 끌려가는 유경을 독도가 뒤따르며 바라봤다. 흐느적거리며 걷는 여린 모습을 보니 왈칵 눈물이 솟구쳤다. 독도를 이끌던 경찰은 걷던 걸음을 멈추고 독도에게 휴지를 건네 눈물을 닦도록 했다. 독도와 유경이 도착한 곳은 건물 맨 꼭대기에 자리한 방이었다. 취조실이란 방 문패가 선명했다. 방 안은 중간에 칸막이가 쳐져 있었고 두 사람은 각각의 공간으로 들어갔다.

독도와 유경은 그동안 있었던 모든 사실을 추궁받았다. 유경이 가장 괴로워하며 토로한 것은 국정원 관악산 분소 경비병 살인의 문제였다. 정말로 뉘우치고 있다고 말했다. 죄송하다고 수없이 반복해야 했다. 두 사람은 있던 사실 모두를 진술했다. 그리고 형이자 오라비인 김평화가 문제 시 될 때면 아니다 모른다 라며 혈육의 피해를 최소화하려 애를 썼다. 유경이 왜 국정원을 탈출하려 했는지에 대해 집요한 추궁이 있었다. 유경은 탈북자들이 자유로운 민주주의 경쟁체제에 적응하지 못하고 힘들게 살아갈 수밖에 없을 것 같다고 했다. 북에서 느꼈던 배고픔과 억압 그리고 감시는 사라졌으나 새터민이란 탈을 뒤집어 쓴 채 살아가기가 겁났다고 했다. 그냥 평범한 대한민국 사람으로 살아가고 싶었다고 했다. 독도에게 가장 집요한 질문은 왜 김유경을 보호한다는 명목으로 죄인인 줄 알면서 도피를 도와주고 함께 행동했느냐는 것이다. 설명할 수 없는 사랑의 느낌이라고만 할 뿐 구차한 대답은 입술 안에 들어 나오지 않았다.

두 사람의 취조는 늦은 오후가 되어 끝났다. 서로가 다시 잠시라도 얼굴을 볼 수 있는 시간이기도 했다. 취조가 끝나자 일본 대사관 사람이 면담을 하고 돌아갔다.

두 사람은 다시 돌아온 지하 감방에 갇혔다. 얼마 후 저녁 식사가 작은 철창으로 들어왔다. 유경은 몹시도 힘들었던 취조 때문인지 숟가락에 손이 가질 않았다. 겨우 국물 몇 모금을 입으로 넘기고 식기를 밖으로 내놓았다.

국정원 직원들이 최소한의 인원만 남긴 채 분주히 퇴근을 했다. 유경은 피곤이 몰려와 자리에 누우며 눈을 감았다. 얼마의 시간이 흘렀다. 문이 열리는가 싶더니 경찰 하나가 유경을 데리고 방을 나왔다. 그녀가 도착한 곳은 지하 면회실이었다. 잠시 후 독도가 유경이 있는 면회실로 안내되어 걸어 들어왔다. 경찰은 두 사람의 손에서 수갑을 풀어줬다. 독도가 유경과 눈을 마주치자 유경의 눈시울이 뜨거워지며 또르르 얼굴을 타고 눈물이 흘러내렸다. 독도가 유경의 손을 잡으려고 발길을 옮겼다. 하지만 독도의 팔짱을 단단히 낀 경찰은 이를 제지했다. 두 사람은 서로 마주보며 자리해 앉았다. 경찰은 두 사람에게 차를 권했다. 유경은 커피를 독도는 탄산음료를 받아 들고 마시기 시작했다. 그때였다. 면회실 문이 열렸다. 독도와 유경은 눈을 의심했다. 두 사람 앞에 나타난 것은 김평화였다. 평화는 방에 들어오자마자 독도를 와락 안았다. 그리고 유경의 손을 잡고 한동안 말이 없었다. 잠시 후 평화는 긴 한숨 소리를 내뱉으며 두 사람 앞에 앉았다. 평화는 두 사람을 감시하던 경찰 네 명에게 밖으로 나가 달라고 명령했다. 경찰들은 평화에게 거수경례를 한 뒤 줄줄이 밖으로 나갔다.

"고생 많았다. 독도 형. 그리고 유경아."

"미안하다. 평화. 나보다는 유경이 마음고생을 많이 했지."

"아니요. 독도 오라비가 아니었으면 난 아마 지금쯤 죽었을 겁니다. 그리고 평화 오라비한테 너무 고맙고 감사하고. 그렇게 우릴 도왔으면서 아직 신상에 문제가 없는 것이요?"

"문제가 있다. 물론 독도 형과 유경의 문제만은 아니다. 어머니의 간곡한 부탁을 자식 입장에서 거부할 수가 없었고. 지금도 귀에 쟁쟁하다. '사랑하는 내 아들 평화야. 네가 그애들을 잡아 옥에 가두면 난 못 살아. 난 살 수가 없다고. 제발 잡지 말고 도망가게 해. 아들아. 내 아들아' 라고 하셨다. 국가의 법 그리고 오직 하나뿐인 어머니의 간곡한 바람 사이에서 내가 선택한 것이 어머니였고 그 상대는 두 사람이었을 뿐이다. 고뇌와 갈등이 현실과 부딪히면 난 늘 어머니 편이었지. 독도 형도 어머니 이유빈은 친어머니고 유경의 입장에서 보면 배다른 어머니란 것은 다 알고 있을 테고."

유경이 평화에게 다가와 그를 안았다. 하지만 평화는 유경을 떼어냈다.

"유경아. 지금 감시 카메라로 우리의 모습을 다 보고 있다. 우리가 나눈 말은 밖에서 들리지 않게 해 놓고 들어왔으나 카메라는 치울 수가 없단다. 자제해 주길 바라."

"평화야. 우린 앞으로 어찌되는 것이냐? 난 일본 사람이라 한국 법을 잘 몰라서."

"앞으로 정식 재판을 받을 것입니다. 독도 형은 일본 국적이라 재판이 끝나면 일본으로 추방될 것 같고요. 유경이도 아직 한국 국적을 취득하지 못한 탈북자 신세인지라 법원에서 어떤 판결을 내릴지 모르겠습니다. 그냥 한국 감옥에서 형기를 마칠 수 있고요. 아니면 제3국으로 강제 추방될 수도 있고."

유경의 한숨 소리가 매우 크게 들렸다. 독도가 평화의 손을 잡으며 한동안 고개를 숙였다.

"면회 시간이 길지 않아요. 내가 한 마디만 더하고 자리를 떠야 할 듯합니다. 두 사람 잘 들어요. 내가 두 사람을 살리기 위해 내일 북한으로 들어갑니다."

이 말을 들은 유경의 눈이 휘둥그레졌다. 예상하지 못한 급한 일을 당한 듯했다. 두 사람은 평화의 입술을 뚫어져라 바라봤다.

"북으로 가서 아버지 김경석을 데리고 한국으로 들어올 것입니다. 그 일이 성사되면 유경의 죗값이 매우 약해질 것이라고 국정원 국장님과 약속을 했습니다. 그리고 어머니 이유빈의 간절한 소원이기도 합니다. 어머니께서는 아버지 그리고 나와 독도 형 그리고 유경, 유빈 자매를 앉혀놓고 밥 한 끼 먹는 것이 소원이라고 했지요. 일이 그렇게 돌아가고 있고 난 내일 아침 인천공항을 떠나 중국으로 들어갑니다. 그리고 그곳에서 북으로 들어갈 계획이고. 내가 아버지를 모시고 무사히 돌아올 때까지 두 사람은 비록 감옥이겠지만 건강하게 잘 지내야 합니다."

평화가 말을 하는 동안 유경은 계속 눈물을 흘리고 있었다.

"평화 오라버니. 부디 건강하게 잘 다녀오세요. 아버지 주소와 하는 일 등을 메모해 드릴 테니 부디 꼭 아버지를 모시고 오세요. 평화 오라버니."

유경은 평화에게 펜을 받아 메모지를 작성한 후 평화에게 건넸다.

"평화 동생. 잘 다녀오게. 우리 걱정하지 말고. 그곳은 매우 위험한 곳이라 들었네."

김평화는 두 사람을 잠시 포옹한 뒤 경찰을 들여 이들을 지하실로 데려가라고 했다. 두 사람이 떠난 면회실 안, 평화는 한동안 자리에서 앉아 일어날 줄 몰랐다.

다음 날 새벽. 김평화는 인천공항에 모습을 드러냈다. 그는 세계 각국으로 출발하는 비행기 시간표를 유심히 바라보고 있었다. 그가 떠나기로 했던 지린이란 글자가 눈에 들어왔다. 연변 조선자치주 지린이었다. 출발 시간이 한 시간여 남았다. 평화는 화장실로 들어갔다. 그리고 가방을 열어 권총을 꺼냈다. 방아쇠를 당기는 시늉을 한 번 한 뒤 그는 권총을 분해하기 시작했다. 10여 조각이 넘는 각각의 부품들을 가방 이곳저곳에 분산해 소중하게 집어넣었다. 공항 검색대에서 권총의 흔적을 보이지 않게 하기 위해서다. 평화가 화장실을 나와 넓은 공간으로 나왔다. 그때 누군가 평화의 어깨를 툭 쳤다. 평화가 돌아봤다. 국정원 정보팀 최고 책임자 국장이었다.

"자네 잠시 이리로 와봐."

국장은 평화를 데리고 아래층으로 내려가는 계단으로 데려갔다. 이곳은 공항에서 가장 한가하고 조용한 곳이다. 국장은 지갑에서 쪽지 하나를 건넸다.

"지금 김경석은 딸 유경의 탈북이 발각되어 평양에서 쫓겨났다. 함경북도 회령이란 곳으로 추방되어 탄광촌 정치범 수용소에 머물고 있어. 그의 둘째 딸 유빈도 함께 있는 것으로 안다. 자네 어머니 이유빈과 이름이 같다. 북으로 들어가는 대로 즉시 회령으로 이동해라."

"알겠습니다. 국장님."

역시 국정원 국장다운 최고급 정보였다. 국장은 함경북도 회령 부근의 길과 검문소 등이 자세히 그려진 자료와 김경석이 머물고 있다는 건물의 크기 그리고 작업장인 탄광의 입구가 그려진 자료들을 김평화에게 건넸다. 만일에 대비해서 준비했다며 주중 한국 대사관 직원증과 북한 인민무력부에서 발행한 것으로 되어 있는 북한 통행 증명서를 넘겨준 국장은 평화의 어깨를 툭 치고는 아래층으로 내려가 사라졌다. 평화가 보물 다루듯 자료들을 접어 지갑 깊숙이 넣고 비행기가 출발하는 이 층으로 올라왔다.

출발 수속을 밟아야 한다. 평화가 티켓 발매하는 곳으로 걸어가고 있었다. 그때 그의 걸음을 가로 막는 여인이 있었다. 어머니 이유빈이었다. 어머니는 아무 말도 못하고 급히 달려와 평화의 허리를 안았다. 그녀의 눈물이 흘러 평화의 옷자락을 적시는 순간에도 그녀는 평화의 몸에서 손을 떼지 못했다. 평화도 어머니 어깨를 살며시 안으며 어머니 눈물을 손으로 닦아냈다.

"어머니. 걱정하지 마세요. 아버지 모시고 무사히 돌아오겠습니다."

이유빈은 고개를 끄덕이며 한걸음 물러났다. 그리고 다시 평화의 얼굴을 두 손으로 쓰다듬은 뒤 어서 가라고 손짓을 했다. 평화가 모든 준비를 마치고 비행기 타는 곳으로 들어가는 모습을 끝까지 바라보던 어머니 이유빈은 평화의 모습이 보이지 않자 자리에 주저앉아 훌쩍이기를 멈추지 않았다. 평화가 손수건으로 눈가를 꾹꾹 누르며 마지막으로 어머니 모습을 본 뒤 터덜거리며 탑승구로 걸어갔다. 평화는 흥건히 젖은 손수건을 다시 접어 뒷주머니에 넣었다.

조선자치주 연변으로 가는 비행기 안. 대부분 조선족 동포들이다. 돈을 벌려고 한국으로 왔다가 기한이 만기된 사람들과 그 친인척들이 대부분이었다. 간혹 조선시대 때 중국과 물품 교류 등 왕래를 했거나, 또는 병자호란 당시 수십만 명의 포로들이나 인질들이 끌려갔던 연행로를 답사하려고 가는 교수들과 학생들의 모습도 보였다.

창가에 앉은 평화의 모습이 새삼 진지했다. 워낙 무거운 목표를 가지고 떠나는 탓도 있겠지만 국정원 감옥에 두고 온 독도와 유경의 모습이 눈앞에 어릿어릿 남아 있기 때문이다. 공항 출국장에서 마지막으로 봤던 울고 있는 어머니 모습에 가슴이 찢어질 듯 괴로웠다. 눈을 감았다. 하지만 점점 더 또렷해지는 몹쓸 기억들 때문에 잠이 오지 않는다. 인연의 시작과 끝 지점에서 평화가 담당하고 해결해야 할 것은 모두 어머니 이유빈으로부터 온 사연들이다. 그렇다고 세상 하나밖에 없는 어머니의 지친 영혼을 모른 척 할 수 없는 노릇이다. 평화는 어머니와 연계된 수많은 인연들 속에 겨우 한 남자이며 아들일 뿐이지만 어머니를 대신해 움직일 수밖에 없고, 그 과정은 매우 얽혀 있는 실타래를 한 땀 한 땀 풀어내는 일이기도 했다. 어렵고 힘든 고난의 시간이 온다고 해도 사랑하는 어머니 이유빈의 뜻이라면 못할 이유가 없다.

평화는 진정 자신이 효자인가 아니면 불효자인가 잠시 고뇌하기도 했다. 차라리 어머니를 설득해 안 되는 것은 아니다 라고 말씀 드릴 수 있는 용기를 내지 못한 것을 되뇌어보기도 했다. 김평화는 눈을 감았다가 다시 창밖 허공을 보기를 거듭했다. 그가 진정 효자임을 스스로 깨닫고 어머니 얼굴을 그려본 시간, 비행기 기장은 곧 지린에 도착할 것이라는 방송을 하고 있었다.

겨울로 접어든 지린은 색채감을 잃었다. 모두가 회색 아니면 뿌연 먼지가 날리는 공간들뿐이다. 간간히 흩날리는 싸락눈이 그나마 길 위에 정겨운 모습이었다. 하나같이 무채색의 두꺼운 외투를 걸치고 털로 감싼 모자들을 쓴 사람들의 획일적인 모습은 북방의 도시를 증명이라도 하는 듯 했다.

얼마나 많은 조상들이 이곳에서 설움을 삭여야 했던가. 평화는 공항을 빠져나와 길을 걸었다. 정묘호란, 병자호란 그리고 근대에 와서 일제에 쫓겨 만주벌판을 헤매던 수많은 우리의 조상들이 머물며 상처받고 하던 곳이다. 조선독립군의 처절한 전투와 도망해야만 했던 길들이 지금 눈앞에 펼쳐져있다. 만주 허허벌판을 누비며 일본군에 저항하던 자랑스러운 장소이기도 하다. 하지만 최근에는 어떠한가. 자유를 박탈당한 채, 굶주림에 허덕인 채 내 살던 집과 산천을 뒤로하고 조국을 탈출해 수만 명의 북한 주민들이 떠돌고 있는 곳이기도 하다. 중국 공안에 잡히면 곧바로 북으로 귀환된다는 무서운 곳이기도 하다. 북에 돌아가면 반드시 정치범 수용소나 탄광으로 끌려가 모진 고생을 한다고 했다. 인생 끝이라는 말도 들렸다. 어쩔 수 없이 중국에서 몸을 파는 젊은 아낙들과 처녀들 그리고 옥수수 농장 머슴으로 들어가 개 팔자처럼 살아갈 수밖에 없는 현실이 깊게 도사린 곳이다. 평화는 이런 인간애가 말살된 현실이 어디서 시작됐으며 언제 끝날 것인지 발걸음을 멈추고 고민해 보았다. 답은 없었다. 어쩌면 지금 평화가 가고 있는 이 길도 이데올로기의 중심에서 발버둥 치고 있는 현실이란 것, 그 생각 끝에 다가오는 메어지는 아픈 가슴을 느껴야만 했다.

줄지어 있는 택시에 올라 뒷좌석에 몸을 실었다. 중국과 북한의 국경도시 도문으로 가자고 했다. 기사는 힐끗 평화를 바라보며 한국 돈으로 오만 원을 선불로 달라고 했다. 평화는 비싸다는 생각이 잠시 들었지만 곧바로 돈을 건넸다. 기사는 휘파람을 불며 이내 엔진 가속페달을 밟아 지린을 빠져나가 동쪽으로 달려갔다.

오후로 접어든 시간이다. 택시 차창으로 보이는 하늘은 금방이라도 눈이 내릴 듯 험상궂게 어두운 상을 하고 있었다. 칙칙한 풍경 속에 농부들이 막바지 농산물을 수확하고 다독이며 일을 했고, 이름 모를 높은 산꼭대기엔 벌써 하얀 눈을 머리에 인 채 깊은 겨울을 맞이할 준비를 했다. 택시기사가 버튼을 몇 개 누른 후 음악이 차 안에 흘렀다. 서울에서 많이 듣던 박자들이다. 소녀시대 그리고 샤이니의 노래가 나오더니 이내 슈퍼주니어의 힘찬 댄스곡이 흐른다. 기사는 이미 숙지한 노래라는 듯 흥얼거리며 따라 불렀다. 한류의 열풍이 불고 있다는 말은 들었지만 만주벌 시골 택시기사의 입을 통해 따라 불려질 것이란 상상은 하지 못했기에 평화는 잠시 어리둥절 놀랐다. 몇 번의 검문이 있었다. 중국말을 할 수 없는 평화는 기사의 표정과 중국 공안들의 표정으로 짐작만 할 뿐이다. 그리고 중국 공안이 증명서를 제시하라고 하는 듯 보였다. 평화는 주 중국 한국 대사관 직원임을 증명하는 증을 내보였다. 그들은 밝은 웃음을 지으며 남달리 다정한 표정을 지었다. 택시 기사가 얼마 전 받아둔 한국 돈 만 원을 꺼내 평화에게 보이며 한 장만 공안에게 주라는 손짓을 한다. 평화는 그들의 표정을 읽었다. 만원 한 장을 꺼내 중국 공안에게 주었다. 중국 공안은 거수경례를 크게 하며 어서 떠나라고 한다. 평화의 쓴웃음이 입가에서 멈추지 않았다. 택시기사의 휘파람 소리가 다시 들렸으며 차는 쏜살같이 흙먼지가 가득한 길을 힘차게 내달려갔다.

　세 시간 이상을 달렸다. 얼어붙은 듯 하얀 길이 보였다. 택시는 점점 더 그곳으로 가까이 갔다. 강물이었다. 지도책에서만 보았던 두만 강이었다. 굽이굽이를 이루며 얼어붙은 강물 위로 하얀 눈이 쌓여 마치 스키장을 눕혀놓은 듯했다. 강을 건너면 북한 땅이라는 것을 감지했다. 평화의 가슴이 두근거리며 심장 박동 수가 증가했다. 얼마의 시간 동안 차는 강가를 달려 동인지 북인지 모를 방향으로 강을 따라 올라갔다. 서쪽 하늘에 먹구름이 몰려온 시간, 차는 멈췄다. 기사는 차에서 내려 강 건너를 가리켰다. 몸짓과 발짓으로 무엇인가 설명하려고 애를 썼다. 기사는 강 건너가 도문이고 북한 땅이라고 하는 듯 보였다. 그리고 굳게 악수를 청하더니 이내 차를 돌려 강한 먼지를 일으키며 되돌아갔다. 어둠이 스미기 시작했다. 간간히 눈발이 흩날리더니 제법 굵은 눈송이들이 앞을 가렸다. 평화는 주변을 둘러봤다. 십여 가구가 옹기종기 모여 있는 마을이 눈에 들어왔다. 오늘은 이곳에서 하루를 묵으며 몸도 쉬고 마음도 정리하는 시간으로 잡았다. 하지만 먹고 자는 일을 해결할 곳을 찾을 일이 쉽지 않아 보였다. 잠시 퍼붓던 눈이 세상을 모두 하얗게 만들었지만 곧 눈은 멈췄다. 평화는 마을 쪽으로 눈길을 걸었다. 생각보다 훨씬 모진 바람과 추위가 그를 엄습했다. 귀청이 떨어져 나갈 듯 아팠다. 평화는 배낭을 뒤져 털모자를 쓰고 두꺼운 외투를 꺼내 입었다. 곧 어둠이 닥칠 태세다. 산속 계곡에서 슬금슬금 기어다니는 어둠을 뒤집어 쓴 승냥이들이 눈에 들어왔다. 평화는 마을에서 가장 큰 집을 찾아 집 대문 앞에 섰다. 헛간으로 쓰고 있는 듯 안채와 나누어진 사랑채가 있는 집이다.

"계십니까?"

대답이 없다. 주먹으로 대문을 두드려보아도 집 안 인기척이 없다. 평화는 다른 집을 찾았다. 그리고 발길을 돌리려는 순간 등 뒤에서 사람 소리가 들렸다. 평화는 순간 놀라 뒤돌아봤다. 산더미처럼 짐을 지게에 진 노인이 보였다. 평화와 눈이 마주친 노인은 지게를 내려놓고 평화에게 걸어왔다. 그리고 중국말로 무어라 했지만 알아들을 수가 없었다. 평화는 주중 한국 대사관 직원증을 노인에게 보였다. 그 증명서는 중국말과 영어로 표기되어 있었다. 증명서를 본 노인이 화들짝 놀라며 악수를 청했다.

"반갑습니다. 청년."

평화는 갑자기 한국말을 하는 노인을 보며 의아해 했다.

"나도 조선사람입니다. 이곳에서는 조선족이라고 하지요."

"네. 반갑습니다. 어르신. 저 오늘밤 이곳에서 하룻밤 묵을 수 있는지요? 숙박비는 충분히 내 드리지요."

"그러고 말고요. 동포를 만났는데 그것도 저 대사관 높으신 분을요. 자 어서 들어갑시다."

노인은 다시 지게를 어깨에 지고 대문을 열고 안으로 앞장을 섰다. 어둠이 들어 집 안이 잘 보이지 않았다. 전기도 없는 집이었다. 노인이 지게를 마당에 내려놓자 방 안에서 할머니가 방문을 조금 열고 밖을 살폈다. 무엇에 쫓기듯 할머니의 표정이 불안했다.

"할멈. 괜찮아요. 훌륭하신 분이 우리 집을 찾아왔어요. 아주 높으신 분이지요. 어서 나와 인사라도 나누세요."

평화는 안도의 한숨을 내 쉬며 마루에 걸터앉았고 노인과 할머니가 평화 옆으로 다가와 나란히 앉았다.

"어르신. 고맙습니다."

"아니요. 고맙긴 뭐. 그나저나 저녁밥은 먹은 게요?"

"아직입니다. 어르신. 대충 허기나 달래고 싶은데요."

노인은 방과 마루 그리고 부엌에 등잔불을 켜고 할머니를 재촉했다. 등이 약간 굽은 할머니가 부엌으로 들어갔다. 노인은 마당 우물에서 물을 길어 부엌으로 날랐다. 아궁이에 불을 때고 솥단지에서 음식 익는 냄새와 소리가 들렸다. 얼마의 시간이 흘렀다. 밥상에 김치찌개와 두 가지의 반찬이 올라 있었고 노인은 방으로 들고 들어갔다. 평화가 대충 손발을 씻고 방으로 들어갔다. 노인과 할머니 그리고 평화만 있을 줄 알았던 방 안에는 세 명의 사람이 더 있었다. 그들은 방 한쪽 구석에 웅크리고 앉아 제대로 얼굴을 들지 못했다. 무서움에 놀라 몸을 부들부들 떨고 있는 듯 보였다. 평화는 움찔하며 발걸음을 멈췄다.

"이리 앉으세요. 모두 조선 사람들입니다. 밥을 먹으며 내가 애기할 터이니 어서 숟가락을 드세요. 젊은 양반."

평화는 천천히 음식들을 입으로 가져갔다.

"높으신 양반. 이 사람들은 어젯밤에 북조선을 탈출한 사람들입니다. 하도 허기지고 지쳐 있어 내가 며칠 보살필 요량입니다. 인민군 국경경비대를 피해 걸어오는 동안 먹지도 잠도 못 잔 채 얼마나 힘들었겠어요. 그리고 세 사람 잘 들으시오. 이 젊은 분은 한국 대사관 직원분입니다. 해치거나 고발할 사람이 아니니 마음 편하게 쉬세요."

평화는 입으로 가져가던 숟가락을 멈추고 세 사람을 세세히 바라봤다. 한 가족처럼 보였다. 사십대 아버지와 어머니 그리고 열다섯은 되 보이는 여자아이였다. 평화는 순간 김경석과 김유빈의 회령 탄광을 떠올렸다. 한동안 가슴에 쓰라림이 지나갔다.

"그래요. 수고 많이 하셨어요. 저는 한국에서 파견한 주 중국 한국 대사관 사람입니다. 여러분을 도우면 도왔지 해칠 사람이 아니니 걱정하지 마세요."

평화의 말이 가슴에 닿지 않는 듯 세 사람은 긴장을 늦추지 않았다. 평화와 제대로 눈을 맞추지 못한 채 팔 다리를 잔뜩 웅크리고 서로의 손을 꼭 잡고 있었다. 평화가 식사를 마치자 노인은 밥상을 들고 부엌으로 나갔다가 다시 방으로 들어왔다. 노인이 자리에 앉으며 입을 열었다.

"이 사람들 고생 무지 많이 한 사람들입니다. 어디? 회령인가 어딘가 탄광에 있었는데 개 돼지 취급 받으며 살았다고 합니다. 강냉이 가루 한 줌으로 하루 식사를 하고 씻고 닦는 것은 엄두도 내지 못했다고 해요. 아침에 눈을 뜨면 먼저 두들겨 맞고 탄을 캐러 들어갔으며 일이 끝나면 또 개 돼지처럼 온몸을 맞아야 잠을 잘 수 있다고 합니다. 저 몸에 시퍼런 멍 자국과 상처를 보세요, 젊은 양반."

평화가 그들 곁으로 다가갔다. 하지만 그들은 다가오지 말라고 손을 휘저었다. 얼굴에 상처 껍질이 다닥다닥 붙어 있었으며 옷깃 사이로 보이는 팔과 다리에는 흉터와 멍 자국이 선명히 드러나 있었다. 인간이 아니었다. 몹쓸 병에 걸린 개, 돼지 같았다.

"어떻게 탈출할 생각을 했습니까?"

아버지로 보이는 사람이 평화의 얼굴을 바로 보며 입을 열었다.

"살 수가 없었습니다. 차라리 도망치다 잡혀 총살을 당하면 그게 더 행복해 보였으니까요."

평화는 할 말을 잃었다. 귀로만 듣던 현실을 눈으로 확인하는 순간 그는 입을 열 수 없었다. 차라리 죽여 달라. 오히려 정치범 수용소에서 탄을 캐며 개 돼지 취급 받느니 차라리 총에 맞아 죽겠다. 집에서 기르는 짐승도 이런 취급을 받진 않는다. 그들은 나라도 고향도 친인척에게도 조그만 양심의 가책은 없었다. 사는 게 무엇인지 목숨 붙어 있어 숨을 쉴 수 있다는 것이 고맙지 않았다. 하루하루가 화통지옥이요 굶주린 사자들의 소굴이었다. 누구를 원망할 것인지 그 의미조차도 잃은 지 오래다. 인간사의 바닥이 어딘지 그곳을 헤매다 이제 겨우 숨 쉴만한 곳에 당도한 아픔만이 온 몸을 휘감고 있는 듯 보였다. 방안 모든 사람들이 침묵 속에 호롱불만 바라보고 있었다. 그 분위기가 어색했는지 할머니가 입을 열었다.

"얼마 전 젊은 양반이 대문을 두드렸을 때 문을 못 연 이유를 이제 아시겠지요?"

"네. 할머니. 조금 전에 회령이라고 했던가요? 아저씨."

"네 회령 정치범 수용소 탄광에 있었습니다."

"혹 그곳에서 김경석이란 사람을 봤습니까? 그의 딸 김유빈도. 그 분들도 회령 정치범 수용소 탄광으로 끌려갔다는 소식을 들었습니다."

"누구요? 김경석."

딸아이 아버지는 고개를 숙여 곰곰이 무엇을 생각했다. 잠시 후 무릎을 치며 평화를 바라봤다.

"김경석이란 사람을 어떻게 압니까?"

"그냥요. 대사관에서 일을 하다 보니 이런 저런 정보가 들어옵니다."

"김경석, 그 사람 우리와 방을 같이 썼습니다. 그리고 그의 딸이라는 이름은 잘 모르지만 가끔 그곳에서 만나곤 했지요."

평화의 눈이 휘둥그레졌다. 노인과 할머니가 평화의 놀란 표정을 보고 신기해 했다. 모든 이들의 시선이 평화의 입으로 모아졌다.

"그랬었군요. 그럼 그분들도 모두 이분들처럼 혹독한 시련 속에 살고 있겠군요?"

"당연합니다. 그곳에는 차별이 없어요. 모두 다 짐승만도 못한 삶을 살지요."

평화는 목구멍까지 올라온 욕을 삼키며 눈을 감았다. 얼마 전 죽은 최고 권력자 김정일의 얼굴이 눈앞을 스쳤다. 그리고 새로운 통치자 김정은의 얼굴이 눈앞으로 획 지나갔다. 한 번도 본 적 없는 김경석과 김유빈의 얼굴을 그리며 어금니를 꽉 물었다.

"고맙습니다. 제가 도와드릴 것은 아주 작은 돈 밖에 없습니다. 앞으로 험난한 길을 또 떠나셔야 할 텐데 보태 쓰십시오."

평화는 지갑을 열어 미국 달러 한 뭉치를 아이 아버지에게 건넸다. 그는 고맙다는 말과 함께 평화의 손을 덥석 잡았다.

"여보 그리고 딸 수야. 우리에겐 이보다 큰 은인은 없단다. 큰절을 올려 감사를 표하자구나."

평화가 말릴 시간도 없이 세 사람은 자리에서 벌떡 일어나 평화에게 절을 올리고 있었다. 어쩔 줄 몰라 하던 평화가 엉거주춤 맞절을 하며 그들의 손을 잡고 자리에 앉았다.

"사실을 말씀드릴게요. 아저씨. 저는 조금 전 이야기하던 김경석과 그의 딸 김유빈을 탈출시키고자 북한으로 들어갈 생각입니다. 제가 꼭 성공할 수 있도록 저를 도와주세요."

"말도 안 되는 일입니다. 그곳이 어떤 곳인지 몰라서 한 말은 아니겠지요? 수용소 밖은 인민군이 겹겹이 지키고 있고 안은 공안들이 진을 치고 있어요. 그리고 잡히면 곧바로 공개 처형됩니다. 절대 못합니다."

"그러면 세 분은 어떻게 나오게 됐나요? 탈출하게 된 사연을 역으로 따라가면 성공할 수 있지 않나요? 탈출 경위를 자세히 말씀해 주시면 고맙겠습니다."

"그래요. 어차피 우리에게 도피할 수 있는 큰 돈을 주신 은인인데 무엇을 망설이겠습니까? 다 말씀드리지요."

그때 아이 어머니가 남편의 옆구리를 쿡 찔렀다. 무엇인가 말하지 말라는 눈치였다.

"수 엄마, 어차피 우린 그곳을 탈출했고 이젠 중국을 거쳐 안전하게 남조선으로 들어가야 하는데 우리에겐 도피 자금이 필요했어요. 그런데 이분이 조건 없이 이런 큰 돈을 주셨는데 무엇을 망설이고 무엇을 숨기겠어요. 참고로 하시면 조금은 도움이 될 것입니다 젊은 양반."

평화가 가방 속에서 메모지와 볼펜을 꺼내들었다. 그리고 아이 아버지의 입술을 따라 시선을 고정했다.

"그날 우리는 탄광 일을 마치고 숙소로 돌아왔어요. 어둠이 잔뜩 깔려 있었고요. 남자들 식당에서 강냉이 죽을 먹고 있는데 수용소 부책임자란 사람이 저를 부르더라고요. 난 그가 부르는 방으로 갔지요. 그런데 그가 그곳을 탈출할 수 있게 해 주겠다며 한 가지 제의를 하더라고요. 집이 평양인데 부인과 떨어져 지낸 시간이 길어 너무 외롭다는 것입니다. 우리가 듣기에는 사치도 그런 사치는 없지요. 그는 지금 제 옆에 있는 아이 엄마와 보름 동안만 함께 잠을 자게 해 주면 탈출할 수 있게 도와주겠다면서, 수 엄마가 너무 예뻐 그냥 뺏고 싶었지만 말썽이 나면 큰일이니 내게 허락을 받고자 했답니다. 고민을 했지요. 딸 수가 있는 여자고 그곳을 탈출하면 기분은 더럽겠지만 우리 세 식구 개고생은 면하겠구나 생각해 보았죠. 그날 밤 수 엄마를 몰래 만났습니다. 그리고 부책임자의 말을 전했지요. 수 엄마 그날 엄청 울었습니다. 허락을 하면서 수 엄마는 뼈까지 시린 눈물을 흘렸을 것입니다. 결론은 나 있었어요. 그 사람 능력이라면 충분이 그곳을 빠져나가게 할 수 있는 인물이었고 죽지 못해 사느니 차라리 그것이 났다고 결론을 냈지요. 그리고 다음 날 밤. 그리고 그곳을 탈출하기 전날까지 수 엄마는 밤 열두 시만 되면 숙소를 빠져나가 부책임자 방으로 숨어 들어갔습니다. 보름이 지나자 부책임자가 다시 저를 부르더라고요. 내일 새벽 4시 식재료 추진트럭이 수용소를 빠져나가니 그 차에 세 식구가 타고 빠져나가라고 했지요. 밤새 한 시간도 못자고 우리 셋은 그

차를 기다렸고 운전수와 보안원이 우리를 태우고 수용소를 빠져나와 탈출하게 되었습니다. 어둠이 가득한 회령 산속 이름도 모를 동네 입구에 우리를 내려놓고 트럭은 떠났습니다. 우리는 무작정 사람들 눈을 피해 산속으로 걸었지요. 지도책 한 장 없이 북쪽으로 걸었습니다. 북쪽으로 한 발짝이라도 더 가야 중국으로 들어가는 두만강을 만날 수 있었습니다. 동이 트면 낙엽을 모아 이불 삼아 덮고 잠을 청했고 어두워지면 또 북으로 걸었지요. 배고프면 계곡 얼음을 입으로 녹여 목으로 삼키며 사흘 낮밤을 굶어 도착한 곳이 두만강 도문 근처더군요. 딸아이 수는 동상이 걸려 손발이 퉁퉁 붓고 어른들은 수용소에서 매 맞은 상처가 얼어 통증이 이만저만이 아니었습니다. 두만강 숲 속에서 하루 종일 인민 국경경비대의 동정을 살피다 기회를 잡아 이곳으로 넘어온 것이 지금 우리의 모습입니다. 후."

수 아버지의 말이 끝났지만 방 안 누구 하나 입을 열지 못했다. 고요 속 적막감이 무겁게 내려앉은 방 안으로 소쩍새 울음소리가 피눈물 애처로움으로 들려왔다. 평화의 눈물이 뺨을 적시고 턱 아래로 뚝뚝 떨어졌다. 귀 기울여 듣던 할머니가 훌쩍훌쩍 소리 내어 울었고 노인의 한숨 소리가 길게 뿜어져 나왔다. 아직 긴장이 덜 풀린 듯 어머니와 수는 두 손을 꼭 잡고 멀뚱멀뚱 눈동자를 굴리며 앉아 있었다. 세찬 바람이 눈보라를 일으키며 방문을 흔들어댔다. 호롱불이 흐늘거리며 숨을 멎을 듯 휘청거렸다.

잠시 후 가라앉은 분위기가 진정이 되었다. 평화가 눈자위를 손으로 꾹꾹 누르며 입을 열었다.

"고생 많이 하셨다는 말이 어색할 정도로 힘든 시간이었겠습니다.

아무튼 축하를 드립니다. 저에게 도움이 많이 될 것입니다. 고맙습니다."

"제가 한 가지 도움을 드릴 것이 있습니다. 어떻게 가던 회령으로 들어가십시오. 그리고 그곳에서 수용소 간부를 파악해 돈으로 매수하는 일이 제일 빠릅니다. 직책이 높은 간부들은 수용소 앞 다가구 주택에서 출퇴근을 합니다. 그곳을 노리면 성공 가능성도 있어 보입니다. 지금 북조선에서는 돈이면 안 되는 일이 없을 정도로 궁하게 삽니다. 또한 성을 사고파는 일이 흔하거든요. 성욕, 돈욕을 채워주려는 일이면 가능할 것입니다."

"네, 알겠습니다. 고생이 되겠지만 그 또한 많은 도움이 될 것입니다."

"그러나 저러나 우리들이 남조선으로 빨리 들어가려면 어떻게 해야 하지요?"

"우선 북경으로 들어가십시오. 그곳에서 한국 대사관이나 영사관 안으로 들어가는 것이 가장 안전하고 빠른 길입니다. 중국도 가짜 증명서가 판을 칩니다. 통행증이라든가 출입증을 브로커를 통해 만들면 요긴하게 쓰일 것입니다. 하지만 경비가 삼엄하니 조심하시고요."

수 아버지는 거듭 감사하고 고맙다는 말을 이어가며 수 어머니와 수를 꼭 안았다.

노인이 방문을 열고 밖으로 나가더니 주전자에 술을 담아가지고 들어왔다. 긴장도 풀 겸 한 잔씩만 하자며 술잔을 돌렸다. 평화는 수 아버지 그리고 노인과 잔을 주고받으며 밤이 이슥할 때까지 이야기를 했다. 김경석과 그의 딸 김유빈이 회령 수용소에 있다는 확실한 정보

하나만으로도 흡족해 했다.

아침 창에 여명이 들어와 방 안을 훤히 밝힐 즘 평화는 눈을 떴다. 탈북자 세 명은 자리에 눕지 않은 채 앉아서 밤을 새운 모양이다. 어제 앉아 있던 그 자세로 서로 부둥켜 안고 앉아 눈을 감고 있었다. 노인이 자리에서 일어나 앉았다. 그는 평화에게 다가왔다.


"젊은 양반. 내가 일러줄게요. 저쪽 북조선 땅을 보면 큰 봉우리가 하나 있어요. 그 아래 국경선은 매우 심한 낭떠러지가 강으로 맞닿아 있어 경비대들이 없어요. 그리고 새벽이면 국경경비대들이 보초를 서고 있지만 대부분 잠들어요. 그러니 내일 이른 새벽 강 건너 높은 봉우리를 바라보고 강을 건너면 성공할 겁니다."

"네. 어르신."

"맞아요. 우리도 직각으로 떨어지는 비탈을 타고 내려와 강을 건넜지요."

평화가 방문을 열고 나갔다. 그리고 강이 보이는 곳까지 걸어와 북조선 땅을 바라봤다. 노인과 수 아버지가 말한 직각의 산과 강이 맞닿아 있는 곳이 보였다. 언제 노인이 따라왔는지 평화 옆에서 그쪽을 향해 손짓을 하고 있었다.

할머니가 차려준 아침 밥상이 물려졌다. 그리고 오후가 들자 탈북자 세 명이 이곳을 떠나겠다며 평화에게 다가왔다.

"부디 성공하세요. 김경석과 그의 딸 지금 무지무지 고생하고 있어요. 정말 사람이 살 곳이 못됩니다. 우리 세 식구는 이곳을 떠나 북경을 향해 가려고 합니다. 귀한 돈 정말 잘 쓰겠습니다. 고맙습니다."

"네. 그렇게 하세요. 그리고 남조선에 무사히 들어오면 연락주세요."

평화는 자신의 핸드폰 번호를 메모지에 적어 수 아버지에게 주었다. 비참한 여정에 배가 고프면 먹으라며 노인 부부는 감자와 옥수수 가루를 그들에게 싸주고 이내 그들은 대문을 열고 집을 나갔다. 평화는 그들이 나간 대문에서 눈을 떼지 못했다. 다시 평화의 눈시울이 붉어졌다. 누구의 책임인가? 왜인가? 무엇이 북한 동족의 가슴을 멍들게 하고, 누가 집 버리고 조국을 버리고 허허벌판 만주 땅을 떠돌게 하는가? 도망자, 그 뒤를 쫓는 중국 공안과 북한 밀사들의 총부리가 이들을 찾아 혈안이 되어 있을 것인데. 평화는 큰 소리 내어 울고 싶었다. 땅을 치고 하늘에 주먹질을 해 대며 소리치고 싶었다. 한반도에서 이데올로기의 시작은 결국 북한 동족의 크나큰 고통으로 남겨졌다는 생각 끝에 어깨에 힘이 확 빠졌다.

"무사히 남조선으로 오십시오. 그래도 북조선보다야 낫지요."

평화의 중얼거리는 소리는 입 밖을 나가지 못했다.

하루 종일 그리고 밤까지 노인과 수많은 대화 속에는 남북한의 차이점을 주종을 이뤘다. 노인의 혀 차는 소리도 수없이 들었고 개자식들 나쁜 새끼들 소리도 수없이 들어야 했다. 배 골아 굶어 죽는 이가 헤아릴 수 없이 많고 이도 모자라 민중들을 총칼로 겁박하며 충성을 강요하는 백두산 아래 북조선 간부들의 행태에 노인은 울분을 토하기도 했다.

어느덧 밤은 깊어갔다. 평화는 새벽 떠날 채비를 하며 숨겨진 권총의 조각들을 맞춰 권총의 형태로 조립을 했다. 그리고 잠자리에 들었지만 잠이 오질 않았다. 창문을 보았다. 화려한 달빛이 들판에 가득한 흰 눈을 반사시켜 창문으로 들어왔다. 매혹적인 흰색이 눈부셨지만 결코 아름답지 않은 밤이었다. 잠시 눈을 붙인 평화가 노인을 깨웠다.

"이젠 갈 시간이 된 듯합니다. 어르신 그동안 고마웠습니다."

"그래요. 부디 성공하길 빌어요."

평화는 짐 꾸러미를 메고 집을 나섰다. 화려했던 달빛은 구름 속에 가려 보이지 않았다. 어둠이 지천인 들판을 가로질러 강을 향했다. 어제 보았던 높은 산봉우리가 강 건너에 희미하게 보였다. 주머니에 넣어둔 권총을 매만지다 이내 얼어붙은 강물 위로 들어갔다. 얇게 눈이 덮인 얼음 위에 발자국 소리가 사각사각 들렸다. 지금은 물이 메마른 겨울 갈수기였다. 강이라고 해야 겨우 십여 미터 정도 얼음판이었다. 평화가 강 건너에 도착했을 무렵 서너 명의 북한 국경경비대가 먼발 치에서 평화 쪽으로 걸어왔다. 평화는 급히 산속으로 몸을 숨겼다. 그리고 그들이 지나가기만을 기다리며 웅크리고 앉아있었다.

산은 생각보다 비탈이 거셌다. 마치 돌탑을 하늘로 곧게 쌓아 올린 듯 직각을 이뤘으며 그 틈새마다 드문드문 나무들이 자란 형색이다. 워낙 경사가 급한 지역이라 북한 국경경비대가 없다는 노인의 말이 생각났다. 평화는 돌 틈 사이에 손을 넣고 한 발 한 발 위로 오르기 시작했다. 굵은 나무에 의지해 몸을 일으키고 작은 가지를 잡고 또 한 발자국을 떼며 몸을 위로 끌어 올렸다. 어둠이 채 가시지 않은 산속의 바람은 매우 거세게 불었으며 어제 저녁 내린 눈이 희끗희끗 자리해 손과 발을 미끄럽게 했다. 산의 중간쯤 올라왔다. 평화는 잠시 쉬려고 돌 틈 사이에 엉덩이를 집어넣고 앉았다. 그때였다. 엉덩이에 깔린 작은 돌들이 아래로 흘러내리기 시작했다. 처음엔 하나둘 내려가 더니 이내 와르르 무너지며 무더기로 산 아래 경비병들이 지나다니는 길 위로 떨어졌다. 마치 천둥이 치듯 우르르 광광 대는 소리가 고요한 새벽의 굉음으로 들렸다. 위험하다는 생각이 순간 들었다. 평화는 몸을 일으켜 다시 기어오르기 시작했다. 그때 산 아래에서 국경 수비대 목소리가 들렸다.

"누구냐? 셋 셀 때까지 말을 해라."

평화는 다시 주저앉으며 몸을 제법 굵은 나무 뒤로 웅크렸다. 잠시 후 수십 발의 총성이 울리고 평화 주변으로 총알이 튀고 박히는 소리 가 들렸다. 평화는 더욱 몸을 낮춰 바닥에 엎드렸다. 한 발의 총알이 평화 바로 옆 돌에 박히더니 이내 돌 파편들이 튀어 평화의 머리를 강 타했다. 평화는 머리를 만졌다. 귓바퀴 근처 머리에서 혈액이 흘러내 렸다. 한동안 손으로 다친 곳을 지압하자 피가 멈췄다. 얼마의 시간이 더 흘렀다. 상황이 끝났다는 생각이 들자 다시 산을 기어올랐다. 가끔 씩 발걸음에 차인 돌덩이들이 산 아래로 흘러내려갔다. 온 몸에 땀이 흥건했다. 세차게 솟아오르는 숨소리를 참아내기가 버거웠다. 평화의 발걸음이 멈췄다. 드디어 산의 정상 능선지역이다. 평화는 쉴 여력이 없었다. 천천히 또는 빠르게 능선 길을 따라 걸었다. 동쪽 산 정상이 붉어지더니 이내 해가 솟아 산하를 붉게 물들였다.

고난의 길을 걷고 또 걸었다. 배고프면 언 감자덩이를 입에서 녹여 목으로 삼켰다. 쉬지 않고 걷고 또 걸었다. 다시 어둠이 찾아왔다. 한 치 앞을 볼 수가 없었다. 낙엽을 긁어모아 이불 삼고 누웠다. 강력한 모진 찬바람이 소나무가지를 휘감고 지나갔다. 새벽이 밝아왔다. 평화는 산 능선을 따라 또 걸었다. 목이 말랐다. 가지고 온 물병이 바닥을 드러냈다. 눈을 뭉쳐 입에서 녹였다. 눈 녹인 물이 달콤했다. 두 번째 날 어김없이 어둠이 찾아왔다. 그는 소나무가 우거진 숲으로 들어갔다. 우거진 숲 탓에 눈이 없었다. 평화는 그곳에서 떨어진 소나무 잎을 이불 삼아 또 하룻밤을 지새웠다. 탈진하기 직전이다. 먹을 것도 마실 것도 다 떨어졌다. 마지막 남은 희망은 의지력뿐이다. 육체와 정신이 모두 혼미했다. 삼일 낮밤을 고통 속에 보낸 늦은 오후. 평화는 회령 근처 산 아래에 도착했다. 동네가 내려다보이는 곳에 앉았다. 그동안 허겁지겁 달려오느라 잊었던 다친 부위에서 통증이 느껴졌다. 다시 어둠이 들려나 보다. 산 아래부터 검은 그림자가 점점 산 위로 올라왔다. 큰 길에서 산쪽으로 작은 길이 보였다. 평화는 그 길을 따라 시선을 옮겼다. 뜻밖이었다. 길의 막다른 곳에 초라한 집 한 채가 있었다. 그리고 사람이 있는 듯 굴뚝에서 연기가 피어올라 산으로 흩어졌다. 하늘이 준 기회였다. 평화는 살금살금 그 집을 향해 걸었다. 혹 모를 복병이 나타날지 모를 일이다. 주위를 살피며 걷는 걸음이 도둑을 닮아 있었다. 평화가 집 근처에 숨어 집 안을 들여다보았다. 칠십을 훨씬 넘긴 남자 노인이 아궁이에 불을 넣고 있었으며 가끔 할머니로 보이는 사람이 마당을 왔다 갔다 거닐고 있었다. 어둠이 가득 들어 한 치 앞도 보이질 않는 밤. 평화는 나뭇가지로 얼기설기 매어놓은 대문 앞에 섰다. 노인이 아궁이의 불씨들을 단속하고 방문 쪽으로 걸어갔다.

"저, 계세요."

노인이 대문 쪽으로 고개를 돌렸다. 순간 평화는 대문을 열고 안으로 들어갔다.

"뉘시오?"

"저 어르신. 잠시만 쉬어가고 싶은데 괜찮겠습니까?"

노인이 평화 쪽으로 걸어왔다.

"뉘신지 모르지만 안으로 들어오세요."

고마웠다. 평화가 안도의 한숨을 내쉬며 노인 곁으로 갔다. 노인은 멀쩡하게 생긴 젊은 사내가 이상하다는 듯 요리조리 평화를 훑어봤다.

"어디서 왔수?"

"배고프고 춥고 하니 잠시 들어가 말씀 드리겠습니다."

노인은 대꾸도 없이 앞장을 서 방문을 열었다. 평화가 노인을 따라 방으로 들어갔다. 방 안에는 조금 전 보았던 할머니와 또 한 명의 남자 노인이 소나무 옹이를 깎아 불을 붙인 광솔불 아래 다소곳이 앉아 있다가 평화를 보고 깜짝 놀란 듯 몸을 움츠렸다.

"웬 젊은이가 좀 쉬다 가고 싶다네. 대접할 것도 변변치 않은데."

"괜찮습니다. 어르신."

평화는 가방을 뒤져 미국 달러 몇 장을 주인 앞에 내려놓으며 그들을 안심시켰다. 노인은 다시 한 번 놀라며 평화를 정신 나간 사람인 듯 쳐다봤다.

"어르신. 놀라지 마세요. 저는 평양에서 온 사람입니다. 이곳 회령에서 할 일이 있는데 마땅히 묵을 데가 없어 이리로 찾아온 것입니다. 제가 남조선 사람들과 함께 사업을 하는지라 돈도 좀 있고 남조선 말을 아주 잘합니다. 놀라지 마세요."

노인 세 사람은 긴장을 풀고 편하게 자리하며 평화의 말에 귀를 기울였다. 저녁을 먹자며 삶은 감자 몇 알과 물 한 대접을 소반에 얹고 할머니가 들어왔다.

"돈을 준 젊은이가 고맙고 감사한 일인데 이걸 받아도 되는지 몰라서."

"며칠 숙박비라고 생각하십시오."

노인들은 감사의 말과 함께 고개를 숙이며 고마움의 진정성을 보였다.

"그래 여기 묵으며 할 일이 무엇이요? 우리가 도와줄 일이 있다면 말해요 도와줄 테니."

평화는 너무 급하게 말할 수 없었다. 좀 더 친분이 쌓인 내일쯤이나 사실을 말할 요량이었다.

"네. 오늘은 피곤해서 좀 쉬고 싶습니다. 제가 하는 일은 내일 말씀드리지요."

노인들은 고개를 끄덕이며 광솔불을 끄고 잠자리에 들었다. 평화는 잠이 오질 않았다. 며칠을 긴장하며 걸어와 잠이 올 법한데 몸은 무겁지만 정신은 다시 말똥거렸다. 매서운 북서풍이 손바닥만 한 창문을 쉼 없이 두드렸다. 노인들이 잠든 방문을 열고 살며시 나왔다. 언제 시작되었는지 함박눈이 하늘을 가득 덮었다. 마당에 쌓인 눈이 발목을 덮었고 나무들은 버겁게 눈덩이들을 지고 있었다. 그가 데리고 갈 김경석과 김유빈이 지척에 있다는 생각에 평화는 파르르 심장이 뛰었다.

잠시 눈을 붙인 새벽 날이 밝았다. 남자 노인 둘이 외출을 서둘렀다. 강냉이 농장으로 일을 하러 가야 한다고 했다. 하루라도 결근을 하면 목구멍에 풀칠조차 할 수가 없다고 했다. 평화는 노인에게 다짐을 했다.

"제가 여기 있다는 것을 그 누구에게도 말을 해서는 안 됩니다. 어르신."

노인 둘은 걱정하지 말라며 집을 나섰다. 평화는 집에 남아 있는 할머니와 그들의 생활상을 이야기하며 하루를 보냈다. 늦은 저녁 두 노인들은 집으로 들어왔다. 그리고 다시 어둠은 밤을 깊게 만들었고 광솔불 아래 네 사람이 마주 앉았다. 평화는 다시 미국 달러 몇 장을 노인들 앞에 놓으며 입을 열었다.

"어르신들. 부탁이 있습니다."

노인들은 귀를 종긋 세우며 평화의 입을 바라봤다.

"저는 평양에서 왔습니다. 남조선 친구와 사업을 하는데 그 친구의 삼촌이 이곳 회령 정치범 수용소 있다고 합니다. 저는 그 사람을 탈출시켜 평양으로 데려가고 싶습니다. 저를 도울 방법이 없겠습니까?"

"이봐요 젊은이. 그곳은 개미새끼 한 마리 얼씬거리지 못하는 무서운 곳예요. 감히 그런 생각을 하다니. 내일 아침에 그만 우리 집에서 나가요. 큰일 나겠네. 이런."

"그래서 제가 정보를 가지고 왔습니다. 수용소 책임자나 부 책임자가 근처에 산다면서요. 혹 그분을 만날 수 있다면 해결이 가능하다고 합니다만."

"그야 어렵지 않지. 그 책임자 집을 내가 알아요. 아마 탈북하다 잡힌 미모의 젊은 여자와 함께 살고 있다는 소문이 파다하던데."

"그렇군요. 그럼 내일 그 집 주소를 알아다 주시면 좋겠습니다. 만약 이 일이 성사되면 더 많은 돈을 드리리다."

노인들은 눈이 휘둥그레졌다. 이곳은 워낙 배고픈 사람들이 많아 돈이면 뭐든지 된다는 생각을 가지고 있다고 했다. 돈이 없어 굶어 죽는 사람들이 하루에도 수없이 나온다고 했다. 그리고 지체 높은 책임자들은 평양에서 파견되어 부인이 없기에 젊은 여자들과 놀기를 좋아한다고 했다. 평화는 돈과 여자란 말을 듣고 성공할 수 있다는 생각을 하며 모처럼 깊은 잠이 들었다.

# 피바다 그리고 **탈출**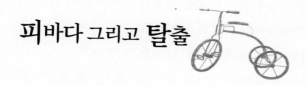

**평화가** 회령 근처 농가에 묵은 지 삼 일째다. 지난 이틀 동안 천지를 제압하던 눈발이 그치자 세상은 온통 흰색으로 뒤덮였다. 벌거벗은 산은 자연 스키장이 되어 있었고 다랑이 논밭은 흰 비단을 깔아놓은 듯 했다. 굽이굽이 굴곡진 부분에서 세찬 바람은 눈보라를 일으키며 몰려다니고 있었다. 저녁이 되자 농장으로 일을 나갔던 두 노인이 다정하게 집으로 들어왔다. 허리가 구부정한 할머니가 부엌 아궁이에 불을 때다 밖으로 나와 이들을 맞았다. 어느새 어둠이 들어 집 안은 깜깜했다. 불빛이라곤 오직 환하게 타오르다 다시 잦아들기를 반복하는 부엌 아궁이 나무 타는 빛이 전부였다. 얼마 후 두 노인과 할머니 그리고 평화가 광솔불로 주변을 밝힌 어둠이 도사린 방에 앉아 있었다.

"오늘 수고 많이 하셨습니다. 어르신."

"아니요. 목구멍에 풀칠하려면 움직여야지요. 평양이나 남조선 사람들처럼 조금 일하며 먹고 살 수는 없지요. 그래도 일이 없으면 우린 앉아서 굶어 죽어야 하니 다 고마운 일이지요.”

“어르신. 이곳에서도 남조선 소식을 알고 있습니까?”

“대충요. 남조선 사람들이 부자로 잘 살고 있다는 것 그리고 인간이 누려야 할 존엄성과 자유 등 우리와 비교할 수 없을 만큼 인간적으로 살고 있다는 것을 다 알지요. 그러니 지옥 같은 이곳을 벗어나 남조선 으로 들어가려고 많은 동포들이 무섭게 탈북하려고 하지요. 에고. 우리네 늙은이들은 대충 살다 죽을 날이 얼마 남지 않았으니 다 포기하며 살지 뭐.”

“자제분들은 지금 어디에 삽니까?”

“우리 애들요? 저 할멈과 내가 자식 여섯 명을 낳았지요. 아들 둘에 딸 넷. 세 놈은 열 살이 못 되서 배가 곯아 병이 들었고, 한 해를 못 넘기고 모두 다 죽었지요. 그리고 하나는 열다섯에 옥수수 농장 창고를 털다 잡혀 끌려갔는데 어디로 갔는지, 죽었는지 살았는지 알 수가 없고 나머지 아들 둘은 인민군에 갔습니다. 벌써 10년이 지났는데 아직 휴가인지 뭔지 오지 않고 있어 얼굴을 볼 수가 없지요.”

노인은 주름이 가득한 얼굴을 비비고 한숨을 토해냈다. 또한 눈시울을 적신 눈으로 가끔 천장을 올려보며 이야기를 했다. 묵묵히 노인의 목소리를 듣던 평화가 노인의 손을 잡으며 말을 이었다.

“어르신. 잘 살고 있을 겁니다. 무소식이 희소식이라고 하지 않습니까? 제가 무사히 일을 마치고 평양으로 돌아가면 자제분들의 상황을 알아내 연통하겠습니다. 제가 드린 돈이 적지 않으니 들통 나지 않게 식량을 구해 건강하게 사셔야 합니다. 어르신.”

노인 셋은 평화에 말에 감복하며 앉은 채로 연신 허리를 굽신거렸다. 평화는 결정적 기회인 것을 알고 다시 말을 꺼냈다.

"어르신. 제가 부탁드린 것 알아오셨는지요?"

"그럼요. 우리 생명의 은인인 젊은이 부탁인데."

노인은 어둠이 널브러진 방을 나와 밖으로 향했다. 그리고 잠시 후 아무렇게나 접은 종이 한 조각을 들고 들어왔다.

"자. 이것 받아요."

평화가 종이를 받아 광솔불빛 가까이 다가갔다. 종이엔 회령 정치수용소 소장, 부소장의 이름과 나이 출신지역 또 그들이 사는 집 주소와 그들의 현지처 노릇을 하는 여인의 이름, 그리고 그들의 출퇴근 시간까지 모두 적혀 있었다. 이에 놀라 잠시 말을 못하던 평화가 입을 열었다.

"고맙습니다. 진실이지요? 어르신."

"진실이고말고. 나도 젊은이가 준 돈 중에 일부를 주고 알아낸 것이요. 내가 엊그제 말했지만 이곳은 돈과 젊은 여자면 안 되는 일이 없어요. 부디 성공해서 불쌍한 이들을 구출해 주시오."

"고맙습니다. 어르신."

광솔불은 지글거리는 소리를 내며 타고 있었다. 진한 송진이 있는 곳에서는 활활 타오르다 송진이 부족한 부분에서 껌뻑 죽은 척하다 다시 불씨를 살려내고 있었다. 잠시 후 노인이 입으로 바람을 불어 광솔불을 끄고 하루 일과의 노곤했던 허리를 방바닥에 내려놓았다. 평화의 숨소리가 거칠게 뿜어 나오다 잠잠해지기를 반복했다. 노인들은 고된 노동의 현실을 코골이로 토해내며 깊은 잠에 빠져들었다. 평화는 살며시 방문을 열고 밖으로 나왔다. 영롱한 별들이 험상궂은 산하를 내려다보며 반짝거렸다. 인간은 같은 인간인데 사는 곳이 어디냐, 어느 정치 집단 아래에서 사느냐, 사회적 정서가 무엇이고 국가적 정서가 무엇인가에 따라 저 별을 바라보는 감성이 다를 수 있겠다는 생각이 들었다. 산하가 벌거벗겨진 이곳 회령 땅. 정치적 사회적 이데올로기가 판을 쓸고 간 뒤 주체사상과 인민들의 목숨으로 지켜내고자 하는 대대로 세습되어진 김씨들의 광란을 지켜보기만 해야 하는 민중들의 허약함이 있을 뿐이다. 인간을 포함 모든 생명체들의 몰골이 앙상한 현실 앞에 감성은 모두 메말랐고, 오직 목숨만 붙어 있게 해 달라고 모진 배고픔을 이겨내며 살아가는 피를 나눈 형제들이, 저 별빛들이 아름답다고 말할 수 있겠는가 라는 의문에 눈시울이 시큰거렸다. 그 생각 뒤에 수용소에서 모진 일과에 시달리고 있을 아버지 김경석을 떠올리자 가슴이 아려 부여잡을 수밖에 없었다. 조용히 방으로 들어온 평화는 내일부터 있을 행동의 동선들을 그려보다 잠이 들었다.

강한 북서풍이 밤새 창문을 넘나들던 시간 앞에 희미한 여명이 작은 창으로 스며들었다. 눈을 뜬 평화가 무엇에 놀란 듯 자리를 박차고 일어났다. 방 안을 두리번거리던 평화는 아직 노인들이 잠에서 깨어나지 않았음을 알고 혼자 빙긋이 웃었다. 얼마 후 노인들이 자리에서 일어났고 뜨거운 물과 삶은 감자 그리고 강냉이 죽을 준비해 먹으며 평화에게 수용소 위치와 어제 적어준 주소를 찾아가는 길을 대충 일러줬다. 노인들은 협동농장으로 가는 길을 재촉했고 평화는 집에 남은 할머니의 손을 잡으며 인사를 나누고 집을 나섰다.

회령의 산골짜기를 빠져나온 평화는 제법 넓은 길을 걸었다. 폭설로 많은 눈이 도로에 쌓여 있었으며 몇 대의 트럭이 지나간 바퀴자국이 눈 위에 선명하게 찍혀 있었다. 한동안 걸어도 사람들이 보이지 않았다. 늦은 아침밥을 짓는지 멀리 산 아래 굴뚝에서 연기가 피어올랐다. 회령 시내가 조금씩 보이기 시작했다. 차가운 바람을 막으려 얼굴을 천으로 감싼 몇몇 사람들이 어디론가 종종 걸음을 치며 걸어갔다. 어느새 시내가 눈앞에 다가와 있었다. 평화는 노인이 일러준 길을 되새기며 수용소 소장의 자택이 있다는 곳으로 발길을 재촉했다. 노인이 말하기론 늦은 아침이면 소장은 수용소로 출근을 하고 강제로 데리고 사는 젊은 여인만 집에 있을 거라 했다. 평화의 발걸음이 조심스러웠다. 그때 군인들을 실은 대형 트럭 한 대가 평화 옆을 지나갔다. 트럭 뒤에 탄 어린 병사들의 모습은 힘겨움 그 자체였다. 모진 추위와 강력한 명령 앞에 병사들의 얼굴은 죽은 사람처럼 희망의 빛이 보이지 않았다. 오라면 오고 가라면 가는 그들의 생각과 의지 그리고 자유와 배부름은 남의 말인 듯, 체념한 듯 끌려가고 있었다. 사람들의 통행이 거의 없는 죽은 도시 회령에도 해는 중천에 떠서 눈 덮인 산하를 내려보고 있었다. 넓은 대로가 좁아지는 사거리에 당도하자 노인이 일러준 작은 골목이 나타났다. 평화는 골목을 따라 걸어갔다. 얼마 후 노인이 일러준 붉은 벽돌로 지은 다가구 주택이 보였다. 이 건물 2층에 정치범 수용소 소장이 산다고 했다. 가슴이 두근거리기 시작한 평화는 조용히 다가가 2층으로 올라갔다. 그리고 조심스럽게 벨을 눌렀다. 집 안에서 딩동딩동 소리가 두세 번 들렸다. 숨죽여 기다리던 평화 앞, 문이 열렸다. 제법 아름다운 젊은 여인이 살짝 열린 문틈으로 얼굴을 조금 내밀며 평화 앞에 서 있었다.

"누구세요?"

"저 실례합니다. 저는 평양에서 온 중국 대사관 직원입니다만, 잠시 이야기를 나눌 수 있을까요."

"중국 대사관 직원이 왜요? 이곳이 누구 집인 줄 알고요. 큰 코 다칩니다. 어서 가세요."

"아닙니다. 소장님을 뵙고 싶었는데 벌써 출근을 하신 모양이군요. 그래서 대신 사모님께 말씀드리고 가려고요. 잠시만 시간을 내주시면."

"그럼 빨리 말하고 가셔야 합니다. 들어오세요."

여인은 똑똑하고 인상 좋게 생긴 평화를 의심하지 않고 안으로 안내를 했다. 두 개의 방을 가진 실내는 제법 깨끗하게 정리되어 있었다. 소파 없는 넓은 거실에 싸구려 양탄자를 깔아놓았고 티브이 한 대와 고급 양주병 서너 개가 권위를 자랑하듯 소중히 전시되어 있었다.

"이리 앉으세요. 차 한 잔 드릴까요?"

이목구비가 또렷한 미인형 얼굴을 가진 여인은 엷은 웃음을 입가에 흘리며 평화를 자리에 앉도록 권했다. 평화가 자리에 앉아 주변을 두리번거릴 즘 그녀는 국화로 만든 차라며 자랑하듯 평화 앞에 찻잔을 내려놓으며 앉았다.

"고맙습니다."

"어서 말해 보세요. 남조선 말씨를 하는 사내를 앞에 놓고 쳐다보려니 내가 다 떨립니다."

평화는 찻잔을 입에 댔다 내려놓으며 그녀의 바라보았다. 그리고 숨 한 번 깊게 내쉬고 입을 열었다.

"저. 우선 이것 받으세요."

평화는 점퍼 깊숙이 넣어두었던 봉투를 그녀에게 건넸다. 여인은 덥석 돈 봉투를 잡아들더니 봉투 안을 힐끔 보았다.

"와, 이 많은 돈을 왜 나를 주시는 겁니까? 미국 달러네요. 이것이 얼마나 됩니까?"

"얼마 되지 않습니다. 3천 달러입니다."

"내 생전 이런 큰 돈은 보지를 못했습니다. 그런데 왜 이런 큰 돈을 내게?"

"부탁이 있습니다. 평양에서 남조선과 중국 사람들을 상대로 무역을 하는 이가 있는데, 그 사람의 친구 김경석과 그의 딸 김유빈이 지금 이곳 정치범 수용소에 있다고 합니다. 이곳 주인어른이 소장님이시니 부인께서 조금만 힘을 써주시면 풀려날 듯해서 부탁하는 것입니다."

"안 됩니다. 큰일 날 일입니다. 목숨을 내놓아도 성사가 안 될 일입니다. 그만 돌아가 주세요. 이 돈도 필요 없습니다."

"부인. 일이 성사되면 이 돈의 세 배를 더 드리겠습니다. 이 돈은 착수금입니다."

"뭐요? 세 배?"

"네. 돈을 넣어두십시오. 그리고 삼 일 후 저 북쪽으로 삼십여 분 걸어가면 왼쪽으로 집이 한 채 있는 동네가 있습니다. 그곳 입구에서 어둠이 든 밤 8시에 김경석과 김유빈을 데리고 오시면 바로 미국 달러 9

천 불을 드리겠습니다. 그 정도 돈이면 북조선에서 편하게 살 수 있을 것입니다."

여인은 정신줄을 놓은 듯 어리둥절했다. 순간 바보가 된 듯 말을 잇지 못하고 평화의 눈만 뚫어지게 바라봤다. 평화는 순간 여인의 표정을 읽으며 가능할 것이란 예감을 했다.

"부인. 그럼 이만 돌아가겠습니다. 그리고 삼 일 후 밤 8시에 뵙도록 고대하겠습니다."

평화는 자리에서 일어나 현관 문으로 걸어갔다. 그녀는 그때까지 무엇에 홀린 듯 자리에 앉아 일어날 줄 몰랐다. 무엇인가 말을 하려는 입술이 실룩거리며 묘한 웃음을 지었다. 평화가 현관 문을 닫고 밖으로 나왔다. 그때 다급한 부인의 목소리가 들렸다.

"잠시 들어오세요."

평화는 다시 문을 열고 안으로 들어갔다. 부인은 자리에서 일어나 다시 그를 맞이했다.

"저기요. 거짓말 하는 것 아니지요? 돈 이야기."

평화는 점퍼 속주머니에서 돈 다발을 꺼내 부인에게 보여주며 입을 열었다.

"부인. 여기요. 여기 있습니다. 일이 꼭 성공하길 바랍니다."

부인은 다시 기절할 듯 휘청거리더니 이마를 짚으며 바로 섰다.

"알았습니다. 최선을 다해 보지요. 그들이 탈출을 하면 어디로 가는 것이지요?"

"북조선을 탈출시켜 남조선으로 보낼 것입니다."

부인은 다시 한 번 놀라는 표정을 짓더니 알았다는 듯 평화를 배웅했다.

평화는 절반의 성공을 거둔 듯 얼굴에 미소를 띠며 그 집을 나와 노인들의 집으로 발길을 돌렸다. 오후에 햇살이 설원을 기어다니며 반짝거렸다. 눈부신 그 빛에 눈이 시려 눈을 감았다 다시 뜨기를 반복했다.

눈밭을 살금살금 걸어 집으로 돌아왔다. 할머니 혼자 집을 지키고 있다가 평화를 보고 반겼다. 대접이 융숭했다. 감자보다 귀하다는 고구마를 새로 쪄서 동치미 한 그릇을 겸해 들고 들어왔다.

"우리는 귀하고 아까워서 생일날도 못 먹는 고구마입니다. 맛나게 드세요."

평화는 고구마를 먹으면서도 부인의 얼굴이 머릿속을 떠나지 않았다. 살짝 미소 띤 입술과 동그란 눈 그리고 아름다운 몸매. 그녀는 이곳 정치 수용소 소장의 애첩일 자격이 충분해 보였다. 평양에서 근무하던 직책 높은 사내가 이곳 회령까지 와서 소장으로 근무하며 외로워할 시간. 사내는 여자를 찾았고, 그중 수용소에 있는 아름다운 여인을 집으로 들여 애첩으로 삼고 사랑을 나누는 일. 그들의 사랑 방식도 돈과 명예 그리고 권력의 아성을 넘지 못함을 피부로 느낀 그런 날이었다. 이곳에 오면서 여러 사람들에게 들었다. 북조선에서는 돈과 권력, 계집이면 안 되는 일이 없다고 했다. 소장 부인이란 여자가 그렇게 쉽게 돈다발에 휘청거린 것도 예상 밖이었다.

밤이 찾아왔다. 일터에 나갔던 노인 둘이 들어왔다. 허기진 배를 채우고 셋은 다시 머리를 붙이고 앉았다.

"일은 잘 된 거요? 젊은이."

"예. 어제 말씀하신 그 집을 찾아가 부인을 만나고 왔습니다. 잘 될 것 같은 기분이 듭니다. 어르신."

"잘 됐군요. 이곳은 돈이라면 죽은 사람도 살려내지요. 그리고 소장 등 간부들은 모두 평양 출신입니다. 해서 여자가 궁하지요. 예쁜 여자라면 사족을 못 쓰지요."

"네."

평화는 세 분 노인들이 잠자리에 든 뒤 방을 나와 마당을 서성거렸다. 달빛이 너무 고왔다. 공기가 맑고 지세가 높아 손에 잡힐 듯 머리 위에 떠 있었다. 주먹만큼 큰 별무리들이 달 주변을 맴돌고 가끔 구름 몇 점이 달과 별을 헤집으며 어디론가 흘러갔다. 평화는 부산의 어머니를 생각했다. 그리고 차가운 국정원 감방에서 집중 조사를 받을 독도와 유경을 생각했다. 어머니의 간절한 소원 그리고 국정원 국장이 한 말이 되새김되어 귀에 들어왔다.

"김경석과 그의 딸 김유빈을 데리고 탈북, 한국으로 데려오면 너와 형제들 죗값이 가벼워질 것이다."

평화는 불행했던 어머니 이유빈의 운명적 인연들이었던 사람들에게 무엇인가 도움이 되어야겠다고 다시 다짐을 하며 소장 부인과의 사업이 틀어질 경우의 수를 꼼꼼히 생각하며 방으로 들어와 잠을 청했다.

다음날도 평화는 방과 마당을 오가며 아버지 김경석과 그의 딸 유빈을 생각했다. 서너 차례 마당을 빙빙 돌고 다시 방에 들어와 눈을 감고 삼 일째인 내일 밤을 초초하게 기다렸다.

시간은 흘렀다. 삼 일 밤이 오지 않을 듯 멀리 느껴졌지만 당일 아침 해는 앞 산 위를 힘차게 치고 올라와 하루의 시작을 알렸다. 하루가 삼 년처럼 느껴졌다. 평생 그렇게 긴 하루 해를 느껴보지 못했다. 할머니와 둘이 감자를 으깨서 옥수수 가루와 섞은 죽을 먹고 어둠을 기다려 집을 나섰다. 시간은 7시 30분을 넘기고 있었다. 배낭에서 권총을 꺼내 윗옷 깊숙이 넣은 평화는 동네 입구까지 걸었다. 아무리 젊고 건강한 청년 평화지만 심장이 두근거려 호흡이 가빴다. 암흑천지 산하는 간간히 구름을 뚫고 새나온 달빛에 눈밭이 드러나곤 했다. 하지만 서너 발치도 보이지 않은 완벽한 어둠이었다. 큰 길이 나 있는 동네 입구. 평화는 보다 짙은 어둠 속에 몸을 숨기고 일행을 기다렸다. 분명 부인은 최선을 다하겠다고 했다. 반신반의보다 기대가 더 컸다. 초초한 시간이 어둠 속에서 더디게 흘렀다. 평화가 시간을 봤다. 8시를 조금 넘어가고 있다. 평화의 기다림은 수십 년만에 만나는 첫사랑 여인의 기다림일까. 그 무엇과도 비교가 되지 않는 초초함이었다. 점점 시간은 흘러 8시 30분을 향해 가고 있었다. 평화는 서서히 마음을 내려놓았다. 깊은 한숨 소리가 어둠을 뚫고 설원에 내려앉았다. 평화가 모든 것을 포기하고 집으로 발길을 돌렸다. 그때였다. 평화의 귓바퀴 뒤에서 사람 소리가 들렸다. 평화는 순간 몸을 돌이켰다.

"누구요?"

하지만 대답이 없다. 평화가 몸 속 권총을 손에 잡고 살금살금 소리 나던 쪽으로 몇 발짝 걸어갔다. 짙은 구름 속에 가려 있던 달빛이 잠시 내려와 주변을 밝혔다. 순간 평화의 눈에 소장 부인의 얼굴이 보였다.

"부인. 나요. 오셨군요?"

부인의 목소리가 들렸다. 그리고 두 사람이 더 있는 형상이 평화 눈에 들어왔다. 평화는 그들이 쪼그리고 앉은 산속 나무 밑으로 걸어갔다.

"저 왔습니다. 그리고 청년이 찾던 김경석과 김유빈도 함께요."

"잘했습니다. 부인. 이곳은 위험합니다. 저를 따라 오세요."

평화는 일행을 데리고 노인들의 집으로 돌아왔다. 일을 마치고 귀가한 노인들이 뜨거운 물로 세수를 하며 분주히 어둠 속에서 움직였다. 평화는 부인과 아버지 그리고 유빈을 데리고 방으로 들어왔다. 광솔에 불을 붙인 불꽃이 흐느적거렸다.

"어르신들. 우리가 잠시 나눌 이야기가 있으니 자리 좀 피해 주세요?"

평화의 말이 끝나자 노인 세 분은 방을 나갔다.

"이 분이 김경석 그리고 이 분이 김유빈?"

"맞네만요. 그런데 댁은 뉘시오?"

평화는 김경석과 김유빈을 확인했다. 김경석의 몰골이 상상을 초월했다. 맞아서 다쳤는지 얼굴은 상처 부위가 여러 군데 있었고, 김유빈은 정신병자처럼 멍한 상태였다. 부인은 무엇에 쫓기는 사람처럼 아직까지 부들부들 떨고 있었다.

"김경석 씨."

"네."

"김유빈 씨."

유빈은 답을 못했다. 몸에서 영혼이 빠져나간 사람처럼 멍한 채로 평화의 눈을 바라보고 있다.

"저는 김평화라고 합니다."

김경석의 괴심치레 보이던 눈동자에서 불꽃이 일었다.

"무엇이라? 젊은이가 김평화란 말인가? 그럼 남조선에서……."

"네. 맞습니다. 김경석 씨는 저의 친부입니다. 그리고 김유빈은 저의 이복 동생이지요."

김경석은 말문이 막힌 듯 고개만을 절레절레 흔들었다.

"지금부터 차근차근 말씀드리겠습니다. 아버지. 그리고 동생 유빈아. 저는 아버지와 동생을 탈북시켜 남조선으로 데리고 가려 합니다. 그곳에는 이미 탈북한 김유경이 있고요, 어머니 이유빈도 계십니다. 그리고 아버지는 기억하실 것입니다. 독도라고 하는 형도 지금 남조선에 있습니다. 오늘 밤은 여기서 쉬고 내일 새벽에 출발할 것입니다."

평화의 말이 끝나자 아버지 김경석이 눈물을 뚝뚝 흘리며 평화를 와락 안았다.

"내 진작 너의 소식은 알고 있었다. 어머니 이유빈도 가끔은 소식을 듣곤 했지. 지금도 남조선 국경을 넘나드는 남파 공작원들이 있기에 가능하지. 그래 내 아들 잘도 컸구나. 고맙다. 평화라고 했던가? 그래 평화야."

"더 자세한 이야기는 앞으로 하기로 하지요."

동생 유빈이 언니 유경의 이야기가 나오자 눈을 휘둥그레 뜨며 믿기지 않는다는 표정으로 평화와 아버지 김경석을 뚫어져라 보았다. 유빈인 점차 정신이 드는 듯 했다.

"그리고 부인, 부인은 약속한 돈 드리지요. 자. 여기 있습니다. 받으세요."

평화는 돈 다발을 부인 앞으로 내밀었다. 그러나 부인은 돈을 쉽게 받지 않으려 했다.

"왜요? 약속을 지키셨고 수고하셨으니 당연히 돈을 받으셔야 합니다."

"저. 죄송합니다. 그 돈을 받지 않겠습니다. 그리고 저도 북조선을 탈출해 남조선으로 가면 안 될까요? 부탁드리겠습니다. 저도 함께 동행해 주십시오."

평화는 깜짝 놀라는 표정으로 자신의 귀를 의심했다. 그는 돈 다발을 손에서 놓쳤다. 띠로 묶인 미국 달러 서너 뭉치가 방바닥에 뒹굴었다.

"함께 가자고요? 부인. 그것이 진심입니까?"

아버지 김경석이 평화의 말을 막으며 입을 열었다.

"그래 평화야. 우리가 부인을 만난 시간이 오후 2시야. 그동안 그 집에서 많은 이야기를 했지. 하지만 부인도 우리를 따라 남조선으로 가고 싶다고 이야기를 하더라고. 이 부인도 불쌍한 여인이야. 늙은 수용소 소장 노리개로 살아간다는 것이 희망이 있냐? 결혼에 대한 약속이 있느냐? 어느 날 소장이 떠나버리면 부인은 바로 거지로 변할 수밖에. 가능하면 함께 동행하자. 평화야."

평화는 의외의 상황에 잠시 당황한 듯 했다. 하지만 아버지 김경석의 말을 듣고 거절할 수가 없는 양심의 진정성이 가슴을 뜨겁게 달궜다.

평화가 방문을 열고 노인들을 방으로 들였다. 평화는 아버지와 많은 이야기를 하고 싶었다. 하지만 북조선 노인들이 들을 수 없는 이야기가 있을 듯해 차마 입을 떼지 못했다. 긴 숨을 몇 번 내뱉던 아버지가 마음의 안식을 찾은 듯 코를 골았다. 그 옆에 정신 줄을 놓아버린 듯 멍한 유빈이 벽에 반쯤 기댄 채 눈을 멀뚱거리며 아버지 옷자락을 잡고 앉아 있다.

"유빈아. 그만 자자. 내일부터 힘든 고행의 길이 있을 게다."

평화는 방 안 모두가 방바닥에 등을 붙인 것을 확인한 후 허리를 바닥에 댔다. 방 안 네 사람은 노인들 세 명과 몸을 부대끼며 잠을 청했다.

험난한 여정일 것이다. 새벽 여명이 작고 음습한 골방을 비추자 누가 먼저랄 것도 없이 하나둘 눈을 떴다. 하지만 김유빈이 잠에 취한 듯 누워서 꼼짝도 하지 않았다.

그 옆에 있던 아버지 김경석이 유빈을 깨웠다.

"유빈아. 우리 남조선에 들어갈 때까지 긴장하자. 어서 일어나서 길을 떠야 한다."

한적한 산속 노인들의 집 안 곳곳은, 험한 먼 길 떠나려는 일행들의 움직임으로 분주해지기 시작했다. 마지막으로 할머니가 싸준 감자와 삶은 옥수수 보따리를 평화가 등에 멨다.

"젊은이. 부디 성공해서 평양에 잘 들어가세요. 그리고 평생 잊지 않겠습니다. 준 돈으로 우리는 당분간 배 곯은 일은 없을 것이오. 고마워요. 고마워."

할머니는 평화 일행이 평양으로 돌아갈 것이라 믿었다. 탈북을 할 것이란 생각은 꿈에도 못했다.

"아닙니다. 할머니. 그리고 할아버지. 건강하게 잘 사세요. 신세 많이 졌습니다."

네 명의 일행은 아직 어둠이 흥건한 집을 나와 깊은 산속으로 발걸음을 옮겼다. 대문까지 배웅을 나왔던 할머니가 산으로 향하는 일행을 바라보면서 고개를 갸우뚱했다. 집이 멀어질수록 태양은 그들 가까이 다가와 희미하게 산자락을 비췄다.

평화가 며칠 전 왔던 길이다. 그가 빠른 걸음으로 이틀을 걸어 도착한 곳. 그러나 일행 중 여자가 둘이다. 그 시간으론 두만강까지 갈 수 없다. 또 엊그제 큰 눈이 내려 제대로 걸을 수가 없었다. 평화는 시간을 쪼개기로 했다. 해가 질 때까지 걷자. 그리고 어둠 속 산속에서 기다렸다가 새벽녘에 또 하루를 걸어가면 두만강이 보일 것이다. 그 뒤 두만강을 건너 중국으로 들어가자. 평화는 일행에게 계획을 말했다. 그리고 가다 서다를 반복하며 그가 걸어왔던 길을 되돌아가고 있었다.

서너 시간 걸었다. 부인이 다리가 너무 아프다며 쉬었다 가기를 원했다. 평화는 숲이 우거져 눈이 쌓이지 않은 곳을 골라 그들을 안내했다. 울창한 나무 아래 솔잎이 돗자리를 편 듯 푹신했다. 아버지 얼굴에 상처딱지가 벌겋게 달아올랐다. 평화를 만나 한 마디도 하지 않은 유빈이 입을 열었다.

"오빠라고 했나요? 아저씨."

아버지가 말을 가로막았다.

"네 오빠란다. 어머니만 다른 너의 이복오빠야."

"네. 오빠. 남조선에 가면 유경 언니 볼 수 있는 거죠?"

"당연하지. 그곳에 가면 너의 작은아버지 내외와 조카들도 만날 수 있단다."

아버지가 깜짝 놀라 두 사람 사이로 끼어들었다.

"뭐라고? 천석이 삼촌이 남조선에 있다고? 네가 그것을 어찌 아느냐? 평화야."

"제가 남조선 국가정보원 직원입니다. 제가 떠나오기 전에 배를 타고 넘어온 탈북자가 있었는데 그중에 김천석이란 분이 있었고 그분이 유경이 작은아버지라는 말을 들었습니다."

"그랬구나. 성공했구나. 동생이."

아버지 김경석은 잠시 흥분하는 듯 얼굴이 확 달아오르며 미소를 지었다.

평화는 부인 옆으로 다가갔다.

"부인. 어떻게 이 두 분을 모시게 되었는지 궁금합니다."

"북조선에서는 미국 달러를 만질 기회가 없지요. 그날 소장이 퇴근해 왔고 늦은 밤 평소보다 더욱 뜨거운 사랑을 내가 소장에게 원했지요. 그리고 곧바로 이야기를 했습니다."

"뭐라고요?"

"그 사람이 달궈진 몸을 미처 식힐 시간도 없을 때였지요. 이곳 회령 정치범 수용소에 나의 친척이 있다는 소식을 오늘 들었다고. 그 사람 이름이 김경석과 김유빈이라고 했지요. 소장은 화들짝 놀라며 왜 진작 이야기를 하지 않았느냐고, 본인이 이곳 총 책임자인데 그깟 것 하나 못 빼주겠냐고 하더라고요. 고맙다고 했죠. 그리고 직원들과 회식이라도 하라며 저에게 준 미국 달러를 그 사람에게 주었어요. 오늘 친척이 찾아와 돈을 주고 갔다고 했지요. 그 사람은 조금도 의심하지 않고 돈을 받아 주머니에 넣었지요. 그리고 어제 그러니까 삼 일째 되는 날 점심 무렵에 차 한 대가 집 앞에 서더라고요. 그리고 잠시 후 이 두 분이 집으로 올라오셨어요. 지금쯤 소장은 속은 것을 알고 부대에 비상을 걸었을 겁니다. 그래서 서둘러 북조선을 빠져나가야 합니다."

"여자와 돈 그리고 사랑 앞에 남자들은 참 멍청합니다. 잘하셨어요. 부인."

일행은 간단히 음식을 먹으며 휴식을 취하고 없는 길을 만들며 깊은 산속으로 발길을 옮겼다. 무릎까지 올라온 눈을 헤치고 고개를 넘었나 하는 순간, 천 길 낭떠러지가 앞을 가로막고 있었다. 조심조심 비탈길을 내려가면 다시 깔딱 고개를 방불케 하는 고지가 눈앞을 가로막았다. 오르락내리락 몇 개의 봉우리를 지나자 밤이 찾아왔다. 솔 숲이 우거진 곳에서 밤을 새우고 다시 걸었다. 배가 고프고 피곤하고 다리가 아파 쉽게 걸을 수가 없었다. 삼 일째 되는 밤이 또 찾아왔다. 체력의 한계와 다리의 피곤함이 온 몸으로 밀려왔다. 그러나 더 이상 걷지 못할 것 같은 포기의 시간, 멀리 산 아래 얼어붙어 하얗게 길을 이룬 강줄기가 보였다. 해는 서산에 걸린 검은 구름 사이로 자취를 감추고 산속은 점점 어둠에 휩싸여 갔다. 평화가 일행의 걸음을 멈추게 했다.

"더 이상 가면 인민군 국경 수비대에 흔적을 보일 수 있습니다. 여기서 쉬며 새벽을 기다려 이 산을 내려가야 할 듯합니다. 그리고 곧바로 강을 건널 것입니다."

"그러자. 평화야. 네가 태어난 것을 보지 못하고 난 북조선으로 왔지. 그러나 내 핏줄 아들이 남조선에 있다는 것을 남파 공작원으로부터 들어 익히 알고 있었단다. 참 잘 커주었구나. 어머니 이유빈은 잘 계시지? 많이 보고 싶구나."

"어머니도 죽기 전에 아버지를 뵙는 것이 소원이라고 하셨습니다. 꼭 이루게 되실 겁니다."

"그래. 그리고 일본에서 왔다는 독도라는 친구도 남조선에 있다고 했지 않았니?"

"네. 어머니 말씀이 독도는 저의 형이 된다고 했습니다."

"그래 맞아. 아버지가 일본 분이고 어머니는 이유빈이 맞지. 남조선에 가면 몇 달 며칠을 이야기해도 다 못할 사연들이 있구나. 너의 어머니 이유빈의 운명적 인연들이지. 나도 너의 어머니한테는 죄인이고."

평화는 다시 음식 보따리를 풀어 일행들에게 먹기를 권했다. 그리고 잠시 후 산속은 한 치의 앞도 볼 수 없는 어둠이 가득 들었다. 아버지와 평화의 대화는 계속되었다. 정치범 수용소의 생활상이 주를 이뤘으며 어머니 이유빈의 생활도 아버지 김경석의 궁금증 중에 하나였다.

차가운 북서풍이 산속 밀림지대를 몰아치고 있다. 가끔은 눈보라를 몰고 나타나 일행의 얼굴을 강타했다. 마주 보고 있는 사람의 얼굴도 보이지 않을 정도의 어둠이 산을 지배했다. 얼마의 시간이 흘렀다. 음식 냄새를 맡고 왔는지 형체를 알 수 없는 산짐승이 주변을 어슬렁거리며 돌아다니는 소리가 들렸다. 발자국 소리로 짐작하건대 덩치가 매우 큰 놈처럼 느껴졌다. 일행은 서로를 부둥켜안고 소리에 집중했다. 소나무 잎사귀가 푹신하게 쌓인 곳이다. 놈은 일행 주변을 빙빙 돌며 점점 가까이 오고 있다는 생각이 들었다. 평화는 속주머니 깊숙한 곳에서 권총을 꺼내 잠금장치를 풀었다. 수 미터 앞에 놈의 형체가 어슴푸레 보였다. 더 이상을 방치하다간 사고를 칠 놈이었다. 아버지 경석이 작은 목소리로 입을 열었다.

"백두산 큰곰이다."

평화가 손에 잡은 권총의 총구가 놈을 따라 움직이기 시작했다. 드디어 놈은 앞발을 휘저으며 일행을 공격할 태세를 갖췄다. 그때였다. 평화의 권총 총구에서 불빛이 강하게 일더니 총성이 산을 뒤흔들었다. 어둠 속 잘 보이지는 않지만 시커먼 놈이 외마디를 지르며 땅에 뒹구는 모습이 희미하게 보였다. 두 명의 여자들이 무서움에 떨며 아악 소리를 질렀다. 평화는 혹 모를 재차 공격에 대비해 권총을 놈의 몸 쪽으로 향하고 경계심을 놓지 않았다. 하지만 주변은 조용했다. 평화와 아버지 경석이 놈 쪽으로 살금살금 걸어갔다. 거대한 몸집의 곰 한 마리가 산비탈을 몇 번 뒹굴다 소나무에 걸려 엎어져 있었다.

"평화야. 이젠 됐다. 죽었어. 놈이."

"네. 아버지. 대가리를 바로 명중시켰습니다."

두 사람은 다시 일행 쪽으로 되돌아왔다. 유빈이 겁먹은 얼굴로 아버지 경석을 와락 안았다.

"괜찮아. 이젠 모두 끝났다. 유빈아."

"오빠. 정말 멋있어요. 한 방으로 저렇게 큰 놈을 제압했어요."

"그래. 앞으로 어떤 위험하고 급한 일이 일어날 줄 모른다. 침착하고 정확하게 판단해 행동하면 모든 것을 이겨 나갈 수 있을 거야."

일행은 잠을 청했다. 하지만 제대로 잠을 이룬 사람은 한 명도 없다. 내일의 두려움과 희망 그리고 지나간 인연들의 만남을 상상하며 설레고 있었다. 아버지 경석이 평화에 귀 가까이 입을 가져갔다. 그리고 아주 작은 목소리로 소곤거렸다.

"평화야. 어머니가 부산에 산다는 이야기를 들었다. 지금도 부산에 사시냐?"

"네. 아버지. 한 가지 궁금한 게 있어요. 어머니 말씀이 제가 태어나기 일 년 전에 분명 아버지는 설악산에서 남조선 군·경에 쫓기다 총에 맞아 죽었다고 했습니다. 어찌 된 일인지요?"

"당시에는 남조선에서 북조선으로 파견한 북파 공작원이 있었고 북조선에서 남조선으로 파견한 남파 공작원이 공존하던 시대였지. 모두 엄청난 훈련과 정신력 그리고 일당백이 두렵지 않은 무섭게 조련된 인간 병기들이었다. 서울 시내를 활보하며 공작활동을 했었고 북파 공작원들도 평양 시내를 큰집 드나들 듯 활보하고 다닐 시기였다. 정보 당국에서 사건이 나면 남파든 북파든 당사자를 죽이지 않고 서로 교환했었단다. 그 이유는 그 공작원이 그동안 상대국 정보를 캐내갖고 있는 중요한 인물이었기에 서로에게 도움이 되었기 때문이다. 당시 설악산에서 난 생포되었지. 얼마 후 경찰이 산을 향해 대여섯 발 총을 쏘더라고. 그리고 그들은 어디론가 무전을 쳤어. 김경석을 살해했다고. 그 다음 난 눈을 가린 채 누군가에게 끌려 산을 내려왔고 곧바로 차에 실려 어디론가 갔지. 도착한 그곳은 남조선 국가정보원이었어. 그리고 며칠 후 판문점을 통해 북조선으로 넘어왔다. 나중에 알고 보니 남조선과 북조선이 협상을 해 서로의 공작원들을 교환했다는 소식을 들었다. 그게 전부다."

"그랬군요. 어머니도 비슷한 이야기로 짐작을 하시더라고요. 어찌되었든 지금까지 살아주셔서 고맙습니다. 아버지."

두 사람은 다시 침묵 속으로 빠져들었다. 아버지 코 고는 소리가 잠시 들리더니 유빈의 콧소리가 들렸다. 평화는 감은 눈을 뜨지 않았다. 그런 시간이 꽤 많이 흘렀다. 비몽사몽 잠을 설친 평화가 눈을 떴을 때 희미한 빛이 어둠 속을 파고들 태세로 동쪽 하늘을 희미하게 물들였다. 10여 미터 아래 꼬꾸라져 죽어 있는 곰의 실체가 어렴풋이 보였다. 황소만 한 덩치에 소름이 돋았다. 평화는 나머지 일행을 재촉했다. 그들이 다시 짐 보따리를 등에 메고 산 아래로 걷기 시작했다. 삼십여 분 걸었다. 며칠 전 평화가 올라왔던 가파른 절벽이 그들을 맞았다. 곧장 가면 10여 분이면 강에 도착할 것 같았다. 밤새 그토록 산을 강하게 지배했던 어둠의 절반은 물러갔다. 곧 동이 터올 것이다. 평화 일행은 조심조심 나무를 붙잡고 바위 틈에 손가락을 넣어 몸을 지탱하며 아래로 발길을 옮겼다. 하얗게 얼어붙은 강물이 띠를 이루며 어디론가 이어졌다. 다행인 것은 살짝 안개가 끼어 시야를 흐리게 했다. 국경경비대를 볼 수 없어 불안했지만 그들도 일행을 쉽게 볼 수 없을 것이란 생각에 마음이 놓였다. 산 끝자락과 강 사이에 국경 수비대의 순찰로가 보였다. 차량이 다닐 정도로 넓은 길이었다. 그 길을 건너 강으로 들어가면 곧바로 중국 땅으로 이어져 있다. 평화는 지형을 살피며 일행 맨 앞에 서서 도로에 접근했다. 평화 일행이 길에 발을 디뎠다. 그러나 며칠 만에 상황은 바뀌어 있었다. 분명 평화가 강을 건너 북조선으로 숨어 들어올 때 없던 철조망이 그들을 가로막고 있었다. 국경경비대가 며칠 사이 철조망을 설치한 것이다. 큰일이 아닐 수 없었다. 평화는 급히 일행을 산속으로 후퇴시켰다. 길이 훤히 보이는 바위 틈에 몸을 감추고 길과 강쪽의 상황을 예의주시했다. 아직 강 안개와 어둠이 제대로 걷히지 않아 모든 것을 감으로만 느낄 수 있었다. 잠시 후 일행의 눈에 무엇인가 움직임이 잡혔다. 평화와 아버지 경석이 한 곳을 뚫어져라 바라보고 있었다. 바로 국경경비대가 철조망 공사를 하기 위해 임시로 지어놓은 허름한 건물이 보였다. 그 건물 앞에서 경비병 한 명이 강쪽으로 소변을 보고 다시 임시 막사로 들어가는 것이 눈에 띄었다.

"아버지. 저는 남조선 말씨로 인해 저들을 설득할 수 없습니다. 아버지께서 이 미국 달러를 가지고 저들을 찾아가 강을 건널 수 있게 도와달라고 부탁해 보십시오. 만약에 아버지가 잡힌다거나 부탁이 이뤄지지 않을 시에는 이쪽을 향해 손으로 가위표를 하세요. 그러면 제가 저들을 죽이고 아버지를 구해 일행을 안전하게 강을 건너갈 수 있게 할 것입니다. 무슨 말인지 아셨죠?"

"그 방법밖에 없어 보이는 구나. 저들도 이정도의 미국 돈이면 가능할 것 같구나. 돈 이리 줘라."

아버지는 돈다발을 주머니에 넣고 살금살금 길을 향해 걸었다. 이를 조용히 지켜보고 있는 나머지 세 사람의 숨소리가 끊어질듯 다급했다. 아버지가 임시 건물 근처로 가자 경비를 서고 있던 경비병 하나가 아버지에게 총구를 겨누며 뭐라고 떠들었다. 아버지는 손을 머리 위로 들고 경비병에게 다가갔다. 그리고 잠시 이야기를 하더니 바지 주머니에서 돈 다발을 꺼내는 모습이 평화 일행의 눈에 들어왔다. 잠시 후 경비병은 아버지의 등을 총구로 떠밀며 막사 안으로 들이 밀었다. 경비병 그리고 아버지가 눈에서 사라진 시간. 평화는 속주머니에서 권총을 꺼내 잠금 장치를 풀고 십여 발의 총알을 장전했다. 국경 지대에 설치하고 있는 철조망 공사가 완성되지 않았다. 막사가 있는 곳에서 강 상류 쪽으로 50미터 지점에 공사를 하다 중단한 곳이 평화 눈에 들어왔다. 평화는 위급한 상황에 대처할 곳을 미리 확인하고 몸을 일으켰다.

"두 사람 잘 들으시오. 내가 지금 저곳으로 내려갑니다. 잠시 후 총소리가 들리면 지체하지 말고 저 위 공사를 하다 중단한 곳으로 마구 뛰세요. 난 아버지를 모시고 따라 뛰어갈 것입니다. 알았죠?"

유빈과 젊은 여인은 고개를 끄덕였다. 평화가 발길을 떼려고 할 즘이었다. 경비병이 아버지 옆구리에 총부리를 들이댄 채 막사를 나오고 있었다. 아버지는 두 손을 머리 위에 올리고 이쪽 일행이 보이는 곳까지 나왔다. 그리고 바지를 내리고 소변을 보는 척했다. 그리고 머리 위에 있던 두 손으로 가위표를 했다. 평화는 잠시 눈을 의심했지만 상황이 잘못 되어간다는 것을 쉽게 알 수 있었다. 잠시 후 경비병과 아버지가 다시 막사로 들어갔다. 평화는 지체 없이 곧바로 막사 뒤로 걸어가 막사 안을 살폈다. 경비병은 두 사람이었다. 아버지가 무릎을 꿇린 채 막사 바닥에 있었고 경비병들은 돈을 세며 희희낙락했다. 평화가 막사 앞으로 살금살금 걸어갔다. 그리고 순간 막사 문을 활짝 열고 권총의 방아쇠를 당겼다. 두 명의 경비병이 손에 미국 달러를 움켜 쥔 채 피를 튕기며 쓰러졌다. 평화는 아버지를 부축해 막사를 나왔다. 그리고 곧바로 철조망 공사가 미처 마무리 되지 않은 곳을 향해 달음 박질을 했다. 앞서 달려가고 있는 유빈과 젊은 여인이 보였다. 일행 네 명은 곧바로 한 덩어리가 되어 얼어붙은 강을 가로지르며 중국 땅 으로 향했다. 햇살이 완연했다. 얼음에 반사된 빛이 반사되어 잠시 눈 이 부셨다. 일행이 얼어붙은 강 중간쯤 왔을 때였다. 등 뒤에서 강한 총소리가 들리더니 이내 일행 주변에 총알이 마구 박혔다. 최소한 두 명 이상의 국경경비대가 일행을 향해 총을 쏘았을 것이다. 일행은 잠 시 몸을 낮춰 총알을 피하는 듯 했다.

"안됩니다. 다시 뛰어요 어서."

평화의 다급한 목소리가 두만강 주변을 쩌렁쩌렁 울렸다. 일행의 급한 발걸음이 이어졌다. 하지만 바닥은 얼음이었다. 유빈이 미끄러 져 넘어지고 이를 잡고 일으키려던 아버지가 또 다시 넘어졌다. 총알 은 계속 이들을 향해 날아와 얼음 위에 박히고 튕겨나가는 소리가 요 란했다. 평화가 유빈을 일으켜 앞으로 밀었다. 아버지는 뒤를 돌아보 며 앞장서 뛰고 있었다. 그때였다. 제일 뒤쳐져 뛰어오던 젊은 여인 이 국경 경비대의 조준 사격을 받아 얼음판 위에 쓰러지며 비명을 질 렀다. 순식간에 얼음판은 피로 물들여졌다. 여인은 가슴을 움켜쥐고 온몸을 바르르 떨었다. 평화가 잠시 이를 구하려고 걸음을 멈추다 이 내 포기하고 유빈의 손을 잡고 다시 뛰었다. 몇 발자국 갔을 무렵이 었다. 유빈이 억 소리를 내면 주저앉았다. 유빈의 허벅지에서 핏물 이 바지를 뚫고 새나왔다. 평화는 순간 당황했다. 그는 주저하지 않고 유빈을 등에 걸쳐 업었다. 그리고 마치 육상 100미터 선수처럼 달렸다. 어디서 그런 힘이 나왔는지 평화 자신도 몰랐다. 아버지와 평화 그리고 유빈이 무사히 중국 땅에 도착했을 무렵 더 이상 총소리는 들리지 않았다. 일행이 안전한 동네 어귀까지 도망쳤을 때 뒤를 돌아봤다. 국경 수비대 서너 명이 강으로 들어와 젊은 여인의 시체를 들고 북한으로 되돌아가는 것이 보였다. 아버지 김경석의 한숨 소리가 세차게 흘러나왔다. 유빈이 평화의 손을 잡고 흐느끼며 울고 있었다. 어디서 불어왔는지 귀를 떼어갈 듯 강한 바람이 이들을 휘감고 북한으로 날아갔다. 까마귀 떼가 두만강 위를 몇 바퀴 돌더니 북한 땅으로 날아가는 모습이 보였다. 또 한 무리의 까마귀 떼가 강 얼음 아래로 내려앉았다. 젊은 여인이 쏟아낸 핏물을 쪼아 먹으며 한동안 얼음판 위에서 푸드덕 날아다녔다. 아버지가 무거운 침묵을 깨며 입을 열었다,

"살아서 잡히는 것보다 낫다. 죽어서 잡힌 것이. 안타깝지만 어차피 경비대에 잡힐 몸이라면. 수용소에서 탈북하다 잡힌 사람들 수없이 보았다. 생지옥이다. 생지옥. 후……."

평화가 배낭을 풀었다. 그리고 얇은 속옷을 찢었다. 아버지는 찢어진 옷가지를 받아 들고 유빈에게 따라오라고 했다. 사람들이 다니지 않는 으슥한 곳으로 유빈을 데려갔다. 그리고 유빈의 바지를 벗겨 총알이 뚫고 지나간 허벅지를 꽁꽁 동여매 주었다. 평화는 일행을 데리고 며칠 전 묵었던 조선족 노인 집으로 향했다.

"계세요? 어르신."

노인은 금방 김평화의 목소리를 알아들었다. 그리고 곧바로 대문을

열고 일행을 반겼다.

"성공한 것이야? 아고 잘됐네. 그래. 이분이 젊은이가 찾아오겠다
던 아버지고. 이쪽은?"

"제 여동생입니다."

"이거 두 배로 축하 받을 일이구만. 축하해. 정말 축하한다고. 하하
하⋯⋯."

"어르신 덕분입니다. 제게 많은 정보를 주신 고마운 분입니다. 아
버지."

아버지 김경석은 아직도 실감이 나지 않는 듯 멍해 있었다. 두려움
에 제대로 눈을 뜨지 못하는 유빈의 초췌한 모습이 노인들 눈에 들어
왔다.

"젊은 처녀. 걱정하지 마. 이젠 큰 고생 끝이야. 그리고 이렇게 든든
한 오라비가 옆에 있는데 무엇이 걱정되나? 그저 맘 편히 먹고 오라
비가 하라는 대로만 하면 남조선으로 금방 들어갈 거야. 에고 불쌍한
우리 북조선 동포들. 에고, 에고. 저 더러운 김씨 왕조들. 나쁜 새끼들
이야. 정말."

노인은 마치 당신이 당했다는 듯 북조선 우두머리들에게 화를 내고
있었다.

노인은 일행을 따뜻한 방으로 안내했다. 그리고 고구마 삶은 것과
동치미를 들고 들어와 먹을 것을 권했다. 어제 아침부터 제대로 된 끼
니를 때우지 못한 일행이었다. 마치 누가 훔쳐 먹기라도 할 듯 서로
경쟁하며 순식간에 음식을 먹어치웠다. 문 밖에서 일을 하던 할머니
가 소리를 질렀다.

"눈이 와요. 엄청난 눈이 온다고요."

평화가 방문을 열고 밖으로 뛰쳐나갔다. 무섭게 내리는 눈이 순식간에 무릎까지 차올랐다. 앞이 보이지 않게 내리는 눈을 평화는 그냥 맞았다. 가슴이 시원했다. 어머니 이유빈과의 약속을 지켜냈다. 그리고 남한 국정원 국장과의 약속도 지켜냈다. 이제 안전하게 아버지와 유빈을 데리고 서울로 들어가기만 하면 된다. 평화는 머리에 쌓인 눈을 털어내며 오랜만에 뿌듯한 미소를 지었다. 그리고 큰 소리로 외쳤다.

"아버지. 어머니. 그리고 독도 형과 동생들. 모두 사랑합니다. 사랑한다고요."

큰 소리에 놀란 아버지 경석이 방문을 열고 나왔다. 그리고 서서히 눈 속에 파묻혀버릴 것 같은 평화에게 다가와 아들을 꼭 안았다.

"고맙다. 내 아들. 장하다 김평화. 사랑한다. 우리 가족 모두. 사랑해. 사랑해."

아버지의 목소리가 집 안을 휘감으며 눈발 사이로 울려 퍼졌다.

잠시 후 유빈이 방을 나와 이 모습을 바라보며 웃고 있었다. 두 남자의 포옹은 쉽게 떨어질 것 같지 않았다. 빙긋이 웃고 있던 유빈이 갑자기 엉엉 울기 시작했다. 굵은 눈물방울이 두 뺨을 타고 내려와 그녀의 발등에 툭툭 떨어졌다. 얼마 후 맨발로 마당으로 뛰어나온 유빈이 아버지와 오라비 평화를 두 팔로 힘차게 안았다.

"아버지. 그리고 평화 오라비. 고맙습니다. 사랑합니다. 유경 언니 보고 싶어. 엉엉엉……."

좁고 낡은 마루에서 이를 지켜보던 노부부가 눈시울을 손으로 훔치며 이들의 행복을 기원했다. 한동안 아버지 그리고 평화와 유빈은 서로의 체온으로 눈을 녹이고, 서로의 손으로 혈육의 눈물을 닦아주며 부둥켜안고 있었다. 중국 땅 두만강 유역 조선족 노인의 집엔 하루 종일 눈이 내렸다.

# 회색과 흰색 사이

**북동부 중국 땅.** 겨울의 끝자락을 잡고 오돌오돌 떨고 있는 시간을 보내고 있었다. 하루가 멀다고 눈을 동반한 모진 바람이 몰아쳤으며, 영하 2~30도로 곤두박질친 강추위에 만물은 얼어붙었고, 겨우 목숨 붙여 숨만 쉬고 있는 주민들이기에 대낮인데도 사람 구경하기 힘들 정도다.

조선족 노인 집에서 옥수수 강냉이 죽으로 아침식사를 마친 평화가 방문을 열고 밖으로 나왔다. 쇠로 만든 문고리에 손이 쩍 달라붙는 느낌을 받으며 문을 닫았다. 평화가 먼 곳을 응시하고 있다. 그의 눈이 고정된 곳은 어제 북한을 탈출할 즘 두만강에서 북한 국경 수비대의 총에 맞아 숨진 여인이 들것에 실려간 곳이다. 여인은 맨 뒤에 따라오다 총을 맞았다. 평화가 일행들을 앞세워 먼저 보내고 뒤따라왔다면 어찌되었을까? 평화는 등에 소름이 돋으며 심장이 오싹했다. 어슴푸레 아버지와 동생 유빈 그리고 이름 모를 여인과 함께 두만강으로 탈출하던 산허리가 보이고 그 아래 철조망 공사를 위해 지어놓은 움막이 강 너머로 보였다. 여인의 시체가 그 움막으로 들려가는 것을 평화는 똑똑히 보았었다. 숨막혔던 탈출의 시간들을 회상하자 긴 한숨이 저절로 튀어 나왔다.

잠시 후 아버지 김경석이 유빈을 데리고 밖으로 나왔다. 어제 오후부터 밤새 내린 눈이 싸리나무 울타리에 곱게 쌓여 있었고 무릎까지 차 오른 눈이 마당에 가득했다. 아버지가 마루 끝에 서 있는 평화 옆으로 다가왔다.

"평화야. 오늘 떠나야 하지 않겠니?"

"아닙니다. 아버지. 낮에 이동하는 것은 중국 공안이나 아니면 북조선 첩자들이 비밀리에 활동하는 시간이라 위험합니다. 오늘 낮에는 이곳에서 푹 쉬시고요 어둠이 지천을 가리면 그때 떠날 것입니다."

"그렇구나. 내가 빨리 남조선으로 가야 한다는 생각에 속이 좁았구나."

"유빈아. 무슨 말인지 이해되지? 빨리 가는 것이 중요한 것이 아니라 안전하게 남조선으로 들어가야 한다. 이곳은 워낙 치안이 불안하고 공안들이 탈북자들을 잡으려고 안달이 난 곳이야. 아버지는 옛날의 방식으로 하시는 것을 생각하고 계시지만 세월은 많이 변했지."

"그럴 게다. 꽤나 춥구나. 방으로 들어가자. 애들아."

평화는 아버지를 모시고 방으로 들어갔다. 노인이 농장에 간다며 방을 나서고 있었다. 두툼한 털모자에 검은 점퍼 차림의 노인은 눈이 가득한 마당을 가로질러 싸리문을 열고 밖으로 나갔다. 할머니가 따라 나와 배웅을 하고 방으로 들어왔다.

어제보다 얼굴이 편안해진 유빈이 평화의 일거수일투족을 유심히 그리고 다정하게 바라본다. 남조선에서 온 평생 한 번도 들어보지 못한 오빠라는 사람이 신기한 듯하다. 당당한 체구에 아버지를 많이 닮은 잘생긴 이목구비, 그리고 남조선 말씨를 쓰는 멋진 남자 평화, 유빈은 평화를 보면서 남조선 젊은이를 생각했다. 평양이나 정치범 수용소에서 가끔씩 엿듣던 남조선의 활발하고 생기 넘치는 거리를 연상하며 평화에게서 눈을 떼지 못했다. 언니 유경에 대해 자세히 묻곤 했다. 그리고 남조선 생활에 대해 알고 싶어 했다. 평화는 자상하게 남조선 젊은이들의 생활상과 풍족한 먹을거리 그리고 자유로운 연애와 자유로운 여행 등을 설명했다. 하지만 유빈은 마치 우주에서 온 사내의 말처럼 들렸다. 북조선에서는 상상할 수도 없는 남조선 이야기일 것이다.

낮잠을 청해 잠시 눈을 붙인 세 사람은 오후가 되어서 일어났다. 방문을 뒤 흔드는 차가운 북서풍 소리가 문을 떼어갈 듯 심하게 불어댄다. 할머니가 마당에서 눈을 치우고 있다. 평화가 밖으로 나와 할머니를 도와 눈덩이들을 울타리 밖으로 내던지기를 수십 번. 마당의 눈은 사람 다닐 수 있을 만큼 정리가 되었다. 할머니가 감자와 옥수수 강냉이 죽을 마련해 방으로 들어왔다. 일행은 이곳에서 마지막 만찬일 것이라 생각하며 맛있게 먹었다. 특히 유빈의 손놀림이 부지런히 움직였다. 이제 또 이런 음식을 언제 먹을지 그 누구도 장담할 수 없는 도망자 신세라는 것을 그녀는 알았다.

구름 속에 감춰져 있던 해가 잠시 나와 빙긋이 웃는 시간. 서쪽 하늘에 붉은 노을이 가득했다. 곧 어둠이 들 것이다. 평화 일행은 가방을 정리하는 시간으로 몰두했다. 평화는 가방 깊숙한 곳에서 이런저런 서류들을 다시 점검했다. 위조된 평화의 주한 중국 대사관 직원증, 그리고 아버지 김경석과 유빈의 위조된 중국 한국인학교 교사 자격증, 세 사람의 중국 비자, 여권 등을 세심히 챙겼다. 가방의 지퍼를 닫으며 깊은 한숨을 내쉰 평화가 자리에서 일어났다.

"아버지, 그리고 유빈아. 이제 출발하는 겁니다. 마음 단단히 먹고 어떤 경우라도 당황해선 안 됩니다."

"알았다. 나도 일전에 경험이 많으니 잘 대처할 것이다."

아버지와 평화가 커다란 봇짐을 등에 메고 방을 나섰다. 강을 건너 탈북할 때 입은 총상 때문에 아직 몸을 제대로 안정하지 못한 유빈은 먼 길 걷는 것조차 힘들 것이다.

일행이 할머니의 배웅을 받으며 싸리문을 나섰다. 어둠이 서서히 천지를 지배할 즘이다.

"부디 성공하길 바라요. 안정되면 한 번 놀러오세요. 잘 가요. 잘 가."

평화는 대충 대답을 하고 일행의 맨 앞에서 발길을 재촉했다. 유빈이 따르고 맨 뒤에 아버지가 커다란 짐 보따리를 지고 따라왔다. 일행은 길림성 지린으로 가야 했다. 그곳에서 비행기를 타고 한국으로 돌아가기만 하면 된다. 며칠 전 평화가 택시를 타고 5시간 이상을 온 길이다. 걸어서 수십 일이 걸릴지 모를 머나먼 여로다. 평화가 안주머니 깊숙한 곳에서 권총을 매만지며 걷고 있었다. 어둠이 지천을 가려 길이 잘 보이지 않았다. 대충 이쪽으로 가면 서쪽이려니 하면서 운에 맡기는 밤의 여정이다. 산을 넘고 강둑을 따라 길을 재촉했다. 가끔씩 동네가 보이긴 했지만 공중전화를 발견할 수 없었다. 평화는 전화가 가능한 곳이라면 먼저 주중 한국대사관에 전화를 할 계획이었다. 평화가 북조선을 탈출만 하면 수 시간 안에 특수조직에서 연락이 올 것이라고 국정원 국장이 말한 기억이 났다. 한국 국정원에서 이미 비밀스레 연락을 취해 대사관에서 알고 있을 것이라고 국정원 국장은 말하기도 했다. 연락만 닿으면 일행의 안전은 보장받은 것이나 다름없기 때문이다.

서너 시간 걸었다. 밤하늘엔 별들이 총총하다. 공기가 맑아서 그런지 바로 머리위에 주먹보다 큰 별들이 가득했다.

"오라버니, 조금 쉬었다 가세요. 다리가 너무 아파요. 아이고."

유빈이 땅에 엉덩이를 내려놓으며 앓는 소리를 한다. 평화가 시계를 보았다. 막 자정을 넘기고 있었다.

"아버지도 조금 쉬세요. 어차피 머나먼 길입니다."

"그러자구나."

아버지도 얼어붙은 차가운 땅 위에 엉덩이를 내려놓으며 긴 한숨을 내뱉었다. 평화는 가방 속에서 물을 꺼내 두 사람에게 건넸다. 그러나 그동안 물이 얼어 마실 수가 없다. 평화가 물병을 받아 겨드랑이 깊숙이 넣어 물을 녹일 셈이다. 얼마의 시간이 흐른 뒤 평화의 손에 녹은 물이 출렁이는 물병이 들려 있었다. 아버지와 유빈이 맛있게 물을 목으로 흘려보내고 마지막 평화가 물을 마셨다.

"아버지."

"그래 평화야."

"그동안 고생 많으셨습니다. 무사히 남조선으로 들어가게 되면 제가 행복하게 모실 것입니다."

"후...... 너한테 죄인인 내가 무슨 행복을. 그저 너의 두 동생 유경과 유빈 그리고 너의 어머니 이유빈 여사의 행복만을 난 빌 것이다."

유빈이 두 사람의 대화를 들으며 코를 훌쩍였다. 이제 스물하나 여린 처녀의 감성은 가족애의 따듯한 모습을 듣는 순간에 감동으로 다가왔다. 그때였다. 마치 두 눈에 불을 밝힌 듯 산짐승 서너 마리가 이들 옆을 지나가고 있었다. 덩치가 큰 놈은 송아지만 했고 나머지는 새끼들인 듯 보였다. 유빈이 깜짝 놀라 평화의 가슴으로 얼굴을 묻었다. 아버지가 일어서서 소리를 질렀다.

"이놈들. 저리 못 가. 어서."

산짐승들은 아버지 고함 소리에 놀란 듯 산 아래로 뛰기 시작했다. 눈을 밟으며 뛰는 소리가 마치 덩어리 눈이 나무에서 곤두박질치는 소리로 들렸다.

잠시 후 일행은 다시 걷기 시작했다. 가끔씩 구름 사이로 내려온 달빛이 고마웠다. 그러다 다시 먹구름이 하늘을 덮으면 산속은 암흑으로 변했다. 평화도 아버지도 넘어지고 다시 일어나길 반복했다. 유빈은 처음부터 아버지 옷자락을 잡고 걸었다. 아버지가 넘어질 때면 유빈은 꼼짝없이 한 몸이 되어 곤두박질쳤다.

또 서너 시간을 걸었다. 등 뒤에서 붉은 빛이 내려와 산하가 희미해졌다. 새벽의 여명은 이들의 걸음을 멈추게 했다. 예전보다 훨씬 강력해진 중국 공안들의 탈북자 체포에 탈북자들은 더욱 어려움에 처해 있다고 어제 할아버지가 말해준 기억이다. 또한 탈북자를 가장해 중국에 들어와서 진짜 탈북자들을 체포해 북송하는 임무를 띤 국경 수비대가 있다고 말했었다. 평화 일행은 샛강이 보이는 곳에 몇 채의 집이 옹기종기 모여 있는 마을로 걸음을 옮겼다. 얼어붙은 샛강은 하얀 눈을 뒤집어쓰고 어디론가 길게 줄을 이어갔다. 평화는 아버지와 유빈을 옥수수 대를 세워 쌓아놓은 더미 안으로 들어가 있으라고 했다. 아버지와 유빈이 옥수수대 더미 속을 헤집으며 안으로 몸을 숨겼다. 햇살이 동쪽 산등선을 타고 넘어오려 하고 있는 시간. 평화는 굴뚝에서 하얀 연기가 내뿜어져 나오는 집을 찾아 대문 앞에 섰다.

"계세요?"

평화의 대문 두드리는 소리는 조용한 새벽 마을에 큰 울림으로 들렸다. 잠시 후 안에서 인기척이 났고 중년의 여인이 대문 쪽으로 걸어왔다.

"누구세요? 이른 새벽에."

평화는 중국인의 집일지 몰라 순간 짧은 중국말을 머릿속으로 되뇌이고 있었다. 하지만 북한 사투리의 조선말이 여인의 입에서 나오자 가슴을 쓸어내렸다.

"저, 지나가는 나그네입니다. 잠시 몸을 녹인 뒤 가고 싶은데 도와주세요."

중년의 여인이 대문을 열었다. 그리고 잠시 뒤로 멈칫거리며 물러났다. 이곳에서 쉽게 볼 수 없는 깔끔한 인상에 젊은 남자, 그리고 남조선 말투에 놀란 모양이다. 여인은 소여물을 끓이고 있는 남편을 불렀다. 그러자 한 남자가 여인 곁으로 다가와 평화와 눈을 마주쳤다.

"여보. 이상한 사람예요. 이곳에서 볼 수 있는 탈북자가 아닌 것 같아요."

평화가 미안한 듯 고개를 머쓱하다 입을 열었다.

"죄송합니다. 저는 주 중국 한국 대사관에 다니는 직원입니다. 잠시 이곳에 왔다가 길을 잃어……."

"네. 그렇군요. 어서 들어오세요."

남편은 생각보다 쉽게 평화를 맞아 안으로 안내했다. 부엌에 불을 때던 남편은 평화에게 아궁이 불로 손을 녹이라며 앉으라고 했다.

"저. 아저씨. 사실은 아버지와 어린 여동생이 함께 왔습니다. 잠시 이 집으로 들어와도 괜찮겠는지요?"

"아니 무슨 소리를 하는 겁니까? 혼자가 아니란 말이요?"

"네. 죄송합니다. 자세한 말씀은 나중에 드리지요."

"그래 어디 있어요? 아버지와 동생은."

"집 뒤에 옥수수 대에 들어가 매운바람을 피하고 있습니다. 결코 탈북자나 불량한 사람들 아닙니다. 안심하세요. 아저씨."

한동안 말을 잊지 못하며 고개를 갸우뚱하던 남자는 일행을 들어오라고 했다. 평화가 다시 대문을 나가려고 할 즘이다.

"조심하세요. 어제도 요 옆집에 숨어 있던 탈북자 세 명이 중국 공안에 잡혀갔어요. 두 명은 도망치다 저 산 밑에서 비밀로 들어와 활동하는 북조선 경비병에게 총을 맞아 죽었고요. 혹 모를 일이니 내가 가서 데려오리다. 잠시만 여기 있어요."

사내는 대문을 열고 집 뒤로 걸어갔다. 평화는 잠시 불안감이 몰려왔다. 그는 집 담을 넘어 밖을 볼 수 있는 곳으로 가 머리만 내밀고 아버지와 유빈의 안전을 감시했다. 사내가 옥수수 더미 앞에서 두 사람을 불렀다. 먼저 아버지 김경석이 나오고 곧바로 유빈이 옥수수 잎을 머리에 뒤집어쓰고 뒤뚱이며 걸어 나왔다. 사내가 자기를 따라오라는 시늉을 했다. 아버지와 유빈이 사내를 따라 살금살금 걸었다. 그들이 대문 앞에 다다라 평화는 안심했다. 잠시 후 대문 안으로 들어온 일행은 평화와 함께 아궁이 앞에 앉아 불에 손을 녹이고 있었다.

그때였다. 누군가 밖에서 대문을 힘차게 두드리는 소리가 들렸다.

"문을 여시오. 문 열란 말이야."

이 집 사내는 얼굴이 확 달아오르며 이들을 집 뒤 지하 창고로 들어가라고 급히 말했다. 평화 일행은 집과 담 사이로 난 좁은 길을 따라 집 뒤로 황급히 들어갔다. 그곳에는 거적이 걸쳐진 지하 통로가 있었다. 평화는 아버지와 유빈을 지하로 밀어 넣고 자신도 거적을 닫으며 들어갔다. 김치와 장을 담은 여러 개의 항아리가 있었다. 평화가 몇 개의 항아리 뚜껑을 열었다. 먹다 남은 김치와 된장 등이 담겨져 있었다. 그중 양이 가장 적은 김치항아리 하나에 아버지를, 반쯤 된장이 차 있는 항아리에 유빈을 밀어 넣고 뚜껑을 밖에서 닫았다. 얼마의 시간이 흘렀다. 사람들의 웅성거리는 소리가 점점 가까이 들렸다. 그들은 집 뒷편을 수색하려고 일행이 있는 지하 창고 근처로 다가왔다. 평화가 다시 한 번 지하 창고를 두리번거렸다. 하지만 평화가 숨을 만한 곳을 찾지 못했다. 밖에 있던 사내들이 거적을 들어 올리고 안으로 들어왔다. 절체절명의 순간이 평화 일행에게 다가왔다. 평화는 가슴에 차고 있는 권총을 손으로 잡으며 가장 어두운 곳에 몸을 피했다. 진한 북한 말투나 짧게 깎은 머리로 봐서 북한 경비대 비밀 요원이 분명했다. 건장한 사내 둘이 아버지가 숨어 있는 장독 뚜껑을 열려고 다가갔다. 그때였다. 어두운 곳에서 강력한 소리와 함께 권총이 불을 뿜었다. 아버지 항아리에 손을 대려던 사내가 욱 소리를 끝으로 땅으로 고꾸라졌다. 조금 뒤에 서서 이를 지켜보던 사내가 자신의 옆구리에 손을 집어넣고 무엇인가 꺼내려는 순간, 평화의 권총이 다시 불을 뿜었다. 그 사내 역시 머리를 장항아리에 박으며 가슴을 움켜쥐고 고꾸라졌다. 두 발의 총성이 멎을 무렵 집주인 사내가 지하 창고 안으로 들어왔다. 놀란 얼굴이 백지장처럼 창백했으며 두 손을 바들바들 떨고 있었다.

"괜찮습니다. 주인어른. 이곳은 지하 창고이니 총소리가 멀리 가지 못했을 겁니다. 그리고 저희 일행에 대해 자세히 말씀드리겠습니다."

평화의 말투가 매우 빨랐다. 평화도 놀랐을 것이다. 아직 진정할 시간이 지나지 않았다. 하지만 집주인에게 보다 빠른 시간에 자신의 처지를 말하지 않으면 또 다른 사고가 날 것 같은 예감이 들었다.

"저는 남조선 사람입니다. 그리고 아버지와 동생 유빈은 저의 혈육들입니다. 제가 북조선에 가서 짐승보다 못한 고생을 하고 있는 혈육들을 탈북 시켜 그저께 이곳으로 넘어왔습니다. 이제 우리 일행은 남조선으로 들어가면 됩니다. 한동안 두려움을 드려 죄송합니다."

평화는 지체하지 않았다. 즉시 배낭을 열어 미국 달러 한 움큼을 집주인에게 건넸다.

"돈이 궁하다고 들었습니다. 저를 용서하시는 마음으로 받아주십시오."

주인은 돈을 받지 않고 멈칫하며 물러났다. 평화 손에 있던 돈다발이 바닥으로 흩어졌다.

"돈이 문제가 아니라 저 죽은 사람들 어떡할 것입니까?"

"어르신. 이 돈으로 저 사람들 몰래 매장해 주십시오. 충분할 것입니다. 만약 북조선 경비대가 이 사실을 안다며 어르신도 다칠 것입니다. 부탁합니다."

평화는 항아리 뚜껑을 열어 아버지를 나오게 했다. 그리고 된장 항아리에 장아찌처럼 박혀 있던 유빈의 손을 잡아 그녀를 밖으로 나오게 했다. 아버지는 무릎까지 김치에 절어있었고 유빈은 배꼽까지 된장이 묻어 있었다. 집 주인은 바닥에 떨어져 흩어져 있는 돈을 주섬주섬 챙기며 긴 한숨을 입 밖으로 몰아내며 입을 열었다.

"알았어요. 부엌에 가면 따듯한 물이 솥단지에 있어요. 씻고 난 후 방에 가서 잠시 눈 붙이고 몸 좀 녹인 다음 바로 길을 떠나세요. 더 이상 인연이고 싶지 않습니다."

집 주인은 어디선가 거적을 두 장 가져가 죽은 사내들을 덮어주고 평화 일행을 부엌으로 안내했다.

아침 안개가 산으로부터 자욱이 밀려왔다. 희끗희끗 눈발이 안개 속을 비집고 흩날렸다. 유독 깊은 된장독에 빠졌던 유빈이 몹시 힘들어했다. 아버지가 유빈을 데리고 부엌으로 들어갔다. 얼마 후 얼굴이 말끔한 유빈이 아직도 겁에 질린 듯 고개를 숙이며 부엌을 나왔다. 잠시 후 아버지와 일행은 방으로 들어갔다. 집주인이 안내한 방 한쪽 구석에는 옥수수 대를 엮어 만든 감자 창고가 있었으며 주인 아내는 감자를 한 바가지 덜어 방을 나갔다. 아버지와 유빈이 벽에 기대 눈을 감고 있는 사이 평화와 집주인은 시체처리 문제를 갖고 대화를 하기 시작했다. 동네 가장 친한 사람 두 명을 돈으로 설득해 오늘 밤 동네 사람들 눈에 띄지 않게 산속에 매장하자는 합의가 이뤄졌다. 평화는 배낭을 열어 약간의 돈을 집 주인에게 또 건넸다. 집 주인은 매우 고마워하면서도 시체 처리에 고민하는 모습이 역력했다.

한 시간여가 흘렀다. 집주인 아내가 삶은 감자를 솥단지째 들고 들어왔다. 그리고 다시 방을 나가더니 동치미 무를 한 바가지 들고 들어와 아침 식사를 하자고 했다. 일행은 감자 한 입에 동치미무 한 입을 교대로 씹으며 허기진 배를 달랬다. 주인은 대낮에 동네를 돌아다니면 또 북조선 경비대 잔병들에게 발각될지 모르니 하루 종일 방에서 나갈 생각하지 말고 쉬라고 했다. 평화 일행은 모처럼 방바닥에 누워 잠을 잤다. 그러나 잠을 깊게 잘 수 없었다. 우선 집 뒤 창고에 피를 흘리며 죽어 있는 북조선 경비대 두 명이 눈앞에서 떠나지 않았다. 아버지는 자신들 때문에 곱게 자란 아들 평화의 마음 육체 고생이 많다며 미안하다는 말을 연신 내뱉었다. 가끔씩 눈물을 흘리며 코를 훌쩍이는 유빈의 마음을 다 읽을 수가 없다. 그저 미안한 마음과 앞으로의 고생길, 또 지나간 모진 고통의 세월에 가슴이 시려 아팠기 때문일 것이다.

밤이 찾아왔다. 집 밖을 나갔던 집 주인이 돌아왔다. 그 사이 평화는 길을 떠날 준비를 마치고 있었다. 겨울의 칙칙함이 잔뜩 묻어 있는 곳이라지만 저녁나절의 쓸쓸함이라는 것은 그 어느 곳보다 더했다. 잔설이 남아 있는 들판에 안개가 스멀거리며 기어다니고 어둠의 그림자들이 산 계곡으로부터 하나둘 내려와 집을 에워쌌다.

"주인어른 이제 집을 떠날까 합니다."

"그래 푹 쉬었나요? 밤 9시에 동네 청년 둘을 오라고 했습니다. 돈도 넉넉히 주면서요. 저 시체들은 잘 묻어 줄 테니 걱정하지 말고 그저 안전하게 남조선으로 들어가세요. 행운을 빕니다."

"저, 아저씨. 이곳에서 얼마쯤 가면 전화를 걸 수 있거나 택시를 탈 만한 곳이 있나요?"

"두 시간쯤 가면 시내가 있지요. 그곳에는 집집마다 전화가 있고 택시가 즐비합니다. 여길 나가서 오른쪽 길로 곧장 가면 되지요."

"감사합니다. 그럼."

평화 일행은 집주인 부부의 배웅을 받으며 집을 나섰다. 잠시 후 두 갈레 길이 보였다. 주인이 알려준 대로 오른쪽 길을 따라 빠른 발걸음을 옮겼다. 어둠 속에 갇힌 도망자 아닌 도망자의 길이었다.

한 시간여를 걸었음 즘이다. 어둠이 더욱 짙어지면서 길의 흔적이 보이지 않았다. 어디선가 먹구름이 몰려온 듯했다. 일행은 발걸음을 멈춰야 했다. 평화 배낭에 손전등이 있었지만 미용지물이었다. 사람들의 눈을 피해 밤길을 걷는 사연 속에 손전등은 무의미했다. 잠시 숨을 고르며 서 있던 일행에게 함박눈이 퍼붓기 시작했다. 순식간에 발목을 덮더니 이내 무릎까지 올라 온 눈 더미에 놀라지 않을 수 없었다. 불과 수십 분 사이의 일이다. 맨 뒤에 따르던 평화가 앞장을 섰다. 평화는 발을 질질 끌어 눈길을 내고 그 뒤를 유빈과 아버지가 졸졸 따라 걸었다. 한 발 한 발 걷는 모습이 어기적거렸다. 평화의 이마에 땀이 맺히더니 이내 눈자위로 흘러내렸다. 세찬 바람이 몰려왔다. 눈을 뜰 수 없을 만큼 눈보라가 얼굴을 때렸다. 머리에 쌓인 눈을 손으로 털어내자 한 무더기가 땅으로 곤두박질쳤다.

"아버지. 힘내세요. 남조선으로 들어가는 일 얼마 남지 않았어요."

"그래. 유빈아. 너도 힘내라. 네 오빠가 정말 고생이 많다. 우리를 위해. 고맙다 평화야."

평화는 아버지 목소리를 들으며 더욱 힘차게 눈을 끌어 헤치며 발걸음을 옮겼다. 얼마 후 길을 벗어난 평화가 밭둑 아래로 곤두박질치며 고꾸라졌다. 당연한 결과였다. 길 위에 쌓인 눈이 길을 잃게 했다. 밭둑 아래 눈 속에 파묻힌 평화가 아버지의 손을 잡고 다시 기어 올라왔다. 유빈이 키득거리며 웃었다.

"그래. 유빈아 마음껏 웃어라. 너의 웃음소리를 듣고 있자니 내 무거운 어깨가 가벼워진다."

"저 애의 웃음소리를 얼마 만에 듣는 것인지 난 기억조차 없다. 그러니 내가 우리 애들에게 얼마나 못된 애비였었는지 미안한 마음 가득하단다."

평화는 다시 눈을 헤치며 앞장을 섰다. 길을 잃어 논이나 밭으로 걸음을 옮기는 일이 자주 일어났다. 그때마다 평화는 오뚝이처럼 다시 제 길을 찾아 발걸음을 옮겼다.

두 시간 이상 걸었을 때였다. 얼마 전 집주인이 일러준 대로 드문드문 전기불빛이 보이기 시작하더니 이내 환한 도시의 모습이 멀리 눈에 들어왔다. 규모는 그리 크지 않은 작은 도시처럼 보였다. 가끔씩 차량들이 헤드라이트 불빛을 내보이며 시내를 돌아다녔다. 앞장을 섰던 평화가 걸음을 멈추고 아버지를 바라봤다.

"아버지. 이젠 우리 살았습니다."

"무슨 이야기냐?"

"아버지. 저 시내에 가면 택시가 있을 겁니다. 우린 택시를 타고 지린으로 갈 겁니다. 그리고 그곳에서 비행기를 타면 곧바로 서울로 가게 됩니다. 이젠 살았습니다."

"안심하면 안 된다. 마지막까지 최선을 다하는 세심함이 필요하다. 예전의 내가 활발히 활동할 때도 세심한 마음 하나가 결국 일을 만들어내더구나."

"네. 아버지."

평화는 육체의 한계를 느끼는 듯 깊은 숨을 몰아쉬며 마지막 힘을 다하고 있었다. 다행인 것은 눈발이 잦아들면서 길이 훤히 드러나 있었다. 내린 눈의 양도 조금 전의 절반 밖에 되지 않아 겨우 발목을 덮을 뿐이었다.

일행은 시내로 들어가는 길목에서 잠시 고민을 했다. 밤 10시, 아직 사람들의 통행이 있을 시간이었다. 혹 모를 중국 공안이나 북조선 비밀 체포 경비병들에게 발각될 일을 걱정했다. 결론은 시내로 들어가서는 안 된다는 아버지의 말을 따르기로 했다. 평화는 남조선 증명서와 말투가 있으니 발각되더라도 문제될 것이 없겠지만 아버지와 유빈은 빠져나올 방법이 없어보였다.

"아버지와 유빈 동생은 여기서 기다려 주세요. 제가 택시를 잡아 이리로 와 함께 타고 가는 방법으로 여길 빠져나갈 생각입니다."

아버지는 마지못해 허락을 하고 유빈을 데리고 옥수수 대를 묶어 쌓아놓은 더미를 비집고 들어가 몸을 숨겼다. 평화는 이를 확인하고 제법 빠른 걸음으로 시내를 향해 걸었다. 버스 한 대가 평화 옆을 지나갔다. 앞에 약국이라는 간판이 보였고 몇 개의 음식점들이 눈에 들어왔다. 평화는 우선 중국 빵을 몇 개 샀다. 그리고 택시를 찾아 주변을 두리번거리고 있었다. 그때 팔뚝에 공안이라고 쓴 사내 둘이 평화에게 다가왔다. 중국말로 무엇이라고 하는데 알아들을 수가 없었다. 평화는 답을 못한 채 배낭을 뒤져 주 중국 한국대사관 증을 그들에게 보였다. 그들은 이를 확인하고 뭔가를 비웃으며 손을 흔들고 자리를 떴다. 잠시 긴장감이 흘렀다. 평화가 대사관 증을 다시 배낭에 넣고 택시가 있을 만한 곳으로 발걸음을 옮겼다. 그때 길 건너에서 실랑이가 벌어지고 있는 모습이 눈에 들어왔다. 북한 말씨를 하고 있는 서너 명 가족 단위의 사람들과 중국 공안이 서로 밀치고 당기며 무엇인가 다투고 있었다. 그때 평화의 머릿속에 무엇인가 탁 치고 지나가는 생각이 있었다. 저것이 바로 탈북자를 체포하고 이내 북한으로 돌려보내지는 현장임을 직감했다. 남의 일처럼 보여지지 않았다. 얼마 후 한 대의 군용 트럭이 나타나더니 탈북 가족들을 차에 싣고 어디론가 쏜살같이 달려갔다. 아이들과 여자 어른들의 울부짖는 소리가 들렸다. 점차 차가 멀어지며 그 소리도 잦아들었다. 갑자기 머릿속이 텅 비어 버린 듯 평화는 멍한 자세로 서 있었다.

평화가 뚜벅뚜벅 시내를 걸었다. 멀리 차 한 대가 평화 쪽으로 달려왔다. 택시였다. 평화는 손을 세차게 흔들어 차를 세웠다. 그리고 아무 말 없이 차 뒷좌석으로 올라탔다. 한국에서 배운 기본적인 중국말을 앞세워 상황을 설명했다. 기사는 흔쾌히 돈을 받아들고 아버지와 유빈이 숨어 있는 옥수수 더미로 차를 몰았다. 평화가 차에서 내렸다. 그리고 아버지와 유빈을 불렀다. 머리와 온 몸에 옥수수 대 가루들이 가득했다. 이를 털어낸 일행은 택시를 타고 다시 시내로 들어와 지린으로 향했다.

얼마를 갔을 무렵이었다. 택시가 갑자기 방향을 틀더니 이내 뒤돌아 달리고 있었다. 앞자리에 앉은 평화가 눈짓 손짓으로 왜냐고 물었다. 하지만 기사는 아무 말도 하지 않고 시내 중심가로 달려갔다. 말이 통하지 않으니 황당하다는 생각만 갖고 있을 무렵 택시가 급히 정차를 했다. 그리고 기사가 건물 안으로 뛰어 들어갔다. 평화는 기사의 급한 개인용무가 있으려니 마음을 편하게 갖고자 했다. 잠시 후 건물 안에서 나온 기사 뒤로 총을 앞세운 공안들 십여 명이 따라 나와 택시를 에워쌌다. 평화 일행은 크게 놀라 서로를 바라보며 두려움에 떨었다. 택시 문이 열리고 공안들의 손이 평화와 아버지 그리고 유빈의 겨드랑이를 낚아챘다. 일행은 이들에게 이끌려 건물 안으로 들어갔다. 들어가는 중에 택시기사가 보였다. 그는 손에 중국 돈을 들고 있었다. 탈북자들이나 범죄인을 공안에 신고하면 소위 포상금이라는 것이 있다는 평화의 생각은 틀리지 않았다. 택시 기사는 평화에게 택시비 받아 챙기고, 신고해서 포상금 받고, 평화는 미친 세상이구나 하는 생각을 떨칠 수 없었다.

일행은 그곳에서 삼 일을 보냈다. 간이침대가 놓인 쪽방에 셋은 꼼짝없이 갇힌 신세였다. 일행은 통역이나 방문을 허락해 편의를 제공받지 못했으며 전화 또한 이용할 수 없었다.

삼 일이 지난 오후. 중국의 국경일인 공휴일이었다. 모두가 퇴근을 한 중국 공안 분소에 한 명의 공안이 사무실에서 졸고 있었다. 평화는 작은 창으로 그 모습을 보며 어떡해서라도 그에게 말을 걸어 상황을 설명하고 싶었다. 최소한 주중 한국 대사관에 전화라도 해야 할 급한 상황이다. 평화는 출입문을 두드렸다. 공안은 한 번 힐끔 쪽방을 바라보더니 이내 고개를 숙이고 다시 졸았다. 평화는 조금 세게 문을 두드렸다. 그래도 반응이 없다. 무엇인가 그와 소통하지 않으면 앞날의 상황을 예측할 수 없다. 불안감이 더욱 강하게 밀려왔다. 평화는 주먹을 단단히 쥐고 문을 두드리다 이내 발길질을 해댔다. 공안이 자리에서 일어났다. 그리고 손에 권총을 잡고 평화 일행이 갇힌 쪽방으로 걸어왔다.

"왜 이 소란이야? 한 번만 더 소란을 피우면 권총으로 쏴 죽일 거야."

공안은 얼굴을 붉히며 금방이라도 권총을 발사할 기세로 으르렁거렸다. 평화는 작은 창문으로 손을 내밀어 전화를 하고 싶다는 시늉을 했다. 공안이 다가왔다. 창밖으로 나와 있는 평화의 손목을 권총으로 후려쳤다. 엄청나게 큰 충격이 손목에 전해졌고 손아귀에 힘이 쫙 빠졌다. 평화는 손목이 부러진 줄 알았다. 그래도 평화는 굴하지 않았다. 계속해서 전화하는 시늉을 했다. 공안이 방문을 열고 권총을 평화의 목에 겨눴다. 평화는 그 앞에서 무릎을 꿇었다. 그리고 잠시 시간을 보낸 후 배낭을 달라고 했다. 공안이 창고에 보관되어 있던 평화의 배낭을 던져줬다. 평화는 급히 배낭을 열고 미국 달러를 몇 장을 그에게 건넸다. 돈을 받아 든 공안의 표정이 바뀌고 평화는 쪽방에서 나올 수 있었다. 평화는 곧바로 주중 한국 대사관에 전화를 걸었다.

"여보세요. 무관과장 좀 바꿔주세요?"

"누구십니까?"

"대한민국 국정원 김평화입니다. 급하니 어서요."

"지금 출타 중이십니다. 돌아오시면 전화 드리라고 하겠습니다. 전화번호를 남겨주세요."

"잠시만요."

평화는 한 손에 전화기를 들고 공안에게 이 곧 전화번호를 물었다. 그는 무슨 말인지 알아듣지 못했다. 평화는 전화기를 공안에게 넘겨주었다. 공안이 한국 대사관 직원과 중국말로 뭐라 통화를 하면서 몇 개의 숫자를 상대방에게 말하고 전화를 끊었다. 평화는 무엇인가 해결의 실마리가 보일 것 같았다. 얼마 후 공안은 평화를 다시 쪽방에 가두고 빙긋이 웃으며 티브이를 시청했다.

얼마 후 해가 서쪽으로 넘어갔는지 건물 밖이 어두워졌다. 중국식 튀긴 만두와 반찬 두 가지 그리고 밥 세 공기가 쪽방으로 들어왔다. 평화는 아버지와 유빈의 식사를 챙기며 몇 개를 손으로 집어 먹었다. 그때였다. 요란하게 전화벨이 울리더니 공안이 화들짝 평화를 불렀다. 쪽방의 잠긴 문이 풀리고 평화가 잰 걸음으로 나와 전화기를 집어 들었다.

"여보세요. 김평화입니다."

"김 선생. 나 주중 대사관 무관 박이요. 오랜만입니다."

"아. 박 선생님. 저 김평화입니다. 반갑습니다."

"그래요. 그런데 무슨 일로 그곳에 있단 말인가요?"

"국정원에서 연락이 갔을 텐데요? 아직 모르시나요?"

"무슨? 잠시만 기다려요. 국정원 일이라면 대사님과의 소통이었을 것 같은데."

박 선생이 잠시 어디론가 전화를 걸어 통화하는 목소리가 작게 들렸다. 그리고 이내 평화와 전화를 계속했다. 김평화는 박 선생에게 대충 사정 이야기를 하고 도와달라고 했다. 박 선생은 내일 출발하겠으니 마음 편히 먹고 있으라며 전화를 끊었다.

그날 밤은 너무도 길었다. 새벽 두 시, 세 시. 평화는 잠들지 못했다. 아버지와 유빈이 탈북자다. 지금 한창 중국 공안은 탈북자를 잡으면 곧바로 북송한다는 소식을 여러 차례 들은 터이다. 평화 자신이야 불법 국경 통과 문제로 벌금 정도 물겠지만 탈북자 신세인 아버지와 유빈 때문에 그는 밤을 꼬박 새우고 아침을 맞았다. 아버지도 매한가지였던 것 같다. 눈이 빨갛게 충혈 되어 있는 아버지 김경석의 얼굴이 매우 초췌했다. 며칠 동안 자르지 못한 검은 수염이 얼굴의 반을 덮었다. 아침밥이 들어와 먹는 둥 마는 둥 식사를 해결했다. 공안들이 속속 출근을 하자 공안 사무실은 북적였다. 알아듣지도 못할 말을 매우 시끄럽게 지껄였다.

아침 10시쯤 되었을 것이다. 공안 한 명이 쪽방의 열쇠를 열고 일행을 나오라고 했다. 그리고 다시 이들에게 수갑을 채웠다. 잠시 후 공안은 아버지와 유빈을 평화에게서 떼어놓으며 둘을 데리고 밖으로 나갔다. 아버지와 유빈은 굴러갈까 의심스러운 매우 낡은 트럭 짐칸에 태워졌다. 평화는 불안한 모습으로 이들을 지켜볼 수밖에 없었다. 잠시 후 트럭은 평화의 눈에서 사라졌다. 탈북자 북송이다. 차라리 죽는 것보다 못하다는 북송의 시간이 아버지와 유빈에게 다가왔다. 고개를 숙인 채 트럭 짐칸에 실려 떠나가는 아버지의 모습을 보며 평화는 왈칵 눈물을 쏟았다. 어떡해서 만난 인연이었나. 피를 나눈 혈육이었다. 근 삼십여 년을 보지 못하고 살아온 아버지였다. 죽은 줄로 알았던 아버지였다. 비록 어머니는 다르지만 아버지 피를 공유한 여동생 유빈이었다. 평화는 부산에 있는 어머니 이유빈을 생각했다.

"제발 무사하길 신께 오늘도 빌고 어제도 빌었다. 다 내 운명인 것을 어쩌겠느냐. 그래도 내 사는 동안 내가 뿌린 자식들 피 튀기는 싸움은 말려야 하지 않느냐? 그래서 난 내 아들 평화가 너무도 대견하고 자랑스럽다. 이참에 북에 계신 아버지를 모시고 온다 하면 난 그날 죽어도 원한이 없을 듯하다."

어머니의 목소리가 이명을 일으키며 귀에 뱅뱅 돌았다. 더욱 뜨거운 눈물이 다시 한 번 왈칵 쏟아져 나와 얼굴에 홍수를 이뤘다. 눈을 감았다. 감은 눈자위 사이로 눈물이 펑펑 흘러나왔다. 평화 일생에 이렇게 많은 눈물을 흘려본 기억이 없다. 희미한 눈시울 사이로 다시 어머니가 보인다. 어머니 입술이 파르르 떨렸다.

"내가 죽기 전에 반드시 너희들 그리고 너의 아버지 김경석과 함께 밥상을 마주앉아 얼굴을 볼 수 있었으면. 그렇게만 된다면 이 삶에서 더 이상 바랄 게 없다. 후후후후."

평화는 공안들에게 벌금인지 아니면 뇌물인지 모를 돈을 건네고 풀려났다. 공안 밖으로 나온 평화는 아버지와 유빈이 떠난 길을 추리하며 눈동자를 굴리고 있었다. 허탈함과 공허함이 밀려왔다. 다리에 힘이 빠져 주저앉을 듯 휘적거렸다. 밤새 한숨 못 잔 잠이 밀려왔다. 세상의 모든 것을 포기하고 나니 잠이 그의 모든 것을 지배했다. 평화는 공안 앞 가로수에 기대어 눈을 감았다. 그는 선 채로 잠이 들었다. 지나가는 사람들이 미친놈이라도 보는 듯 손가락질을 하며 힐끔거렸다.

잠시 후 평화는 큰 소리에 눈을 떴다. 공안이 등 뒤에서 그를 불렀다. 평화는 공안을 따라 건물로 들어갔다. 평화가 다시 찾은 그곳에서 대사관 무관 박 선생을 볼 수 있었다.

"김 선생."

평화는 박 선생의 힘찬 부름에 힘없이 대답을 했다. 그리고 곧바로 면담이 시작됐다. 평화는 무관에게 그동안 있었던 모든 일을 상세히 전했다. 불과 한 시간 전 아버지와 동생 유빈이 북송되는 길로 떠났다는 대목에서 다시 눈물이 앞을 가렸다. 박 선생은 면회실을 뛰쳐나왔다. 그리고 곧바로 대사관으로 전화를 걸었다. 사정을 전하는 그의 목소리가 다급했다. 박 선생이 다시 면회실로 들어왔다.

"김 선생. 걱정하지 마. 한국 대사관에서 곧바로 행동을 취할 것이네. 아버지와 동생도 북송되지 않고 다시 김 선생을 만날 것 같으니 마음을 편하게 갖게."

"감사합니다. 박 선생님."

"그렇잖아도 한국 국정원에서 김 선생의 일련의 행동들을 주시하며 적극 도와주라는 연락을 우리가 받고 있었다네. 김 선생 개인의 문제가 아닐세. 대한민국 국가정보원과 우리 대사관이 움직이고 있는 일일세. 좋은 소식이 올 거야. 하하하."

박 선생은 평화의 마음을 풀어주려고 허한 웃음까지 내보였다. 두 사람은 공안을 나와 식당으로 자리를 옮겼다. 한국식에 가까운 해장국을 먹으며 소주잔을 평화에게 건네고 그동안 고생한 이야기를 안주 삼아 시간을 보내고 있었다.

오후의 햇살이 잔설을 녹이는 시간. 평화는 얼큰하게 취기가 올라 있었다. 박 선생이 공안 사무실에 다녀오겠노라고 하며 식당을 나갔다. 평화는 식탁에 얼굴을 묻으며 머리를 감싸고 다시 울음바다에 빠졌다. 한참을 울고 난 평화는 조금 마음이 편해지는 듯 했다. 다시 얼굴을 들고 눈물을 닦아낼 즘이다.

식당 문이 열리고 발자국 소리가 들렸다. 평화는 식당 문으로 시선을 돌렸다. 그곳에는 박 선생을 필두로 아버지 그리고 유빈이 안으로 들어오고 있었다.

"아버지."

평화는 눈물 가득한 눈동자를 굴리며 아버지를 와락 안았다. 아버지도 평화의 어깨를 힘차게 안으며 소리 없이 눈물을 흘리고 있었다. 유빈이 다가왔다. 소맷자락을 들어 아버지와 평화의 눈물을 닦으며 유빈도 얼굴에 눈물이 흥건했다.

"미안하다. 평화야. 그리고 고맙다. 고마워. 내 아들 김평화."

아버지는 해장국을 주문했다. 그리고 술잔을 박 선생과 평화에게 돌리며 감사의 표현을 하느라 정신이 없었다.

대사관 무관 박 선생의 주선으로 일행은 근처 여관으로 들어가 한동안 정신적 육체적 피로를 풀기로 했다. 박 선생의 관용차량이 시내를 질주했다. 시내라고 해야 대문과 담벼락이 감옥처럼 둘러쳐진 허름한 북방식 주택이 전부였으며 가끔씩 이삼 층의 상가 건물이 보이곤 했다. 좁은 길에 사람들이 천천히 움직였다. 세상 바쁜 게 없는 북방계 사람들의 표정은 하나같이 피곤해 보였다. 이것이 활기라곤 찾기 힘든 중국 변방의 작은 도시의 얼굴이다. 일행이 탄 차량은 시내 중심가에 자리 잡은 도시에서 가장 높은 건물 앞에 도착했다. 한자로 쓰인 간판이 눈에 들어온다. 하지만 중국 고대 한자라서 읽을 수가 없다. 일행은 건물 안으로 들어가 입실절차를 완료하고 두 개의 방으로 각각 들어갔다. 하나는 박 선생이 묵을 것이고 다른 하나는 아버지 김경석과 평화 그리고 유빈이 함께 쓰기로 했다. 어둠이 짙어지며 칙칙한 도시는 점점 밤으로 빠져들고 있었다.

얼마만이던가. 아버지와 유빈이 차례로 샤워를 했다. 젖은 머리카락을 수건으로 털어내며 샤워실 문을 나오는 유빈의 생기 있는 피부가 아름다웠다. 평화가 보았던 서울의 유경을 많이 닮아 있었다. 그 아름다운 유경의 모습을 중국 땅에서 다시 보는 듯 평화는 미소를 지으며 유빈을 맞이했다.

"야. 유빈이 상당한 미인인데. 아버지 정말 유빈이 아름답죠?"

"그래. 서울에 있다는 언니 유경이보다 유빈이가 더 아름다웠지. 그러나 이 못난 애비를 잘못 만나 그동안 망가진 얼굴과 정신으로 세상을 살아왔다는 것에 애비가 아닌 어른으로서 미안함이 끝이 없었단다. 곰곰이 생각해 보면 우리 세대에서 끝내야 할 이데올로기 경쟁이었지. 동족 또는 북조선 민중들의 수많은 고통의 댓가도 모두 그 남북한 이데올로기로 인한 치열한 경쟁 속에 만들어진 것이 첫 주범이고 두 번째 저 못된 정말 세상에 태어나서는 안 될 북조선 김씨 왕조의 약육강식 인간 말살 정책이 빚어낸 고통이 두 번째라는 생각에 이르면 잠을 설치기 일쑤였단다. 가진 자들의 기득권 지키기에 혈안이 된 북조선 고위층들의 가짜 충성의 변이 삼 대째 대물림되는 정권의 시녀가 됨이니 이를 막을 자는 민중들 밖에 없는데 아직은 시기상조인 듯하고 모든 게 아픔일 수밖에. 이런 부조리한 것

들이 대물림 되었다는 것에 후세들인 너희들에게 미안할 따름이란
다.”

평화와 유빈이 고개를 숙인 채 아버지의 목소리에 귀를 기울였다.

“아버지. 그래도 이젠 아버지와 유빈이 사람답게 살 수 있는 단초
는 마련되었습니다. 앞으로 큰 고통 없이 서울 행 비행기에 오르면
남조선은 자유와 민주의 국가이니 편하게 살 수 있을 겁니다. 힘내십
시오.”

평화는 술기운이 조금 남아 있는지 얼굴이 붉게 물들어 있었다. 몸
을 씻고 나면 술이 깰 것 같다며 마지막으로 샤워실로 향했다. 아버지
와 유빈이 서로의 얼굴을 보며 웃었다. 마치 딴 세상에 온 그래서 새
로운 얼굴로 다시 태어난 모습의 두 사람은 연인처럼 서로를 바라보
며 환하게 웃었다.

평화가 수건으로 얼굴과 머리를 닦으며 문을 나왔다.

“유빈아. 이 오라비도 서울에서 몸을 씻고 이제야 샤워를 했단다.
서울 사람들은 하루에도 몇 번씩 목욕을 하는데 이런 어디 북조선이
나 이런 곳이 사람 살 동네냐? 그렇지?”

유빈이 환하게 웃으며 평화를 바라봤다.

“네. 오라버니. 고마워요. 돼지 우리 진흙탕에 빠진 우리를 구해줘
서. 정치 수용소에 있을 때 정말 죽고 싶은 시간이 너무 많았어요. 지
금 다시 생각해도 그땐 죽음이 더 나았어요. 후후후.”

평화가 아버지 옆에 자리해 앉으며 유빈의 손을 잡았다.

“수고했다. 예쁜 동생 유빈이. 이제 서울에 가면 언니도 만날 것이
고 너의 큰엄마도 만날 것이고, 일본에 살다 서울에 와 있는 독도라는

오빠도 만날 것이다. 내가 그 어떤 힘든 상황이 온다 해도 유경이와 유빈이의 고생은 막아볼 셈이다. 이 오라비 믿고 열심히 살자."

"오라비. 북조선 수용소에 있을 때 인간 아닌 동물 취급을 받았어요. 아니 동물보다 못한 그런 상황이었지요. 자살하는 사람도 수없이 많고 매를 맞아 죽는 사람도 많이 봤어요. 여자들은 수시로 보위부 간부에게 강간을 당해도 어디 누구에게 하소연 한 마디 못했고 아이들은 일 년에 한 번 목욕을 할까 말까. 동물보다 못한 삶이었지요. 그래서 지금 평화 오라비가 너무도 고맙고 감사하고……. 흐흐흑."

유빈은 말을 잊지 못하고 고개를 숙이며 눈물을 뚝뚝 흘렸다.

"그만해라 유빈아. 이렇게 우리를 구해준 오라비 맘 상할까 걱정된다. 하여간 우린 인간이 아니었다는 사실. 내가 죽기 전에 저 북조선 김씨 왕족들과 그 일당들이 벌 받는 것을 보고 죽어야 하는데 만약 못 보고 죽으면 그것이 한 맺힐 것이다."

평화가 손수건을 꺼내 유빈의 눈물을 닦아내고 있을 때였다. 누군가 방문을 노크했다. 평화는 당연히 옆방에 자리한 박 선생일 것이라 의심 없이 방문을 열었다. 하지만 문 앞에 떡하니 버티고 있는 두 사내는 박 선생이 아니었다.

"조사할 것이 있어 왔습니다."

말투로 봐서 금방 북조선 사람들이란 것을 알 수 있었다. 그들은 묻지도 않고 방으로 들어왔다. 곧바로 자신들은 북조선에서 파견된 보위부 소속 군인들이라고 했다. 순간 그토록 활짝 웃던 유빈의 얼굴이 사색이 되었다. 유빈은 아버지 옷자락을 잡으며 얼굴을 아버지 가슴에 파묻었다. 그들은 일행을 자리에 앉으라며 이것저것 묻기 시작했다. 평화는 아버지와 유빈에게 있는 그대로 말하라고 했다. 평화는 옆 방과 마주한 벽을 힘차게 두드렸다. 잠시 후 박 선생이 일행의 방으로 들어왔다. 얼마의 시간이 흘렀다. 보위부 군인들은 아버지와 유빈을 데려가겠다며 수갑을 꺼냈다. 평화가 이들 앞을 가로막았다. 그러자 그중 한 사내가 권총을 꺼내 평화 눈앞으로 들이밀었다. 평화는 아랑 곳 하지 않고 말을 꺼냈다.

"이보세요. 방금 말했잖아요. 중국 공안에서 풀어준 사람들이라고."

"당신들은 북조선 인민들에게 큰 죄악을 남긴 사람이요. 어떻게 회령 정치범 수용소를 탈출했는지. 이것은 매우 중대한 범죄가 아닐 수 없어요. 중국 공안이 막는다 해도 우린 당신들을 북조선으로 끌고 가야겠소."

박 선생이 이들 앞으로 나왔다.

"난 주중국 한국 대사관 무관 박이요. 오늘 아침에 중국 정부와 긴밀한 협의를 거쳐 이들의 죄를 사면할 것을 명 받았어요. 이들을 절대 북조선으로 데려갈 수 없어요."

그때였다. 두 사내 중 하나가 벽에 권총 한 발을 발사했다. 마치 귀청이 떨어져 나갈 듯 소리는 방 안을 울렸고 이어 한동안 고요했다. 평화가 가방 속에서 권총을 꺼내려고 했다. 그때 박 선생이 평화를 막았다.

"안 돼. 김 선생."

박 선생은 잠시만 기다리라고 하면서 방 안 전화로 중국 공안에 전화를 걸었다. 그리고 곧바로 보위부 군인 한 명에게 받아보라고 했다.

저쪽 공안의 목소리는 들리지 않았다. 하지만 보위부 군인의 목소리가 점점 작아지는 것을 들으며 무엇인가 설득이 된 것 같았다. 잠시 후 전화를 끊은 군인은 일행을 바라보며 입을 열었다.

"세상 이렇게 질긴 끄나풀을 가진 사람들을 처음 만났네. 당신들은 매우 운이 좋은 사람들이야. 우리 북조선이 중국보다 가난하고 힘이 없기 때문에 어쩔 수 없이 중국 놈들의 말을 들어야 함이 서러울 뿐이로다. 남조선으로 잘 들어가요. 잘 살라고요."

이들은 매우 실망한 듯 투덜거리며 방을 나갔다. 평화가 입을 열었다.

"박 선생님 고맙습니다. 요즘 탈북자들을 찾느라고 중국 공안이나 북조선 군인들까지 돌아다닌다고 하는데 정말 오늘 실감했습니다. 마치 먹이를 찾아 만주 땅을 어슬렁거리는 굶주린 승냥이 같아요. 무섭습니다."

"그래요. 앞으로도 조심해야 하고요. 내가 공항까지 아니 비행기 타는 데까지 동행할 것이요. 내일 아침에 내 차로 갑시다. 그리고 그 가방 안에 있는 권총은 내게 반납하시오 김 선생. 혹 그것이 발견되면 또 다른 위험의 불씨가 될 것 같으니."

평화는 가방을 열어 권총을 박 선생에게 건넸다.

"잘 편히 주무세요. 아버님. 그리고 김 선생. 유빈이까지."

박 선생은 인사말을 남기고 옆방으로 들어갔다.

다음날 아침 박 선생의 차량에 오른 일행은 지린 공항으로 달려갔다. 차 안 평화의 얼굴에 긴장감과 안도의 웃음이 교차하며 긴 호흡이 자주 일어났다. 차창으로 보이는 은빛의 눈 내린 풍경들이 아름답게 느껴졌다. 또 다시 눈발이 간간히 내리다 어느새 굵어져 함박눈이 되었다. 어둡고 칙칙한 회색이 밝고 환한 흰색으로 변한 차창 풍경이 인민들 삶의 현실과 흡사했다.

# 반전의 비애

　　　　인천 국제공항 하늘은 구름 한 점 없이 맑았
다. 수시로 비행기가 뜨고 내리기를 반복하며 소음을 쏟아냈다. 완
연한 봄기운에 금방이라도 꽃망울을 터트릴 것 같은 벚꽃나무에 물
이 한창 올라 있다. 여객 터미널 1층 승객 입국장. 지린 발 인천 행 비
행기가 무사히 도착했다는 인포메이션이 게시됐다. 정보담당 국장을
필두로 국정원 직원들이 한 귀퉁이에서 무엇인가 귓속말을 주고받는
다. 그들의 눈은 승객들이 빠져나오는 출구에 박혀 있었다. 그들은 한
시라도 눈을 떼지 않았다. 한국으로 들어오는 승객들을 마중할 인파
가 넘쳐흘렀고, 피켓을 든 사람들도 곳곳에 있었다. 출구의 문이 열리
고 몇몇의 사람들이 커다란 가방을 질질 끌며 또는 어깨에 메고 입국
장으로 들어오기 시작했다. 국정원 직원들의 눈빛이 예리해졌다. 그
들도 여타 마중 나온 사람들과 함께 입국장 가까이 다가갔다. 몇 무리
의 승객들이 입국장을 통해 건물 밖으로 나갔다. 초초한 눈빛을 감추

지 못하는 국정원 국장, 기다림의 시간은 조금 지루하게 느껴졌다. 모든 승객들이 다 나왔겠구나 하는 시간. 김평화가 주변을 두리번거리며 출입문 사이로 얼굴을 내비쳤다. 그 뒤로 아버지 김경석 그리고 김유빈의 모습이 보였다. 이들 일행의 맨 뒤에 주 중국 대사관 무관으로 일하는 박이라는 사람이 보였다. 평화와 국정원 국장이 눈을 마주쳤다. 평화는 일행을 데리고 국장이 서 있는 곳으로 걸어갔다.

"수고했네. 김평화."

그 사이 박이라는 사람이 국장에게 거수경례로 인사를 했다.

"그래 무관도 수고 많았어."

축 처진 어깨와 위축된 얼굴, 긴장되어 초라해 보이는 평화가 수척해진 얼굴로 국장과 악수를 나눴다. 그리고 국장은 아버지와 유빈을 살며시 포옹하며 수고했다는 말을 건넸다.

"우리가 겪었던 일들 모두 보고를 받으셨는지요? 국장님."

"그렇다네. 자 이곳은 이목이 많으니 우리 차로 움직이세."

일행이 건물을 빠져나오자 미니버스 한 대가 기다리고 있었다. 일행이 차에 오르자 미니버스는 쏜살같이 공항을 뒤로하고 서울로 달려갔다. 침묵이 지배한 차 안은 고요했다. 자동차 엔진 소리가 가끔 심하게 들렸다 조용하기를 거듭했다.

일행이 도착한 곳은 국정원 현관 앞. 서너 명의 직원들이 건물 안에서 튀어 나왔다. 이들은 곧바로 아버지 김경석과 유빈의 팔짱을 끼고 안으로 데리고 갔으며 무관 박과 평화는 국장실로 안내되었다.

"어서 앉게. 정말 수고 많았네. 평화. 그리고 박 선생."

"아닙니다. 무사히 임무를 마치고 돌아와 나름 보람을 느낍니다."

"국장님. 여기 권총 반납하겠습니다."

무관 박 선생이 국장에게 평화가 지니고 다녔던 권총을 반납했다. 국장은 권총을 받아들고 창쪽으로 총구를 겨누며 입을 열었다.

"김평화. 이 권총으로 몇 명을 죽였나?"

"모두 다섯 명이 희생되었습니다."

"역시 김경석의 아들 김평화야. 피는 못 속인다. 못 속여. 조금 전 잠시 얼굴을 보았지만 역시 아버지 김경석의 과거는 화려했지. 요 며칠 네 아버지의 과거 기록들을 보았는데 말이야. 대단했어. 그러고도 아직 살아 있었고 이젠 아들의 보호를 받으며 다시 남조선으로 내려왔으니 이 또한 기록적인 운명이야 운명."

"국장님. 앞으로 저의 아버지와 동생은 어떻게 처리됩니까? 그리고 독도와 유경인 현재 어떤 상태인가요?"

"아버지와 동생은 여타 탈북자와 같은 전례를 밟을 것이고. 김평화가 여기 있으니 아무래도 수월하게 지나가겠지. 그리고 독도와 유경은 아직 재판 중이야. 독도는 일본으로 추방될 것 같고 유경이는 살인을 저지른 죄질이 나빠 좀 어렵겠어."

"제가 아버지를 탈북 시켜 모셔오면 형량이 많이 준다고 하셨잖아요."

"그래. 너의 어머니 탄원서가 그 길을 만들었었지. 하여간 아버지를 조사해 봐야 할 것이지만, 경우에 따라 범인을 일부러 잡지 않은 김평화의 죄는 내가 약속한 대로 면죄시킬 것이고. 사람을 죽인 김유경의 죄. 범인의 도주를 도와주고 협조해준 독도의 죄. 이 모든 것이 아버지의 조사과정에서 감형될 것이라는 확신은 내가 가지고 있으니 조금 더 지켜보자. 김평화."

"국장님. 어머니께 전화 한 통 드려야겠습니다."

"그래. 어서 전화 드려."

평화는 국장실 전화를 집어 들었다. 몇 번의 신호음이 지나간 뒤 어머니 목소리가 수화기에서 흘러 나왔다.

"어머니. 평화입니다."

"평화야. 내 아들 평화. 무사히 돌아온 것이냐?"

"네. 어머니. 아버지와 동생 모두 함께 돌아왔습니다."

어머니는 감사의 눈물을 흘리며 전화기 안에서 흐느꼈다. 평화는 조만간 부산으로 내려가 어머니를 뵙겠다고 했다. 하지만 어머니는 당장 부산을 출발해 서울로 오겠다며 안도의 한숨을 길게 내쉬고 전화를 끊었다.

차 한 잔을 다 마실 무렵이었다. 국장은 평화에게 3층으로 내려가 조사관을 만나라고 했다. 평화는 국장 방을 나와 조사관들이 업무를 보는 3층으로 내려왔다. 두 명의 조사관들이 두툼한 노트와 컴퓨터를 켜놓고 평화 앞에 앉았다. 김평화는 인천공항 출국부터 중국을 거쳐 북한으로 들어간 경위, 그리고 아버지와 동생 유빈을 탈출시켜 다시 한국으로 들어온 경위들을 빠짐없이 말했다. 특히 두만강을 건너 중국으로 도망칠 때 죽은 젊은 여인을 기억하는 모습에서 조금은 울먹였다. 두만강 북한 국경 경비대 초소에서 세 명을 죽이고 중국 조선족 집 김치토굴에서 두 명의 북한 요원들을 죽인 사실도 빠짐없이 토설했다. 두 시간여를 조사관과 마주한 평화는 매우 만족해 하는 조사관들을 남기고 방을 빠져나왔다. 이어서 평화가 빠른 발걸음으로 달려간 곳은 지하 구치소였다. 그곳에는 독도와 유경이 있다. 평화는 면회를 신청한 뒤 면회실에서 잠시 기다렸다. 얼마 후 독도와 유경이 면회실로 들어왔다. 평화는 자리에서 일어나 두 사람을 번갈아 포옹했다. 유경을 안았을 때 유경은 많이 흐느꼈다.

"자리에 앉자고."

평화는 두 사람을 편하게 자리하게 한 뒤 입을 열었다.

"유경아. 지금 이곳에 아버지와 유빈이 와 있다."

유경은 놀라서 어찌할 줄 몰랐다. 사실이냐고 되묻기도 했다. 고맙다고 평화의 손을 잡았다. 이를 지켜보고 있는 독도는 무슨 영문인지 어리둥절 두 사람을 멀뚱하게 바라보고 있었다.

"사실이란다. 한 달여 전 내가 두 사람을 만나 이야기를 했지. 북한으로 들어가 아버지를 모셔오기로. 그 일이 성사되었다. 이제 곧 아버지와 유빈이를 만날 수 있을 거야."

유경이 신음하듯 작은 목소리로 아버지를 불렀다.

"아버지. 아버지. 유빈아. 내 동생 유빈아."

평화는 유경의 어깨를 토닥이며 기쁨을 공유했다. 잠시 후 평화는 이들의 면회 장면을 기록하고 있는 기록관을 불렀다.

"기록관. 오늘 나랑 같이 여기 들어온 두 사람이 있는데 잠시 면회를 해도 될까? 어디 구치소에 문의를 해 보지."

기록관은 구치소에 전화를 넣었다. 간단한 내용이었지만 평화와 유빈에게는 무척 긴 시간처럼 느껴졌다.

"지금 모시고 온답니다."

평화와 유경은 박수를 쳤다. 아버지와 유빈이 면회실로 올 수 있다고 했다. 세 사람 모두 컵을 들어 입술에 대고 물을 홀짝였다. 아버지와 유빈이 지하실 구치소에서 바로 옆 면회실로 오는 시간은 짧았다. 하지만 한나절이 지난 것처럼 긴 시간이 면회소에 흘렀다. 노크하는 소리가 들렸다. 그리고 문이 열렸다. 교도관 두 명이 아버지와 유빈의 겨드랑이를 감싸 안고 면회소로 들어왔다.

"아버지. 유빈아."

유경이 문쪽으로 튀어갔다.

"언니. 유경 언니."

"유경아. 내 딸 유경아."

세 사람은 서로 부둥켜안고 펄쩍펄쩍 뛰었다. 모두의 얼굴엔 눈물이 홍수가 되어 넘쳐흘렀고 서로를 부르며 질러대는 소리에 교도관들은 자제를 요청하기에 이르렀다. 얼굴을 만지고 머리를 쓰다듬다가 다시 얼싸 안고 빙빙 면회실 안을 돌았다. 10여 분의 시간이 지났다. 교도관 중 한 사람이 이들 앞으로 나섰다.

"김평화 팀장님. 공식 면회가 아니기에 시간을 지체할 수 없습니다. 오늘은 여기서 끝내고 나중에 정식으로 면회를 신청하시길 바랍니다. 그만 이 분들을 모시고 가겠습니다."

평화는 난감해 하는 아버지와 두 동생의 얼굴을 보면서 미안한 얼굴로 고개를 끄덕였다. 교도관들은 아버지와 유빈을 데리고 면회실을 나갔다. 남겨진 유경의 얼굴에 눈물 자욱이 홍건했다.

"평화 오라버니. 고맙습니다. 정말 고맙습니다. 꿈에 그리던 아버지와 유빈입니다. 고맙습니다."

평화는 긴 한숨을 내뱉으며 유경의 손을 잡았다.

"앞으로 자주 볼 수 있을 거야. 아니 얼마 후 함께 살아야겠지? 그렇지 유경아."

유경은 자리에서 일어나 마주한 책상을 넘어와 평화와 깊게 포옹을 하며 감사의 표시를 했다.

"독도 형. 지금 재판 중이란 말을 들었습니다. 어디까지 간 것이지요?"

"두 번 재판을 받았는데 며칠 후 마지막 재판이 남았다고 했지. 흘러가는 분위기는 나는 일본으로 추방될 것 같고 유경이는 죄가 무겁다며 쉽게 풀려날 것 같지는 않아 보여."

"그랬군요. 하지만 유경아. 내가 국장하고 약속한 것 해결하고 왔으니 죗값이 많이 가벼워질 거야. 너무 자책하지 말고 기다려봐."

"네. 오라버니. 그런데 걱정이 하나 생겼어요."

"무슨?"

"……"

유경이 말을 못하고 고개를 숙였다. 평화의 눈이 두 사람을 번갈아 보며 반짝거렸다.

"말을 해봐 유경아. 무슨 고민이 생긴 거야? 사건이야?"

독도가 숙였던 고개를 들고 입을 열었다.

"평화야. 내가 큰 죄를 지었다. 유경이한테."

"독도 형이 무슨?"

"유경이 임신을 했어. 임신."

"뭐라고요? 그럼 형의 아이를 가졌단 말이요?"

"……"

독도는 더 이상 입을 열지 않았다. 유경이 또한 고개를 들지 못했다. 그 누구도 평화와 눈을 마주치지 않으려 안간힘을 다했다. 평화는 망치로 머리를 맞은 듯 멍한 상태로 면회실 천장을 바라볼 뿐이다. 그때 기록원이 입을 열었다.

"면회시간 끝났습니다. 그만 돌아가 주세요."

독도와 유경을 데리고 왔던 교도관 두 명이 들어와 이들을 데리고 면회실을 나갔다. 평화는 자리에서 일어날 수 없었다. 온 몸이 부들거리고 힘이 빠져 땅속으로 기어들 듯했다. 얼마 후 평화는 간신히 정신을 차려 면회실을 나왔다. 국정원을 나온 평화는 힘없이 택시를 잡았다.

그가 돌아온 평화의 아파트. 텅 빈 아파트 안의 공간들은 모두가 허무로 채워졌다. 단 하나 아파트 안을 꽉 채운 단어는 임신, 유경의 임신, 독도가 아이 아버지란 사실이다.

몸이 무거웠다. 한 달여 중국과 북한 땅을 헤집으며 긴장의 연속성을 버릴 시간이 없었다. 그래도 아버지를 구해 지옥 같다고 했던 북한 땅을 탈출할 수 있었다는 것이 얼마나 대견한 일인가. 평화는 잠자리에 누워 그날들의 흔적들을 돌이키며 잠이 들었다.

다음 날 평화는 국정원으로 출근을 했다. 오전에 국장을 다시 면담하고 며칠 쉬라는 명을 받았다. 그가 다시 집으로 왔을 때 부산에 있던 어머니 이유빈이 와 있었다. 어머니는 기쁨보다는 얼굴색이 어두웠으며 축 쳐진 어깨에 기운이 없어 보였다. 찻잔을 마주하고 앉은 어머니는 힘없는 말투로 입을 열었다.

"아버지는 건강하시다니?"

"네. 수용소에서 워낙 많은 고생을 하셔서 형색은 형편없습니다만 건강에는 지장이 없어 보입니다."

"……."

"왜 그렇게 힘이 없어 보이세요? 어머니가 원했던 아버지를 힘겹게 모시고 왔는데요."

"아니다. 지난 세월이 너무 서러워서. 이제 와서 누구를 원망한들 뭣하겠느냐. 그토록 보고 싶어 했건만 막상 눈앞에 와 있다는 소식을 접하니 너의 아버지가 원망스럽다는 생각까지 든다. 아니 세월이 원망스럽겠지. 그래도 면회는 가야지?"

평화는 어머니의 깊은 속마음을 조금은 이해할 수 있었다. 사랑했던 첫 남편, 일본 사람인 독도의 아버지를 죽인 남자. 또한 자신이 평화를 임신할 만큼 사랑했던 남자 김경석이었다. 설악산 공룡능선 아래 동굴에 살면서 피붙이 독도를 함께 키웠던 김경석. 하지만 자신의 아이가 사랑하는 여인 이유빈 뱃속에 있다는 사실조차 모르고 사살이라는 거짓말을 남기고 북으로 도망쳤던 사내 김경석이었다. 그 흐른 세월이 김평화의 나이보다 많았던 시간들이다. 힘없는 목소리로 평화와 대화를 나누는 중년의 여인 이유빈의 눈동자를 보면서 평화도 긴 한숨을 삼킬 수가 없었다.

어머니와 하룻밤을 함께한 평화가 아침상을 마주할 즘이다. 전화벨이 힘차게 울리자 그는 전화기를 손에 들었다. 국정원에서 김경석과 김유빈을 조사할 것이라며 참고인 자격으로 나오라는 전갈이었다. 평화는 아침밥을 서둘러 먹고 어머니를 모시고 국정원으로 차를 몰았다. 그가 3층 조사실에 도착했다. 어머니를 잠시 휴게실에 모셔놓고 조사실로 들어갔다. 그곳에는 이미 아버지와 유빈이 나와 있었고 평화를 반갑게 맞이했다. 두명의 조사관은 북한에서 무엇을 하며 살았는지, 무슨 이유로 회령 정치범 수용소로 들어갔는지에 대한 질문이 쏟아졌다. 아버지는 가끔 곤혹스러워하기도 했으며 때론 시원하게 있는 그대로를 말하기도 했다. 김유경이 탈북하고 곧바로 수용소로 끌려갔다는 말에 눈시울이 붉게 물들기도 했다. 동생 김천석이 일당의 무리를 이끌고 동해 바다로 탈북해서 지금 대한민국에 있다는 소식을 접한 아버지 김경석은 잠시 기쁜 마음을 감추지 못하고 흥분하기도 했다. 회령을 탈출해 이곳에 오기까지 온갖 고난의 시간들을 말할 때는 평화가 도움을 주며 기억을 정확히 살리도록 조언을 했다. 한 시간여의 시간이 흐른 뒤 잠시 휴식을 가졌다. 평화가 조사관들에게 지금 어머니가 휴게실에 와 있다며 아버지와의 면담을 주선해 줄 것을 요구했다. 하지만 조사관들은 조사가 끝날 때까지 두 사람이 만날 수 없다고 거절을 했다. 또한 조사관들은 이번 조사가 끝나고 나면 곧바로 아버지 김경석이 설악산에서 사살된 기록들을 가지고 어떻게 북한으로 다시 들어갔는지에 대한 조사가 있을 것이라며 그때 어머니 이유빈을 참고인으로 불러 조사할 것이기에 자연스레 만남이 이뤄질 것이라고 했다. 평화는 잠시 휴게실로 갔다.

"어머니. 조금만 기다리세요. 한 시간여 지나면 아버지를 뵐 수 있습니다."

어머니 이유빈은 얼굴에 홍조를 띠며 설레는 마음을 평화에게 내 보였다. 평화가 다시 조사실로 들어와 구체적이고 실질적인 탈북과정을 진술하고 아버지와 김유빈이 이에 동의를 하면서 조사는 끝이 났다.

휴게실에 앉아 있던 어머니 이유빈은 평화의 목소리가 들려오자 휴게실 문을 살짝 열고 복도를 보고 있었다. 그때 교도관에 이끌려 복도를 걸어가는 김경석을 볼 수 있었다. 깜짝 놀란 이유빈이 문을 닫고 가슴을 움켜잡으며 어쩔 줄을 몰라 했다. 이젠 너무도 늙어버린 젊은 날 사랑했던 남자의 모습. 얼마나 고생을 많이 했으면 저렇게 늙었을까 라는 속아리가 밀려왔다. 잠시 후 평화가 휴게실로 들어왔다.

"평화야. 아버지를 보았다. 그런데 왜 그렇게 늙어버린 거니?"

"어머니. 북한 수용소에서 무지막지한 고생을 하셨답니다. 소 돼지보다 못한 대우를 받으며 죽지 못해 살아오셨다고 했습니다. 당연히 나이보다 더 늙어 보이겠지요."

어머니는 안쓰러운 마음을 풀지 못하며 가슴 아파했다. 평화는 어머니를 모시고 구내식당으로 들어갔다. 점심을 해결한 후 다시 시간 약속이 되어 있는 조사실로 어머니를 모시고 갔다. 문을 열고 안으로 들어가자 아버지 김경석이 조사관 두 명 앞에 앉아 있었다.

"아버지. 어머니 이유빈 여사입니다."

김경석이 몸을 일으키며 고개를 돌렸다. 어머니와 눈을 마주친 아버지는 성큼성큼 걸어와 어머니를 꼭 안았다. 어머니도 눈물을 주룩 흘리며 아버지 품에 안겼다. 두 사람은 말을 하지 않았다. 가슴으로 느끼는 그대로를 주고받을 뿐이다. 조사실 기록을 맡은 여직원이 이 광경을 보며 연신 휴지를 코에 대고 훌쩍거렸다. 평화의 눈시울이 붉어져 눈물이 흐를 즘 조사관이 자리를 정돈했다.

"자. 그만. 그만하세요. 오늘 조사가 끝나면 면회를 통해 얼마든지 만날 수 있습니다. 두 분 자리에 앉으세요."

평화를 문밖으로 돌려보낸 뒤 조사관의 질문이 시작됐다. 김평화가 이유빈 뱃속에 있을 무렵으로 거슬러 올라갔다. 조사관은 당시의 보고서를 앞에 놓고 현실과 보고서의 차이점을 집중해 질문을 했다. 설악산 공룡능선에서 군경의 총에 사살되었다는 김경석이 어떻게 살아서 북한으로 넘어갈 수 있었으며 당시 이유빈이 검경에게서 들은 사살이라는 것은 거짓이 되었다는 것이 쟁점이었다. 아버지는 잠시 침묵하며 당시를 회고했고 어머니는 고개를 숙인 채 김경석의 목소리를 경청했다. 아버지가 한동안 입을 열지 않다가 목을 물로 축인 뒤 입을 열었다.

"설악산 공룡능선 아래로 도망을 쳤습니다. 한 시간여 뒤 앞뒤로 군인과 경찰들이 포위를 했고 더 이상 도망칠 수가 없었지요. 가지고 있던 권총을 군인들 앞으로 던져놓고 두 손을 들고 항복을 했습니다. 군인들이 다가와 나를 포박하고 두어 걸음 걸었을 무렵 군복이 아닌 일반 사복을 입은 남자가 하늘에 대고 총을 내갈겼습니다. 그리고 그는 어디론가 무전을 하며 '김경석 사살 김경석 사살 확인'이라고 소리를 질렀습니다. 그리고 그는 다른 군인들에게 '김경석은 사살된 거야. 알았나?' 하면서 다른 군인들을 따돌리고 서너 명의 군인들과 함께 저를 데리고 산을 내려갔습니다. 지금 내 생각으로 그 남자는 당시 중앙정보부 고급 간부나 보안부대 장교로 보였습니다. 내 눈에 검은 천이 씌워지고 어디론가 수 시간 차를 타고 달려갔습니다. 그리고 며칠을 그곳에서 지냈고 어느 날 다시 검은 천으로 눈을 가린 뒤, 차를 타고 이동하다 차에서 내렸습니다. 두 사람이 나를 부축해 얼마를 걸었습니다. 그리고 누군가 내 눈에 가린 천을 벗겼습니다. 그때 나도 많이 놀랐습니다. 그곳은 북한 땅, 정확히 말하며 판문점 북측 지역이었습니다. 내 앞에 서 있는 사람은 북한 보위부 소속 군인들이었습니다. 이것이 전부입니다."

김경석의 말을 경청하던 조사관이 입을 열었다.

"기록을 보니 당시 보안부대 대령이 준장으로 진급을 했는데 진급 경위가 공로로 나왔네요. 김경석 씨가 그 사람을 진급시켰군요. 이유빈 씨도 김경석 씨 말에 동의를 하십니까?"

"네. 모든 게 사실인 것 같습니다. 불과 몇 달 전까지만 해도 평화의 아버지 김경석 씨가 설악산에서 사살된 것으로 알았습니다. 김경석 사살이라는 무전 보고를 당시 저도 들었습니다. 그런데 앞에서 말한 평화 아버지 말이 사실이라면 그럴 수 있겠다고 고개를 끄덕입니다."

"더 분석을 해 봐야 알겠지만 당시 보안대 대령은 김경석을 사살한 공로를 인정받고 그 어렵다는 별을 따며 준장으로 진급을 했고, 국가로서는 북파 공작원들과 김경석 씨를 교환하며 얻는 정보적 이득도 챙겼다고 할 수 있습니다. 됐습니다. 수고하셨어요."

조사관들은 두 사람의 진술에 흡족해 하며 조사실을 떠났다. 교도관 한 명이 김경석을 데리고 방을 나갔다. 잠시 후 평화가 조사실로 들어와 어머니 이유빈을 부축하듯 안고 방을 나갔다. 어머니는 다리를 휘적거리며 곧 쓰러질 듯 힘이 없었다. 평화가 어머니를 모시고 집에 왔을 때 어머니는 어지럽다며 병원에 가고 싶다고 했다. 평화는 어머니를 모시고 병원으로 차를 몰았다.

며칠이 흘렀다. 집에서 오후 내내 쉬고 있던 평화는 전화 한 통을 받았다. 국정원 국장이었다. 빨리 국정원으로 들어오라는 명령이다.

평화는 부리나케 외출 준비를 해 국정원으로 달려갔다. 국정원으로 달려가는 사이 핸드폰이 다시 울렸다. 국장실로 오지 말고 회의실로 오라는 것이다. 불길한 예감이 들었다. 평화를 불러 회의실로 오라고 한다는 것은 중요한 사건이나 정보가 있고 이를 토론하고 해결하기 위한 막중한 자리일 것이다. 평화가 국정원 2층에 있는 회의실로 들어 갔다. 원탁 형식의 회의실은 7~8명의 정보담당 직원들이 둘러앉아 있었다. 잠시 후 정보담당 국장이 들어오고 곧 회의는 시작되었다. 먼저 직원 하나가 정보의 출처 및 사실성 그리고 결과론과 위급함을 보고했다.

"오늘 오전 우리 정보원들의 보고를 종합하면 이랬습니다. 탈북자로 인정된 새터민 중 서너 명이 특수 임무를 띠고 남파된 공작원이라고 합니다. 그들의 임무는 탈북자 중 북한 정보를 많이 알고 접한 탈북자들을 북으로 다시 데려가던지 아니면 죽이라는 것입니다. 그들의 고급 정보가 대한민국에서 이용될까 겁이 난 것이지요. 정보원의 보고를 보면 며칠 전 김평화 팀장과 함께 남조선으로 들어온 팀장의 아버지 김경석의 동태를 파악하고 죽이라는 명령을 받았고 이를 실행하기 위해 움직일 것이란 것입니다. 놈들은 소음기가 부착된 권총과 아주 작은 독화살을 갖고 다닌다고 했습니다. 위급함이 중대한 정보로서 나쁜 결과가 나올 시 우리 시민사회가 혼란에 빠질 것이란 결론입니다. 정보의 사실성은 매우 높으니 빠른 대처가 필요합니다."

회의 참석자들은 긴장하기 시작했다. 회의장의 좌장인 국장이 눈을 지그시 감았다. 평화의 눈빛이 강렬해지며 무엇인가 골똘했다. 국장이 입을 열었다.

"극비리에 일을 진행시켜야 해. 우선 경찰 정보팀과 특수부대에 사실을 통보하고 긴밀한 공조로 그들의 행동을 막아야 하고 또 사살 시키든지 아니면 잡아들이도록 조치하라고. 김평화 팀장은 오늘부로 휴가 끝내고 정보팀에 합류하도록. 그리고 기자들 눈에 절대 띄지 않게 극비리에 알겠는가?"

몇 명의 토론자들이 발언을 한 얼마 후 회의는 끝이 났다. 그날 오후 평화는 다시 권총을 지급받았다. 아버지와 동생 유빈을 어렵사리 탈북을 시켜 한숨 돌리는가 했더니 곧바로 북한에서 보낸 특수 공작원들과 한판 승부가 예견되어 있었다. 평화의 마음이 편치 않았다. 내일이면 독도와 유경의 마지막 재판이 있는 날이다. 참고인으로 재판장에 출석해야 할 시간이 코앞에 있었다. 그들을 어떻게 변호해야 좋은 결과가 나올지 머리가 아팠는데 엎친 데 덮쳤다. 평화는 속속 들어오는 정보를 분석하고 팀원들에게 지시하는 시간으로 밤을 하얗게 새웠다. 새벽의 여명이 국정원 창문으로 들어올 즘 평화는 간이침대에 누워 눈을 붙였다. 누군가 아침밥을 먹자며 평화를 깨웠다. 시계를 보니 재판장에 나갈 시간이 임박했다. 분주해진 평화는 아침식사도 거른 채 서초동 재판장으로 발길을 재촉했다.

재판장 안. 그는 참고인석에 앉아 재판의 시작을 기다렸다. 객석을 바라봤다. 어머니가 앉아 계셨다. 한 손에 흰 손수건을 꼭 잡고 있는 초조한 모습이 마치 죄수를 닮았다. 얼마 후 재판이 시작됐다. 3명의 판사가 높은 단상에 자리해 앉았고 검사와 변호사가 눈에 띄었다. 객석을 가득 메운 수십 명의 사람들이 재판과정을 지켜봤다. 국정원 직원의 얼굴이 간간히 보였다. 독도와 김유경의 신분확인이 끝나고 검사의 질문이 길게 이어졌다. 독도와 유경은 있는 사실 그대로를 말했다. 변호사의 반론이 제기되고 독도의 국적 문제와 아직 대한민국 국민이 아닌 김유경의 국적 문제가 활발히 토론장에 올랐다. 김평화에 대한 참고인 질문이 몇 차례 이어졌다. 한 시간여 시간이 지났다. 검사는 독도를 강제 추방, 김유경을 살인죄로 징역 15년을 선고했다. 이에 변호사의 부동의 발언이 이어졌다. 마지막으로 판사의 형량 선고가 있을 예정이다. 판사는 김평화에게 아버지에 관한 질문을 했다. 김평화가 태어나기 전 김경석의 거짓 총살과 북한으로 추방된 사실들 그리고 며칠 전 아버지를 탈북시켜 대한민국으로 데리고 온 사실들을 물었다. 어머니의 고통스런 인연과 자식들과 김경석의 인과관계를 재판장까지 이어져 온 사실에 주목했다. 판사는 남북한 이데올로기 경쟁으로 인한 역사의 한 단면을 주시한다며 어른들이 풀지 못한 역사의 슬픈 사실들을 아이들에게 물려준 어른들은 성찰해야 한다며 형량을 선고했다.

"국적 일본. 독도. 일본 이름 다케시마. 10일 내 추방. 김유경. 국적 조선민주주의 인민공화국. 징역 5년 집행유예 7년."

재판장은 한동안 술렁였다. 두 사람 모두 풀려나게 된 것이다. 흰 손수건으로 눈물을 닦아내는 어머니가 평화 눈에 띄었다. 평화는 자리에서 일어나 객석으로 달려갔다. 어머니 이유빈을 와락 안았다.

"어머니. 두 사람 모두 풀려났습니다. 어머니 축하드립니다."

"그래. 평화야. 다 네가 고생한 덕분이다. 북한에 가서 아버지를 모셔오지 않았다면 결과는 어렵게 나왔을 거야. 고맙다."

누군가 평화의 어깨를 툭툭 쳤다. 평화가 뒤를 돌아봤다. 국정원 국장이 평화에게 악수를 청하며 축하 인사를 건넸다.

"고맙습니다. 국장님. 국장님께서 제 혈육들을 위해 강력한 선처문을 작성해 판사에게 제출해 주신 덕분입니다."

"그래. 김평화. 네가 북한에 가서 너의 아버지를 데려오지 않았다면 할 수 없는 노릇이었지. 자네가 고생한 만큼 결과가 나온 것이야. 이제 모두 풀려났으니 가족들 모두 모여 식사 한 번 해야지? 시간 만들어 내게 가지고 와. 아버지 김경석과 동생 김유빈을 잠시 외출시켜 그 자리를 빛나게 해 줄게."

국장은 어머니에게도 축하 인사를 건네고 재판장을 떠났다. 한동안 눈물을 흘리던 어머니가 자리에서 일어났다. 재판장 안의 모든 사람들이 밖으로 나갔다. 재판장은 고요했다. 어머니가 갑자기 목소리를 높여 소리를 질렀다.

"김평화 만세. 내 아들 만세. 우리 가족 만세."

평화는 어머니를 모시고 재판장을 나와 택시를 태워 집으로 보내 드리고 국정원으로 돌아왔다. 국정원은 매일 밤을 새우다시피 경직된 시간을 보내고 있었다. 아버지 김경석을 납치 또는 살해할 것이라는 정보 때문이다. 급하게 돌아가는 상황은 때론 출동을 해야 하고 때론 정보 분석에 많은 시간을 보냈다. 오전 시간. 긴급정보가 국정원을 긴장시켰다. 남파 특수 공작원들이 국정원 유치장을 파옥할지 모른다는 정보였다. 국정원 외곽에 특수 경찰들이 배치되고 유치장 입구엔 중화기로 무장한 군인들의 배치가 있기도 했다.

석방 판결을 받은 독도와 유경이 구치소에서 풀려나 어머니가 있는 아파트로 들어왔다. 어머니와 평화가 이들을 반갑게 맞았다.

그리고 재판이 있었던 그 주 토요일이 내일로 다가와 있었다. 평화는 어머니와 상의하여 국정원 국장이 제의한 가족들 외식 시간을 잡았다. 평화는 국장을 만나 가족 외식에 관한 보고를 했다. 국장은 흔쾌히 승낙하며 다시 한 번 축하했다. 평화는 부리나케 서울 한복판 오성급 호텔의 식당을 예약하고 토요일을 기다렸다.

토요일 오후 5시. 예약된 호텔 식당으로 평화와 어머니 그리고 김유경과 독도가 들어갔다. 조용한 클래식 음악이 선율처럼 깔리는 한정식 집이다. 일행은 자리에 앉았다. 물과 컵 그리고 수저 셋트가 가지런히 정돈된 식탁에서 일행은 문쪽을 수시로 바라봤다. 아버지 김경석과 동생 김유빈이 오기로 약속되어 있었다. 5분, 10분이 길게만 느껴졌다. 드디어 어머니의 소원이 풀리는 순간이 다가온 것이다.

'북한에 있는 너의 아버지와 독도 그리고 유경이와 함께 식사라도 한 번 하면 내일 죽는다 해도 난 행복할 거야'

어머니는 늘 이런 자리를 갈망하셨다. 그날 그 시간이 바로 코앞에 있다. 평화는 지난 시간들을 곱씹으며 어머니와 독도를 번갈아 바라봤다. 얼마의 시간이 더 흐른 뒤였다. 국정원 직원의 안내를 받으며 아버지와 유빈이 식당 안으로 들어왔다. 어머니의 환한 표정에서 행복감이 담뿍 묻어났다. 유경이 유빈을 와락 안으며 두 줄기 눈물을 흥건히 흘렸다. 자매의 눈물을 시작으로 식당은 울음바다로 변했다. 아버지가 어머니를 가볍게 포옹하고 서로의 얼굴을 매만지며 울었고. 어머니 또한 그랬다. 자리에 앉은 독도와 평화가 코를 훌쩍이며 이 광경을 지켜보고 있었다. 재회, 그 시간은 짧았지만 지난 수십의 세월을 녹일 수 있었다. 아버지가 어머니를 부축해 자리에 앉았고 유경이 유빈을 데리고 자리에 앉았다. 한정식 식사가 직원들의 손에 들려 지체 없이 들어왔다. 독도가 자리에서 일어났다.

"어르신. 절 받으세요."

독도는 카펫이 깔린 식당 바닥에 무릎을 꿇고 김경석을 향해 절을 하기 시작했다.

"어르신. 저의 아버지가 일본인 하라입니다. 두 분의 악연을 끊어버리고자 제가 이렇게 화해의 절을 먼저 올립니다."

아버지는 이 광경을 보자마자 곧바로 독도 앞에 무릎을 꿇으며 맞절을 했다.

"무슨 소리입니까? 제가 하라 씨를 죽인 죄인입니다. 내가 용서를 먼저 구해야 하지요."

어머니가 자리에서 일어나 두 사람의 팔을 거둬 일으켰다.

"됐어요. 김경석 씨가 죽인 하라의 아들 독도가 김경석을 용서했고 김경석 씨가 하라의 아들에게 용서를 구했으니 이젠 가슴에 남은 수십의 세월들을 모두 용서하는 것으로 합시다. 독도야. 진정 그래도 되겠느냐?"

"네. 어머니."

독도는 김경석의 손을 잡고 허리를 굽혔다. 아버지 김경석 또한 미안하다는 말을 연신 독도에게 쏟아내며 머리를 조아렸다. 유경이 동생 유빈의 손을 놓지 않고 있다. 아버지가 어머니 옆으로 다시 자리해 앉았다. 본격적으로 지난 세월의 그리움들과 궁금증을 풀어갈 시간이다.

그때였다. 아버지 김경석과 유빈을 데리고 왔던 국정원 직원이 아닌 다른 사내 둘이 식당 안으로 들어왔다.

"저 김경석 씨. 그만 돌아가셔야 합니다. 죄송합니다만 비공식적으로 모셔왔습니다. 그런데 국정원 내부 긴급 감찰이 오늘 밤 있다고 합니다. 그래서 빨리 모시고 오라는 연락을 저의 보안담당 국장님께 받았습니다."

사내들은 아버지와 유빈의 팔을 잡고 일으켜 세웠다. 평화가 자리에서 벌떡 일어났다.

"뭐하는 짓이요? 내가 국정원 정보국 팀장인 것을 모른다 말이요? 당신들이 보안국 소속이란 말인가요? 내가 처음 보는데 누구요?"

"잘 아시지 않습니까? 우리는 소속이나 하는 일을 절대로 발설해서는 안 된다는 것을. 국정원은 숨어 있는 일꾼들이 너무 많다는 것도 잘 알잖아요. 자, 갑시다. 급합니다."

사내들은 아버지와 유빈을 떠밀다시피 식당에서 데리고 나갔다. 그토록 환하게 웃던 어머니 얼굴에 사색이 돌았다. 망연자실 남겨진 사람들의 얼굴에서 싸늘한 기운이 돌았다. 평화가 급히 핸드폰을 켜고 어디론가 전화를 했다. 평화의 목소리가 점점 더 커지는 것은 불길함을 예고했다.

"뭐라고요? 국장님. 그런 일이 없다고요?"

"그래. 빨리 뒤 쫓아."

"그럼 그놈들이……."

평화는 독도의 손을 잡아채 따라오라고 하면서 식당 문을 박차고 나갔다. 복도를 따라 엘리베이터가 있는 곳으로 달려갔다. 화장실 앞에 이르렀다. 청소하는 아줌마들이 웅성거렸다. 평화는 정보팀 팀장답게 머리가 예민하게 돌아갔다.

"뭔 일이죠?"

"사람이 죽어있어요. 저 화장실 안에."

평화는 허리춤에 찬 권총에 손을 대면서 화장실 안으로 뛰어 들어 갔다. 소변기가 줄을 서 있고 그 반대편에 대변을 볼 수 칸막이 서너 개가 보였다. 사람이 죽어있다는 칸막이 문을 활짝 열었다. 평화 눈에 들어온 것은 처음 아버지와 유빈을 데리고 왔던 국정원 직원의 시신 이 널브러져 있었다. 가슴에 총을 맞은 듯 피를 흘리고 있었다. 평화 는 다시 국정원으로 전화를 했다.

"우리 직원이 죽었습니다. 화장실에 시신이 있습니다."

국장의 화급한 목소리가 들렸다.

"그놈 죽은 것보다 급한 것이 아버지를 찾는 일이야. 어서 추격해. 어서. 김평화 팀장."

"아주머니들. 총소리를 들었습니까?"

"우리가 바로 옆 여자 화장실에 있었는데 아무 소리도 들리지 않았 어요."

평화는 놈들이 권총에 소음기를 단 특수 남파 공작원이란 것을 직감 했다. 당했다는 생각에 화가 난 평화의 주먹이 벽을 힘차게 내질렀다.

평화는 시신을 놔 둔 채 엘리베이터 쪽으로 달음박질쳤다. 뒤따라 오던 독도가 숨을 헐떡이며 독도 뒤에 서 있다. 엘리베이터가 지하 주 차장에 멈춰 있다. 평화는 아버지를 데리고 간 놈들이 지하 주차장에 서 차를 가지고 도망간 것을 눈치 챘다. 엘리베이터를 기다릴 시간이 없었다. 비상계단을 뛰어 아래로 내려갔다. 독도와 평화의 발자국 소 리가 호텔 전체를 쿵쿵 울렸다. 현관 앞 1층에 도착한 평화는 먼저 주차경비원을 찾았다.

"이상한 차를 못 봤습니까?"

"아니요. 무슨 일이라도 났습니까?"

경비원은 아무 일 없었다는 듯 태평하게 말을 했다. 평화는 지하 주차장에서 차가 올라오는 길을 따라 발걸음을 옮겼다. 손에 잡힐 듯 쥐고 있는 권총에 예민한 신경을 집중했다. 지하 1층 주차장 그리고 엘리베이터가 서 있던 지하 3층까지 그는 찻길을 따라 걸어 내려갔다. 두 대의 차가 올라와 검문을 해 보았지만 범죄의 흔적이 없었다. 평화가 지하 3층에 도착했을 때였다. 조용한 주차장에서 여인의 신음소리가 들렸다. 평화는 그 목소리가 유빈의 소리임을 쉽게 알 수 있었다. 주차장 구석 유빈은 머리에 피를 흘리며 쓰러져 있었다. 둔기에 맞은 듯 머리와 얼굴에 혈흔이 낭자했다. 평화는 급히 119를 불렀다. 뒤따라온 독도를 향해 소리쳤다.

"형. 어서 식당으로 올라가 식구들을 이리로 데려와요. 어서요."

독도가 엘리베이터를 타고 올라간 뒤 평화는 국정원으로 다시 전화를 했다.

"국장님. 놈들을 놓쳤습니다. 아버지만 데리고 사라졌습니다. 제 동생 김유빈은 지하 주차장 3층에서 피를 흘린 채 발견되었습니다."

"알았네. 김유빈 뒤처리 잘하고 급히 국정원으로 들어오게."

전화가 끝나고 식구들이 주차장으로 내려왔다. 그리고 곧바로 119 구급차가 지하 주차장으로 들어왔다. 평화는 유빈의 상태를 살피고 어머니 그리고 유경과 독도를 구급차에 태워 함께 가도록 했다.

"유빈아. 유빈아. 정신 차려. 정신 차려야 한다고."

언니 유경의 울부짖는 소리가 지하 주차장에 한동안 메아리로 돌아다녔다. 잠시 후 구급차가 떠나고 평화는 차를 몰아 국정원으로 향했다.

서울 도심은 이미 경찰들이 거의 모든 길을 막아 검문을 하고 있었다. 평화는 검문을 받을 때마다 국정원 패스를 보여주는 불편함이 있었지만 놈들을 꼭 잡아야 한다고 내심 고마워했다.

국정원도 비상이 걸렸다. 정보과 국장을 중심으로 정보팀 전원들이 각자 맡은 일에 몰두했다. 평화가 사무실에 들어갔을 때 이곳저곳에서 전화를 하느라 정신이 없었다. 서울 시내 전 거리에 설치되어 있는 감시 카메라가 국정원에 보고되고 있었으며 경찰과의 합동 검문조가 이미 현장에 투입되었다. 국장이 평화를 급히 불렀다. 그리고 호텔에서 있었던 상황을 간단히 보고받으며 국장은 깊은 한숨을 몰아냈다.

"김평화. 지금 경찰청으로 들어간다. 그곳에서 경찰 검문팀에서 보고되는 내용을 모니터링해서 이곳으로 보고하고 놈들을 검거할 시 곧바로 현장으로 달려가 사실 확인을 해라. 알겠나?"

"네. 국장님."

평화는 사무실을 나와 계단을 뛰어 내려왔다. 그리고 다시 차를 몰고 경찰청 비상 대기실로 달려갔다. 그곳 역시 전화벨 소리가 난무했으며 경찰들의 전화 통화 소리와 무전기 소리로 아수라장이었다. 평화가 담당 경찰과 공조에 들어갔다. 시간은 자정을 향해 달려갔다. 북한에서 파견된 것으로 의심되는 남파 특수 공작원 두 놈과 함께 있을 것으로 예상되는 아버지의 행방이 묘연하다. 그물망처럼 단단히 검거망을 쳐놓은 서울의 경찰들. 그리고 보이지 않게 움직이는 국정원 직원들의 시야를 놈들은 유유자적 아니면 숨어서 서울을 활보하고 있을 것이다. 놈들의 특징은 대한민국 주민증을 위조해 가지고 있을 것이며 얼굴과 헤어스타일을 쉽게 변형시켜 인상착의의 형태를 변모했을 가능성이 매우 크다. 그들을 본 사람은 아무도 없다. 오직 평화와 그 가족들만이 얼굴을 알아볼 수 있을 것이다. 호텔 CCTV에 찍힌 사진이 현상되어 전 경찰들에게 나눠준 게 전부일지도 모른다. 평화는 잠시 시간을 내어 동생 유빈의 안정을 묻는 전화를 했다. 어머니 이유빈은 큰 고비를 넘겼다고 했다. 병원에 도착하자마자 곧바로 머리 봉합 수술에 들어갔고 얼마 전 중환자실로 옮겼다고 전해 왔다. 평화가 안도의 한숨을 쉬고 난 후 커피를 한 잔 뽑아 홀짝일 때였다. 아버지를 납치한 놈들의 동선이 확인되고 있다는 급한 무전이 경찰청 수사대에 울려 퍼졌다. 순간 사무실은 고요했다. 잠시 후 팀장들의 긴급작전회의가 있었고 그때마다 평화는 회의에 참석을 해 상황을 듣고 곧바로 국정원으로 보고를 했다. 시내 현장에서 보고되는 각각의 정보들은 긴급함을 곧바로 알렸다. 놈들이 탔을 것으로 추정되는 차량이 광화문 대로를 따라 가다 경찰들의 검문을 뚫고 안국동 쪽으로 도망을 쳤다고 했다. 그곳에는 미국 대사관 그리고 한국일보, 일본 대사관, 종로 구청 등 국가 중요 기관들이 밀집한 곳이다. 경찰 수뇌부는 중요 기관에 대한 철저한 경비 명령을 내린 상태였다. 그러나 이미 놈들은 일본 대사관 정문을 뚫고 그 안으로 들어간 뒤였다. 일본 대사관 정문을 지키던 경비병 두 명의 목숨을 빼앗은 놈들은 아버지 김경석을 인질로 대사관 본관 옥상에 올라갔다는 정보가 뜨거운 감자처럼 경찰들 정보망을 뒤흔들었다. 평화는 이 모든 것을 국정원에 긴급 보고하고 일본 대사관을 향해 차를 몰았다.

일본 대사관 정문 앞. 수많은 경찰들이 진을 치고 있었다. 특수 임무를 띤 경찰들의 모습이 뒷골목에서 무엇인가 작전을 준비하는 듯했다. 자정을 훌쩍 넘긴 시간이다. 곧 새벽의 여명이 서울 하늘에서 눈을 뜰 시간이다. 이곳저곳에서 옥상으로 흘러드는 서치라이트가 번쩍인다. 어디서 왔는지 헬기 한 대가 일본 대사관 옥상 위를 빙빙 돌다 남산 쪽으로 날아갔다. 일본 대사관 옥상엔 시멘트로 지은 작은 창고가 몇 개 있다고 했다. 놈들과 아버지 김경석은 작은 창고 안에 숨어 인질극을 철저히 준비하는 듯 보였다.

정중동의 상태로 새벽의 붉은 빛이 남산에서부터 찾아왔다. 밤을 꼬박 샌 평화는 골목 어귀에서 일본 대사관 옥상을 바라볼 뿐이다. 종종 울려대는 핸드폰에서 국정원 직원들의 목소리가 흘러나왔다.

어둠이 완전히 가셨다. 맨 눈으로 봐도 일본 대사관이 훤히 보였다. 경찰들이 놈들에게 항복하라고 하는 커다란 스피커 소리가 거리를 휘어잡았다. 포위되었다. 멈칫거리다 항복 시간을 놓치면 사살될 것이라고 했다. 아버지가 위험하다. 얼마나 많은 고통 속에 살아오신 분인가. 어머니 말대로 남북한 이데올로기 경쟁이 낳은 한 시대의 불행한 인간사를 다 겪고 오신 아버지다. 평화는 아버지 김경석만큼은 무사히 가족들 품으로 돌아올 것을 간절히 기도했다. 핸드폰이 또 울렸다. 어머니 이유빈이었다. 티브이 뉴스를 보고 걱정이 태산 같다고 하셨다. 평화는 아버지는 무사할 것이다, 그러니 안정하라고 수없이 말을 하고서야 전화를 끊을 수 있었다. 어머니의 걱정을 충분히 이해할 수 있다. 악연이든 순연이든 어머니와 맺어진 김경석 그리고 그의 또 다른 북한 출신 딸들 김유경, 김유빈. 그리고 호텔 식당에서 잠시나마 지난날의 아픔 상처들을 보듬을 수 있는 독도와의 화해가 있고 난 직후였다. 어머니의 심장은 커도 매우 클 것이라고 상상해 보던 순간. 일본 대사관 옥상에서 커다란 현수막이 아래로 내려왔다. 상황을 지켜보던 각급의 기자들 사진기 셔터 소리가 골목에 가득했다. 평화도 눈을 크게 떠 조잡하게 매직으로 써진 현수막 문구를 읽어 내려갔다.

"우리는 김경석을 북조선으로 데려가려했다. 하지만 실패했다. 그래서 우리의 요구조건이 바뀌었다. 일본을 규탄한다. 독도가 남조선 땅임을 인정하라. 위안부에게 사과하고 보상하라."

김경석 납치 사건에 관여하던 많은 사람들이 모두 놀랐다. 수없이 투항하라고 외치던 경찰들의 스피커 소리도 조용해졌다. 조용한 그 틈을 노려 놈들 중 하나가 얼굴만 살짝 내밀고 소리를 질렀다.

"우리는 요구한다. 일본은 위안부에게 사과하라. 보상하라. 독도는 남조선 땅이다. 이를 인정하고 반성하라. 일본 대사는 옥상으로 올라와 문서로 이행하라. 우리의 요구조건이 성사될 때까지 우리는 내려가지 않겠다. 경찰들이 올라오면 우리 일행은 일본 대사관 마당에 투신하여 혈흔을 그곳에 뿌리겠다. 조국의 영광으로 사라지겠다. 일본은 반성하라. 인정하라."

놈들의 변신은 순간 기사화되어 긴급 속보로 전파를 탔다. 출근길 시민들이 라디오로 스마트폰으로 소식을 알 수 있었다. 출근하거나 등교하던 민중들이 술렁일 것이란 건 당연한 일이다. 경찰들과 정보요원들이 지키던 일본 대사관 골목으로 대학생들을 포함한 시민들이 하나둘 몰려들기 시작했다. 평화를 포함한 경찰들이 어리둥절했다.

경찰들이 시민들의 진입을 막으려 안간힘을 다했다. 하지만 역부족이었다. 어느새 모여든 일만여 명이 넘는 사람들이 일본 대사관 주변을 빼곡하게 채웠다. 얼마 후 젊은 대학생으로 보이는 사내가 주차해 놓은 차량 위로 올라갔다. 그는 군중들을 향해 소리쳤다.

"독도는 우리 땅. 일본은 망언을 중지하라."

순간 헤아릴 수 없이 많은 인파가 이를 합창했다.

"일본은 위안부에게 사과하라. 보상하라."

이 또한 시민들의 목소리를 빌어 우렁차게 서울 하늘로 퍼져갔다. 평화가 대사관 옥상을 보았다. 시민들의 목소리에 맞춰 놈들도 울부짖었다. 잠시 후 아버지 김경석의 얼굴이 살짝 보였다. 아버지의 입 모양이 시민들의 입 모양과 닮아 있었다. 경찰들은 그 누구도 선창하는 대학생을 말리지 않았다. 그저 이 광경을 지켜보기만 했다. 평화는 국정원과 긴밀한 정보 교환을 했다. 관계부처 회의가 열렸다고 했다. 이런 상황이라면 강제로 납치상황을 종료하지 말아야 한다는 결론을 냈다고 했다.

오전의 시간이 다 지나갔다. 평화는 배가 고팠다. 식사를 해야겠다고 국정원 국장에게 보고를 하고 자리를 떴다. 평화는 골목 어귀에서 김밥을 한 줄 사 입으로 씹으며 택시를 잡았다. 택시 안 라디오에서 일본 대사관 사건을 시시각각 중계하고 있었다. 중계 아나운서의 목소리가 상기되어 있다. 북조선 남파 특수임무 공작원 그리고 탈북자 김경석 또 일본 대사관. 작금에 일어나고 있는 독도 문제와 위안부 문제. 아나운서는 시작이 어디며 어디서 끝날 이해관계인지 어리둥절하다고 했다. 일본 침략사와 6 · 25전쟁 그리고 극심한 남북 이데올로기의 경쟁에서 비롯된 비극적 상황과 독도 문제와 위안부 문제가 엮여진 현대사에 종결판 같다고 했다.

평화가 택시에서 내린 곳은 동생 유빈이 머리를 수술한 병원이었다. 면회시간이 정해진 오후 1시. 평화는 어머니 그리고 유경과 함께 중환자실로 들어갔다. 눈과 코 그리고 입을 제외한 머리와 얼굴에 붕대를 칭칭 감고 있는 유빈이 산소마스크를 쓰고 편하게 누워 있었다.

"유빈아. 오라버니다. 목소리 들려?"

유빈이 눈알을 빙빙 돌리며 고개를 살짝 끄덕였다. 의식이 돌아온 모양이다.

"고맙다. 그리고 미안하다. 유빈아. 곧 나을 거야. 마음 편하게 먹고 있어. 아버지도 곧 돌아오실 거고. 유빈이 옆을 이 오라버니가 늘 지켜줄게."

유빈의 손이 움직이는가 싶더니 이내 평화의 손을 꼭 잡았다. 어머니가 코를 훌쩍이신다. 유경이 손수건으로 어머니 눈물을 살짝 찍어냈다.

면회를 마치고 중환자실을 막 나왔을 때였다. 진동으로 해 놓았던 핸드폰이 부르르 떨었다. 평화는 핸드폰을 열었다. 국정원 국장의 전화였다.

"네. 국장님. 김평화입니다."

"수고가 많다. 지금 일본 대사가 놈들과 우리 시민들이 요구하는 사항을 문서로 작성해 옥상으로 올라간다고 하니 빨리 현장으로 들어가 상황을 보고해."

"네. 국장님."

평화는 급히 택시를 타고 일본 대사관으로 향했다. 아침보다 더 많은 인파가 주변을 가득 메웠다. 시민들의 함성이 더욱 거세게 서울 하늘로 퍼져갔다. 골목 어귀에서 몇몇의 청년들이 애국가를 부르기 시작했다. 노래를 부르는 목소리는 전염병처럼 퍼져 그곳에 모인 시민들의 목소리가 되었다. 한쪽에선 일장기를 불태우는 무리가 있었고 다른 한쪽에선 일본 천황의 사진을 짓밟는 퍼포먼스가 진행되고 있었다.

해가 뉘엿해진 늦은 오후. 대사관 주변이 술렁였다. 일본 대사가 옥상으로 올라갈 것이라는 소문이 돌기 시작했다. 시민들은 더욱 큰 목소리를 하늘로 내질렀다.

"일본은 사과하라. 위안부에게 보상하라. 독도는 우리 땅. 더 이상 망언을 하지 마라."

시민들은 〈독도는 우리 땅〉이란 대중가요를 불렀다. 수만 명의 목소리가 일본 대사를 움직였을까. 저녁 해가 노을을 만들어 서쪽 하늘이 붉게 물들였을 무렵. 경찰들의 묵인하에 기자들이 옥상으로 대거 몰려들기 시작했다. 여기저기서 카메라 후레쉬 터지는 소리와 불빛이 요란했다. 잠시 후 키가 매우 작은 일본 대사 기무라가 옥상에 얼굴을 보였다. 특수 임무를 띠고 남파된 공작원들 두 명과 아버지 김경석의 모습이 어렴풋이 눈에 들어왔다. 일본 대사 기무라는 이들 앞에서 무엇인가 낭독을 하고 있었지만 들리지 않았다. 시민들의 목소리가 절정을 향해 달려갔다. 얼마의 시간이 흐른 뒤 옥상은 조용해졌다. 그리고 대사관 정문에 놈들과 아버지 모습이 보였다. 경찰관 몇 명이 에워싸고 있었으며 놈들의 손에는 수갑이 채워져 있었다. 놈들 중 한 명이 대사관 정문에 섰다. 그리고 경찰들이 건네준 마이크를 손에 잡았다.

그리고 일본 대사 기무라가 선언한 내용의 종이를 들어 올려 읽기 시
작했다.

"일본 대사 기무라는 일본을 대신해 위안부에게 사과한다. 적극 그
들의 보상을 약속할 것이며 그동안 일본이 자국 영토라고 주장하던
독도. 오늘 대한민국 영토임을 선언한다. 앞으로 그 어떤 망발도 하지
않을 것임을 명백히 밝힌다."

기자들의 카메라가 불을 뿜었다. 현장에서 기무라 대사의 사과문을
직접 들은 시민들은 열광했다. 놈들과 아버지가 경찰차에 태워지자
시민들은 또 목소리를 높였다.

"수갑을 풀어줘라. 수갑을 풀어줘라. 위대한 영웅들이여."

발길을 돌리는 시민들의 얼굴에 기쁨과 환희 그리고 무엇인가 씁쓸
한 비애가 가득했다.

# 질곡의 끝

   **온화한 햇살이** 병실에 가득하다. 머리에 가격을 당해 피를 흘리며 곧 죽을 것 같았던 유빈이 살아났다. 그동안 많은 사람들이 유빈을 만나고 갔다. 국정원 직원, 경찰, 그리고 정부 관계자들이다. 새터민 교육을 받아야 하지만 유빈의 병간호를 위해 교육을 연기한 언니 유경이 한 달여 병실을 지켜주었다. 성이 다른 동명이인 배다른 어머니 이유빈, 평화 오라버니 특히 병원비를 모두 대주겠다며 안타까움을 토로한 뒤 일본으로 추방된 독도 오라버니에게 고마울 뿐이다.

   새터민 교육을 받고 있는 아버지 김경석이 병문안을 와 한동안 함께 있다가 방을 나갔다. 내일이면 퇴원을 하게 될 것이란다. 혼자가 된 유빈은 햇살이 유난히 밝은 창에 기대어 무엇인가 골몰했다. 살짝 살짝 창에 스치듯 두 사람의 얼굴이 지나간다. 유경 언니와 독도 오라버니다. 엊그제 병실에서 큰어머니의 고민스런 독백을 우연히 들었다. 그리고 말은 하지 않았지만 조금 전 아버지의 걱정스런 얼굴에서 그 모습이 보였다.

"후. 걱정이다. 유경이와 독도. 그것들이 임신을 했다니. 후……."

큰어머니는 언젠가부터 얼굴에 어두운 그림자가 가득했다. 유경과 독도 두 사람은 피가 한 방울도 섞이지 않은 남남이다. 하지만 도덕과 윤리란 문제에 부딪히게 될 것이다. 독도의 아버지인 일본인 하라를 죽인 것이 아버지 김경석이고, 김경석의 본부인이 큰어머니 이유빈이다. 이유빈의 첫 남편은 당연 하라이다. 28여 년 전 사살되었다는 김경석이 북조선으로 돌아가 새 여자를 만났고 딸을 얻었다. 그런 관계가 인연으로 설정되어 있다. 그런데 하라를 죽인, 원수도 대충 원수지간이 아닌 김경석의 딸 유경이 전 부인의 첫 남편 하라의 아들 독도가 사랑을 나눴고 임신을 했다. 김유빈은 무엇에 홀린 듯 멍해 있었다. 유빈의 마음이 울적해지더니 이내 또르르 눈물 몇 방울이 얼굴에 흐른다. 창밖 밝은 햇살이 갑자기 흐릿해진다. 마치 먹구름이 몰려온 듯 눈물이 시야를 가렸다.

"유빈아."

유빈이 뒤를 돌아 병실 문을 바라봤다. 평화 오라버니다. 배가 다른 오라버니 김평화의 얼굴을 본 순간 와락 달려가 안기고 싶었다. 삶의 방향을 완전히 바꿔버린 고마운 오라버니다. 북한을 탈출하며 들려주었던 남조선 사회의 일면들이 눈앞에 있다. 앞으로 남조선 사람들과 함께 호흡하며 묻혀 살아갈 날들을 생각하면 오라버니 김평화는 은인 중 가장 큰 은인일 것이다.

"어서 오세요. 오라버니."

"그래. 내일 퇴원한다며?"

"네."

"잘 됐다. 그동안 고생했고. 하지만 당분간 새터민 교육을 받아야 하니 잠시 떨어져 있겠구나? 지금 아버지도 그곳에서 남조선에 관한 교육을 받고 있지. 그래도 유빈이는 유경이와 함께 교육이 시작될 것이니 힘들진 않을 거야."

병실 안으로 가득 들어왔던 햇살이 잠시 어두워졌다. 유빈이 창밖을 보았다. 검은 구름이 몰려와 태양을 가렸다. 평화의 얼굴이 편치 않아 보였다. 근심 가득한 눈매가 영 힘없어 보이기도 하다.

"오라버니. 고민이 있나 봐요?"

아니라고 대답하는 평화의 말끝이 흐리다.

"독도 오라버니는 언제 한국에 다시 들어온다고 하죠?"

"와야겠지. 유경이 뱃속에 독도 형의 아이가 자라고 있는데 곧 들어오겠지. 이젠 어머니도 아픈 가슴을 다 내려놓고 편하게 생각하려고 하신다. 모두 자식들인데 그 속이 오죽하겠냐. 유빈아. 아버지와 어머니는 정식으로 결혼식을 하지 않으셨다. 이참에 두 분 결혼식을 올려드리고 싶은데 너의 생각은?"

"그거 괜찮은 생각이네요. 오라버니."

평화는 유빈의 생각이 자신과 같다는 것을 듣자 작은 고민 하나가 떨어지는 듯 했다. 한동안 병실에 머물던 평화가 사무실을 다녀와야겠다며 병실을 나왔다.


한 달여가 빠르게 지나갔다. 뜨거운 태양이 7월의 하늘을 유유자적 떠다니고 있다. 곧 장마가 시작될 듯 후덥지근한 공기가 대지를 후끈거리게 했다. 평화와 어머니 이유빈이 그의 아파트에서 조용히 시간을 보내고 있었다. 물 한 잔을 마신 평화가 거실 소파에 비스듬히 누워 티브이를 보고 있는 어머니에게 다가갔다.

"어머니. 다음 주면 아버지 새터민 교육이 모두 끝난다고 합니다. 유경이와 유빈이는 한 달여 남았고요. 거처를 어찌하면 좋겠습니까?"

"당연한 것 아니냐? 모두 우리의 형제자매들인데 이곳으로 와서 함께 살아야지."

"네. 그러면 되겠지요. 그리고 어머니와 아버지 공식적으로 혼인을 하지 않으셨잖아요. 이번에 혼인을 하세요. 제가 도와드릴게요."

"무슨. 창피하게 이 나이에. 됐다."

어머니는 애써 거절을 하셨다. 하지만 싫지 않은 눈치다. 그토록 보고 싶었다는 아버지를 만났고 평화가 태어나기 전에 사랑을 많이 하셨다는, 그동안 수없이 많은 이야기를 하셨던 어머니다.

"어머니. 날짜를 잡겠습니다. 그리 아세요."

"아니다. 아니야."

아니라고 말하는 어머니의 입술에 살포시 웃음기가 서려 있었다. 평화는 빙긋이 웃으며 방으로 들어갔다. 평화 핸드폰 소리가 요란하게 방을 울렸다. 독도였다. 지금 김포공항에 도착했다는 전화다. 곧 평화의 집을 방문하겠다고 했다. 평화는 어머니에게 말을 전달하려 다시 방을 나왔다. 어머니가 울고 있었다. 소파에 몸을 푹 파묻고 훌쩍이는 어머니의 모습이 처량했다. 평화가 어머니의 어깨를 살며시 잡았다. 어머니는 평화의 얼굴을 두 손으로 감싸며 더욱 큰 소리로 울었다.

"왜요. 어머니?"

"독도는 나와 핏줄을 나눈 모자지간이다. 그런데 유경이와 혼인을? 어떻게 임신을?"

"어머니. 두 사람은 핏방울 하나 섞이지 않았잖아요. 도덕과 윤리적 사고로 상처받지 마세요."

"네 말이 맞긴 하다. 그래도 그렇지……."

"독도 형 지금 김포공항에 도착해 이리로 온다고 전화 왔습니다."

어머니는 얼굴에 눈물을 닦으며 몸가짐을 새롭게 했다. 자식에게 추한 꼴 보이지 않으려는 듯 화장실로 들어가 세수를 하고 화장품 몇 가지를 얼굴에 찍어 발랐다.

얼마의 시간이 흐른 뒤 독도가 아파트 문을 열고 들어왔다. 독도는 어머니에게 큰절을 올리며 예의를 다하는 듯했다. 일본으로 추방된 후 재입국 허가 시한인 삼 개월이 지났다. 이젠 마음대로 한국을 드나들 수 있다. 독도는 평화와 마주 앉아 유경의 안부를 물었다. 그리고 일본에 있는 아유미 할머니 소식을 전했다. 아유미 할머니는 어머니 이유빈의 시어머니다. 할머니 이야기가 나오자 어머니가 입을 열었다.

"독도야. 할머니는 너의 혼인에 대해 뭐라고 하시더냐?"

"말도 안 된다고 부쩍 화를 내셨습니다. 제 아버지를 죽인 원수의 딸과 어떻게 혼인할 수 있느냐며, 그것도 친인척을 포함해 가진 것 아무것도 없는 탈북자 가족을 사돈으로 삼고 싶지 않다고 하셨습니다."

"당연히 그러셨지. 그래 너의 생각은 변화가 없는 것이냐?"

"네. 어머니."

옆에 앉아 묵묵히 두 사람의 이야기를 듣던 평화가 팔짱을 끼며 대화에 끼어들었다.

"독도 형. 형이 어머니 많이 위로해 드려야할 것입니다. 어머니는 핏줄을 나눈 형과 비록 핏줄은 나누지 않았지만 전 남편의 딸이 혼인하는 것을 도덕적으로 윤리적으로 많이 힘들어하십니다. 또 비록 용서는 했다고 하지만 아버지 김경석은 독도 형의 아버지 하라를 죽인 원수입니다, 원수의 딸과 아들이 혼인하는데 과연 얼마만큼의 용기가 오랜 세월 지속될 것인가를 의심하고 있어요. 결혼은 백년가약이라고 하잖아요. 정말 오랫동안 어머니 걱정을 씻을 수 있는 진정성 있는 약속을 어머니께 보여줘야 합니다."

독도는 걱정하지 말라고 했다. 그리고 아이 낳고 행복하게 평생 동안 잘 살겠다고 다짐을 했다. 그래도 어머니 이유빈은 불안했다. 독도는 어머니 마음을 이해할 수 있었다. 독도는 많은 생각을 하고 한국을 다시 찾았다. 그는 어머니에게 약속했다. 일본을 버리고 한국 사람으로 귀화하겠다고 했다. 진정 한국 사람이 되어 유경과의 사랑을 영원한 세계까지 함께하겠다고 했다. 독도는 결혼은 급하지 않다고 했다. 한국으로 귀화해서 떳떳하게 결혼하겠다고 포부를 밝혔다. 시간적으로 계산해서 유경이 아이를 낳고 나면 독도는 한국 사람이 되어 있을 것이라고 했다.

다음 날 독도는 새터민 교육센터로 가 유경을 면회하고 귀화를 위해 다시 일본을 다녀와야 한다며 한국을 떠났다.

그토록 무더웠던 여름날들이 하나씩 물러가고 있었다. 아침저녁으로 살랑대며 부는 바람이 꽤나 시원하다. 어젯밤에 찾아와 하룻밤을 함께 지낸 탈북자 작은아버지 김천석과 작은어머니. 날이 밝자 빨리 준비해 결혼식에 참석하겠다는 말을 남기고 집을 나간 일요일 아침이다. 아버지와 어머니는 미용실에 가셨다. 새터민 교육을 마친 유경이와 유빈이 이 아파트에 와서 함께 산 시간이 벌써 일주일이 흘렀다. 자매는 엊그제 새로 산 고운 정장차림으로 거울 앞에서 서성인다. 평화가 말끔한 양복에 넥타이를 목에 걸고 손질을 한다. 얼마의 시간이 흐르자 아버지와 어머니가 한복을 곱게 차려입고 머리를 단아하게 한 차림으로 아파트 안으로 들어왔다. 어머니가 소파에 앉으려다 입을 열었다.

"벌써 시간이 이렇게 됐구나. 어서들 서두르자."

무엇이 그토록 좋은지 아버지는 연신 입가를 실룩이며 미소를 잃지 않고 있었다. 아파트를 나온 다섯 명의 식구들은 평화가 운전하는 차에 몸을 실었다. 차는 아파트를 떠나 도심을 질주했다. 그리고 얼마 후 서울을 완전히 벗어나 시골길로 달리는 가 싶더니 이내 산길로 접어들었다. 굽이진 숲길을 천천히 들어가던 차가 멈춘 곳은 사찰이었다. 멀리 일주문이 바로 보이는 곳에 차는 멈췄고 일행은 절간 안으로 걸어 들어갔다. 대웅전 앞 뜰. 스님 한 분이 일행을 맞았다. 일행을 법당 안으로 안내한 스님은 참석한 내객들을 정리했다. 잠시 법당 안 사람들을 두리번거리며 주시하던 아버지가 자리에서 벌떡 일어났다. 그리고 재빠른 걸음으로 사람들 사이를 비집고 들어간 곳에 반가운 얼굴이 있었다. 벌써 30년 가까운 세월이 흐른 과거. 공룡능선에서 함께 지냈던 이원 스님과 그라시아 수녀가 그곳에 있었다. 지금은 환계를 해서 부부로 인연의 끈을 이어가며 일반사람으로 살아가는 분들이다. 아버지가 늙은 시간만큼 두 사람도 중노인이 되어 있었다. 이원과 아버지 김경석이 반갑게 포옹을 하고 그라시아와도 반갑게 악수를 나눴다. 가까운 가족들 몇 명이 함께한 사찰 결혼식이 시작되었다. 법당 앞자리 스님 바로 뒤 중앙에 앉은 아버지와 어머니 그리고 그 옆으로 독도와 평화가 자리를 했다. 유경과 유빈이 법당 결혼식을 처음 본다는 듯 두리번거리며 주변을 살폈다. 법사 한 분이 불전에 물을 한 그릇 올렸다. 법당에는 이미 준비된 수많은 과일과 쌀 그리고 아름다운 꽃들이 줄지어 불전에 올려져 있었다. 촛불 두 개가 그윽하게 타고 향 냄새가 법당 안을 진중하게 만들었다. 스님의 주도로 기본 예불이 올려졌다. 그리고 마지막으로 아버지와 어머니의 불전 결혼식이 불법에 맞게 진행되었다. 두 사람이 부처님께 절을 하고 다시 맞절을 했다. 스님의 주례사가 있었고 독도와 평화가 증인으로 향을 피운 뒤 부처님께 절을 올렸다. 스님의 목탁 소리가 법당 안을 휘감았다. 엷은 가락지 두 개가 서로에게 끼워졌고 내객들의 힘찬 박수소리가 법당 안에 넘쳐났다. 부처님의 도량에서 자비와 자애 그리고 사랑으로 두 사람의 혼인을 축하한다는 스님의 마지막 말씀이 있고 결혼식은 끝을 맺었다.

오늘 특별한 법회에 참석한 모두에게 잔치국수 공양이 제공되며 시간은 흘러갔다. 그동안 궁금했던 이들의 안부와 격려가 이야기의 주를 이뤘으며 특히 평화의 임신 사실을 모르고 군경에 잡혀 북으로 추방되었던 아버지와, 평화를 낳고 모진 세월 힘들게 살아왔던 어머니의 역경, 그 사연을 안고 30여 년 가까운 세월 뒤에 결혼식을 올리게 된 점에 모두들 부럽거나 놀라는 눈치였다. 더구나 북한을 탈북해서 다시 찾은 대한민국, 그곳에서 재혼한 아버지는 더욱 감격해 하는 눈치였다. 유경의 배부름이 남의 눈에 띌 정도로 확연했다. 독도는 유경이 옆에 가까이 앉아 불편함이 없는지를 세심히 챙겼다.

늦은 오후가 되었다. 절간을 빠져나온 일행들이 아파트로 돌아왔다. 어머니와 아버지는 제주도로 신혼여행을 떠난다며 곧바로 집을 나갔다. 독도와 평화 그리고 유경과 유빈이 거실에 앉아 작은아버지 김천석과 이야기를 나누고 있었다. 그 옆에 앉아 있는 유경의 사촌동생 두 명이 피곤한 듯 눈을 껌뻑거리며 졸고 있었다. 이들은 김천석의 탈북과정 속에 일본인들과의 신경전 그리고 일본인을 죽인 탈북자의 현재 모습을 이야기했으며 평화가 아버지, 유빈을 탈북시켜서 남조선으로 넘어온 무용담을 술안주 삼아 술잔을 홀짝이고 있었다.


제주 국제공항, 김경석과 이유빈의 모습이 보였다. 이들은 택시를 이용해 곧바로 호텔로 향했다. 바다가 훤히 내려다보이는 호텔 객실. 두 사람은 좀 어색한 듯 몇 발자국 떨어져 서로를 바라봤다. 오십을 넘긴 지천명의 나이다. 북한을 탈출할 때 보였던 얼굴의 상처 딱지들이 모두 사라져 깔끔하다. 제법 멋쟁이 신사의 모습이다.

샤워를 끝낸 경석이 티브이를 켰다. 그 사이 유빈이 하품을 길게 하며 샤워실로 들어갔다. 경석이 냉장고 문을 열었다. 맥주 한 캔을 따서 홀짝인다. 얼마 후 유빈이 목욕가운으로 몸을 두른 상태로 샤워실을 나왔다. 아버지 경석이 유빈을 옆 눈으로 보며 입가에 웃음을 짓는다.

"어. 이유빈 여사 아직도 아름다움이 진하게 묻어나네요."

이유빈은 얼굴을 붉히며 고개를 숙인다.

"다 늙었어요. 이젠 볼품없는 몸매인데 무슨 아름다움이람."

유빈이 경석의 맞은편 소파에 잠기듯 푹 내려앉았다.

"나도 맥주 한 캔 주세요."

경석이 냉장고 문을 열고 맥주 하나를 유빈 앞 탁자에 내려놓으며 그녀의 옆자리에 앉았다. 잠시의 침묵이 흘렀다. 경석이 맥주캔을 몇 번 홀짝이더니 유빈의 목을 와락 끌어안았다. 유빈은 귀찮다는 듯 그의 팔을 빼려 했지만 완강한 남자의 힘을 이길 수 없었다. 경석이 유빈 옆으로 바짝 다가앉으며 그녀의 입술을 찾아 도리질을 해댔다. 한동안 거부하던 유빈이 경석을 받아들이며 이내 두 사람은 침대로 올라갔다. 한동안 거친 숨소리가 호텔방을 뜨겁게 달궜다.

유빈은 30여 년 지난 지난날을 회상했다. 하라라고 하는 일본인 약혼자가 있는 상태에서 유빈을 모텔로 데려가 강제로 여체를 탐하던 경석. 신혼여행 중 경석에 의해 죽임을 당한 그녀의 첫 남편 하라. 그 사이에서 낳은 독도를 강탈해 설악산 공룡능선 아래 동굴로 숨어들었던 경석이 떠올랐다. 그곳에서 독도를 함께 키우며 다시 경석과 사랑에 빠진 그녀였다. 회상은 잠시 슬프거나 환희로 다가왔지만 뒷맛이 씁쓸했다. 유빈이 정신을 차려 현실을 직시했을 때 그녀와 경석은 침대에서 알몸으로 서로를 바라보고 있었다. 경석의 몸이 예전 같지는 않았다. 무장 남파 공작원 시절의 그의 몸은 말 그대로 무기였다. 단단히 훈련된 몸에서 뿜어져 나오는 힘은 대단했다. 하지만 북한에서 고생하며 살아온 지난 세월 경석의 몸은 형편없이 야위어 있었다,

유빈이 경석의 알몸을 훑어보며 안쓰러운 생각을 지우지 못하고 샤워실로 들어갔다. 유빈과 경석이 몸을 씻고 가운을 걸친 뒤 서로를 바

라보며 소파에 앉았다.

"경석 씨. 나 오늘 취하고 싶어요. 술 좀 주세요."

"그럽시다. 우리 사랑했던 옛날의 기억들을 더듬으며 술에 취한 나를 보고 싶어요."

경석이 냉장고 문을 열고 양주를 꺼냈다. 우유를 컵에 따른 후 탁자로 가져왔다. 술잔에 술이 채워지고 두 사람은 홀짝이기 시작했다.

"경석 씨. 하나 물어볼 것이 있어요."

"네."

"북에서 낳은 두 딸의 이름에 뭔가 의미가 있는 듯합니다. 말해 줄래요?"

경석은 깊은 한숨을 길게 내쉬고 양주 한 잔을 입에 홀짝 털어넣은 후 입을 열었다.

"이유빈 씨. 내가 설악산에서 총에 맞아 죽은 것으로 당신은 나를 버렸겠지만 난 살아서 북한으로 추방된 몸이라 이유빈이란 여자를, 정말 사랑한 여인으로 잊을 수가 없었어요. 30여 년 전 북에 들어갔는데 북한 정권에서 영웅 대접을 해 주었지요. 집도 주고 함께 살 여자도 구해 주고. 놀면서 생활비도 넉넉하게 주었지요. 한동안 정말 영웅 같은 생활을 하던 차에 유경이가 태어난 것입니다. 북에서 만난 여자는 사랑이 없이 정략적으로 정권에서 만들어준 부부였지만 어쩔 수 없더라고요. 이름을 고민했지요. 언젠가는 남쪽에 있는 사랑하는 여인 이유빈을 다시 만날 수 있겠구나 하면서 당신 이름 유빈의 유 자와 내 이름 경석의 경 자를 따서 유경이라 이름을 지었고요. 2년 후 또 딸 아이가 태어났지요. 그때는 고민하지 않았어요. 당신이 너무 보고 싶고 다시 해후할 날 있을 거란 믿음이 생기더라고요. 그래서 고민하지 않고 바로 이유빈의 유빈을 딸아이의 이름으로 지었어요."

경석이 말을 마치고 또 양주잔을 입으로 가져갔다. 이유빈도 한숨 한 번 내뱉고는 술잔을 기울이며 입을 열었다.

"그랬군요. 우리의 설악산 공룡능선 사랑은 정말 컸었지요. 모진 고생 함께 나누며 독도를 키워내던 일, 특히 독도가 많이 아팠을 적 당신은 몇 시간을 걸어 읍내로 나가 약을 사오곤 했지요, 이원 스님과 그라시아 수녀의 사랑도 대단했고요. 서로의 눈치를 보며 두 쌍의 사랑은 몰래 한 사랑처럼 애절했었지요. 난 당신이 진짜 죽은 줄 알았어요. 당신의 아들 평화를 임신했을 때 청와대 숙모를 비롯해 주변 사람들 모두 아이를 떼라고 나를 압박했지요. 하지만 난 태어날 생명을 죽일 수 없다며 고집스럽게 아비 없는 평화를 낳고 얼마 후 독도를 일본으로 떠나보내게 됩니다. 처참했던 순간들이었지요."

유빈은 술기운이 오른 듯 혀가 살짝 꼬여 있었다. 그녀가 말을 마치고 경석의 턱을 잡았다. 그리고 뜨거운 입맞춤을 이어가며 간간히 새 나오는 입새 소리의 흐느낌이 신음이 되어 온몸을 부들거리며 떨게 했다. 창밖 바다에서 뱃고동 소리가 창문 틈을 헤집고 들려왔다. 유빈이 경석의 입술에서 입을 뗀 뒤 창쪽으로 걸어갔다. 그리고 창문 커튼을 열어젖혔다. 어둠이 가득한 바다 한가운데 몇 척의 배들이 움직이고 있었다. 경석이 유빈의 뒤에서 유빈을 강하게 안았다.

"여보, 이유빈 여사. 정말 사랑합니다. 앞으로 최선을 다해 당신과의 마지막 삶 아름답게 가꾸며 살고 싶어요."

"그래요. 경석 씨. 이젠 더 이상 방황하거나 갈등하지 말고 얼마 남지 않은 우리의 사랑 행복했으면 합니다."

"미안하고 고맙고, 특히 홀몸으로 아들 평화를 잘 키워낸 당신이 대단합니다. 평화가 우리의 복덩이가 될 줄 누가 알았겠습니까?"

경석이 유빈의 귓불에 입을 맞추며 숨을 몰아쉬었다. 그는 행복하다는 표정이 달뜬 얼굴에 역력했다. 유빈이 경석을 밀어내며 다시 소파에 앉았다. 양주를 다시 잔에 따르고 경석의 눈을 똑바로 바라봤다. 경석의 표정은 많이 어두워 있었다. 삶의 현장이 어디냐, 어떻게 살았느냐, 무슨 일을 하고 어떤 사상 속에서 내 자유를 괴롭히며 살았느냐. 유빈은 경석의 눈을 바라보며 수많은 질문을 그에게 던졌다. 쑥스러운 듯 경석이 머리를 숙였다.

"경석 씨. 독도와 유경의 혼사 문제는 어떻게 생각해요?"

"이미 둘은 사랑에 빠졌습니다. 그리고 임신까지. 하지만 나의 고민은 두 가지 문제에 부딪히게 됩니다. 하나는 자기 아버지를 죽인 원수의 딸과 과연 얼마나 오래도록 결혼생활이 지속될 것인가의 물음이고 또 하나는 비록 피 한 방울 섞이지 않았지만 독도 입장에서 보면, 어머니 이유빈이 새로 맞아들인 아버지가 아버지 하라를 죽인 철천지 원수란 말이요. 물론 사죄하고 용서하고 해서 화해가 되었다고 하나 그것은 행복할 시절 단어들이고 만약 애들이 다툼이라도 하게 되면 목구멍에서 바로 튀어나올 메가톤급 사연들이란 말입니다. 도덕적으로 윤리적으로 또한 인간적으로 매우 어려운 인연들을 두 사람이 잘 헤쳐갈 수 있을까 하는 고민입니다. 물론 일본에 살아계신다는 아유미 할머니의 의견도 중요하겠지요. 그래서 고민을 해 봤지만 현재의 결론은 결혼을 해라입니다. 당신은 어떤 생각을 갖고 있어요?"

"나에게는 시어머니이지만 당신에게는 사돈이 될 독도의 할머니 아유미 어른이 자꾸 눈에 밟힙니다. 지금 아무리 몰락한 정가의 가문이지만 한때 일본을 호령하던 정객들이 무수히 배출된 집안입니다. 그후생들이 지금 일본을 움직이는 정객들이고요. 아무리 나이가 들었어도 아유미 할머니의 일본 내 위세는 누구도 꺾지 못할 것입니다. 그런할머니가 반대를 한다고 하는데 과연 이 어려움을 뚫고 혼사가 무리없이 진행될 수 있을지 그것이 더 의문입니다."

"그렇군요. 독도의 의지가 강하니 좀 더 지켜봅시다."

두 사람은 한동안 술을 마시며 이야기를 하다 누가 먼저랄 것 없이 침대에 골아 떨어졌다.

다음 날 아침. 호텔식으로 식사를 마침 두 사람은 택시를 이용해 제주 관광길에 나섰다. 성산 일출봉, 우도, 민속촌, 삼성혈, 천제연폭포, 한림공원들을 관광하며 시간을 보내고 다음 날 서울로 올라왔다.

평화는 계속해서 국정원 팀장으로 출퇴근을 했으며 유경 그리고 유빈이 한 아파트에서 평화와 생활하며 새로운 일에 고민하는 시간들속에 아버지와 어머니가 제주에서 돌아와 함께 하룻밤을 지냈다. 그리고 다음 날 어머니와 아버지는 부산 집으로 짐을 싸 옮겼다.

점점 더 배가 불러오는 유경은 아파트에서 태중 아기에만 신경을 쓰며 하루하루를 보내고 있었다. 동생 김유빈은 학교를 더 다니고 싶어 했다. 유빈이 도서관과 집을 오가며 대학 준비에 몰두하는 시공들은 모두 낯설지만 행복한 시간들이었다.

얼마의 시간이 또 흘렀다. 평화가 퇴근을 하려고 할 즘 핸드폰으로 반가운 목소리가 들렸다. 독도였다. 삼 일 후 할머니 아유미를 모시고 서울에 올 것이라고 했다. 할머니는 아버지 그리고 어머니를 만나고 싶어 한다고 했다. 전화를 끊은 평화의 머릿속이 복잡하게 돌아갔다. 독도와 유경의 혼인 문제에 아유미 할머니는 어떤 역할을 할 것인가. 그는 곰곰이 생각했다. 평화는 즉시 부산으로 전화를 넣었다. 그리고 삼 일째 되는 날 서울로 올라오시라고 어머니께 말을 전했다.

삼 일이 흘렀다. 마침 토요일이라 평화가 직장을 나가지 않고 집에 있었다. 서울 아파트에는 평화, 어머니 그리고 아버지와 유경이 있었다. 아파트 현관 문에서 벨이 울린다. 평화가 문을 열고 독도와 아유미 할머니를 맞이했다. 신체는 꼿꼿했지만 생각보다 많이 늙어 있었다. 이유빈의 시어머니다. 그리고 독도의 할머니고 김경석이 30여 년 전 죽인, 독도의 아버지 하라의 어머니며 예비 사돈 시어른이시다. 일행은 거실 탁자를 중심으로 빙 둘러 앉았다. 어머니는 녹차를 준비해 각각의 사람들 앞에 한 잔씩 놓으며 앉았다. 아유미 할머니는 유경의 배를 뚫어져라 보았다.

"이 처자가 독도가 결혼하겠다고 한 처자이냐?"

독도가 말을 받았다.

"네. 할머니. 식구들 소개 먼저 할게요. 이쪽은 북조선에서 오신 이 처자의 아버지 김경석 씨고요. 저 배가 부른 처자는 제가 결혼하기로 마음먹은 김경석 씨의 딸입니다. 그리고 이 건장한 청년은 저와 아버지가 다른 동생 김평화라고 합니다."

어머니 이유빈이 할머니의 건강들을 물으며 분위기를 이끌어가려 했다. 그러나 아유미 할머니는 뭔가 작심하고 온 듯 본론으로 들어 갔다.

"내가 일본에서 독도에게 이야기를 대충 들었다. 아름다운 처자와 혼인을 하겠다고, 이미 그 처자는 독도의 아이를 임신했다고. 그러나 매우 복잡한 사연이 담겨 있다는 독도의 말도 이해하려면 얼마든지 이해할 수 있는, 그래도 다 좋다. 하지만 내 며느리인 이유빈의 생각을 한 번 더 듣고 결정을 하려고 이리 달려왔다. 잘 들어라. 너의 남편인 내 아들 하라와의 사이에 독도, 일본 이름 다케시마를 낳았다. 그리고 네 남편은 저기 앉은 김경석에게 이데올로기인지 일본 강점기의 후폭풍인지 몰라도 내가 보기엔 이유 없이 죽임을 당했어. 원수도 그런 원수는 이 세상에 없지. 하지만 네가 설악산 공룡능선 아래 동굴로 독도를 찾으러 가서 어떻게 철천지 원수인 김경석과 사랑에 빠졌는지 그것은 묻지 않겠다. 하지만 분명한 것은 네 첫째 남편을 죽인 사람이란 것이다. 또 하나 너의 하나밖에 없는 아들 독도를 어떻게 남편 아니 독도의 아비를 죽인 사람의 딸과 혼인을 맺을 수 있는 것인지 도무지 이해가 안 간다. 그것도 대한민국이나 일본 여자가 아닌 북조선에서 태어나 자유민주주의와 자유경제의 생각들이 혼미한 그런 사람을 며느리로 맞아들이겠다는 것인지. 어디 답을 해 봐라."

거실은 한동안 침묵으로 고요했다. 어머니 이유빈의 답을 듣고자 모두는 그녀의 얼굴만 바라보고 있었다. 얼마 후 찻잔을 입에 홀짝인 어머니가 입을 열었다.

"어머니. 죄송합니다. 모두 제가 지은 업보에 의해 이리 복잡한 인연들이 또 생겨났습니다. 하지만 분명한 것은 독도와 이 처자가 지독한 사랑을 한다는 것입니다. 저도 엄마 입장에서 죽은 남편 하라 씨 문중에 걸맞은, 위대한 문중에서 볼 때 한 치 흠도 없는 여자를 며느리로 맞고 싶습니다만 이미 때가 늦은 듯합니다. 그리고 원수의 딸을 며느리로 맞아들인다고 하신 말씀 동의합니다. 하지만 이미 30여 년 지난 일이고 독도와 김경석 씨의 화해가 있었습니다. 그 모든 역경을 다 짊어지고 독도는 김유경과 혼인을 하려고 단단히 마음먹고 있습니다. 이제 우리 어른들의 악연들은 모두 내려놓고 두 사람에 앞날의 축복만이 깃들기를 기도하는 마음으로 이 혼인을 허락했으면 합니다. 아유미 어머니."

"그럼 김경석 씨는 이 애들의 혼인에 있어 어떤 생각을 갖고 있나요?"

"네. 예비 사돈 시어른. 다시 한 번 아유미 할머니께 깊은 사죄를 드립니다. 정말 죽을 죄를 지었습니다. 하지만 30여 년 전은 제 개인 의사에 반하여 제가 움직일 때입니다. 남북한 이데올로기 경쟁이 가장 무성할 때이고요. 일본에서 독도를 일본 땅이라고 우기고 일본군 위안부에 대한 배상의 책임이 없다고 할 때입니다. 일본 정객들이 야수쿠니 신사 참배를 반성 없이 할 때였지요. 그래서 저는 북조선의 지령으로 일본인을 죽였습니다. 그중 한 분이 독도의 아버지 하라 씨였습니다. 하지만 앞에 앉아 있는 이유빈이란 사람을 사랑하게 되면서 많은 반성을 했습니다. 북조선으로 돌아가서도 죄인 된 심정으로 하루하루를 살았습니다. 얘기를 듣자하니 저의 딸이 탈북을 해서 대한민국으로 들어왔고, 어느 날 실수를 해서 군경에 쫓기는 신세가 되었지요. 그때 독도라는 청년이 많은 도움을 주었다고 들었습니다. 그 와중에 두 사람의 사랑이 깊어졌다고 합니다. 아유미 할머니의 아들을 죽인 죄인으로 뭔 할 말이 있겠습니까만은 지나간 세대의 업보들은 인고의 세월 속에 묻어버리고 용서하시고 혼전 임신이 될 만큼 두 사람이 사랑을 하고 있으니 두 사람의 뜻대로 해 주었으면 합니다."

김경석의 말이 끝나기 전에 아유미 할머니는 눈물을 글썽이더니 이내 굵은 물줄기가 주름 가득한 얼굴에 가득했다. 연신 손수건으로 얼굴을 닦아내던 아유미 할머니는 목소리를 다듬으며 다시 입을 열었다.

"아니 됩니다. 아무리 생각해도 내 눈에 흙 들어가기 전에는 이 혼인 허락할 수가 없어요. 말도 안됩니다. 어떻게 아비를 죽인 남자를 장인어른으로 모실 것이며. 이유빈이 그 남자를 다시 남편으로 받아들였다고 하니 이젠 새아버지가 되었을 것인데 어찌 아버지와 장인어른이 철천지원수란 말이냐? 안 된다. 안 돼. 독도야 안 돼. 절대로 이 혼인 이룰 수가 없다. 없어. 흐흐흐흑……."

할머니는 오열했다. 눈물이 홍수가 되어 얼굴에 가득했다. 거실 탁자를 주먹으로 치며 죽은 아들 하라를 불렀다.

"하라야. 하라야. 너를 죽인 자가 네 아들 독도의 장인이 된다고 한다. 너를 죽인 자가 네 아내 이유빈의 새 남자란다. 이를 어찌한단 말이냐? 하라야. 하라야. 불쌍한 내 아들 하라야. 저승에서 보고 있니? 듣고 있니? 내 아들 하라야. 이를 어찌한단 말이냐. 흐흐흐흑……."

탁자를 치며 오열하던 아유미 할머니는 기력을 잃고 거실 바닥에 쓰러졌다. 숨만 헐떡이며 움직일 줄 몰랐다. 독도와 평화가 할머니를 부축하고 어머니 이유빈은 119를 불렀다. 잠시 후 요란한 사이렌 소리가 아파트 밖에서 났고 할머니는 구급대원들에 의해 병원으로 실려 갔다. 독도와 평화가 구급대 차를 뒤따라 병원으로 차를 몰고 달려갔다.

아파트 거실에 남은 아버지와 유경이 침묵했다. 한쪽 구석에 몸을 웅크리고 서 있는 어머니 이유빈이 눈물을 보이며 훌쩍였다. 회한의 눈물이었다. 한 여자의 인연과 운명의 시련들이 가족관계 속에서 녹아내리며 회한으로 뭉쳐져 한의 눈물이 되었고 이는 홍수가 되어 그녀의 얼굴에 하염없이 흘러내리고 있었다. 잘 나가던 신문사 여기자의 취재거리에 대한 욕심과 김경석의 호방함과 공작원의 기질이 시작이었다. 모진 인연으로 다가온 원수와 사랑 그리고 그 어른들이 만든 씨앗들이 실타래처럼 엉켜 좀처럼 쉽게 풀리지 않고 있다. 이유빈은 아유미가 실려간 창밖을 응시하며 계속해서 코를 훌쩍이고 있었다.

다음 날 이유빈은 평화와 함께 아유미가 입원해 있는 병원을 찾았다. 독도가 병실을 지키고 있었으며 간호사와 의사들이 분주히 병실 안팎을 오갔다. 산소 마스크가 얼굴에 씌워졌고 주렁주렁 수많은 줄들이 아유미의 팔에 연결되어 주사바늘로 꽂혀 있었다.

"독도야. 할머니 상태는 어떠하다고 하느냐?"

"방금 전 의사가 회진을 하고 갔습니다. 좀 더 지켜봐야 하지만 상태가 나쁘다고 합니다."

이유빈은 한숨을 토하며 아유미 손을 살며시 잡았다. 맥박이 약해 있었고 체온이 많이 내려간 듯 차가웠다. 독도에게 식사를 하고 오라고 그를 밖으로 내보낸 평화와 이유빈은 아주 작게 들리는 아유미의 호흡소리를 들었다. 일본 정가의 큰 문중이었던 하라 집안의 종갓집 며느리 아유미. 그가 바로 이유빈의 시어머니였다. 이유빈의 머릿속에 잠시 왕자처럼 잘생기고 똑똑한 하라의 모습이 스쳐 지나갔다. 젊은 하라의 밝은 웃음소리가 들리는 듯 했다. 그의 환하게 웃는 입 모양이 이유빈 눈앞에서 아른거렸다. 이유빈의 한숨소리가 평화의 귀에 들렸다. 그리고 또 다시 눈물을 흘리는 어머니 이유빈. 평화는 손수건을 꺼내 어머니 이유빈의 눈자위를 닦아냈다.

잠시 후 독도가 돌아왔다. 평화와 어머니는 병실을 독도에게 맡기고 병실을 나섰다. 그들이 병원 1층 현관을 나설 무렵이었다. 평화의 핸드폰이 요란하게 울렸다. 독도의 목소리가 급하게 들렸다.

"평화야. 할머니가 위태롭다. 어서 어머니 모시고 다시 올라와."

평화는 이유빈을 부축하다시피 엘리베이터를 탔다. 다시 병실로 들어왔다. 의사 두 명과 간호사가 아유미 할머니 앞에서 긴급 처치를 하고 있었다. 산소 마스크를 벗겨내고 두 줄로 된 산소 호흡기를 콧속으로 넣어 숨쉬기를 편하게 했다. 아유미는 눈을 껌뻑거리다가 다시 멈추기를 반복했다. 의사가 처치를 하면서 입을 열었다.

"이제 진정됐습니다. 다시 긴급한 상황이 오면 연락하세요."

의사와 간호사가 병실을 나갔다. 아유미는 잠든 듯 고요했다. 독도와 평화의 얼굴이 긴장된 듯 상기되어 있었다. 잠시 후 아유미는 눈을 떴다. 그리고 눈동자를 굴리며 사람을 알아보는 듯했다. 독도가 할머니 손을 잡았다.

"할머니. 독도입니다. 독도요."

"어머니. 독도 어미입니다. 알아보시겠어요?"

아유미는 고개를 끄덕이는 듯 움직였다. 이유빈이 시어머니 아유미의 한쪽 손을 잡았다. 아유미는 독도와 이유빈을 번갈아 뚫어져라 바라봤다. 그리고 개미 소리보다 작은 목소리로 입을 열었다.

"독도야. 그리고 며느리야. 이번 혼인 허락하마."

독도는 놀라는 듯 두 눈을 동그랗게 뜨고 할머니를 응시했다.

"네. 할머니. 고맙습니다."

이유빈은 말없이 고개를 끄덕였다. 한동안 다시 눈을 감았던 아유미가 눈을 떴다.

"며느리야. 독도를 대한민국으로 귀화시켜라. 그리고 네 성을 따라 이독도라고 해라. 일본이 독도 섬을 더 이상 일본 땅이라고 하지 않을 것이니 이젠 당당하게 이독도라고 불러주렴. 그리고 내 증손자가 될 임신 중인 독도의 아이 이름을 이한라라고 지어다오. 부탁해."

들릴 듯 말 듯 중얼거리던 아유미는 다시 눈을 감았다. 잠시 후 긴 호흡을 두세 번 불규칙하게 내뿜던 아유미는 더 이상 숨을 쉬지 않고 영면에 들었다. 급히 의사가 병실로 들어왔다. 의사는 사망을 인정하며 방을 떠났고 병실은 울음바다로 몹시 시끄러웠다.

아유미의 한 많은 생은 그렇게 마감했다. 그녀의 시신이 일본으로 떠나고 얼마 후 독도의 대한민국 귀화는 순조롭게 진행되었다. 그해 겨울은 혹독한 추위와 많은 눈으로 기억될 만큼 요란하게 지나갔다. 하지만 시간 앞에 추위와 눈은 힘을 잃었다. 어느새 따스한 봄기운이 삼월의 햇살을 받으며 도시를 포근히 감싸 안았다. 이독도와 김유경의 결혼식이 있었고 얼마 후 유경은 건강한 사내아이를 낳았다. 할머니 유언대로 이름을 이한라라고 지었다.

그해 여름이 끝나갈 무렵이었다. 김경석과 이유빈 그리고 평화와 부산 아파트에서 데려온 이유빈의 중학생 딸이 아파트에서 함께 살았

다. 식구들 모두 단란한 저녁식사를 할 즘이었다. 아파트 현관의 벨이
요란하게 울렸다. 평화가 현관 문에 기대서서 밖의 동정을 살피며 방
문객을 확인하려고 했다. 그런데 이 집을 방문한 두 사내는 뜻밖의 인
물이었다. 몇 해 전 호텔 식당에서 아버지 김경석과 그의 딸 김유빈을
납치했던 두 사내였다. 평화는 방으로 들어가 권총을 몸에 숨기고 문
을 열었다.

"죄송합니다. 김 팀장님. 연락도 없이 불쑥 찾아와 미안합니다."

"그래요. 감옥에서 나왔다는 소식은 접하고 있었습니다만 무슨 일
이기에 우리 집까지."

"감옥에서 나와 남조선으로 귀화를 신청했습니다. 그리고 어제 귀
화 결정이 내려져 더 이상 북조선에서 속아 살아온 생을 마감하고 새
삶을 살고자 합니다. 김 팀장님의 축하를 먼저 받고 싶었습니다."

"잘 됐군요. 이리 들어와 앉으세요."

평화는 두 사람을 거실 소파에 앉으라고 하며 어머니께 차를 주문
했다. 두 사내는 갑자기 평화에게 형님이라고 불렀다. 깜짝 놀란 평화
가 손사래를 쳤다. 하지만 두 사내는 이미 결심한 듯 의형제를 맺어줄
것을 간곡히 청했다. 두 사람이 남조선에서 살아가는 모습을 좀 더 살
펴본 뒤 허락하겠다고 평화는 수 없이 거절을 했다. 하지만 이들의 의
지를 꺾을 수는 없었다. 결국 평화는 두 사내를 아우로 받아들이겠다
며 양주병을 꺼냈다. 형제들의 의리를 지켜나가자며 술잔은 밤이 늦
도록 이어졌다.

또 다시 일 년여가 지났다. 평화는 탈북자 중 홀로 남조선에 들어온
여인을 만나 혼인을 했다. 그의 결혼식이 끝나고 며칠 후 어머니 이유

빈이 심장마비로 세상을 등지며 저승으로 갔다. 아버지 김경석 그리고 이독도, 김평화, 김유경, 김유빈, 그리고 고등학생이 된 막내 여동생이 분향소를 지켰다. 평화와 의형제를 맺은 남파 공작원 출신의 두 사내는 연신 문상객들의 식사를 돌보며 분주히 움직였다.

# 에필로그

　또 다시 일 년여가 지났다. 평화는 탈북자 중 홀로 남조선에 들어온 여인을 만나 혼인을 했다. 그의 결혼식이 끝나고 며칠 후 어머니 이유빈이 심장마비로 세상을 등지며 저승으로 갔다. 아버지 김경석 그리고 이독도, 김평화, 김유경, 김유빈, 그리고 고등학생이 된 막내 여동생이 분향소를 지켰다. 평화와 의형제를 맺은 남파 공작원 출신의 두 사내는 연신 문상객들의 식사를 돌보며 분주히 움직였다.

　남북한 이데올로기를 온몸으로 체험하고 겪으며 세상을 살아온 이유빈. 일본인 남자를 첫 남편으로 만나 일제 강점기에 있었던 부끄럽고 한 서린 일들을 인정하지 않는 일본에게 온몸으로 저항하던 여인 이유빈, 그녀가 위태롭던 세발자전거를 뜨거운 가슴과 차가운 머리로 끌고 오면서 남북한 그리고 일본이란 삼각관계를 잘 정리하고 한 줌 흙으로 돌아가는 시간 앞에 가장 뜨겁게 울어버린 사내는 독도와 평화였다. 마치 세상에 대해 어머니의 죽음을 하소연 하는 듯 하늘을 보고 땅을 치며 통곡했다. 이유빈. 그녀의 영혼은 두 사내가 울부짖는 소리를 듣고 함께 통곡했을 것이다. 그녀의 인연들은 역사 앞에 뜨겁게 쏟아지던 비를 피할 시간도 없이 흠뻑 젖은 영혼으로 그녀를 보내고 있었다. 역사는 빈 들에서 서성이다 이내 초목처럼 쓰러져 황량한 벌판으로 남았다. 이유빈은 세발자전거를 끌어안고 역사 속으로 빨려 들어가 더 이상 돌아오지 않았다.